La vallée des larmes

La saison des corbeaux - 2

Du même auteur
aux Éditions J'ai lu

La vallée des larmes, *J'ai lu* 8299
La vallée des larmes, La saison des corbeaux - 1, *J'ai lu* 8440

Sonia Marmen

La vallée des larmes

La saison des corbeaux - 2

J'ai lu

Grands Romans

Titre précédemment paru en un tome sous le nom :
La saison des corbeaux

SEPTIÈME PARTIE

« Il est des gens qui n'embrassent que des ombres ;
ceux-là n'ont que l'ombre du bonheur. »

Shakespeare,
Le Marchand de Venise

20

Les premières résolutions

Une fébrilité intense agitait les soldats jacobites qui cantonnaient à Perth depuis maintenant un mois. Partout dans les rues et dans les tavernes, on portait des toasts à la santé du prétendant Jacques Stuart, qui avait foulé le sol gelé d'Écosse et devait arriver dans le petit bourg dans les prochains jours. Le comte de Mar et le comte de Marischal ainsi qu'une trentaine de nobles et de gentilshommes avaient quitté Perth pour se lancer à la rencontre du futur roi, proclamé à Fetteresso, principal siège des Keith, tandis qu'ici on s'activait à préparer l'arrivée imminente et le couronnement, qui serait célébré en grande pompe.

Pour ma part, j'étais à Perth depuis un peu plus de vingt-quatre heures et n'avais vraiment pas le cœur à fêter quoi que ce soit. Le jour touchait presque à sa fin et avec lui se terminait l'an 1715. La taverne de Tay Street où je m'étais réfugiée était maintenant bondée. Avec un mélange de crainte et d'impatience, j'y attendais Colin, parti à la recherche de Liam. Il fallait le retrouver le plus rapidement possible pour sortir Frances et Trevor du pétrin dans lequel ils s'étaient fourrés.

Presque trois semaines s'étaient écoulées depuis le départ en catastrophe de Liam. Dans un état d'égarement total, je traînais pitoyablement ma carcasse vide de toute émotion. Je vivais dans un épais brouillard qui ne voulait pas se dissiper. Pour oublier un peu Liam, sa trahison, mon chagrin et ma propre existence, je m'abîmais du matin au soir dans les tâches ménagères. Mais rien n'y faisait. Comment oublier ?...

À deux reprises, Margaret était venue. Je savais, au fond, qu'elle se sentait honteuse et regrettait sincèrement. Mais j'avais refusé de lui ouvrir ma porte pour écouter ses plates excuses qui ne m'auraient apporté aucun réconfort. Je n'étais pas prête à l'entendre... pas plus que je n'étais prête à revoir Liam. Mais il y allait de la vie de notre fille.

Je n'avais rien raconté à Colin sur mes déboires matrimoniaux. Je savais qu'il se doutait de quelque chose, car je m'étais montrée réticente à partir retrouver Liam à Perth. De plus, j'avais carrément refusé de le suivre dans les rues du bourg pour rechercher mon mari. Il avait eu la discrétion de ne pas trop poser de questions. Peut-être savait-il déjà ? J'en doutais, cependant. Liam n'était pas du genre à s'épancher auprès d'autrui. Pourtant, avec Margaret...

Rabrouant ma conscience qui ne me laissait pas tranquille, je serrai les dents et avalai une gorgée de vin. Je fixais la porte dans l'appréhension constante de le voir entrer. Je repoussai mon assiette à moitié entamée. Assise dans un coin sombre, j'embrassais la pièce d'un seul regard. La porte s'ouvrit. Une tête blonde et lisse apparut dans l'embrasure ; Colin me cherchait dans la cohue. Sans m'en rendre compte, je m'étais redressée pour m'efforcer de découvrir la tête fauve et bouclée de Liam, derrière lui.

Mon cœur me martelait la poitrine ; les muscles de ma gorge et de mon estomac s'étaient contractés. Colin était seul. Je me mordis la lèvre pour ne pas pleurer. Avait-il refusé de me voir ou restait-il introuvable ? J'eus un moment de panique. Et s'il n'était pas revenu à Perth ? Colin vint me rejoindre et s'assit en face de moi, une pinte de bière à la main.

— Alors ?

— Je l'ai vu, dit-il en me dévisageant fixement d'un air triste. Il ne voulait pas venir ici…

Mon cœur fit un bond. Dieu soit loué ! Il était ici.

—… il était bouleversé.

— Mais je dois le voir ! Nous ne savons pas ce qui est arrivé à Frances.

— C'est de te savoir ici qui le bouleverse autant, Caitlin.

— Mais nous ne pouvons nous permettre de nous attarder trop longtemps. Quand acceptera-t-il de me voir ?

Colin afficha une moue incertaine et haussa les épaules.

— Tu l'as bien mis au courant de l'urgence de la situation ? insistai-je en vidant le reste du contenu du pichet dans mon verre.

Il mit son nez dans le pichet et me regarda d'un drôle d'air.

— Tu as eu de la compagnie ou bien tu l'as vidé toute seule pendant mon absence ?

— Eh bien… je l'ai bu toute seule, répondis-je bêtement.

En même temps, je sentais l'alcool commencer à me faire tourner la tête tandis qu'une molle langueur m'envahissait. Je plongeai dans une profonde mélancolie.

— Tu n'as pas répondu à ma question, Colin. Est-ce que…

— Oui, je lui ai tout expliqué.

— Où était-il ?

— Dans Skinnergate, avec Calum, Robin et Angus.

— Était-il… ivre ?

Pendant un instant, j'avais pensé qu'il était peut-être trop ivre pour m'affronter.

— Non.

Il me lança un regard mi-intrigué, mi-empathique.

— Caitlin, commença-t-il en me prenant la main. J'ai beaucoup de peine de te voir dans cet état. Je ne suis pas dupe. Je sais qu'il s'est passé quelque chose entre Liam et toi…

Je vidai mon verre et soulevai le pichet vide en grimaçant.

— Tu m'en apportes un autre ?

Il m'adressa un regard plein de mansuétude, puis commanda un autre pichet.

— Tu vas te retrouver complètement ivre, Caitlin.

Je lui souris, dépitée.

— J'ai besoin d'oublier… avouai-je en riant nerveusement.

Assis à la table voisine, un jeune homme brun à la tenue soignée se tourna vers moi et me reluqua un bon moment avec un sourire charmeur. À part les serveuses, les femmes étaient rares dans le bruyant établissement. On déposa un pichet plein de vin devant moi. Je me versai un verre. Colin serra doucement mon poignet pour me ramener à lui.

— Je disais qu'il s'était passé quelque chose entre Liam et toi…

Je bus une gorgée de vin.

— Raconte-moi cette histoire avec le duc d'Argyle.

Comprenant que je ne voulais pas parler de mes problèmes, il n'insista pas. Il lâcha ma main et s'empara de sa pinte de bière.

— C'est le fils du duc qui s'est mis dans la merde, si je puis dire. Il a tramé un complot visant à faire assassiner le Prétendant. Mais l'imbécile n'a même pas eu le cran de porter le chapeau. Il a contrefait la signature de son père…

Un mouvement rapide attira mon attention. Le grand efflanqué aux cheveux bruns de la table voisine venait de renverser sa pinte, qui avait éclaboussé le bas de ma jupe. Il se confondait maintenant en excuses en tentant d'éponger la bière.

— Ça va aller, ça va aller !

— Je suis vraiment peiné, madame… euh ?…

— Macdonald.

Le jeune homme me prit la main et la porta à ses lèvres. Puis il s'inclina légèrement.

— William Gordon, annonça-t-il dans un large sourire dévoilant l'absence de deux dents. Je suis le coursier du comte de Marischal, et je n'ai pu m'empêcher de vous entendre parler du Prétendant…

— Oh ! En effet, nous…

Colin me donna un coup de pied sous la table et me fit les gros yeux.

Je m'apprêtais à protester, mais me retins, devinant à la lueur de son regard qu'il valait mieux que je me taise.

— Vous parliez d'un complot contre notre futur roi ?

— C'est une rumeur, expliqua Colin en souriant à William Gordon.

Ce dernier tiqua.

— Et où avez-vous entendu cette rumeur ?

— Dans les rues de Perth… par hasard.

Le jeune homme plissa les yeux.

— Vous en avez parlé à quelqu'un ?

Il paraissait nerveux et gesticulait sans arrêt.

— Je ne colporte pas les rumeurs, monsieur Gordon, affirma sèchement Colin.

William Gordon pinça les lèvres. Il inclina de nouveau le chef et s'excusa une autre fois de sa maladresse en posant les yeux sur moi.

— Je vous souhaite une bonne année, madame, monsieur.

Puis, il tourna les talons et disparut.

— Il était préférable de ne rien dire, tu comprends ?

— Hum…

Le nez dans mon verre, je regardai le grand échalas s'éloigner. J'avais déjà vu cet homme quelque part… Mais où ?

— Et comment Glenlyon pense-t-il régler cette affaire ? demandai-je en reportant mon attention sur Colin.

— Il va demander un entretien avec le duc, je suppose, et lui brandir sous le nez la preuve de ce que manigance son fils. Si le duc a encore un tant soit peu d'honneur, il acceptera de procéder à l'échange des documents. Sinon, les libelles peu flatteurs à son égard circuleront dans toute l'Écosse, et il sera la risée de ses compatriotes. Un duc, se faire jouer ainsi par son propre fils ? De plus, nous ne savons pas encore quelle sera l'issue du soulèvement. Qui prendrait le risque de se trouver en si mauvaise posture ? Si Stuart monte sur le trône, Argyle sera accusé de lèse-majesté et suivra son grand-père sur l'échafaud. C'est en effet sa signature qui commande le régicide…

J'écoutai d'une oreille distraite Colin expliquer le complot, puis raconter la scène de la chambre de Marion Campbell, en vidant le deuxième pichet. J'avais les yeux rivés sur la porte. Liam ne venait pas. Une boule me montait à la gorge. Je réalisais qu'au fond j'espérais le voir, ne fût-ce que pour m'assurer qu'il allait bien. « Avoue, Caitlin, il te manque… » Non, j'étais encore trop amère et déchirée ; je lui en voulais trop…

Les doigts de Colin effleurèrent ma joue humide.

— Caitlin…

— Il m'a trompée.

Il me dévisagea, muet de stupéfaction. J'avais envie de lui refermer la mâchoire avant qu'elle ne tombe sur la table.

— Quoi ?

— Liam m'a trompée, articulai-je avec peine.

Tout à coup, je sentais le besoin de tout lui raconter. Il fallait que je me soulage de ce poids terrible qui m'empêchait de respirer depuis des semaines ; de cette douleur qui me bourrelait l'âme.

— Avec Margaret Macdonald.

— Mais comment est-ce arrivé ?

Je lui racontai les circonstances qui avaient amené Liam à commettre l'impardonnable à mes yeux. Grise du vin et de l'ambiance qui régnait dans la salle, j'étais loquace. Je me vidais de ma hargne, de mon amertume et de mes regrets d'une voix languissante. Je plongeais dans le regard gris compatissant de Colin.

— Voilà ! Tu sais tout maintenant. Il a dit qu'il ne reviendrait pas…

L'émotion m'étrangla, et j'éclatai en sanglots. Un peu décontenancé, Colin vint s'asseoir à côté de moi, sur le banc, et m'enlaça affectueusement.

— Je ne sais pas quoi dire, Caitlin. Je suis tellement désolé… Bon sang, je ne savais pas Liam capable d'une telle ignominie.

Après un moment, je me calmai. La chaleur de son corps me réconfortait, et je me blottis tout contre lui. Se penchant sur moi, il déposa un baiser sur mon front.

— Je vais te conduire à ta chambre. Tu as besoin de prendre du repos, déclara-t-il en m'aidant à me lever.

Je vacillais dangereusement sur mes jambes tandis qu'il ramassait ma cape qui avait glissé au sol.

— Oups ! fis-je en me retenant à son bras. Arrête de bouger, Colin…

— Je ne bouge pas, Caitlin. Allez, viens. Tu ne tiens plus debout.

La chambre était sombre et glacée. J'avais des sueurs froides et ma tête tournait terriblement. Après m'avoir installée sur l'unique chaise, Colin alluma une chandelle. Puis il retira l'édredon. Je l'observais en grelottant. Le feu était éteint. Je devais le rallumer. Il faisait si froid…

— Holà ! s'écria-t-il en m'attrapant par la taille juste au moment où je basculais la tête la première dans le tas de cendres froides.

— Je ne peux pas te laisser deux minutes.

J'éclatai d'un rire faux. Je croyais entendre Liam. Combien de fois s'était-il plaint en riant, m'accusant de me mettre dans le pétrin dès qu'il avait le dos tourné !

— C'est vrai que je suis une emmerdeuse, marmottai-je d'une voix molle en me retournant dans ses bras. Une vraie casse-pieds, hein ?

Je lui lançai un regard provocant.

— Au fond, c'est vrai. Pourquoi Liam reviendrait-il ? Regarde-moi, Colin…

Il prit mon visage entre ses mains et me regarda tristement.

— Arrête, Caitlin. Tu n'es plus toi-même.

— Aaaah non ? Mmmm… C'est vrai que je me sens un peu tristounette, ce soir.

J'éclatai de rire de nouveau. Mais bizarrement, Colin ne trouvait pas ça drôle. Mes jambes mollirent.

— Caitlin !

Il me retint fermement contre lui. J'avais si froid… Je me sentais attirée par la chaleur de son corps et me pressai contre son torse. Je croisai alors son regard pénétrant. Ce regard…

Je clignai des yeux. Mais il était toujours là, à me fixer d'un air indéchiffrable, son souffle tiède balayant mon visage. Soudain, sa bouche s'écrasa contre la mienne. J'en fus déstabilisée tant physiquement que moralement. Je me retins à son plaid. « Mon Dieu, Caitlin ! Mais que fais-tu ? »

Colin me porta sur le lit, où nous nous effondrâmes. Ses mains parcouraient mon corps. Je ne sus comment, mais au bout de quelques minutes ou de ce qui me sembla n'être que quelques minutes, je ne me retrouvai vêtue que de ma seule chemise. Mes vêtements étaient éparpillés autour de nous.

— Caitlin… Caitlin… Dieu du ciel ! Toutes ces années…

Un moment je crus entendre la voix de Liam. Il reprit ma bouche et m'explora de ses mains, sous ma chemise. Je me laissai porter par les sensations que ses caresses me procuraient. Frémissante et gémissante, j'ondulais comme un roseau sous une douce brise. Puis la bourrasque de ma conscience me secoua. J'ouvris les yeux. Non… Ce n'était pas Liam. Ce n'étaient pas ses baisers ; ce n'étaient pas ses caresses.

— Le salaud, comment a-t-il pu te faire ça, Caitlin ?

Dans la pénombre de la chambre, je distinguais la tignasse blonde et lustrée qui fourrageait sous ma chemise retroussée. « Caitlin, que fais-tu ? Secoue-toi avant qu'il ne soit trop tard ! » Je remuai un peu et protestai faiblement. Mais mon corps ne répondait plus et ma tête…

Colin se hissa sur moi et écarta doucement mes cuisses avec son genou. « Colin, s'il te plaît… » Mais les mots restaient coincés dans ma gorge. Mes yeux brûlaient de larmes. Je geignis et eus un hoquet. Colin s'immobilisa brusquement et leva les yeux vers mon visage.

— Caitlin... Je...

Son regard était triste, si triste. Il poussa un grondement et enfouit sa tête entre mes seins, haletant.

— Pardonne-moi, murmura-t-il. Je n'ai pas le droit... Tu es ivre et... je sais que c'est Liam que tu veux...

Il fit une pause, pendant laquelle je n'entendis que son souffle rauque et entrecoupé. Pleurait-il ? La chambre tournait autour de moi. La nausée me prit. Colin se redressa.

— Caitlin, je t'aime depuis toujours. Je ne pardonnerai jamais à Liam ce qu'il t'a fait... Mais il est mon frère, et toi... fit-il en s'asseyant. Je ne peux pas... pas comme ça. Je ne veux pas profiter de ta faiblesse. Je sais que tu es triste et que c'est avec Liam que tu voudrais être.

Ses paroles prenaient un sens bien particulier dans la petite partie de mon cerveau qui fonctionnait encore. Je me rendais compte que j'avais été à un cheveu de faire la même erreur que Liam. Je restais sur le lit sans bouger, les yeux rivés sur les lattes du plafond qui n'arrêtait pas de tourner.

— Colin...

La nausée me reprit de plus belle. Je sentis la main de Colin sur mes cuisses, puis sur mon ventre. Il rabattit ma chemise sur ma nudité en jurant.

— Colin... je crois que je vais vomir...

Il se précipita, et je me retrouvai penchée au-dessus d'une cuvette, vidant mon estomac qui se rebellait violemment.

— Oh, ma tête ! geignis-je en retombant sur l'oreiller.

— Ça va aller. Je n'aurais pas dû te laisser terminer le deuxième pichet.

Il m'épongea le front et la gorge avec une serviette mouillée, et me fit boire quelques gorgées d'eau. Je gardais les yeux fermés pour essayer d'atténuer le vertige qui ne me quittait pas. Mais je sentais son regard posé sur moi.

— Je quitte l'Écosse, Caitlin, m'annonça-t-il de but en blanc.

— Quoi ?

J'ouvris un œil. Il me fixait d'un air grave. Il était toujours aussi beau. La rudesse de la vie qu'il avait choisie n'avait pas laissé trop de marques sur son visage… hormis cette cicatrice au menton, souvenir d'une bagarre avec un homme de Keppoch, lors d'une beuverie.

— Pourquoi ? Où vas-tu ?

— Je pars pour l'Amérique. Je ne sais pas… le Canada peut-être… La Virginie, les Carolines… Là où le premier bateau m'emmènera. Je ne peux plus rester ici, tu comprends ?

Je hochai la tête pour approuver. Mais en fait, tout était confus dans mon esprit. Ses lèvres se posèrent sur les miennes.

— Je vous aime, Liam et toi. Mais je souffre trop de vous voir ensemble, avoua-t-il tout bas.

Il prit un air résigné et détourna le regard.

— Je vais avec vous à Inverness, pour Frances. Ensuite, je trouverai un bateau.

— Mais l'insurrection… Ils ne te laisseront pas embarquer. Les ports sont certainement surveillés et fouillés.

Sentant un goût de bile me remonter dans la bouche, je grimaçai.

— Je trouverai bien un moyen. Des papiers volés…

— Mais pourquoi quitter l'Écosse ? Pourquoi aller si loin ?

Il haussa les épaules avec lassitude.

— L'économie stagne. Il n'y a rien pour moi ici. L'Amérique offre beaucoup de possibilités. Il paraît qu'on peut y faire fortune dans le commerce des fourrures.

— Mais on dit ces contrées infestées de sauvages qui coupent la peau du crâne et les cheveux pour s'en faire des trophées.

Il éclata d'un rire ironique.

— Je devrais bien m'entendre avec eux…

— Colin… C'est à cause de moi. J'ai gâché ta vie.

— Ne dis pas de bêtises, Caitlin. Tu n'y es pour rien. Je suis seul responsable de mon malheur.

— C'est de ma faute. Tout est de ma faute ! Maudit soit ce jour où j'ai croisé votre route, à Liam et à toi !

— Arrête, Caitlin. Ne dis pas ça.

Je déglutis. Ma gorge était irritée et sèche ; mon estomac n'avait pas dit son dernier mot. Colin me dévisageait d'un air abattu. Il repoussa une mèche moite qui me collait à la figure.

— Tu devrais dormir. Je vais rester un peu pour m'assurer que tout va bien.

Je le fixai un moment, ne sachant trop quoi dire. Peut-être n'y avait-il tout simplement plus rien à dire. Colin m'aimait toujours et en souffrait. Il s'était tourné vers le whisky et vers une vie aventureuse. Rien n'y avait fait. Peut-être valait-il mieux effectivement qu'il s'éloigne pour de bon. Je levai des yeux accablés vers lui, puis hochai lentement la tête.

Les collines peintes d'émeraude et mouchetées de bleu ondulaient en miroitant sous la caresse de la brise tiède que je sentais aussi sur mon visage. Notre chien, Seamrag, gambadait autour de mon petit Ranald et jappait joyeusement. Les rires de mon fils résonnaient sur la lande et le soleil étincelait dans la crinière qui volait autour du visage poupin rouge de plaisir.

« Ne va pas de l'autre côté de la colline, Ran ! »

J'étalais du fromage de brebis bien frais sur une belle tranche de pain.

« Non, maman ! »

Je lui souris. Dans son tartan, mon fils n'était plus qu'un tourbillon chatoyant de rouge, de vert et de bleu. Je fermai les yeux un moment pour humer le parfum suave de la bruyère. Le soleil était chaud, si chaud...

Je rouvris les yeux.

— Ran ?

Mais où était-il ?

— Ran ?

Je tentai de me relever, mais mes jambes semblaient prises dans un étau.

— Ran ! criai-je, paniquée.

Il ne me répondait pas et je n'entendais plus les jappements de Seamrag.

— Oh, mon Dieu !

Je n'arrivais toujours pas à me lever ; quelque chose d'invisible emprisonnait mes jambes. Je me débattis. Il faisait chaud, si chaud ! Je transpirais à grosses gouttes. Où était mon fils ? J'avais perdu mon fils !

— Ranald !

Quelque chose remua dans le lit, me libérant les jambes. Haletante, les doigts crispés sur ma chemise trempée, je tentai de percer l'obscurité. La chandelle s'était éteinte. J'avais rêvé... encore.

— Colin ?

L'air froid glaçait la chemise qui me collait à la peau. Je frissonnai. Il s'approcha.

— C'est moi...

Mon sang ne fit qu'un tour. La voix grave de Liam m'atteignit en plein cœur, et je fus prise d'un tremblement incontrôlable. La nausée m'envahit de nouveau. Penchée au bord du lit, je tentai de réprimer le nouvel assaut en cherchant à tâtons la cuvette. Liam me redressa et déposa l'objet recherché sur mes genoux. Mon estomac se calma et les spasmes cessèrent.

— Ça va mieux ? demanda-t-il un peu froidement.

Je ne pouvais le voir, mais je le savais tout près.

— Je crois, oui.

Il reprit la cuvette et la poussa sous le lit. Depuis combien de temps était-il ici ? Colin était-il encore dans la chambre quand il était arrivé ? Qu'avait-il vu ?

— Liam ?

L'odeur âcre de la vomissure flottait dans la pièce et me prenait à la gorge, me soulevant l'estomac. Pensant à la mine affreuse que je devais avoir, j'espérai que Liam n'allume pas la chandelle. Le savoir près de moi me rassurait, mais le voir me déchirerait. Le lit s'affaissa et une grande main chaude m'effleura le front, puis les joues. Je frémis et eus un mouvement de recul. Il retira sa main.

— Tout ira bien, *a ghràidh*… dit-il avec hésitation.

Des images surgirent dans mon esprit : Liam et Margaret nus dans notre lit, s'embrassant, se caressant… Je les repoussai tant bien que mal. Liam s'était assis, laissant un espace entre nous. Un terrible espace de quelques centimètres qui me semblait être un gouffre. Sa respiration était lente, mais je savais qu'il se contrôlait.

— J'ai soif…

J'avais terriblement soif. Les vertiges avaient disparu, mais je me sentais encore nauséeuse. Ma tête semblait sur le point d'éclater à chacun de mes mouvements. Libéré du poids de Liam, le lit s'ébranla. Je l'entendais fouiller dans la chambre, puis revenir.

— Tiens, dit-il en tâtant le lit pour trouver ma main, dans laquelle il mit la gourde. C'est de l'eau.

Je sentis une pointe de sarcasme dans sa voix.

— Merci, répondis-je rudement.

La chaise grinça sous son poids. Il fut secoué d'une quinte de toux grasse.

— Tu es malade ?

— *Tuch !* Tu n'es pas en état de parler.

Je lui jetai un regard noir, bien malheureuse qu'il ne pût le remarquer.

— Où est Colin ? m'enquis-je néanmoins sur un ton qui exprimait assez bien mon humeur.

Il y eut un moment de silence. Puis je l'entendis soupirer et la chaise craqua de nouveau.

— Il est reparti au camp.

Je rentrai la tête dans les épaules et me mordis la lèvre.

— Liam… tu ne dois pas croire…

— Je ne crois rien, Caitlin, me coupa-t-il sèchement. Et puis, de quel droit te reprocherais-je ?…

— Rien, dis-je, caustique. Justement, moi, je n'ai rien à me reprocher.

Son ton faussement détaché était lourd de sous-entendus. Je pris un certain plaisir à imaginer la souffrance qu'il devait éprouver à penser que j'avais pu coucher avec son frère. Mais l'infidèle, c'était lui !

La chaise craquait ; il s'agitait. L'auberge, elle, était silencieuse. Nous entendions juste quelques fêtards, dehors. Cela me rappela que les gens fêtaient la Hogmanay[1]. Pour nous, l'année commençait plutôt mal.

— Les cloches ont-elles sonné ?

— Oui, à minuit.

Son ton s'était radouci.

---

1. Jour de l'An.

— Ah bon… Depuis longtemps ?

— Trois heures, peut-être quatre.

Je laissai tomber la gourde sur le sol et remontai l'édredon jusque sur mes épaules grelottantes. Colin n'avait pas allumé de feu. Privée de la chaleur de Liam, j'étais gelée dans ma chemise humide sous les couvertures.

— Tu devrais te rendormir, Caitlin. Je te prédis une belle gueule de bois pour demain, alors…

— La commande a été livrée, figure-toi, répondis-je en fermant les yeux sous les élancements qui m'ouvraient le crâne. Et puis, j'ai trop froid pour arriver à me rendormir.

La chaise grinça. Je l'entendis mettre une pelletée de charbon dans l'âtre. Il alluma un feu. Une faible lueur le fit apparaître dans un halo doré. Il se tenait immobile devant la cheminée de pierres grises, me tournant le dos. Certainement, il évitait de croiser mon regard. Ses épaules furent brusquement secouées par une nouvelle quinte de toux.

— Mais tu es malade, Liam ! ne pus-je m'empêcher de m'exclamer, inquiète. Tu te soignes ?

— Tu me vois heureux de savoir que tu te soucies encore de ma santé, répondit-il seulement sur un ton acerbe.

— Ne sois pas stupide. Nous sommes toujours mariés et…

Il s'était retourné. Je restai coite devant ses yeux cernés de bleu et ses traits tirés que la pénombre accentuait.

— Mais tu ne vas pas bien du tout ! constatai-je, horrifiée.

Il me gratifia d'un petit sourire sarcastique.

— Ce n'est qu'un rhume. Garde ta sollicitude pour toi.

Je le regardai bouche bée et me recroquevillai sous la véhémence de son ton. Sa mâchoire se contractait et ses doigts pianotaient machinalement sur sa cuisse.

— Peut-être devrions-nous parler, proposai-je au bout d'un moment.

Il ne répondit rien. Ses doigts ralentirent pour enfin se refermer en un poing serré.

— De quoi veux-tu parler exactement ? De mon rhume ?

— Arrête ces remarques stupides, pour l'amour de Dieu ! Tu sais très bien.

Ma tête était sur le point d'exploser et mes yeux larmoyaient tellement j'avais mal. Il n'était vraiment plus question de dormir pour moi. Je me massai les tempes et mis ma tête entre mes genoux.

— Ah, bon sang !

Il fallait parler, me répétai-je. Mais si les semaines avaient rendu la blessure moins vive, la souffrance était toujours là. Remuer le couteau dans la plaie ne me plaisait guère. Le lit s'affaissa et des doigts se posèrent doucement sur mes tempes. J'eus un léger mouvement de recul. Liam s'écarta, puis nos regards se croisèrent. Enfin, je refermai les yeux. Après un moment, ses doigts revinrent se poser sur moi et me masser les tempes. Mon esprit se remit au travail aussi… Liam et Margaret s'enlaçant… faisant l'amour…

— Caitlin, commença Liam.

Les mouvements de ses doigts se firent plus lents.

— Quoi ?

Il immobilisa ses doigts qui glissèrent sur mes joues et tombèrent mollement sur mes épaules.

— En vérité… je veux savoir.

J'ouvris les yeux et le regardai, perplexe.

— Savoir quoi ?

— Pour Colin et toi…

Apparemment, il avait eu à l'esprit le même genre d'images que moi. Après ce qui venait de défiler derrière mes paupières, j'avais vraiment envie de lui répondre qu'il s'était passé quelque chose. Je détournai les yeux.

— Non, répondis-je laconiquement.

Je l'entendis pousser un soupir, mais me refusai à le regarder.

— Je souhaitais presque que vous ayez...

Je braquai un regard ébahi sur lui.

— Quoi ? Cela t'aurait fait plaisir ?

— Non ! C'est juste que je me serais senti un peu moins coupable.

— Ainsi, nous aurions été quittes, c'est ça ? Et tout serait redevenu comme avant ?

Je le repoussai vivement. Il me toisa froidement.

— Tu voulais parler, oui ou non ?

— Oui ! répliquai-je, criant presque.

— Alors, je te suggère fortement de rentrer tes armes. Nous n'arriverons à rien autrement.

Je soufflai rageusement. La magie de ses doigts s'était évanouie et les élancements reprenaient. Comme si ce n'était pas assez, mes oreilles se mirent à bourdonner.

— J'ai mal, Liam. Cela me fait terriblement mal... de te revoir... Pourquoi avec Margaret ? Je n'arrive plus à la regarder sans te voir sur elle.

— C'était un accident, un stupide accident.

— Un accident ? rétorquai-je avec sarcasme. Faire l'amour peut être un accident pour toi ?

— Oui ! Je n'ai pas tenté de la séduire, si c'est ce que tu crois. Nous évoquions des souvenirs de Simon. Margaret pleurait, alors je l'ai prise dans mes bras... Nous avions beaucoup bu, Caitlin.

J'avais les joues en feu. Je sentais encore les mains de Colin sur ma peau et me rendais amèrement compte que je n'avais rien fait pour repousser mon beau-frère. Pas physiquement, du moins. J'émis un petit rire ironique.

Liam dut mal l'interpréter, car il m'attrapa brusquement par les bras et me secoua comme un prunier.

— Penses-tu que je n'ai pas mal, moi ? Tous les jours, je me maudis pour ce que j'ai fait. Je regrette, nom de Dieu ! Comme je regrette ! Mais il est trop tard maintenant.

Sur mes épaules, ses mains me brûlaient à travers ma chemise. Je tentai de m'écarter.

— Pourquoi ne t'es-tu pas confié à moi ? Tout ceci ne serait peut-être pas arrivé…

— Je ne pouvais pas, Caitlin…

Il me relâcha brutalement, puis frappa le matelas d'un coup de poing violent en grognant.

— Tu ne sais pas ce que c'est que de se sentir responsable de la mort de quelqu'un.

— Mais tu n'es responsable de rien.

— Deux fils, Caitlin ! Ces putains de *Sassannachs* m'ont pris deux fils, et je n'ai rien fait ! Anna est morte de froid. Je n'avais même pas une foutue couverture pour la couvrir. Ma sœur a été violée devant moi, et j'ai bêtement regardé la scène sans lever le petit doigt. Elle en est morte. Mon père a reçu une balle dans la tête, et j'ai assisté au spectacle. Tu ne peux pas imaginer toutes les images qui sont gravées dans mon esprit… Tout ce sang… leur sang. Et ces cris… c'étaient leurs cris, Caitlin ! Ils m'appelaient, et je n'ai rien fait !

— Tu ne pouvais rien faire, Liam ! criai-je, ébranlée par son aveu. Pour qui te prends-tu à la fin ? Pour Dieu ? Crois-tu avoir le pouvoir de sauver tout le monde, de faire aller les choses comme tu le veux ?

Son regard me foudroya quelques secondes. Il ferma les yeux.

— Je ne supportais plus ton regard, *a ghràidh*… Les mots que tu m'as dits ce jour-là, quand je suis revenu de

Sheriffmuir… Je les avais tant redoutés, et tu les as prononcés.

Affligée, je baissai les yeux et triturai l'ourlet de ma chemise.

— J'étais aveuglée par la douleur. Mes paroles ont dépassé ma pensée. Pas une seule seconde, je te le jure sur la tête de notre fils, pas un seul instant je ne t'ai cru responsable de la mort de Ranald. Sur le coup… La douleur était trop vive, Liam. Mais c'est la guerre, et on n'y peut rien…

J'éclatai en sanglots et reniflai bruyamment.

— Et puis, repris-je entre deux hoquets, Frances m'a ouvert les yeux. Je ne comprenais pas bien ta réaction. Tu t'éloignais alors que moi j'avais tant besoin de toi… Frances a compris bien avant moi. J'avais décidé de rentrer plus tôt chez nous. Je ne voulais pas que tu croies que je te tenais pour responsable… Mais toi… toi, tu avais déjà trouvé…

Ma peine m'étouffait.

— Quel gâchis ! continuai-je d'une voix éraillée. Au lieu de nous soutenir l'un l'autre, nous n'avons su que nous éloigner.

— Je suis désolé.

Il s'essuya les yeux et renifla.

— Quand je suis entré dans la chambre et que je t'ai vue avec Colin, j'ai cru que tu avais voulu te venger.

Il se tourna vers moi. Au bout d'un moment, il reprit :

— J'ai longuement réfléchi. Lorsque je t'ai épousée, j'ai juré devant Dieu de t'être fidèle.

Il se tut un instant, cherchant comment formuler ce qu'il voulait dire. Puis il reprit d'une voix lasse et triste.

— J'ai failli à ma promesse. Je ferai ce que tu souhaites. Si tu veux que je parte, je me débrouillerai pour t'envoyer de l'argent. J'expliquerai tout à John. Tu ne seras pas dans le besoin. Duncan s'occupera de toi.

— Où iras-tu ?

— Je ne sais pas… À Glasgow peut-être ? descendre jusqu'aux Borders[1]. Je pourrai y trouver du travail dans une fabrique. Il y a toujours les bateaux.

— Les bateaux, murmurai-je d'un air absent.

Ainsi, Liam était prêt à me quitter si c'était là mon désir. Mon œil fut attiré par l'éclat de l'anneau qui ceignait mon doigt depuis vingt ans. Vingt ans… pour aboutir à ça ? Liam attendait ma réaction en silence. Je savais que jamais je ne pourrais oublier ce qui s'était passé. Mais l'amour ne devait-il pas pardonner ? Mon cœur battait si fort à l'idée de ne plus jamais le revoir. Mon ancre, mon épaule, mon port… Des promesses. Moi-même, les avais-je tenues ? Anéantis et perdus, nous avions cherché chacun de notre côté une bouée dans la tourmente. Nous avions négligé de nous tourner l'un vers l'autre. Promesses rompues. J'étais aussi coupable que lui.

— Je ne veux pas de ton offre, déclarai-je.

— Je vois. Peut-être veux-tu une autre forme de compensation ? Je peux…

— Non, tu ne comprends pas.

Il me dévisageait, interdit. Manifestement, il se contrôlait avec peine. Ses mâchoires étaient serrées et ses poings, fermés sur son kilt.

— Alors que veux-tu ? réussit-il à articuler sur un ton mesuré.

— Je ne sais pas… J'ai besoin de temps… Mais je ne suis pas sûre de vouloir qu'on rompe nos serments, Liam… malgré ce qui s'est passé.

1. Région au sud de l'Ecosse qui longe la frontière de l'Angleterre.

Les traits de son visage se détendirent un peu. Il respira profondément et ouvrit ses mains, qu'il posa à plat sur ses cuisses. Après un moment, il m'offrit une main ouverte et tremblante. J'y déposai la mienne qu'il porta à son cœur.

— *A ghràidh*… Je t'aime tellement.

Ses doigts effleuraient mon alliance. La sienne cliquetait dessus. Elle était en argent et magnifiquement ouvragée. Je l'avais commandée à mon père quelque temps après notre mariage, un peu avant la naissance de Frances. Je la lui avais offerte le jour de notre quatrième anniversaire de mariage.

Le regard brillant, Liam m'attira doucement contre lui. Il émit un petit gémissement et frissonna.

— Oh, Seigneur ! souffla-t-il sur ma joue. J'ai cru ne plus jamais pouvoir te serrer dans mes bras. On ne peut pas effacer les événements, je sais. Mais je crois qu'on peut essayer de…

Ses lèvres me frôlèrent, trouvèrent les miennes et firent naître en moi un frisson qui me parcourut de la tête aux pieds. Ses mains s'enhardirent. Nous avions franchi la première étape de la réconciliation. Mais je ne me sentais pas encore prête à passer à la deuxième. Si mon corps répondait à ses caresses, mon esprit continuait de résister. Je me tendis légèrement lorsque sa main glissa sur ma cuisse, sous ma chemise. Liam se raidit et m'adressa un regard douloureux.

— *A ghràidh*… me supplia-t-il.

— Je te l'ai dit, j'ai encore besoin de temps.

Il s'écarta légèrement, puis lissa une de mes mèches derrière mon oreille.

— Je comprends, dit-il après un moment. Tu veux que je retourne au camp ?

— Non… tu peux rester.

J'ébauchai un sourire falot.

— Il fait froid.

Souriant à son tour, il m'embrassa tendrement.

— Hum… alors, je réchaufferai chastement votre couche, madame Macdonald. L'aube se lèvera sur le premier jour de l'an 1716 et…

Fouillant dans son *sporran*, il en sortit un petit balluchon formé d'un mouchoir qu'il déposa sur le lit, devant moi.

— La tradition veut qu'on ne commence pas l'année sans s'être souhaité santé et prospérité…

Je déballai le petit paquet qui contenait un morceau de gâteau brun épicé. Je souris. La tradition voulait que la première personne à passer le seuil de votre porte, au début de l'année, soit un homme assez grand, de belle apparence et à la chevelure sombre. Liam remplissait ces premières conditions. Ensuite, cet homme devait apporter trois présents : une ration de whisky, une tranche de gâteau ou de pain, pour assurer l'abondance de nourriture dans l'année, et un morceau de charbon symbolisant la chaleur.

— Il manque le morceau de charbon et le whisky ! fis-je remarquer.

— Pour le whisky, j'ai jugé bon de laisser tomber pour cette fois-ci, dit-il avec un petit sourire.

Il replongea sa main dans son *sporran*.

— Voilà ! s'exclama-t-il en déposant un petit cristal de sel à côté du gâteau. Du sel pour éloigner le mauvais œil.

— Et le charbon ?

Il haussa les épaules.

— Eh bien… il brûle déjà.

21

Le duc d'Argyle

Le soleil déclinait à l'horizon, mais Duncan ne le voyait pas. Posté à l'une des fenêtres ogivales ornant la façade sud-est du château d'Inveraray, il fixait son regard sur les montagnes enneigées qui prenaient des teintes pastel derrière le loch endormi sous une épaisse couche de glace. Il ferma les yeux un moment pour mieux s'imprégner des longs gémissements d'une cornemuse qui emplissaient l'air glacé de ce début de janvier et venaient s'enrouler autour de lui comme un plaid. Il soupira. Cette musique était l'essence même des Highlands. Elle faisait battre le cœur des guerriers et élevait leurs âmes lorsqu'ils tombaient sur le champ de bataille.

Quelle ironie ! pensa-t-il en regardant la troupe de soldats qui pivotaient et martelaient le sol avec leurs chaussures à boucles d'argent couvertes de guêtres blanches. Les hommes manipulaient leurs mousquets à baïonnette avec agilité et rapidité, dans une valse de vestes à basques colorées, sous les regards scrutateurs des officiers qui criaient des ordres. La majorité d'entre eux étaient des Highlanders, comme lui. Les autres venaient des Lowlands. Tous portaient la veste écarlate des *Sassannachs*.

Duncan méditait sur ce que pouvait ressentir un homme qui se battait dans les habits d'un autre peuple, pour le roi d'un autre peuple. Pour lui, porter la veste rouge lorsqu'on était highlander signifiait renier son sang. En vérité, certains de ces hommes n'avaient pas le choix, parce qu'ils appartenaient à des clans qui avaient prêté serment d'allégeance au roi George. Mais pour qui battait vraiment leur cœur ? Duncan fronça les sourcils et grimaça.

— Traîtres ! murmura-t-il en se détournant.

— Tu dis ?

— Rien, marmonna-t-il en regardant Marion.

La jeune femme furetait dans l'imposante bibliothèque avec une telle jubilation que cela le fit sourire.

— Peut-être nous a-t-il posé un lapin ? fit-il observer.

— Argyle ? fit Marion en levant le nez d'un livre magnifique à la reliure de veau jaspé et à la tranche marbrée. Hum… je ne crois pas.

— Voilà plus d'une heure que nous attendons ici que messire le duc se pointe !

— Oh ! regarde, Duncan ! Quel livre fabuleux ! s'extasia-t-elle devant une planche représentant un grand perroquet au plumage rouge et aux ailes bleues. *Histoire des animaux* de Conrad Gesner… Je n'avais jamais remarqué ce livre auparavant. Peut-être est-ce une nouvelle acquisition ?

— Nous devrions déjà être sur le chemin du retour, continua le jeune homme, excédé.

Marion déposa le précieux volume sur son lutrin et prit un air grave.

— Il viendra, j'en suis persuadée. Il nous a invités à le rencontrer ici, aujourd'hui, et…

Elle soupira.

— Bon, d'accord, reprit-elle, je t'accorde qu'il a du retard. Mais tu oublies qu'il est à la tête d'une armée...

— De l'armée ennemie, dois-je te le rappeler ?

Elle fronça les sourcils.

— De l'armée ennemie, c'est vrai ! Mais s'il a dit qu'il viendrait, c'est qu'il viendra. Cesse de te faire un sang d'encre avec ça !

Duncan leva des yeux exaspérés vers le plafond à caissons en bois de chêne provenant sans doute des terres d'Argyle. En fait, tout respirait l'Argyle dans cette pièce, et cela le faisait suffoquer. Le duc était l'homme le plus puissant au nord de la Forth, le plus puissant de tous les Highlands peut-être. Mais tous les hommes, aussi puissants fussent-ils, avaient un talon d'Achille.

Il parcourut du regard la spacieuse bibliothèque. Les murs étaient littéralement tapissés de livres dont les lettres dorées sur le dos brillaient à la lueur des chandelles. Plusieurs fauteuils de style baroque, tendus de damassé bleu foncé, étaient disposés autour de la pièce pour les lecteurs. Au centre trônait un imposant bureau en acajou garni de poignées en laiton représentant des têtes de lion menaçantes. Dessus, le buste de marbre d'un homme offrait fièrement son profil altier au nez busqué. Des cartes représentant diverses parties des Highlands et de l'Écosse en général couvraient la surface de cuir patiné et écorché par les pointes des plumes.

Les quelques parcelles de mur qui n'étaient pas recouvertes par les livres se cachaient timidement derrière autre chose. Sur la hotte de la cheminée, deux magnifiques claymores, longues de près de deux mètres, croisaient le fer sous une targe d'apparat en cuir repoussé et clouté. Dans l'âtre flambaient des bûches, sur des chenets dorés représentant des tiges d'ortie.

Dans un angle de la pièce se dressait une énorme *clarsach*[1] dépouillée de ses cordes. Duncan avait souvent eu le plaisir de voir et d'entendre ce genre d'instrument merveilleux qui chantait comme une sirène. Les bardes en jouaient parfois. Mais les leurs étaient plus petites, pour le transport. Celle-ci était aussi haute que lui. Dommage qu'elle fût réduite au silence. Peut-être Argyle préférait-il les claviers musicaux des gens du Sud.

Quelques toiles représentant sans conteste des membres de la branche d'Argyle des Campbell ornaient un pan de mur, au-dessus d'une console. À côté, un globe terrestre était emprisonné dans un carcan de bois et de laiton. Duncan se prit à se demander si le duc avait choisi cette pièce pour leur rencontre dans le but de l'impressionner ou si les autres pièces du château étouffaient sous la même débauche de meubles et d'ornements. Comparée à sa modeste chaumière et à la pauvreté des clans, dans les replis montagneux, la demeure d'Inveraray avait des allures de paradis sybaritique.

Ce luxe était excessif à ses yeux. Il n'avait pas besoin de tout ceci. Sa richesse à lui se trouvait dans sa vallée ancestrale, dans ses collines émeraude et améthyste qui foisonnaient de gibier, dans ses lochs scintillants qui accueillaient des nuées de cygnes chanteurs. Sa richesse était la terre qui l'avait vu naître, qui avait fait de lui ce qu'il était. Rude et sauvage, mais combien fier d'être tout simplement lui-même. Et il avait Marion...

1. Harpe celtique d'Irlande.

Son regard s'arrêta sur un meuble à l'allure singulière placé dans un coin de la pièce. Assez massif, il était en bois sculpté. Deux montants magnifiquement ouvragés, mesurant plus d'un mètre et demi, supportaient quatre grands pupitres disposés en croix qui tournaient librement autour d'un axe tout en demeurant inclinés. Sur chaque pupitre s'étalaient des livres aux reliures superbes, ornées d'arabesques, de rinceaux et de blasons en creux ou en relief.

Son œil de profane fut attiré par une reliure de maroquinerie rouge qui présentait sur le plat deux encadrements, l'un en bordure, l'autre au centre, en triples filets croisés et ornés de fleurons dans les coins. Il se pencha pour lire le titre du livre, gravé au dos dans les entrenerfs, juste sous les armoiries de la maison d'Argyle : *L'Anatomia Reformata*.

Il prit le volume, qui craqua lorsqu'il l'ouvrit. Tombant sur une gravure morbide, il ne put retenir une grimace de dégoût. L'image représentait une peau humaine vraisemblablement vidée de son contenu et déployée comme un linceul. La tête aux traits contorsionnés d'un supplicié pendait. Les bras et les jambes étaient cloués sur un cadre.

— Très inquiétant, fit Marion par-dessus son épaule.

— Hum… autant que peut l'être un traité sur l'anatomie humaine. Pour ma part, je préfère les modèles vivants.

Il lui fit un clin d'œil et rit. Marion lui donna un léger coup de hanche et se pencha sur le volume du pupitre inférieur.

— Regarde celui-ci ! s'écria-t-elle en faisant tourner le pupitre. Une édition in-douze d'Érasme.

— Érasme ?

— Desiderius Erasmus Roterodamus. C'est un humaniste du XVIe siècle qui luttait pour la liberté de morale des individus. Un libre penseur. Il se moquait des institutions religieuses et prônait une entente entre les catholiques et les protestants. Je me demande s'il a été excommunié…

Duncan ne put s'empêcher de rire.

— Vraiment ? Pour des protestants réformistes aussi farouches, je trouve que les Campbell ont des lectures bien éloignées de leurs convictions et de leur philosophie. Peut-être devrais-je y voir une certaine ouverture. Mais j'en doute…

— Ah ! Mon préféré !

Elle fit pivoter le présentoir pour l'arrêter sur une édition latine de *L'Enéide* de Virgile, reliée de maroquin olive et dorée sur tranches.

— Tu connais tous ces livres ? s'étonna Duncan.

— Bien sûr ! Lorsque mon père a affaire au duc, il me permet à l'occasion de l'accompagner. Moi, je l'attends ici en farfouillant dans cette caverne du savoir.

— Tu lis le latin ? s'exclama encore une fois le jeune homme.

— Euh… pas vraiment. Quelques mots, sans plus. Papa a un exemplaire de la traduction anglaise de *L'Enéide* de Gavin Douglas. Connais-tu la tragique histoire de Didon et Née ?

— Non, avoua Duncan, un peu gêné. Mes lectures se limitaient à des textes de la Bible, aux œuvres de Shakespeare et à quelques lignes de Henryson et de Racine.

— Racine ? C'est un tragédien français, non ?

Il pouffa de rire.

— Je ne sais pas si je devrais te raconter ça.

— Essaie toujours.

— Comme le seul livre en français que nous possédions était la tragédie de *Phèdre*, mon père m'obligeait à donner la réplique à ma sœur dans le rôle d'Hippolyte. Je crois bien avoir été exécuté une bonne douzaine de fois. Frances jouait Phèdre. Mais nous n'arrivions jamais à terminer la pièce, car elle refusait obstinément de se pendre à la fin.

— Tu faisais du théâtre ? s'écria Marion en se retenant de rire.

— Ne raconte ça à personne, Marion Campbell, ou bien je…

— Il faudra que tu me joues la pièce un de ces jours.

— Pas de chance ! J'ai brûlé le livre.

— Quoi ? Tu as brûlé un livre ? Quelle horreur, Duncan ! Ça ne se brûle pas, des livres !

— J'en avais assez du théâtre. Ma mère avait même l'idée saugrenue de présenter la pièce chez John MacIain. Non, mais tu imagines ? À douze ans, je m'intéressais bien plus au maniement des armes qu'à l'art théâtral.

— Dommage.

Elle lui lança un regard coquin.

— Mais au fait, où aviez-vous trouvé ce livre ? Lors d'un raid ?

Il lui décocha un regard noir.

— Non. Mon père a passé quelque temps en France, expliqua-t-il avec une pointe d'orgueil. Il parle très bien le français et tenait à ce que nous maîtrisions cette langue, nous aussi.

— Vous aviez un précepteur ? demanda-t-elle en fronçant les sourcils d'incrédulité.

— Non. Ma mère nous enseignait l'anglais, le gaélique et le latin. Mon père, lui, se chargeait du français lors des longues soirées d'hiver.

Les flammes dans l'âtre, qui illuminaient la chevelure de Marion, créaient un halo doré autour de son visage. Il écarta une boucle rebelle qui lui retombait dans les yeux et l'embrassa doucement.

— Tu aimes les livres, *mo aingeal ?*

— Énormément, les livres sont…

Elle plissa le nez en retirant un volume d'un des pupitres.

— Les livres nous ouvrent les portes du monde et du temps, reprit-elle. On y fait des rencontres parfois intéressantes, parfois…

Un raclement de gorge fit écho dans la pièce. Duncan et Marion tressaillirent et se retournèrent d'emblée.

— Je vois que vous vous intéressez à ma collection d'elzévirs.

— Elzévirs ? fit Marion en rougissant.

Le duc d'Argyle entra dans la pièce, flanqué de deux superbes lévriers écossais bruns et talonné par un jeune chiot d'une race qui leur était inconnue.

— *Suidh*[1] *!* ordonna-t-il aux chiens.

Les deux lévriers obéirent sur-le-champ. Le troisième chien se mit à gambader jusqu'à Marion et Duncan, qu'il renifla.

— *Seo ! À Sheanailear, suidh*[2] *!*

L'animal se mit à japper et fourra son museau sous les jupes de Marion, qui poussa un petit cri de surprise.

— *Falbh ! Falbh* [3] *!* s'écria la jeune femme en le poussant du pied.

— *Seanailear !* rugit alors Argyle de sa voix de stentor.

Le chien obéit enfin.

1. « Assis ! »

2. « Ici ! Général, assis ! »

3. « Ouste ! Ouste ! »

— Excusez-le, il est encore un peu jeune.

— Il est… mignon, fit Marion en examinant le chiot. Mais de quelle race est-il ?

— C'est un pointer anglais. Il est le merveilleux fruit d'un croisement entre le braque espagnol, le fox-hound et le greyhound. On m'a assuré que son flair est remarquable. Pour ce qui en est de son degré d'obéissance…

Redressant les épaules pour toiser les deux jeunes gens, il balaya l'air d'une main rigide.

— Vous vous intéressez toujours aux livres, à ce que je vois, mademoiselle Campbell.

Elle baissa les yeux sur le volume qu'elle tenait toujours.

— Euh, oui…

— *The Colloquia*, sixième édition. Ce livre fait partie de ma collection d'elzévirs. L'Église l'a interdit. Il est donc rare.

— Ah ? fit Marion. Ces ouvrages sont très beaux.

— Et très précieux, remarqua le duc.

Elle reposa le livre sur le pupitre, puis se rapprocha de Duncan.

— La collection me vient de mon grand-père. Lors de son séjour… forcé en Hollande, il s'est lié d'amitié avec l'un des fils Elzévir, à Leyde. Les Elzévir étaient maîtres-imprimeurs et éditeurs. Leurs éditions, souvent imitées, sont très prisées. Si je peux encore admirer ces livres aujourd'hui, c'est grâce à mon père qui a eu la présence d'esprit de les mettre en sûreté lors du grand raid d'Atholl.

Il toisa Duncan avec morgue, sans chercher à cacher son animosité. Ce dernier subit l'examen, impavide.

— Mon père était un amoureux des livres, poursuivit le duc.

— Entre autres choses, fit sournoisement observer Duncan avec un sourire. J'ai cru entendre qu'il avait une grande passion pour les charmes féminins, qui l'aurait suivi jusqu'au trépas.

Les paupières d'Argyle se refermèrent à demi sur un regard glacial. Il était de notoriété publique que le neuvième comte d'Argyle, Archibald Campbell, aimait beaucoup les femmes. La liste des noms des demoiselles qu'il avait courtisées jusque dans leur lit était plutôt longue, au grand désespoir de son épouse. Sur son lit de mort, il aurait eu l'audace de demander que sa dernière conquête, une certaine Peggy Alison, vive dans l'une de ses propriétés. La comtesse fit fi de sa requête et mit « la putain » à la rue avant même que le corps de son mari ne soit refroidi.

— Je constate avec consternation que les hommes du clan de MacIain sont toujours aussi insolents.

Le duc pivota sur lui-même, faisant voler les basques de son uniforme lourdement brodé et garni de brandebourgs dorés. Vêtu de sa tenue militaire, il devait arriver directement de Stirling. D'un pas cadencé, il se dirigea vers une console sur laquelle étaient alignées des carafes de cristal et des bouteilles d'eau-de-vie et de vin.

— Ma chère Marion, dit-il en haussant le ton, vous devriez choisir vos fréquentations avec plus de soin. Prendrez-vous un verre de porto ou de whisky ?

— Du porto, messire.

D'une main leste, il retourna trois verres. Puis, prenant la carafe de porto, il la leva au-dessus d'une chandelle pour en vérifier la clarté, remplit un verre. Il versa ensuite du whisky dans les deux autres.

— Je ne vous tiendrai pas rigueur de votre arrogance, Macdonald.

En lui tendant son verre, il regarda Duncan dans les yeux. Puis son regard se tourna vers la longue balafre qui le défigurait. Il grimaça.

— Sheriffmuir ?

— Oui.

— Quel est votre prénom déjà ?

— Duncan.

— Ah oui ! Duncan Macdonald. Et votre père ?

— Liam Macdonald. Il est *tacksman*[1] à Carnoch. C'est le cousin de John MacIain Macdonald.

— Je crois avoir négocié quelque chose avec lui... marmonna-t-il en réajustant son écharpe de tartan passée en travers de sa poitrine.

Duncan soutint le regard scrutateur du duc. Bizarrement, il se l'était imaginé plus vieux. Mais l'homme devait être dans la trentaine avancée. Comme tous les autres Campbell dont les portraits ornaient les murs de la bibliothèque, il arborait une chevelure rousse qui cascadait sur ses épaules. Argyle, qui devait également se sentir l'objet d'un examen minutieux, s'éclaircit la gorge.

— Oui, cela me revient. C'était pour la libération de son frère, qui appréciait particulièrement la viande de bœuf engraissé sur mes terres, railla-t-il. Ils vont bien ?

— Nous ne sommes pas venus ici pour parler des membres de ma famille, dit Duncan avant de tremper ses lèvres dans le liquide au puissant parfum de tourbe.

— Cela vient de l'île de Mull, précisa le duc. La terre tourbeuse qui filtre l'eau des sources de l'île lui donne un parfum bien distinct. C'est un vingt ans d'âge. À mon avis, c'est à ce moment-là qu'il est le meilleur. Mais tout est question de goût, n'est-ce pas ?

---

1. Bailleur.

Pinçant les lèvres, il leva son verre en direction de ses deux invités.

— Votre père est-il retourné à Perth, Marion ? demanda-t-il sur un ton badin.

— Il est reparti dès qu'il a reçu votre réponse.

En effet, le laird de Glenlyon avait fait parvenir une missive au duc, par l'entremise du frère de ce dernier, le comte d'Islay. L'attente avait duré cinq jours. Finalement, l'un des *gillies*[1] d'Argyle avait apporté la réponse à Chesthill. La rencontre aurait lieu à Inveraray. Il était convenu que le duc ne verrait que Marion, accompagnée d'une escorte non armée.

Évidemment, Duncan et Marion s'étaient fait accompagner par les Macgregor, qui les attendaient dans une petite taverne en dehors d'Inveraray. Ils devaient assurer leurs arrières au cas où le duc d'Argyle essaierait de récupérer le document de façon plus ou moins honnête. Duncan souhaitait seulement que les hommes de Macgregor ne fussent pas trop ivres à leur retour. Tous ces préliminaires l'agaçaient.

— Avez-vous le document ? demanda-t-il, pressé d'en finir.

Argyle le dévisagea, impassible, puis serra ses mâchoires.

— Oui, répondit-il gravement en portant sa main sur l'une des poches de sa veste. Je ne vous cacherai pas que cette affaire m'irrite au plus haut point. Je serai bien soulagé de la voir réglée. Cependant, je me demande ce qui a bien pu pousser votre frère à trahir votre père de la sorte, Marion.

Elle se raidit et s'accrocha au bras de Duncan.

---

1. Hommes de main.

— Vous ne devinez pas, messire ? Qu'est-ce qui amène certains hommes à trahir les leurs ? L'argent ? Mon père croule sous les dettes. John aura voulu l'aider. Ses intentions étaient nobles, mais je dois avouer que sa méthode...

— Oui, les dettes... murmura le duc pensivement. J'ai été très déçu de ne pas trouver la signature de votre père sur la pétition en faveur du roi George qui a circulé dans le clan en août dernier. Mais Breadalbane a choisi le parti des jacobites, et votre père, en qualité de vassal de la maison de Glenorchy, n'avait pas le choix.

— Mon père a choisi son camp avec son cœur, non par obligation.

Argyle fronça les sourcils et but une gorgée de whisky.

— Les lairds de Glenlyon ont toujours été fidèles à leur roi, petite.

— Il l'est. Il honore son sang highlander et ses origines.

Le sous-entendu fit tiquer le duc.

— Il y a diverses façons d'honorer son sang, ma chère. Voyez-vous, je tire essentiellement ma fierté du fait que je suis MacChailein Mor. Être duc n'est rien d'autre qu'un titre auquel sont associés quelques privilèges. Il n'y a que deux attitudes possibles par rapport au pouvoir : s'en emparer et s'en servir, ou le subir. Dans l'intérêt de mon peuple et du nom que je porte, j'ai choisi la première. Aujourd'hui, je me retrouve au plus haut rang, dans mon pays. Je veille à ce que les titres et les propriétés de ma famille soient à l'abri.

Il se servit un deuxième verre de whisky et approcha la bouteille du verre de Duncan. Le jeune homme déclina l'offre d'un geste de la tête. Le généralissime s'accota alors au bureau, fixant d'un œil vide ses chiens qui dormaient à ses pieds.

— Je n'ai jamais tourné le dos à mes origines, mes ancêtres non plus d'ailleurs.

— Pourtant la tête de votre grand-père s'est retrouvée au bout d'une pique pour haute trahison envers Charles II, qui était de sang Stuart, rétorqua Duncan.

Le duc le foudroya du regard.

— On l'a exécuté parce qu'on le jugeait trop puissant. On s'est servi de son hésitation à prêter le serment imposé par la loi du Test pour le condamner à mort. Mais son hésitation était due au fait que la loi obligeait tout titulaire d'un office public à communier selon le rite épiscopalien. Or cela allait à l'encontre de ses convictions religieuses. Nous sommes protestants.

Il mit sa main dans sa poche et en sortit le fameux document, qu'il examina d'un œil prudent.

— Contrairement à ce que vous pensez, Macdonald, reprit-il plus posément, le même sang coule dans nos veines à tous les deux.

Une exclamation de dégoût résonna dans la bibliothèque. L'un des lévriers leva la tête en direction de Duncan, bâilla paresseusement, puis la reposa sur ses pattes en gardant un œil sur lui. Argyle laissa tomber le pli sur le bureau, au beau milieu du fouillis qui le couvrait.

— Si je ne veux pas me laisser asservir et manipuler par les Anglais, je dois les combattre sur leur propre terrain. Quelle façon plus efficace voyez-vous que de se joindre à eux ? Cela me permet d'anticiper les coups et d'en retirer certains avantages.

Il embrassa la pièce d'un geste éloquent en affichant un sourire sournois.

— Mais vendre ses pairs ? intervint Duncan. Les persécuter, est-ce honorer son sang ?

Argyle siffla hargneusement.

— La sédition n'apporte rien.

Il fit quelques pas en direction de Duncan et se planta non loin de lui, jambes écartées. Malgré la haine qu'il éprouvait pour cet homme, Duncan ne put s'empêcher de lui trouver un certain charisme et une force de caractère hors du commun. Le duc vida son verre, le considéra un moment et poursuivit sur sa lancée.

— Les Anglais veulent l'Écosse, je ne vous apprends rien. Les Highlands leur posent un problème de taille avec les guerres incessantes entre clans et ces insoumis qui ne cessent de dévaster les Lowlands. Ils veulent voir la paix régner dans ces montagnes. Ma mission est d'obtenir et d'assurer la paix. Par la même occasion, je veille à la sécurité des miens. Oui, je suis fidèle à la maison de Hanovre. Je la sers du mieux que je peux en dirigeant cette armée et en luttant contre les insurgés. Mais je ne perds pas de vue que, pour les Anglais, je serai toujours un Écossais, un Highlander par surcroît. Je vous assure que cette étiquette me brûle parfois la peau, quand je vois le comportement de certains clans. Nous ne sommes plus au Moyen Âge, Macdonald ! Réveillez-vous ! L'Angleterre nous tend une perche avec l'Acte d'union, qui commence déjà à porter ses fruits. Regardez donc dans quelles conditions misérables la plupart d'entre vous vivez. Vos méthodes de culture sont archaïques ; vous avez besoin d'une réforme agraire. Vos habitations... Ces tas de pierres et de tourbe qui couvrent vos têtes et que vous appelez maisons...

Duncan commençait à sentir la moutarde lui monter au nez. Il se contenait difficilement.

— Devons-nous vendre notre âme au diable pour ça ? Ils veulent notre sang sur les champs de bataille du continent. Ils veulent la sueur de nos fronts pour s'enrichir encore plus. Ils veulent nous assimiler pour mieux nous contrôler. Plutôt crever que de devenir la bête de somme des *Sassannachs* !

Il reprit sa respiration et sentit la main de Marion lui presser le bras. Il devait se calmer pour ne pas faire échouer la transaction. Un sourire mi-amer, mi-dégoûté se peignit sur le visage du duc.

— Je vois à quoi s'est buté ce cher Breadalbane lors du grand rassemblement d'Achallader, en 1691.

— Vous ne pourrez jamais comprendre, messire duc, répliqua Duncan sur un ton plus calme. Nos vues divergent depuis trop longtemps ; un gouffre nous sépare. Vous déployez votre énergie à servir les *Sassannachs* dans le but de préserver vos titres et vos terres. Nous, nous versons notre sang pour préserver notre identité et notre liberté.

Argyle resta un moment silencieux, à observer les deux jeunes gens, les yeux mi-clos. D'une main distraite, il caressait le tartan de son clan.

— Où sont les bons de caisse et l'autre document ?

Marion se dirigea vers la sacoche cachée derrière un fauteuil et en sortit une enveloppe.

— Je veux voir l'entente jacobite avant, demanda-t-elle.

Le duc cilla, mais sourit devant l'audace de la jeune femme. Il tendit le document.

— J'imagine que vous avez pris soin de noter tous les noms qui y figurent, dit-elle en parcourant la feuille des yeux.

— La liste des noms ne me serait d'aucune utilité, sans preuve pour les accusations. D'ailleurs, la plupart des noms sont déjà connus des membres de la Chambre des lords.

Il tendit de nouveau la main, et Marion y déposa l'enveloppe proposée en échange.

— Je me demande bien pourquoi votre fils veut vous impliquer dans un complot aussi grotesque qu'un régicide, le nargua-t-elle.

Argyle pinça les lèvres, laissa tomber les bons de caisse sur le bureau et déplia lentement le document. Son teint pâlissait tandis que son regard suivait la calligraphie trébuchante et irrégulière de son fils. Sa lecture terminée, il déposa la feuille sur les bons et la regarda fixement pendant plusieurs secondes.

— Glenlyon affirme que ce document a été intercepté par Macgregor et qu'il se trouvait dans le courrier de Fort William en partance pour Édimbourg...

— Oui, confirma Marion. Aucun destinataire n'est inscrit dessus. Il y a juste ce symbole, qui ressemble à un glaive ou à une croix.

— Le destinataire devait connaître ce symbole.

— Votre fils a du culot de mettre ainsi votre tête sur le billot, railla Duncan. Sans parler de la façon dont il semble dilapider votre précieuse fortune...

Une profonde inspiration tendit le gilet du duc.

— Je ne vous ai pas demandé votre opinion, Macdonald.

Son attention se reporta sur la feuille.

— Je me demande si c'était la première missive qu'il envoyait avec... ma signature ? marmonna-t-il les yeux plissés par la concentration.

Il grogna et replia la feuille, qui prit le chemin de la poche d'où il avait sorti l'entente jacobite un peu plus tôt. Il releva la tête et se composa un air condescendant.

— Ne vous méprenez pas sur la raison qui m'a fait accepter ce petit marché. La tête du Prétendant est mise à prix. Un prix très élevé, dois-je préciser. Je crains que celle de mon fils ne déborde d'imagination. Je suppose qu'il a cru que ma signature ajouterait du sérieux à un tel ordre. Enfin... Quoi qu'il en soit, c'est le fait qu'il ne m'ait pas demandé mon consentement qui me fâche. Je ne crains aucunement de monter sur l'échafaud et de subir le baiser de la Veuve. L'issue de la rébellion n'est plus un secret pour personne. Le mélange plutôt hétéroclite qui constitue l'armée de ce cher ancien collègue, le comte de Mar, se dissout d'après mes sources. Je crois que je peux m'y fier, car jusqu'à aujourd'hui, elles n'ont pas failli. Puis, c'est évident que Mar n'a pas fait ses classes dans l'armée. Je le connais bien pour avoir siégé avec lui à la Chambre des lords. Il n'est point stratège et ne sait pas entretenir le moral de ses troupes. Le but de votre cause, quant à lui, est très ambigu, je dois vous faire remarquer. Vos motifs sont divers. Certains d'entre vous croient au droit légitime de Jacques de monter sur le trône, bien qu'il soit catholique. D'autres, comme les anti-unionistes, voient dans l'insurrection une façon de reconquérir l'indépendance de l'Écosse. D'autres encore agissent pour la simple raison qu'ils veulent retourner aux « vieilles méthodes ». Tristement, l'histoire se répète : chaque clan pour soi, chaque homme pour soi. N'ai-je pas vu le marquis de Huntly prendre la poudre d'escampette sur sa monture à Sheriffmuir ? De très mauvais augure, ne trouvez-vous pas ? Concernant votre cause, je dois préciser...

Duncan serrait les mâchoires à s'en faire mal. Il savait qu'Argyle disait vrai, et cela l'effarait. L'armée du duc grossissait considérablement. D'après les espions, d'autres troupes arrivaient encore de Hollande. L'armée jacobite avait, elle, sérieusement diminué. Les réserves d'armes et de munitions s'épuisaient. L'aide promise par la France ne venait pas. On avait aperçu des navires, mais aucun débarquement n'avait eu lieu. Le duc d'Orléans, régent à la cour de Versailles depuis le décès de Louis XIV, ne s'intéressait pas aux problèmes de l'Écosse. Le manque d'initiative du comte de Mar y était pour beaucoup. Ce n'était plus qu'une question de semaines, voire de jours, avant que la rébellion ne soit définitivement étouffée.

Argyle, qui semblait deviner ses sombres conjectures, le gratifia d'un malicieux sourire.

— Évidemment, nous n'entrerons pas dans les détails. Si je dévoilais des secrets militaires, je pourrais effectivement craindre la décollation.

Il passa un doigt sous sa cravate, sur son cou, et émit un rire cynique.

— Dans votre intérêt et dans le mien, il serait donc sage d'oublier notre petit entretien... On pourrait se méprendre quant au motif de votre présence ici. Pour ce qui est de la tête du Prétendant, avec une prime de cent mille livres anglaises, vous savez... l'argent et le diable n'ont pas de repos.

Bizarrement, malgré le succès de l'entreprise, Duncan ne se sentait pas l'âme à la fête. La véridicité des observations démoralisantes d'Argyle lui avait fait l'effet d'une douche froide et avait fait s'envoler le peu d'espoir qui subsistait encore dans son cœur. Le duc avait frappé au bon endroit.

Tristes, ils quittèrent Inveraray. La nuit était tombée et les routes enneigées, mais encore praticables, étaient éclairées d'une lumière de lune bleue. Duncan, qui suivait Marion dans la forêt, se retournait régulièrement sur sa monture, pour être certain qu'ils n'étaient pas suivis. Il ne voyait personne, mais ne se sentait pas à l'aise. Quelque chose lui disait... Puis il les vit : deux cavaliers venaient de traverser un rayon de lune que laissait passer une éclaircie. Il fit avancer sa monture à la hauteur de celle de Marion. Son pistolet chargé à la main, il posa alors un doigt sur les lèvres de la jeune femme.

— Nous sommes suivis, l'informa-t-il en chuchotant.

Les yeux agrandis par la peur, elle se retourna et émit un gémissement.

— Tu passes devant. Quand je siffle, tu t'enfonces aussitôt dans les bois avec ton cheval. C'est compris ?

Lentement, elle acquiesça d'un hochement de tête. Duncan l'attira rapidement à lui pour l'embrasser à la sauvette. Puis il la repoussa.

— Ils ne sont que deux, dit-il pour la rassurer. Je devrais arriver à les maîtriser.

— Duncan…

— *Tuch !* Tu fais ce que je te dis et tu attends que je t'appelle. Reste cachée.

— Oui.

— Allez !

Il donna une claque sur la croupe de son cheval, qui se mit aussitôt au trot. Puis il évalua la distance qui le séparait des deux poursuivants : une cinquantaine de mètres peut-être, pas plus. Mais ils se rapprochaient. Il n'y avait pas de temps à perdre.

Il parcourut la forêt des yeux. Marion avait pris assez d'avance. Il s'enfonça alors dans les bois, sauta en bas de sa monture et siffla. Puis il s'empara d'une longue branche tombée d'un arbre et à demi enfouie dans la neige. Son cœur se mit à galoper comme un animal furieux. Les deux hommes, alertés par le sifflement, s'approchaient maintenant à vive allure. Il souleva la branche au-dessus de lui en priant Dieu de ne pas le laisser rater son coup. Dix mètres… Cinq mètres…

Avec une force inouïe, la branche faucha le premier cavalier, qui tomba de sa monture dans un sinistre craquement. Son compère, qui le suivait de près, tira sur ses rênes. Son cheval se cabra en hennissant. Son cri résonna dans la forêt. Enjambant l'homme inconscient qui gisait dans la neige, Duncan sortit de l'ombre. Il pointa son pistolet sur l'inconnu, qui jura entre ses dents.

— Descends ! beugla-t-il en s'approchant de lui.

L'homme s'apprêtait à prendre son pistolet. Mais Duncan perçut son geste et tira au-dessus de sa tête. Il ne voulait pas le tuer. L'homme tressaillit. Duncan profita de ce moment de surprise pour se ruer sur lui et le tirer brutalement en bas de son cheval. Après quelques secondes de lutte, il se retrouva couché sur lui dans la neige, pointant son poignard sur sa gorge. Les yeux de l'homme se mirent à rouler de terreur.

— Pourquoi nous suivez-vous ? rugit Duncan en l'empoignant par la cravate.

— Je… je dois… j'obéis à un ordre…

— Quel ordre ? Et de qui ?

— Le document…

— Qui a donné l'ordre ? Argyle ?

Furieux, Duncan appuya un peu plus fort sur le poignard, entaillant légèrement la peau. L'homme gémit de douleur.

— Ou-oui…

— Ce putain de duc ! J'aurais dû lui abîmer le portrait…

L'homme agrandit un peu plus les yeux, comme si cela lui était encore possible.

— Non… Vous vous méprenez. Ce n'est pas le d-duc, bafouilla-t-il d'une voix étranglée par la peur. C'est son fils…

— John ?

— Oui.

Ainsi, le duc avait respecté les termes de l'entente. C'était son imbécile de fils qui continuait de manigancer dans son dos. Il grogna.

— Vous n'allez pas me tuer, hein ?

— Te tuer ?

Il émit un petit ricanement sarcastique.

— Les morts ne parlent pas, mon vieux. Je veux que tu portes un message à ton maître de ma part.

— Ou-ou-oui…

— Dis-lui que, s'il tente de nouveau de s'en prendre à nous, je lui pèlerai la peau et m'en ferai une targe. Est-ce clair ?

— Très clair… une targe…

Duncan regarda l'homme affolé sous son poignard. D'âcres relents d'urine lui montèrent au nez. Il s'écarta un peu et vit que la culotte de l'homme était souillée à l'entrejambe.

— Tu n'aurais pas fait de vieux os à Sheriffmuir ! Quelle sorte d'hommes cet imbécile de John engage-t-il pour ses sales besognes ?

— S'il vous plaît… Relâchez-moi maintenant, supplia l'autre. J'irai porter le message… Aïe !

Duncan venait de lui entailler la joue gauche.

— Ça, c'est pour Sheriffmuir, espèce de petit merdeux ! siffla-t-il en le libérant brusquement.

Un cri aigu retentit derrière lui. Il se releva d'un coup, poignard en avant. Marion se tenait debout au-dessus de l'homme inconscient sur lequel elle braquait le pistolet que Duncan avait laissé tomber avant de se ruer sur l'autre cavalier. L'arme tremblait tellement qu'elle avait du mal à la garder pointée sur la poitrine. En même temps, elle fixait d'un œil ahuri le type qui geignait de douleur en tenant sa joue blessée.

— Que fais-tu là ? s'écria Duncan. Je t'avais dit de rester à couvert !

— J'ai eu peur. J'ai entendu un coup de feu, j'ai cru…

Ses lèvres tremblaient autant que ses mains. Duncan poussa un soupir d'exaspération, puis se tourna vers l'homme blessé. Il lui arracha son pistolet, resté accroché à sa ceinture, et le lança dans les bois. Il s'apprêtait à faire de même avec celui de l'homme inconscient, mais se ravisa et le glissa dans sa ceinture.

— Viens, Marion. Filons !

Quelques kilomètres plus loin, ils atteignirent la taverne où les attendaient les Macgregor. Marion se laissa glisser de son cheval, puis se mit à trembler et à sangloter. Duncan la prit dans ses bras.

— Tout va bien maintenant, *mo aingeal*, lui murmura-t-il à l'oreille.

— Oh, Duncan ! J'ai eu si peur. Je croyais que… Je… je croyais qu'ils t'avaient…

— Ne t'avais-je pas dit que je ne me laisserais pas faire la peau par un Campbell ? dit-il en souriant.

— Ce n'est pas drôle, Duncan Macdonald ! J'ai eu peur.

Elle le fusillait maintenant du regard.

— Mais tu mettais tout de même l'homme en joue avec mon pistolet ! Qu'aurais-tu fait s'il était revenu à lui ?

— Eh bien, j'aurais tiré, quoi !

Il éclata de rire.

— L'arme était vide, *mo aingeal*.

22

Les tourments

Perdu dans ses pensées, Alasdair Og Macdonald arpentait d'un pas nerveux notre petite chambre sur St John's Street, à quelques pas du clocher de la St John's Kirk qui avait sonné l'arrivée de la nouvelle année quelques jours plus tôt. Liam venait de lui demander la permission de repartir pour Inverness avec Colin et moi.

— Écoute, Sandy, dit Liam, je ne te demande que deux semaines, trois tout au plus.

— Je t'en donne cinq si c'est ce qu'il te faut, Liam, répondit Alasdair. Là n'est pas le problème. C'est de vous laisser partir seuls qui m'embête. Argyle attend une armée, et nous ne savons pas où elle débarquera. Si c'est à Inverness, tu t'y retrouveras coincé.

— Raison de plus ! répliqua Liam. Pourquoi envoyer d'autres hommes dans la gueule du loup ? Est-ce que deux ou trois hommes de plus feront la différence face à une armée de deux ou trois mille soldats ?

Alasdair recommença à faire les cent pas, les mains dans le dos, le nez rivé sur les lattes râpées du plancher. Il venait de franchir le cap de la cinquantaine, et ses cheveux étaient maintenant aussi blancs que le manteau d'hiver qui couvrait l'Écosse. Mais son regard vif et ses traits énergiques attestaient d'une grande vigueur.

En l'absence de John, le chef du clan, le fils cadet du grand MacIain menait les hommes d'une main de fer. Les deux frères se complétaient merveilleusement. C'était comme si MacIain s'était divisé en deux : d'un côté, John le sage, le patient et le compatissant ; de l'autre, Alasdair le fougueux et l'arrogant. Avec les années, je m'étais fait une idée de ce qu'avait pu être leur père, Alasdair MacIain Abrach Macdonald de Glencoe, sauvagement et lâchement assassiné vingt-trois ans plus tôt. Sandy, comme l'appelait affectueusement Liam, se frotta les yeux en grommelant.

— Je ne sais pas… Non mais, quel imbécile, ce Trevor Macdonald ! s'écria-t-il en levant les bras au ciel. Attaquer un convoi de ravitaillement de la Garde sans renfort !

— Je te rappelle qu'il s'agit du mari de ma fille, le semonça gentiment Liam.

— Ouais, enfin…

Il hésita encore un moment, puis laissa ses épaules s'affaisser dans un soupir de lassitude.

— Bon, soit ! Je n'ai pas vraiment le choix. Avec l'arrivée du Prétendant à Perth, Mar voudra certainement que ses troupes soient prêtes pour une riposte.

La porte s'ouvrit avec fracas et Colin apparut.

— Ça y est ! Ils ont débarqué, annonça-t-il hors d'haleine. Ils sont près de six mille, avec tout leur arsenal !

Nous le dévisagions tous, estomaqués. Il referma lentement la porte derrière lui et s'y adossa. Puis il s'expliqua.

— Je quitte à l'instant Adam et John Cameron de Lochiel. Ils venaient d'apprendre que six mille Hollandais étaient arrivés à Berwick. Une partie d'entre eux ont atteint Édimbourg avec un détachement des Scots d'Argyle. Puis ils ont traversé la Forth et ont pris

Burntisland. Ayant eu connaissance de ces mouvements, nos troupes qui occupaient les villages avoisinants ont aussitôt plié bagage. Les hommes rentrent à Perth et abandonnent tout le territoire situé au nord de la Forth.

Un silence de plomb s'abattit sur nous. Seule la toux rauque de Liam vint le perturber. Je lui jetai un regard désemparé. Il haussa les épaules, l'air de dire « Que pouvons-nous y faire ? ».

— Ce n'est pas tout, poursuivit Colin, visiblement accablé par ce qu'il allait nous annoncer. La cause est perdue…

— Que dis-tu là ? murmura Alasdair, abasourdi. Quelle idée !

— C'est confirmé… enfin, officieusement. Les dirigeants ont décidé de replier les troupes dès qu'Argyle marchera sur nous. Cette décision date de deux semaines déjà. Mar la tient secrète pour ne pas saper le moral des soldats et pour éviter une émeute dans Perth. Mais la rumeur court…

Mon sang ne fit qu'un tour. Mar abandonnerait ? Tout ça pour rien ? Non, je devais rêver !

— Mais d'où tiens-tu cette information ?

Colin sourit niaisement et se gratta la gorge. Ses joues rosirent.

— Euh… C'est Griseal, la soubrette affectée au service du comte de Mar…

— Une soubrette ? s'exclama Alasdair en riant. Voyons, Colin, ce n'est pas sérieux. Elle t'a certainement raconté ces sornettes pour se rendre intéressante.

— Elle n'avait pas besoin de ça, je t'assure…

Il me coula un regard, puis se détourna rapidement, gêné. Liam le surprit, mais fit mine de rien, se contentant de serrer les mâchoires. Le sang me fouettait les tempes.

Ce fumier de Mar... Il s'était fichu de nous ! Toutes ces vies perdues ! Colin reprit :

— J'avoue que moi aussi j'avais de la peine à y croire. Elle m'a dit qu'elle avait entendu une conversation entre Mar et Seaforth. Je suis allé voir Lochiel ; il n'a pas confirmé, mais n'a pas démenti non plus. À son regard, j'ai su que c'était la vérité. Nous avons perdu. Je n'arrive pas à y croire... Pourquoi ?

Alasdair et Liam échangèrent un regard entendu. Je sentis mes jambes se ramollir et me retins à la petite table.

— Cela veut dire qu'ils nous ont joué la comédie pendant tout ce temps ! ? m'écriai-je, furieuse. Ces rumeurs de riposte et de couronnement...

— Mar a saboté toutes nos chances, cracha Colin, que la colère envahissait aussi. Un beau parleur et un piètre stratège, voilà ce qu'est notre commandant en chef. Il aurait dû ordonner une attaque il y a des semaines, lorsque nous avions encore l'avantage. Les Français et les Espagnols qui attendent sur leurs navires ne risqueront de prendre du plomb aux fesses que s'il leur présente une stratégie de riposte. Mais cet imbécile a réduit nos chances à néant avec ses hésitations. Il s'est obstiné à vouloir attendre le Prétendant. Pendant ce temps, le camp s'est vidé. Maintenant, l'armée d'Argyle doit compter dans les dix mille hommes, tandis que la nôtre frôle tout juste les quatre mille. Il est trop tard !

Une colère froide avait pris possession de chaque cellule de mon corps. Ne pouvant plus me contenir, j'explosai littéralement de rage et me mis à hurler ma haine et ma peine.

— Les salauds ! Mais pour qui nous prennent-ils ? Des pions sur un échiquier qu'on balaie du revers de la main sitôt qu'on connaît l'issue de la partie ? Mon fils serait mort pour rien ?

— Caitlin…

Liam s'approcha de moi et tenta de me prendre dans ses bras. Mais je le repoussai vivement, l'écume à la bouche. Je devais me libérer de ce poison qui me rongeait le cœur depuis mon arrivée à Perth, cinq jours plus tôt. Même un aveugle aurait vu la désillusion et l'accablement dans le regard des soldats.

La moitié des hommes seulement étaient convenablement armés. Les autres ne possédaient que des piques, des haches, des épées rouillées ou des fourches. Certains n'étaient chaussés que de vieilles brogues[1] percées sur des pieds nus. Pouvait-on appeler cela une armée ? C'était une vraie farce !

— Pourquoi Mar vous a-t-il demandé de prendre les armes, Liam ? Tu peux me le dire ? Était-ce pour finir par tout foutre en l'air ? Et pourquoi le roi… Mais non, cet imposteur qui se fait appeler un roi… Pourquoi serait-il venu jusqu'ici, hein ? Serait-ce pour voir ses sujets se faire tuer comme des chiens par les hommes de George sans lever le petit doigt ?

Toute cette rage étouffante qui s'était accumulée depuis des semaines jaillissait hors de moi dans mes mots et ruisselait dans les larmes sur mes joues sous les regards stupéfaits et impuissants des trois hommes. Je tombai à genoux et enfouis mon visage dans mes mains tremblantes d'émotion.

— Ce tartufe, ce damné Mar. Il est responsable de la mort inutile de Ranald. Oh, Liam !

Les grandes mains de Liam se posèrent sur ma tête et m'attirèrent à lui. J'agrippai son kilt et enfouis mon nez dedans.

1. Chaussures de cuir souple portées dans les Highlands.

— Notre fils serait-il mort pour une chimère ? Non...

J'entendis des murmures, puis des pas qui s'éloignaient. La porte s'ouvrit et se referma sur un silence lourd. Liam se mit à genoux devant moi et me prit les mains.

— *A ghràidh*, murmura-t-il gravement, Ran est mort parce qu'il a été fidèle à ses croyances, comme nous d'ailleurs.

— Et tu y crois encore, Liam ? Dis-moi la vérité.

Il baissa les yeux, mais j'eus le temps d'y lire le désabusement et l'accablement. Sa bouche s'ouvrit et se tordit en un rictus amer.

— Si ce n'est pas cette fois-ci, ce sera une autre fois. Mais nous n'abandonnerons jamais, Caitlin. J'aimerais tellement que tu comprennes. Je sais que le prix est élevé, mais... Je ne sais plus... Je me sens si impuissant. Il ne me reste que l'espoir, et je m'y accroche aussi fort que je le peux. Et puis, il y a Frances qui se trouve maintenant à Inverness...

Une larme coula le long d'un sillon qui se creusait au coin de son œil. Nous restâmes un long moment silencieux, accrochés l'un à l'autre dans la tourmente de nos émotions.

— Liam.

Il me regarda attentivement.

— *A ghràidh !* souffla-t-il en me serrant très fort.

Sa chaleur m'enveloppa comme un baume magique. Je le sentis frissonner contre moi, comme s'il avait froid, comme s'il se vidait de toute sa chaleur pour me réconforter. J'avais tellement besoin de le sentir près de moi. En même temps, je luttais toujours contre ces affreuses images qui surgissaient dans mon esprit troublé la nuit. Je me retranchais au bord du lit, lui s'écartait en soupirant, laissant ce terrible espace entre nous.

— Caitlin, *a ghràidh, ni maitheanas dhomhj* [1].

Son souffle me brûlait la nuque, le cou, la gorge…

— Laisse-moi t'aimer, je t'en prie. Pardonne-moi…

Son cri d'amour m'étouffait et m'embrasait en même temps. Tout était si confus.

— Liam…

Ses mains dénouaient les cordons de ma jupe… « La jupe de Margaret… » Je tentai de le repousser, mais il me retint.

— Liam, arrête…

— Je n'en peux plus.

Ma jupe glissa au sol, autour de mes genoux. Ses doigts s'activaient sur mon jupon. « Caitlin, laisse-toi aller ! » Mais je n'y arrivais pas. Je voyais, je voyais… Mon Dieu, aidez-moi !

— Je ne peux pas… s'il te plaît…

— Tu le peux, Caitlin. Si j'ai pu le faire, alors tu y arriveras toi aussi.

— Si tu as pu… Quoi ? m'exclamai-je en tentant de le repousser. Mais de quoi parles-tu ?

— On n'oublie jamais, tu sais, répondit-il. Mais avec le temps, on arrive à s'y faire.

Je cherchais à comprendre où il voulait en venir. Il me retint fermement par les épaules et plongea son regard triste dans le mien.

— La mémoire est une chose admirable, qui nous fait revivre des moments merveilleux. Mais c'est aussi quelque chose de terrible… car elle nous empêche d'oublier complètement ce que nous ne voulons plus voir. Je le sais.

Tout à coup, je compris. Lord Dunning ! Il faisait allusion au marché que j'avais passé avec l'homme qui

---

1. « Caitlin, mon amour, pardonne-moi. »

l'avait faussement accusé de meurtre, alors que c'était moi la coupable. J'avais acheté la libération de Liam avec mon corps. Une nuit pour une vie... Salaud ! Comment osait-il faire une telle comparaison ? Il dut sentir que j'avais compris son insinuation, car ses doigts s'enfoncèrent dans mes épaules pour m'empêcher de me relever.

— Écoute, Caitlin...

— T'es un beau salaud, Liam Macdonald ! Tu n'as pas le droit de comparer Margaret et...

— Winston Dunning ? laissa-t-il tomber.

Je tressaillis. Vingt ans... et il m'en reparlait aujourd'hui !

— Tu crois peut-être que je ne m'en souviens pas ? On n'oublie jamais. Le souvenir s'estompe, d'accord. On peut arriver à le repousser dans un coin de notre esprit. Mais il est toujours là, sournois, prêt à ressurgir au moment où on s'y attend le moins. Je sais ce que c'est. Je te comprends.

Je ne trouvais pas les mots pour exprimer ma détresse et ma rancœur. Son regard était totalement dénué de rancune. Il n'avait pas voulu me blesser. Mais c'était si douloureux !

— Je t'aime, *a ghràidh*. Ne me repousse pas.

Ses mains relâchèrent lentement mes épaules pour descendre sur ma poitrine, qu'il caressa à travers l'épais lainage de mon corsage. Puis il en dénoua les lacets en m'observant. Sa respiration se fit plus lente et contrôlée, tandis que la mienne s'emballait. La panique me paralysait. « Margaret... »

Je fermai mes yeux brûlants de larmes pendant que mon corsage glissait à son tour au sol et je me mordis la lèvre. Le goût du sang me fit grimacer. Ses mains tiraient lentement sur ma chemise, me dénudant une épaule. Avec une infinie tendresse, il me caressa, s'attardant sur une pâle cicatrice, souvenir de notre fuite du manoir maudit, dans les ténèbres d'une lointaine nuit de mai.

Un frisson extatique me parcourut l'échine. Soudain je le revoyais tel qu'il était à ce moment-là : ce Highlander qui m'avait fait frémir avec son allure imposante, mais qui m'avait aussi émue par sa douceur et l'intensité de son regard, allumant en moi une petite flamme qui, en dépit de tout, brûlait toujours. « Ne souffle pas dessus, Caitlin... Laisse-la t'embraser, te consumer... »

— Liam...

— *Tuch !*

Ma chemise venait de rejoindre mes autres vêtements et ses doigts traçaient des sentiers de feu sur ma peau. « La peau de Margaret... » Je tremblais de jalousie et de désir.

— Tu es ma femme, Caitlin, murmura-t-il entre mes seins. Laisse-moi te faire l'amour...

Sans trop savoir comment, je me retrouvai sur le lit, complètement nue. À genoux entre mes cuisses, figé dans une immobilité de statue, Liam me surplombait de toute sa taille. Son regard me caressait comme ses doigts l'avaient si bien fait. « Caitlin, il n'a jamais regardé Margaret comme il te regarde... »

Enhardie par cette dernière pensée, je tirai sur sa chemise pour la dégager de son kilt, lentement et avec hésitation. Il ne bougea pas et me regarda faire. Était-ce Margaret qui lui avait enlevé sa chemise ou l'avait-il retirée lui-même ? « Caitlin, arrête de te faire du mal ! » Mais c'était plus fort que moi. Elle était là, entre lui et moi, maudite soit-elle ! Je n'arrivais tout simplement pas à l'oublier. Mes doigts se crispèrent sur l'étoffe usée.

— Je ne peux pas...

Je me cachai derrière mes mains pour échapper au regard de Liam. Un soupir de déception s'échappa de sa gorge, tandis que je sanglotais, mécontente de moi-même.

— *Seall orm, a ghràidh*[1], murmura-t-il après un long moment.

Mes mains glissèrent doucement et je fixai son visage flou à travers le rideau de mes larmes.

— Pourquoi ? demanda-t-il simplement.

— Elle est là ; je la vois toujours entre nous. J'ai besoin de temps.

Lentement, il secoua la tête et baissa les yeux.

— Je suis désolée. Je...

J'aurais voulu lui dire combien je l'aimais, mais les mots se sauvaient. Ce n'était plus le moment. Son regard s'attarda encore quelques minutes sur moi, insondable et sombre comme un loch. Il attendait la suite qui ne venait pas. Tout à coup, d'un geste brusque, il rabattit l'édredon sur ma nudité et se redressa.

— Pas autant que moi, Caitlin.

Puis, sans un mot de plus, il réajusta ses vêtements et se dirigea vers la porte.

— J'ai besoin d'air. Ne m'attends pas pour dormir. Je vais régler quelques détails avec Sandy avant notre départ, demain.

La porte claqua. Prostrée, je fixai les poutres du plafond. Avais-je coupé le dernier lien ? Je tirai sur l'édredon et le tins serré sous mon menton qui tremblait.

« Pauvre imbécile ! » me dis-je, les dents serrées.

Une résurgence de profonde amertume et un incoercible sentiment de culpabilité me submergèrent. Je déversai un flot de larmes sur mon oreiller.

---

1. « Regarde-moi, ma chérie. »

Quelques heures plus tard, je me réveillai, trempée et claquant des dents. La chambre était plongée dans l'obscurité et le froid. Le grondement sourd d'une clameur venant de la rue me fit tourner la tête vers la fenêtre. Liam n'était pas revenu. Je tendis l'oreille ; le brouhaha se rapprochait. Je m'extirpai du lit en maugréant et enfilai à la hâte mes vêtements épars sur le sol gelé. Puis j'allai me poster à la fenêtre. Une cohue de Highlanders en armes grouillait dans la ruelle encaissée entre les hauts murs auxquels étaient accrochées des torches. J'ouvris légèrement le battant pour mieux entendre les cris qui s'élevaient. Un homme, brandissant d'une main une épée et de l'autre une bouteille de whisky, protestait contre le comte de Mar et les chefs jacobites.

— Tout ceci va tourner à la mutinerie, dis-je en refermant le battant.

Le courant d'air froid avait fini de me réveiller. Harcelée par la faim, l'accablement et la crainte, j'errai dans la chambre en essayant de rassembler mes idées. Je devais commencer par me remplir l'estomac. Je verrais ensuite pour le reste.

Plus tard, enfin sustentée, je terminais ma chope de bière quand mon regard croisa celui d'un jeune homme adossé au comptoir de la taverne. D'abord grave, l'étranger étira sa bouche en un sourire qu'il voulait charmeur, mais qui ne me disait rien qui vaille. En quelques secondes, il penchait son sourire au-dessus de ma table. C'était l'individu qui avait éclaboussé ma jupe de bière, le soir de ma cuite.

— Bonsoir, madame Macdonald. Vous permettez ?

— C'est que je m'apprêtais à partir…

— Cela ne prendra que quelques minutes, s'il vous plaît.

De toute façon, personne ne m'attendait.

— Bon, soit !

Il s'assit sur la chaise qui me faisait face, m'observant d'un œil bleu circonspect et frottant l'un contre l'autre son pouce et son index.

— Êtes-vous seule ? me demanda-t-il en lançant un regard circulaire autour de nous.

— J'attends quelqu'un, mentis-je pour le dissuader au cas où il aurait échafaudé un plan pour s'en prendre à moi.

Son air nerveux commençait drôlement à m'inquiéter.

— Tant mieux. Les rues de Perth ne sont pas très sûres avec tous ces... ivrognes qui les sillonnent.

— Ne vous inquiétez pas pour moi, monsieur...

— Gordon, termina-t-il dans un sourire troué.

— Hum... oui. Les soldats sont tellement découragés depuis Sheriffmuir.

— Peut-être. Bah ! Je me demandais...

Ses doigts traçaient des dessins imaginaires sur la table.

— Enfin... Avez-vous de nouveau eu vent de cette rumeur à propos du fils du duc ?

— Non, répondis-je prudemment.

— C'est que tout me porte à croire qu'aucune rumeur de ce genre ne circule dans le camp. J'aimerais bien savoir d'où vous tenez cette information.

« Attention, Caitlin ! » Cet homme ne m'inspirait pas confiance.

— Ah bon ! fis-je seulement, le nez plongé dans ma chope vide.

Il secoua les épaules et, un petit sourire aux lèvres, il poursuivit :

— J'ai fait ma petite enquête, voyez-vous. Personne n'a entendu parler de cette histoire de régicide.

Je restai de marbre sous son regard glacial.

— Elle aura été étouffée, tentai-je d'expliquer.

Je croisai nerveusement les jambes sous la table. Le jeune homme ricana, narquois. Une lueur s'alluma subitement dans ses yeux.

— Bien sûr... Une telle rumeur n'aurait pu qu'attiser le feu qui couvait déjà dans les veines des hommes de troupe.

Il m'examina longuement, scrutant ma tenue vestimentaire défraîchie, mes cheveux en broussaille et, sans équivoque, mon anatomie qui tendait l'étoffe.

— Vous ai-je dit que j'étais le coursier du comte de Marischal ?

— Je crois que oui.

— Je n'ai donc pas besoin de vous préciser que vous pouvez me faire confiance...

Il fit une pause, avant de poursuivre sur un ton mielleux.

— Vous êtes très attirante... L'homme qui vous accompagnait l'autre soir, c'était votre mari ?

Oh, la fripouille ! Ainsi, il croyait me tirer les vers du nez avec des flatteries ! Je lui souris onctueusement en penchant la tête et en papillonnant des paupières.

— Non, Colin est un proche parent.

— Vraiment ! Donc, je pourrais vous inviter...

Il grimaça, puis se reprit.

— C'est vrai que Perth n'est pas Édimbourg. On n'y trouve pas les tables raffinées de la capitale. Mais il y a toujours celle de la bonne dame Wallace. Elle prépare un délicieux faisan aux raisins et au porto...

J'émis un petit rire sarcastique en me rappelant le fastueux dîner servi chez Clémentine... Le jeune homme me regarda d'un air énigmatique. Soudain, je me sentis très mal. Mes doigts se crispèrent sur la chope vide et mon sang se figea dans mes veines. Cet individu était le messager du colonel Turner…

— Vous allez bien, madame ? s'enquit-il, visiblement inquiet.

J'avais maintenant très chaud. Je lançai un regard alarmé autour de moi. Aucune connaissance en vue. Seigneur ! Étais-je en présence de la taupe ennemie dans notre camp ? M'avait-il vue lors de cette soirée ? Savait-il qui j'étais ? Je tentai de retrouver mon calme et affichai un sourire compassé. Mais j'étais complètement affolée. Que me voulait-il à la fin ?

— Ce n'est rien, le rassurai-je sans me départir de mon sourire empesé, ce doit être le pâté de porc.

Il éclata de rire.

— Oui, le pâté de porc ! Encore faut-il savoir si c'est vraiment du porc, ma belle. J'ai entendu des habitants se plaindre de la disparition de leurs chiens et chats. Hum… Avec plus de quatre mille hommes à nourrir depuis plus de deux mois, je suppose que les taverniers se font moins difficiles concernant la viande qu'on leur propose.

Le petit intermède terminé, il retrouva son sérieux.

— Vous êtes donc libre ?

— Je suis mariée, monsieur, l'informai-je sèchement. Mon mari est d'ailleurs ici, à Perth.

— Dommage ! Bon… revenons au sujet qui m'intéresse.

Son ton était brusquement devenu menaçant et sa mâchoire tremblait imperceptiblement. Son regard, qui ne cessait de lorgner avec méfiance les autres clients de la taverne, m'indiquait qu'il était très nerveux.

— Que savez-vous sur cette menace qui pèse sur notre futur roi ?

— Rien de plus que ce que vous avez entendu.

Son regard se rétrécit.

— Je crains que vous ne me disiez pas la vérité. J'ignore où vous avez eu ce renseignement, madame, mais laissez-moi vous mettre en garde…

Il me fallait trouver un moyen de me sortir de cette situation délicate. Si je feignais de me trouver vraiment mal ? William Gordon se pencha vers moi et plongea son regard de fouine dans le mien.

— Je pourrais vous faire arrêter pour non-divulgation d'informations ayant trait à la sécurité du Prétendant…

— Vous me menacez ?

Je me redressai à demi, mais il m'empoigna le bras et me força à reprendre ma place. Le coursier de Marischal ne riait plus. Je déglutis.

— Restez, madame, je n'ai pas terminé.

— Je ne me sens pas très bien, me plaignis-je en portant la main à mon ventre.

En vérité, je ne mentais pas. Mon estomac se contractait, et la crampe me donnait des sueurs. Je repensai aux chiens disparus et pris une profonde inspiration pour faire cesser le malaise. Machinalement, Gordon se remit à tracer des dessins avec son doigt sur le bois de la table. Ses lèvres se tendirent légèrement. Son doigt s'immobilisa dans une petite flaque de bière et se mit ensuite à tapoter dedans avec un agacement évident. Le jeune homme braqua sur moi ses yeux chargés de mépris.

— Écoutez-moi bien, madame Macdonald. À moins que vous n'ayez imaginé toute cette histoire, ce dont je doute fortement, vous avez forcément entendu quelqu'un parler de ce petit complot. Donc, au nom du roi, je vous demande…

— De quel roi au juste parlez-vous ?

Le doigt dégoulinant de Gordon s'immobilisa au-dessus de la flaque. Le jeune homme tressaillit et ferma à demi les paupières sur un regard mauvais. Je piquai du nez dans ma chope. Je regrettai ma question et voulus la ravaler avec une gorgée de bière. Mais il était trop tard. Gordon essuya son doigt sur sa veste.

— Que voulez-vous insinuer ?

Je reculai sur ma chaise.

— Je dois partir… Les quelques minutes sont écoulées…

— Oh, que non ! Vous n'irez nulle part, ma belle… pas tant que vous ne m'aurez pas dit tout ce que vous savez. Vous mettez ma patience à rude épreuve. Ne m'obligez pas à employer des moyens nettement moins agréables pour vous faire parler.

— Vous voulez me passer à la question, peut-être ? rétorquai-je dans un rire nerveux. Vous savez que la torture est illégale en Grande-Bretagne.

— Pas pour les affaires d'État.

— Vous êtes ridicule, monsieur Gordon.

La pâleur de mon teint démentait certainement mon ton qui se voulait assuré, car les coins de sa bouche se retroussèrent en une moue sceptique. Il glissa une main sous la table et fit apparaître à la lumière des flambeaux une petite dague à la lame finement ciselée, mais non moins tranchante. Il en piqua la pointe dans la table, devant lui. Je fixai l'arme d'un regard halluciné, et déglutis. La panique m'envahit, m'empêchant de respirer. Je me mis à bafouiller.

— Qu'avez-vous l'intention de faire ?

Si cet homme était vraiment à la solde de l'ennemi, je le savais capable de me tuer pour me faire taire. Mon regard terrifié cherchait désespérément une connaissance dans la salle. Cela n'échappa pas à Gordon. Il lança un regard incertain autour de nous.

— Venez, ordonna-t-il en me forçant à me lever. Je vais vous reconduire chez vous.

Chez moi ? Il voulait rire !

— Non, je reste ici. Mon mari doit venir me rejoindre...

Sans crier gare, il s'empara de sa dague et de mon bras, m'attirant brutalement à lui.

— Votre mari n'est pas ici, madame. Il n'aurait jamais laissé sa dame causer avec un inconnu aussi longtemps.

Je gémis faiblement lorsqu'il tordit discrètement mon bras dans mon dos et piqua dans mes côtes la pointe acérée de son arme.

— Maintenant, vous allez sagement me suivre, compris ?

Prestement, il ramassa ma cape et la posa sur mes épaules, puis il me poussa vers la sortie. Le rappel de l'acier qui m'écorchait le dos était un moyen plutôt persuasif. J'obtempérai donc sans rien dire et suivis mon cerbère à l'extérieur.

La ruelle était tranquille, bien qu'il fût assez tôt dans la soirée. Le froid avait sans doute contraint les gens à rester à l'intérieur. Nous fîmes quelques pas en silence, trébuchant dans les ornières de boue gelée. Il était inutile de lui donner l'adresse de l'endroit où je logeais, car je devinais parfaitement que c'était la dernière chose qui l'intéressait à mon sujet... Je ne me faisais pas d'illusions sur ses intentions. Il voulait me cuisiner.

À une intersection, il me poussa dans une sombre venelle. Je perdis l'équilibre et faillis m'étaler de tout mon long, mais Gordon me retint. Je débitai tout un chapelet de jurons en gaélique.

— Pas mal, pour une femme ! s'exclama-t-il en me poussant contre la pierre dure et froide d'un mur.

Aucune lueur ne me permettait de distinguer ses traits et de prévoir ses gestes. Seul son profil se détachait sur le ciel couvert d'un voile brumeux éclairé par un faible halo laiteux. Sa main monta vers ma gorge et l'enserra doucement, m'écrasant douloureusement le larynx.

— Maintenant, madame, si nous reprenions notre petit entretien. Avec la pointe d'un poignard, on obtient toutes les réponses voulues.

Tout à coup, son profil se fondit dans l'ombre d'une silhouette massive. Je poussai un cri étranglé lorsque je sentis la pointe de sa dague me piquer sous le menton. Gordon gronda. Puis il pivota brusquement sur lui-même, expirant bruyamment son air sous l'impact d'un coup de poing à l'estomac. Terrifiée, je m'éclipsai en rasant le mur vers Tay Street, tandis que le malabar administrait une bonne dérouillée à Gordon, qui geignait à chaque coup. Je n'avais pas particulièrement envie d'assister au spectacle ni de remercier mon bienfaiteur. Je pris donc mes jambes à mon cou et déguerpis. Mais je n'avais pas franchi dix mètres qu'une poigne d'acier me tira violemment en arrière, m'arrachant un cri de douleur et de frayeur.

— Tu veux hurler moins fort ! Tu vas ameuter tout le quartier !

— Liam ? Mais que fais-tu ici ?

— C'est plutôt à moi de te poser la question, dit-il.

Resserrant sa prise, il me tira derrière lui dans le dédale des ruelles obscures. Ainsi, je n'avais fait qu'échanger un cerbère pour un autre. Je le suivis tant bien que mal jusqu'à notre chambre, dans laquelle il me poussa rudement, avant de claquer la porte. Je le sentis passer devant moi, dans un frôlement furtif. Il alluma le feu.

Tremblante, je me laissai tomber sur la chaise, dans l'attente de l'inévitable interrogatoire. Liam se redressa, contempla un moment les flammes grandissantes, puis tourna un visage d'une froideur marmoréenne dans ma direction. Une veine gonflée palpitait à la base de son cou. Ses yeux m'auraient tuée s'ils avaient été des pistolets.

— Que faisais-tu là-bas ? rugit-il.

— Je tapinais, qu'est-ce que tu crois ? ne pus-je m'empêcher de répondre pour le narguer, sentant la colère monter en moi. Tu m'espionnais ou quoi ?

— Je ne t'espionnais pas, j'attendais.

— Tu attendais quoi ? Où ?

Il soufflait comme un taureau enragé. Tournant son visage vers l'âtre, il m'offrit un profil soucieux.

— Que faisais-tu avec cet homme, Caitlin ?

Son ton était resté de glace.

— C'était William Gordon, expliquai-je du bout des lèvres. C'est le coursier du comte de...

— Je sais très bien qui est cet homme.

Il se tourna vers moi, les mâchoires serrées.

— Pourquoi étais-tu avec lui dans cette taverne ?

— Mais tu m'espionnais vraiment ! m'indignai-je avec véhémence.

— Je t'ai dit que je ne t'espionnais pas !

— Alors pourquoi n'es-tu pas venu nous rejoindre ?

— Je ne voulais pas vous déranger.

— Dis plutôt que tu attendais de voir le dénouement de la rencontre !

— Si tu veux. Mais pas pour les raisons que tu crois. Sachant qu'il était au service de Marischal, je croyais qu'il venait te donner des nouvelles de Patrick. J'attendais qu'il ait terminé pour aller te retrouver. Apparemment, je me suis trompé. Monsieur Gordon avait autre chose en tête.

— En effet.

Je baissai les yeux sur mes doigts rougis et gercés par le froid et me mis à frotter mes mains.

Liam me prit le menton et me força à lever les yeux vers lui. Il était blanc comme un drap.

— Qu'essaies-tu de me dire, Caitlin ? balbutia-t-il d'une voix altérée par une rage contenue.

Il lâcha mon menton et recula comme s'il avait été brûlé.

— Qu'offrais-tu à cet homme ?

Ses mots soufflés me firent l'effet d'une gifle.

— Tu crois que ?... bégayai-je, médusée. Tu as mal interprété...

Je mis une main sur ma bouche restée ouverte de stupeur. Liam me regardait fixement avec férocité. Puis, il explosa, levant les bras au ciel.

— Qu'est-ce que j'ai mal interprété ? Dis-moi ce que je dois comprendre, Caitlin ! Primo, je te surprends ici avec mon frère dans ton lit... Secundo, je te retrouve dans un établissement à la réputation douteuse, avec un homme que tu ne connais même pas. Tu crois que je n'ai pas remarqué la façon dont il te regardait ? Non, mais que devrais-je croire, hein ? Tu peux me le dire ?

Il frappa sa rage contre le mur, qui vibra sous l'impact. Je tressaillis.

— Liam, calme-toi...

Je me levai lentement sur mes jambes flageolantes pour reculer vers la sortie. Il fondit alors sur moi, me poussa et m'écrasa de tout son poids sur la porte.

— Laisse-moi, Liam. Tu fais fausse route, je peux expliquer…

Mais il ne me laissa pas continuer. Il plaqua sa bouche sur la mienne et m'embrassa sauvagement. Je le repoussai, ce qui ne fit que redoubler son ardeur. J'étais complètement terrifiée, me rappelant cette fameuse nuit, à Édimbourg, où, sorti de prison et informé du marché que j'avais passé avec l'infâme Dunning, il m'avait prise de force tellement il était furieux.

Je réussis à le repousser suffisamment pour me libérer et courus me réfugier à l'autre bout de la chambre. Comme il revenait à la charge, je fouillai sous mes jupes pour trouver ma dague.

— Tu te refuses à moi et tu t'offres aux autres, siffla-t-il hargneusement. Que cherches-tu, Caitlin ? Tu veux me rendre la monnaie de ma pièce ?

— Imbécile, tu n'as rien compris ! lui lançai-je en levant ma dague enfin libérée. Reste où tu es, Liam. Si tu me touches, je jure sur la tête de notre fils que tu ne me reverras plus jamais.

Il s'immobilisa aussitôt sous la menace froide de l'acier. Son regard allait de la dague à moi. Il mit quelques secondes à se rendre compte de la situation.

— Plus jamais tu ne me reprendras de force, Liam. Plus jamais. Personne ne me violera de nouveau…

Il secoua alors la tête. Ses traits se décomposèrent et il tomba à genoux en gémissant. Mon cœur martelait l'intérieur de mon crâne. Haletants et brisés, nous restâmes ainsi un moment, comme suspendus dans le temps. Je me mis à trembler sans pouvoir m'en empêcher. Ma petite dague qui me semblait maintenant bien futile tomba au sol. Liam ne bougeait pas. Prostré, il me fixait d'un regard vide. Envahie de sentiments contradictoires, j'hésitais entre l'écœurement et la commisération.

— Tu vas m'écouter maintenant.

Il acquiesça silencieusement.

— William Gordon voulait autre chose que ce que tu t'es imaginé… C'est une taupe, Liam. Ça, j'en suis certaine. Et il sait que je suis informée d'un complot contre le Prétendant. Il voulait que je lui dise ce que je savais…

Il sortit de sa torpeur. Son regard se fit incrédule. Je lui devais des explications, mais ne pouvais lui en donner sans lui parler de ma petite escapade à Édimbourg. Je le renseignai donc sur la mésaventure de Patrick. Je lui dis avoir par hasard vu Gordon discuter avec un officier hanovrien. Je lui contai notre fuite à Culross et lui confiai le secret que m'avait révélé Mathew. Enfin je l'informai du document intercepté par les Macgregor et du rôle du fils du duc dans le terrible complot. Liam écouta mon récit dans un silence claustral, le regard perdu.

— Il me menaçait, Liam, continuai-je après une pause. Il avait surpris ma conversation avec Colin…

— Pourquoi ? murmura-t-il en évitant mon regard. Pourquoi ne m'en as-tu pas parlé avant ?

— Nous avions autre chose à penser. Cela pouvait attendre.

— Attendre…

Il se releva lentement, comme si ses épaules supportaient le poids de toute la terre. Puis il s'assit sur la chaise qui craqua. Le silence était lourd.

La lassitude extrême et la confusion d'esprit avaient pris le pas sur sa colère. Absorbé dans ses réflexions, il ne me vit pas venir vers lui et sursauta lorsque je lui effleurai l'épaule.

— Que nous arrive-t-il, Liam ?

Il enfouit alors sa tête dans mes jupes et éclata en sanglots. Longtemps il gémit ainsi et trembla. J'attendis, caressant ses boucles, ravalant mon propre besoin d'ouvrir les vannes.

— Je te demande pardon, Caitlin... Je suis tellement désolé...

L'émotion l'étranglait.

— Pourras-tu me pardonner un jour ?

Je ne pus lui répondre.

Le ciel gris pesait lourd sur nos têtes. Quelques flocons dansaient mollement autour de nous et couvraient de blanc les bérets bleus et les plaids colorés des hommes. Nous avions filé en douce avant les premières lueurs de l'aube pour nous éloigner, à mon grand soulagement, du climat d'abattement général qui régnait à Perth.

Les dernières rumeurs qui circulaient maintenant dans le bourg étaient atterrantes. Elles racontaient que certains chefs jacobites étaient prêts à livrer le Prétendant au gouvernement, à certaines conditions. Le marquis de Huntly était de ceux qu'on accusait. À notre plus grand désarroi, tout indiquait que la reddition était imminente. Cela eut pour effet de plonger mon escorte dans un mutisme morne. Le trajet s'annonçait des plus moroses.

Nous n'avions aucune nouvelle de Frances ni de Trevor. J'en tremblais d'angoisse. Trevor avait certainement été accusé de meurtre et il croupissait probablement dans un cachot froid et lugubre du Tolbooth d'Inverness. Quant à Frances... je priai Dieu qu'elle fût saine et sauve et en liberté. Si tel était le cas, elle devait errer dans la petite ville comme une âme en peine, attendant le miracle qui lui rendrait son époux. Mais, au fond de moi, je doutais que nous puissions venir en aide à Trevor. Il devait même déjà avoir été pendu.

Liam fut secoué par un accès de toux. Je jetai un coup d'œil vers lui. Il ne semblait pas fiévreux, mais sa respiration sibilante m'inquiétait. Il avait dormi sur le plancher glacé de la chambre, ce qui n'avait certainement pas amélioré son état. Je craignais maintenant que sa santé ne se détériore davantage avec la longue chevauchée qui nous attendait.

Pour ma part, j'étais exténuée. Trop bouleversée par les événements de la veille, je n'avais pas réussi à trouver le repos dans le sommeil. Les quelques heures où j'avais pu dormir un peu avaient été agitées par des rêves tumultueux. C'est donc en traînant une humeur atrabilaire que j'avais entrepris ce périple dans un paysage où on ne distinguait pas le ciel de la terre.

Liam m'adressa un timide sourire. Je ne voulais pas rendre la situation plus insupportable qu'elle l'était déjà. Je m'efforçai donc de le lui rendre et fermai les yeux pour tenter de remettre un peu d'ordre dans les sentiments qui se bousculaient en moi et qui torturaient mon âme déjà bien assez éprouvée.

Nous chevauchions depuis plusieurs heures. Je ne pouvais dire combien, car le soleil demeurait invisible derrière les tourbillons de neige. Aveugle, je me laissais conduire par ma jument qui, heureusement, semblait savoir où elle allait. Colin et Donald étaient derrière et discutaient tranquillement. Le son de leurs voix me parvenait comme un murmure étouffé. Liam conduisait sa monture à ma droite. La route se mit à grimper. J'avais l'estomac dans les talons. Nous n'avions rien avalé depuis notre départ.

Le hennissement d'un cheval et l'éclat d'une voix perçant le voile de neige nous figèrent sur nos selles. Liam posa une main sur ma cuisse et, d'un geste éloquent, me demanda de ne rien dire. Puis il se tourna vers Colin et Donald, qui se consultaient du regard.

— On nous suit, fit observer Donald en chuchotant.

Je plissai les yeux pour tenter de percer la blancheur du paysage derrière nous : rien que de la neige que les bourrasques faisaient voler autour de nous. Je haussai les épaules.

— Tu as pourtant bien entendu comme moi ? demanda Colin.

— Ben oui.

C'est alors que nous les vîmes : un détachement de dragons anglais déployé en deux colonnes surgit des volutes immaculées.

— Bordel de merde ! jura Colin.

La pression des doigts sur ma cuisse s'accentua. Je croisai le regard inquiet de Liam. L'heure était grave. Les hommes décrochèrent leur pistolet et l'armèrent. Puis, comme dans une entente tacite, nous éperonnâmes nos montures, détalant dans l'enfer blanc à bride abattue.

Les dragons, qui nous avaient repérés, étaient à nos trousses. Des balles ricochèrent sur les arbres autour de nous, faisant éclater l'écorce dans un bruit d'explosion.

— Enfonce-toi dans les bois ! me cria Liam en poussant ma monture vers les arbres.

— Liam ! hurlai-je, terrifiée.

Une balle siffla au-dessus de nous.

— Fais ce que je te dis, Caitlin !

Il me tira violemment vers lui et m'embrassa avec fougue.

— Je t'aime, *a ghràidh*. Va !

— Je ne peux pas...

Il sauta de son cheval et me tira à bas du mien pour ensuite me pousser vers la forêt. Un autre coup de feu, puis un cri. Je me retournai. Colin se retenait à la crinière de sa monture, une drôle d'expression peinte sur son visage crispé.

— Colin ! criai-je en m'élançant vers lui.

Mais Liam m'attrapa à bras-le-corps et me repoussa avec autorité vers l'abri que m'offrait la forêt.

— Je t'en conjure, *a ghràidh*, cours te cacher !

Je pus lire la douleur, la peur et le désespoir dans ses yeux et sur ses traits. Une autre balle fit exploser une branche derrière moi. Je sortis de ma torpeur et me mis à courir, louvoyant entre les silhouettes blafardes des arbres. Émergeant des tourbillons de neige, tels des spectres allongeant leurs longs bras aux doigts griffus, ils m'écorchaient le visage, s'agrippaient à mes vêtements, s'acharnaient à entraver ma course folle. Prise dans le courroux de la tempête, giflée par les bourrasques, j'avais du mal à respirer. « Mon Dieu, venez-nous en aide ! »

Les cris des soldats emplissaient mes oreilles et ma tête. Le paysage défilait à toute vitesse dans mon champ de vision. Comme un animal traqué, j'étais guidée par mon instinct. « Trouve un abri, Caitlin, un abri... » Mais je n'y voyais rien ! Puis ce fut...

Le vide. La terre se dérobait sous mes pieds. Une ravine s'ouvrait sous moi, m'attirant dans le creux des entrailles de la terre. Avec tout le désespoir qui m'habitait, je m'agrippai à une branche, qui refusa de soutenir mon poids. J'enfonçai alors mes ongles dans la neige, mais glissai sur la glace et le roc. Un mur de granit défila devant mes yeux écarquillés. J'entendis mon cri se répercuter dessus, rebondir et se heurter aux montagnes, avant d'être emporté par le mugissement du vent.

J'atterris enfin au fond de la ravine. Une douleur fulgurante à la tête me paralysait. J'ouvris péniblement un œil. Un torrent d'une eau limpide comme du cristal dévalait sous mon nez la pente en cascades grondantes, avant de disparaître sous la glace dans un remous. « Liam... où es-tu ? »

J'eus la curieuse impression de me détacher de mon corps. La douleur me quittait. Un sentiment de calme me portait. Je ne ressentais plus ni le froid ni la peur. Les gros bouillons d'écume se teintaient maintenant de rouge. Du sang ? Un faible gémissement s'échappa de ma gorge. « Ton heure est venue, Caitlin... » J'allais retrouver mon fils. Je souris bêtement à cette pensée. Puis, la consternation remplaça le contentement. « Duncan... Liam... » J'aurais voulu les revoir... Seigneur, non ! Sur ces dernières pensées, je sombrai dans les ténèbres.

23

Le serment

Le croassement lugubre d'un corbeau fit grimacer Duncan. Le jeune homme avait toujours éprouvé de l'aversion pour ce sombre volatile, messager de la mauvaise fortune. L'oiseau se tut. Soulagé, Duncan se remit à suivre avec son doigt le trajet de la fine veine bleue qui courait sous la peau diaphane du cou de Marion, endormie à ses côtés. La jeune femme remua légèrement.

Quel bonheur de se réveiller auprès d'une femme, après avoir partagé son intimité nocturne avec une centaine d'hommes pendant de longues semaines !

Marion dans sa maison. Marion dans son lit. Une Campbell de Glenlyon dans la vallée de Glencoe. « Je dois rêver ! » pensa-t-il en souriant. Personne n'était encore informé de leur présence au village, mais cela se saurait bien assez tôt. Ils allaient devoir faire preuve de courage et de patience tous les deux, il le savait. Marion ne serait pas la bienvenue. Mais les membres du clan devraient s'y faire, car elle était ici pour rester, quoi qu'ils pensent ou disent.

Il pouvait se permettre de la contempler sans retenue. Blottie dans la sécurité douillette de ses songes, elle lui présentait un visage appétissant : des lèvres de cerise, une peau de pêche et un nez éclaboussé de soleil. Elle ressemblait à un fruit mûr, sucré et juteux qui attendait d'être croqué avec délices. Il s'en repaîtrait indéfiniment.

Marion était les Highlands faits femme. Un chat sauvage à apprivoiser. L'humeur changeante du ciel d'Écosse, parfois brumeuse et insondable, parfois orageuse et tourmentée. Il aimait entendre son rire rafraîchissant comme une source qui jaillissait du sol et cascadait le long des collines. Ses yeux... Dans ses yeux, il retrouvait le ciel brillant d'un jour d'été sans nuages. Et son corps... Il l'explorait comme il parcourait le relief des Highlands. Montagnes et vallées douces et escarpées. Terre qu'il aimait et aspirait maintenant à labourer pour que naisse un bonheur nouveau.

« Ô douce *Mòrag*... mon soleil chaud, brûlant. Le centre de mon univers. » Cette femme était un poème. Il déposa un baiser sur la crinière de feu qui s'étalait en rayons lumineux sur l'oreiller et en huma l'odeur. Acre et sucrée, douce-amère, suave mais poignante, enivrante. Il ferma les yeux pour en sentir toutes les subtilités. Elles déclenchaient en lui des sensations étranges, nouvelles.

Sous les draps, leurs corps enlacés baignaient dans une douce tiédeur. Deux corps repus, blottis l'un contre l'autre après s'être livrés à la folie de la passion. Duncan découvrait avec une jubilation grandissante cette femme qui ne s'encombrait pas de cette pudeur à laquelle il s'était heurté chez celles qui avaient partagé sa couche. Le plaisir que Marion prenait à faire l'amour n'était pas feint. La jeune femme semblait avoir un besoin insatiable de donner et de recevoir ; il se demandait s'il serait toujours à la hauteur. Elle le comblait.

Elle se retourna en marmottant quelque chose. Quelles images défilaient derrière ses paupières closes ? Elle humecta ses lèvres, qui s'étirèrent ensuite en un beau sourire. À qui rêvait-elle ? Ses nuits à lui étaient hantées par les horreurs de l'enfer qu'il avait vécu sur la plaine givrée par la mort et par les regards terrifiés des hommes qu'il avait lui-même fauchés. La présence de Marion le réconfortait alors. Il contempla le visage singulier de la jeune femme. Un cœur nacré auréolé de feu. « *M'aingeal dhiabhluidh...* » Oui, c'était comme ça qu'il la voyait, depuis le premier jour. Un ange diabolique. Sourire mielleux, langue tranchante ; regard candide, esprit rusé. Énigmatique. « Qui es-tu donc exactement, Marion Campbell ? »

Le corbeau croassa de nouveau, le tirant de ses réflexions. Il repensa alors aux événements de la veille. Le document devait maintenant se trouver à Finlarig, sous scellés. Malgré les fourberies du fils d'Argyle, ils avaient réussi. Marion pouvait maintenant dormir tranquille dans ses bras. Après leur mésaventure sur la route de la taverne, ils avaient retrouvé Macgregor et ses hommes devant un pichet de bière. L'affaire était réglée, au grand soulagement de tous. Rob s'était chargé de rapporter le document à Breadalbane pour le mettre en sûreté.

Après un bon repas, il avait emmené Marion dans sa vallée, dans sa maison construite sur le flanc d'Aonach Eagach, non loin du loch Achtriochtan. Son cottage était petit, certes. Mais au printemps il pourrait toujours ajouter une vraie cuisine avec un four à pain et arranger l'abri des animaux. Ils étaient arrivés aux petites heures du matin. La maison enfouie sous une épaisse couche de neige était gelée. Mais après avoir allumé un feu et s'être glissés sous les draps glacés, ils s'étaient vite réchauffés l'un contre l'autre. Leur ardeur avait doucement réchauffé la pièce. Son pouls s'accéléra à la seule évocation de leurs ébats. Marion frémissante sous lui. Marion haletant son plaisir dans une fine buée blanche...

Elle aimerait cet endroit, il en était persuadé. Lui l'avait toujours adoré. Son père avait l'habitude de l'y emmener, enfant, avec son frère pour s'y baigner. Un peu plus tard, lorsque Frances avait été assez grande, ils venaient à trois s'y amuser et y pêcher. Il sourit au souvenir. Lorsque le fil de pêche de leur sœur se tendait, Ranald et lui prenaient un malin plaisir à la faire crier de terreur en lui racontant que c'était le *Each Uisge*[1] qui avait mordu à l'hameçon. Si elle tirait sur son fil, le cheval des eaux viendrait la chercher et l'emmènerait avec lui dans les profondeurs du loch, d'où elle ne reviendrait plus jamais. Immanquablement, elle s'enfuyait à toutes jambes vers le village et leur abandonnait sa prise.

Plus jamais il n'irait pêcher avec Ranald. La présence de son frère et ses remarques taquines lui manquaient cruellement. Avec l'insurrection et tous les événements qui l'avaient tenu occupé, il n'avait pas réalisé pleinement le vide que laissait son frère. Mais maintenant qu'il était de retour à Glencoe...

D'un seul regard, il embrassa la pièce unique de sa modeste demeure. Les murs de pierre étaient isolés avec de la tourbe et du torchis. Deux fenêtres étaient percées dans la façade. Elles n'étaient recouvertes que de peaux de bête et de battants de bois, mais il se promettait d'y installer des carreaux de verre pour Marion. Cependant, il s'était construit une vraie cheminée, au lieu de l'encombrant foyer central qui enfumait tout. Des poutres de troncs d'arbres soigneusement choisis pour leur forme soutenaient la toiture de chaume de bruyère qui avait séché tout l'été, arrimées avec de solides cordes de chanvre. La maison n'avait rien d'un château et ne pouvait se comparer au manoir de Glenlyon.

1. Cheval des eaux.

Mais elle était solide et leur garantirait un abri pour dormir et s'aimer.

Le voisin le plus proche ne se trouvait qu'à deux kilomètres, à Achnacone. Son besoin de solitude, trait hérité de son père, l'avait poussé à choisir cet emplacement. Amoureux de Jenny, Ranald, lui, devait entreprendre la construction de sa propre maison au printemps prochain…

Duncan enfouit son visage dans la soie flamboyante et resserra son étreinte autour de la taille de la dormeuse. Un mollet effleura le sien, un pied lui caressa la cheville. Le lit était plutôt étroit, mais Marion aimait dormir blottie tout contre lui.

Une sombre pensée vint jeter une ombre sur son bonheur tout neuf. Elspeth… Il n'en avait pas encore parlé à Marion. Comment réagirait-elle ? Elle devait bien se douter qu'il avait connu d'autres femmes avant elle. Mais se doutait-elle qu'il y en avait une qui l'attendait avec impatience ? Marion ne lui avait jamais posé de questions à ce sujet. Peut-être l'avait-elle simplement cru libre de toutes attaches ? Un sentiment déplaisant lui crispa l'estomac. Sans doute aurait-il mieux fait de lui en parler avant. Il avait toujours repoussé ce moment à plus tard, se disant chaque fois que cela pouvait bien attendre un jour de plus. Aujourd'hui, il ne le pouvait plus.

Il lui fallait aussi discuter avec Elspeth. Cela le rebutait au plus haut point. Comment lui expliquer qu'il la délaissait, elle, la plus jolie fille du clan, pour une autre femme ? Une femme qui, de plus, était du clan ennemi des Macdonald ? Elle ne comprendrait certainement pas. Elspeth avait perdu un grand-père, un oncle et une tante dans le massacre perpétré par le régiment d'Argyle. Elle lui en voudrait et lui cracherait assurément sa haine au visage. Il n'y pouvait rien.

La lumière blafarde qui filtrait à travers les fissures des battants de bois des fenêtres traînait sur les angles de la mâchoire de Marion, sur la ligne de ses lèvres, et s'accrochait au fin duvet de son visage. La courbure de sa bouche s'accentua doucement, s'étira lentement en un sourire mutin. Des doigts glacés sur son ventre la firent tressaillir, tandis qu'un doux roucoulement se faisait entendre.

— Hé ! Mais t'es un vrai glaçon !

— Réchauffe-moi alors, *fear mo rùin*[1].

Les paupières de Marion papillonnèrent sur un regard coquin. La jeune femme se hissa langoureusement sur lui, le balayant de ses boucles ébouriffées, et enroula ses jambes autour des siennes.

— J'ai rêvé, dit-elle doucement en plongeant son regard clair dans le sien.

— Je sais…

— Ah oui ?

— Tu parles dans ton sommeil.

— Vraiment ? Et que disais-je ?

— Mmmm… Que tu m'aimais et que… tu ne voulais plus quitter mes draps et que… tu voulais que je te fasse l'amour toute la journée…

Elle éclata de rire.

— Menteur !

— Quoi ? Ce n'est pas ce que tu disais ? demanda-t-il d'un air innocent. Pourtant, c'est ce que j'ai cru entendre.

Elle l'embrassa.

— C'est vrai qu'il fait bon dans tes draps, avoua-t-elle en soupirant d'aise. J'y passerais bien volontiers la journée. Mais j'ai peur que mon estomac ne soit pas du même avis.

1. « Ma bien-aimée. »

Elle l'embrassa de nouveau, mais avec lenteur. Il prit le temps de déguster à loisir son fruit défendu.

— Marion…

Elle posa délicatement son index en travers de ses lèvres et tira les draps sur sa tête.

— Oh, Seigneur ! souffla Duncan, les yeux fermés.

De ses doigts et de ses lèvres, elle réveillait, émoustillait, titillait ses sens. Un frisson extatique le parcourut de la tête aux pieds et il ne put réprimer un gémissement de contentement. Le visage de Marion resurgit de sous les draps, légèrement cramoisi.

— Ça va ?

— Diablesse, sorcière ! Tu pourrais être condamnée au bûcher pour ce que tu fais…

— Tu veux t'en plaindre ?

— Oh, non ! Continue, *mo aingeal*. Si l'enfer ressemble à ça, alors c'est là que je veux finir… J'aime…

Elle pencha la tête de côté, le regardant de biais. Sa main glissa vers son entrejambe pour s'emparer de la preuve concrète appuyant sa déclaration. Sa bouche se fendit alors jusqu'aux oreilles et elle gloussa.

— J'ai cru remarquer.

Elle demeura silencieuse un moment. Son air coquin laissa place à une moue dubitative. « Marion l'énigmatique… »

— Tu me trouves jolie ? demanda-t-elle de but en blanc, ce qui laissa Duncan pantois.

Il la considéra un long moment d'un air très sérieux, bien que son idée fût déjà faite. Ses doigts s'égarèrent dans l'abondance de ses cheveux qui léchaient ses épaules laiteuses.

— *A Mhórag*… susurra-t-il. « Jolie » n'est pas tout à fait le mot que j'emploierais.

— Ah ? fit-elle, un peu décontenancée.

Duncan rit doucement et l'attira plus étroitement contre lui.

— Pourquoi me poses-tu cette question ?

Elle plissa le nez et pinça les lèvres.

— Eh bien... Je me demandais seulement... C'est qu'on ne m'a jamais vraiment dit que j'étais belle. Pour toi, j'espérais l'être.

— Tu es très belle, *a ghràidh*. En doutes-tu ? Tous les anges du ciel doivent te ressembler.

Son visage s'éclaira d'un sourire ravi.

— Il faut savoir, Duncan. Suis-je une sorcière, un ange ou une diablesse ?

— Tu es un peu tout ça. Et ma foi, c'est ce qui te rend si attirante. Tu me fais perdre la tête.

La sorcière, l'ange ou la diablesse, au choix, émit un suave rire de gorge et retourna sous les draps. Sa bouche gourmande se remit à la tâche. Il en trembla. Bon sang ! Il la voulait pour l'éternité. Il grogna lorsque les dents se mirent de la partie. Marion resurgit, les cheveux en broussaille.

— Je t'ai fait mal ?

— Pas vraiment.

Les doigts suivirent la longue cicatrice qui lui traversait l'aine. Elle effleurait sa peau comme une brise tiède. « Marion la sensuelle... »

— C'est encore douloureux ?

— Parfois, si tu appuies un peu trop dessus, concéda-t-il dans un sourire. Mais ne t'en fais pas pour ça.

Elle resta songeuse un moment et posa sa joue sur son ventre.

— Duncan...

— Mmmm...

— J'ai peur.

Il se hissa sur un coude et chercha son regard.

— Pourquoi ?

— Je sais ce qui m'attend ici. Je veux dire, les gens de ton clan... J'ai vu les regards que les hommes de ton clan me lançaient au camp. Je sais ce qu'ils pensent de moi. Je sais aussi ce qu'ils peuvent me faire. Allan...

— Je ne laisserai personne te faire de mal, Marion.

Il passa un bras autour de sa taille et la fit glisser sur son torse.

— Je sais que ce ne sera pas facile au début, admit-il. Mais avec le temps, ils apprendront à te connaître. Ils finiront par t'accepter, tu verras.

Il la fit rouler sous lui en grognant. Le souffle de Marion était doux sur sa balafre. Il observa la jeune femme un moment derrière ses paupières mi-closes, et lui embrassa le bout du nez.

— J'espère que tu dis vrai.

— Bien sûr que je dis vrai... T'ai-je déjà menti ?

— Comment le saurais-je ? répondit-elle en souriant.

Lascivement, elle enroula une jambe autour de ses hanches, serpent de la tentation l'invitant à reprendre là où ils s'étaient arrêtés un peu avant les premières lueurs de l'aube. Il lui répondit avec moins de subtilité, glissant une main sur la chair ferme d'une fesse et pressant fermement son bassin.

— Hum... fit-elle en fermant les yeux.

Il hésitait à lui poser la question qui le travaillait depuis l'entretien qu'il avait eu avec Glenlyon. Était-ce la crainte d'un refus ou bien la peur de l'engagement qui le retenait ? Il avait réfléchi et réfléchi encore à s'en user les méninges. Il savait maintenant ce qu'il désirait. Mais elle ? Que voulait-elle ? Accepterait-elle de s'engager sérieusement avec lui ? Et si elle refusait, que ferait-il ?

Les doigts de Marion s'enchevêtraient dans sa chevelure couleur de nuit et se refermèrent sur une poignée de cheveux. Enfonçant sa tête dans l'oreiller, elle lui offrit sa gorge opaline d'où s'échappa un roucoulement.

— *O Mòrag*... murmura Duncan sur la soie de son cou qui vibrait sous sa bouche.

Il avait peur, lui aussi. Brusquement, il s'empara d'une des mains de Marion et la retint en entrecroisant leurs doigts. Prenant appui sur son coude, il attrapa la deuxième main, qui reposait maintenant sur l'oreiller. Marion réagit en enroulant sa jambe encore libre autour de sa cuisse.

— *Mòrag*... souffla-t-il, le cœur battant.

Le regard bleu azur croisa le sien. Il crut que sa poitrine allait éclater. Prenant une grande inspiration, il réussit à poursuivre :

— Prêtons-nous serment... Dieu nous servira de témoin.

Les mots s'étaient bousculés dans sa tête et dans sa bouche, puis avaient déboulé sur ses lèvres. Marion haussa un sourcil. Ses jambes enroulées autour de lui se tendirent, l'emprisonnèrent, l'empêchèrent de partir en courant pour se sauver, pour ne pas entendre la réponse. L'espace d'un instant, il crut défaillir. Elle ne réagissait pas. « Trop tôt... C'est trop tôt, bon sang ! » pensa-t-il. Mais il était trop tard. Elle hésitait, elle refuserait.

Une larme mouilla le coin de l'œil de Marion et glissa sur sa tempe, pour aller se perdre dans ses cheveux. La jeune femme ouvrit lentement la bouche, puis la referma aussitôt dans un petit gémissement. « Elle ne veut pas... » L'amertume lui étreignit le cœur. « Elle ne sait tout simplement pas comment me le dire. »

— Je suis désolé. Je... murmura-t-il, désemparé.

— Tu es sérieux, Duncan ?

— Si tu ne veux pas, je comprendrai.

— Tu m'aimes assez pour me proposer d'échanger nos serments ?

— Enfin, oui…

Son cœur se remit à galoper comme un cheval sauvage qui cherche à s'échapper. Marion inondait maintenant l'oreiller.

— Oh, Duncan…

— Marion ! grommela-t-il en se pressant plus fort contre le corps tiède et souple qui se tendait sous lui. Réponds-moi !

Resserrant ses doigts sur les siens, il vrilla son regard dans le bleu qui le fixait. Contre toute attente, elle hoqueta et l'éclaboussa d'un rire cristallin qui le laissa perplexe.

— Tu es certain de vouloir d'une sorcière à la langue tranchante comme moi ?

— Marion !

Vexé, il lui lança un regard réprobateur. Son fou rire redoubla.

— Oui, Duncan, réussit-elle finalement à articuler.

Le jeune homme ne comprit pas immédiatement. Les paroles de Marion se frayèrent lentement un chemin dans le chahut de ses pensées, et brusquement leur sens devint évident. Elle acceptait.

— Oh ! merde, Marion ! bafouilla-t-il, pataud. Je croyais que…

Elle ne riait plus, mais un sourire narquois flottait toujours sur ses lèvres. Duncan croqua dedans à pleines dents en grognant de plaisir.

— Que croyais-tu, grand nigaud ?

— Qu'importe ! lâcha-t-il en riant à son tour.

Ses mains libérèrent celles de Marion qu'elles retenaient prisonnières et encadrèrent le visage rose de plaisir. Puis il posa ses lèvres sur les siennes.

— Moi, Duncan Coll Macdonald, déclara-t-il alors solennellement, je te prends, toi, Marion Campbell…

Il s'interrompit un instant pour la regarder.

— Qui aurait dit il y a quelques mois que je prononcerais ces mots !

Fronçant les sourcils, Marion le pinça. Il grimaça, puis reprit son serment avec un peu plus de sérieux.

— Donc je te prends, toi, Marion Campbell, pour épouse et je promets de t'aimer, de te chérir, de te protéger… et de te rester fidèle, jusqu'à la fin de ma vie.

— Moi, Marion Campbell, je te prends, toi, Duncan Coll… Macdonald… Tu es fou, Duncan…

— *Tuch…*

Elle l'enveloppa d'un roucoulement rauque, avant de continuer :

—… donc, pour époux… Oh ! Duncan, que fais-tu ?

— Continue, *a Mhórag,* lui susurra-t-il en se glissant doucement en elle.

— Doux Jésus !… pour époux… et je promets de t'aimer… de te chérir… Je n'y arriverai jamais si tu continues comme ça, dit-elle en haletant.

— Continue, l'encouragea-t-il dans un murmure.

—… de te… chérir et de te protéger… et… et… Oh ! Et de te rester… fidèle… jusqu'à-la-fin-de-ma-vie ! Ouf ! termina-t-elle tout d'une traite, avant de laisser échapper un gémissement.

— Nous sommes liés… *mo aingeal…* pour la vie… Nos serments… sont… irré… vocables.

La regardant fixement d'un œil possessif, il s'enfonça plus profondément en la faisant tressaillir.

—… car notre union… est… con… sommée…

Marion se cambra et laissa échapper un cri rauque. Duncan lui répondit par un grognement. Les élancements douloureux de sa blessure se confondaient avec ceux de la volupté qui embrasaient son bas-ventre. Il se convulsa, emporté par l'extase qui le vidait de sa substance. Il en oublia son Écosse en pleine ébullition, plongée dans une rébellion qui lui avait arraché son frère. Il en oublia sa sœur, probablement enfermée dans un endroit sordide à Inverness. Il en oublia même qu'il était Macdonald, et elle, Campbell. Plus rien n'existait, sauf cet instant précis.

Puis, il s'écroula sur Marion. L'odeur âcre de la fumée de tourbe se mêlait avec celles, plus complexes, de leurs corps. Marion était sienne corps et âme.

— Marion Macdonald… marmonna-t-il dans un souffle.

Ils demeurèrent plusieurs minutes silencieux, écoutant les craquements de la toiture sous le poids de la neige et le crépitement du feu. La jeune femme remua. Le drap glissa et l'air froid vint mordre la peau moite de Duncan. Il frissonna ; elle rit doucement.

— Marion « Campbell » Macdonald, le nargua-t-elle en se redressant au-dessus de lui.

Elle s'empara de la couverture de laine et s'en enveloppa, puis elle baissa un regard matois sur lui en sautant à bas du lit.

— Que fais-tu ?

Il tira sur lui le drap et se couvrit de la peau de cerf qui était tombée sur le sol.

— J'ai faim ! Il doit bien y avoir quelque chose à se mettre sous la dent ici !

Traversant un rai de lumière, elle se dirigea vers le buffet. Après avoir fouillé quelques minutes dans le meuble et sur les étagères, elle tourna vers lui un air déconfit.

— Mais il n'y a rien ! Mon nouvel époux me laisserat-il mourir de faim ?

Elle esquissa un sourire malicieux. Diane chasseresse le fixait d'un regard de cannibale affamé.

— Hum... Peut-être devrais-je chasser mon gibier moi-même, dit-elle en se ruant sur Duncan. C'est que je sens de la chair fraîche... Mmmm...

Elle s'élança sur le lit, manquant de les faire dégringoler sur le sol. Puis ses mains se mirent en quête d'un bout de peau à croquer.

— Mais tu es chatouilleux ? Oh ! J'adore chatouiller...

Visiblement ravie de sa découverte, elle donna toute liberté à ses doigts qui n'eurent aucune pitié.

— Arrête, Marion, de grâce ! s'étrangla Duncan en se poussant.

Les doigts s'agitaient impitoyablement sur son ventre et ses flancs, lui arrachant un fou rire qui frisait l'hystérie.

— Tu vas me faire crever... haleta-t-il à bout de souffle.

— Grrrr...

Elle planta ses dents dans le gras d'une cuisse.

— Aïe ! La louve ! Pitié !

Alors qu'il réussissait à se soustraire aux assauts carnassiers de sa femme, la porte s'ouvrit dans une explosion de lumière éblouissante. Le jeune homme se figea lorsque son regard croisa celui d'Elspeth, qui lançait des éclairs émeraude.

— Putain de merde ! marmonna-t-il tout bas.

Personne ne bougeait. Le silence dura une éternité. Puis une plainte sourde emplit la petite chaumière. Marion, qui semblait se remettre de la surprise, remonta vivement la couverture sur sa poitrine découverte et lança à Duncan un regard interrogateur. Elspeth pointa vers elle un doigt accusateur.

— Une catin Campbell ! Je ne voulais pas le croire, geignit Elspeth. Tu baises avec une salope de Campbell !

La violence de ses paroles fit sursauter Marion qui se réfugia au fond du lit.

— Elsie… fit Duncan.

— Traître ! hurla l'éconduite. Tu n'es qu'un sale traître, Duncan ! Je n'en crois pas mes yeux ! Avec une Campbell… Sainte Mère de Dieu ! Aidez-moi ! Foudroyez-le !

— Elsie ! répéta-t-il plus rudement en se levant.

Le regard furieux se posa sur les griffures qui marquaient son bas-ventre et ses cuisses. Soudain conscient de sa nudité, Duncan ramassa son plaid qui gisait sur le sol et l'enroula hâtivement autour de ses hanches. Puis, contrôlant ses émotions, il demanda sur un ton mesuré :

— Que fais-tu ici ?

— Ce que je fais ici ? rétorqua l'autre avec virulence. Ce que je fais ici ? Non mais…

Elle bouillait de rage.

— J'attendais que tu reviennes, figure-toi ! Je me faisais un sang d'encre ! Je priais le ciel pour toi ! Je me morfondais et je pleurais ! Et toi, tu me demandes ce que je fais ici ?

Sidérée, Marion regardait Duncan et devenait livide. Elspeth poursuivit avec hargne :

— Pendant que moi je t'attendais, toi, tu t'envoyais en l'air avec une sale catin de Campbell ! *Fuich !*

— Qui est cette fille… Duncan ?… demanda faiblement Marion en tremblant.

— Je t'expliquerai plus tard, Marion.

Le froid qui entrait par la porte restée ouverte les enveloppait et les pénétrait jusqu'à l'âme. Duncan ne savait plus comment se dépêtrer de cette situation des plus embarrassantes. Certes, il avait prévu de s'expliquer avec Elspeth, mais pas ici, pas maintenant, pas devant Marion qui ignorait encore tout d'elle. Il devait se calmer, reprendre ses esprits. Elspeth aussi d'ailleurs. Et Marion… Son cœur fondit en la regardant. Elle était complètement désemparée. Il devait lui parler en premier.

— Elsie, retourne chez toi…

— Ce n'est pas à moi de partir, c'est à cette garce ! cria Elspeth en braquant un regard haineux sur Marion, qui n'en menait pas large.

— Duncan… tu veux bien m'expliquer…

— Tu ne lui as rien dit ? continua la furie avec morgue. N'as-tu pas jugé utile de lui parler de moi parce que tout ce que tu voulais au fond, c'était une bonne baise avec la fille de ce fumier de Glenlyon, hein ?

Puis, se tournant vers Marion, elle leva le menton et se drapa de condescendance.

— Je suis sa fiancée, petite traînée…

— Va-t'en ! gronda dangereusement Duncan. J'irai t'expliquer plus tard.

— Ce n'est pas la peine, Allan s'en est chargé.

— Allan ? Oh ! Le fils de…

D'un pas décidé, il se dirigea vers Elspeth et s'empara de son bras pour la pousser vers la sortie. Il ne voulait pas être brusque avec elle, il pouvait comprendre sa colère. Mais ses propos blessants à l'égard de Marion lui faisaient perdre son calme.

— Je ne te le répéterai pas : retourne chez toi.

Sans crier gare, Elspeth éclata alors en sanglots et s'accrocha à son bras.

— Renvoie-la chez elle, Duncan… Je ne t'en tiendrai pas rigueur… J'oublierai… Je comprends ta faiblesse… Les hommes, il leur arrive parfois…

— Non ! trancha-t-il en serrant les mâchoires. Tu n'as pas compris, Elsie. Marion n'est pas une faiblesse, elle est ma femme.

Une plainte s'échappa de la bouche tordue d'Elspeth. Écarquillant les yeux, la jeune femme recula vers la porte, se heurtant au chambranle. Incrédule, abasourdie, elle jeta un dernier regard vers celle qui lui avait volé son amant, puis vers celui qu'elle avait tant attendu et qui l'avait trahie, qui avait trahi son clan en emmenant dans son lit la fille de l'ennemi.

— C'est toi qui aurais dû mourir au lieu de Ran !

La virulence du venin paralysa Duncan, dont le sang quitta le visage. Il serrait les poings pour ne pas frapper. Brusquement, Elspeth fit volte-face et s'échappa dans la lumière vive qui entrait à flots dans la chaumière refroidie.

Duncan resta quelques minutes à fixer le vide laissé par la jeune femme. Puis il ferma violemment la porte, avant d'y appuyer son front moite. Il tremblait de rage, de haine et de froid. Un bruissement d'étoffes le ramena dans la pièce.

— Marion, je... commença-t-il en se retournant. Mais que fais-tu ?

Elle enfilait ses vêtements avec des mouvements saccadés, s'essuyant les yeux et reniflant dans sa manche. Elle ne lui répondit pas, continua de fouiller sous le lit pour extraire une botte et un bas. En deux enjambées, il était sur elle. Il l'empoigna et la força à lui faire face.

— Que fais-tu ? Où vas-tu ? s'inquiéta-t-il, blême d'appréhension.

— Je retourne à Glenlyon. Je retourne chez moi, d'où je n'aurais jamais dû partir.

Elle le repoussa brutalement. Les larmes coulaient sur sa peau de soie. Le cœur de Duncan se déchira.

— Non, Marion... reste...

— Si tu crois que je vais te partager avec cette... cette... Oh ! Et puis merde !

Elle gronda, puis renifla en tentant de lacer son corsage de ses doigts tremblants de rage et d'humiliation. Elle jura encore ; le lacet lui échappait sans cesse.

— Quel merdier ! Quel merdier ! se répétait-elle. Sa fiancée ! Ce que j'ai pu être stupide… Ah ! Mais le mot est faible. Je n'arrive pas à y croire, j'aurais dû savoir… rien qu'une baise… C'est pas vrai, je rêve !

Elle soliloquait sous le regard désemparé de Duncan, à qui tout semblait échapper et qui ne trouvait rien à dire.

— On ne doit pas faire confiance à cette racaille de Macdonald. Des ordures, des voleurs…

Elle hoqueta et promena son regard désespéré autour d'elle.

— Marion… reprit bêtement Duncan.

Il osa une main sur le bras de la jeune femme, qui eut un violent mouvement de recul.

— Ne me touche pas, salaud !

— Je voulais t'en parler, je te le jure…

— Ta parole ne vaut rien, Duncan Macdonald… Elle a raison, tu n'es qu'un traître, un menteur…

Elle s'étrangla avec un sanglot, puis fondit en larmes. Écroulée sur le sol, elle pleurait dans ses jupes. Duncan s'accroupit près d'elle.

— Marion, bon sang, je t'aime…

Les pleurs redoublèrent. Prudemment, il mit une main sur l'épaule secouée par le chagrin. Elle sursauta, mais ne le repoussa pas.

— Pourquoi ne m'en as-tu pas parlé ? demanda-t-elle en sanglotant, le nez dans l'étoffe trempée. Tu étais fiancé… pourquoi ?

— J'aurais dû te parler d'Elspeth, je le sais, admit-il avec lassitude.

Il essuya délicatement une grosse larme qui roulait sur sa joue. Elle se déroba aussitôt.

— Regarde-moi, je t'en prie.

Comme elle ne bougeait pas, il la força à lui obéir. Il voulait qu'elle plonge dans ses yeux, qu'elle scrute son âme pour voir la partie de lui-même qu'elle emporterait si elle partait. Mais elle fuyait, fermant les yeux. Il lui caressa les cheveux, mais n'osa aller plus loin. Puis, il sut qu'elle ne partirait pas. Ils étaient liés par leurs serments. Elle était désormais sa femme ; Dieu avait été témoin de cette union.

— Tu es MA femme, Marion. Je ne te laisserai pas partir.

— Essaie donc ! Il n'y avait aucun témoin lorsque nous avons échangé nos vœux. Ils ne tiennent plus.

— Et Dieu ? Qu'en fais-tu ? Le renierais-tu ? Dieu nous a été témoin, tu le sais.

Elle se tut un moment et renifla.

— Qu'est-elle pour toi ? Tu as prêté serment avec elle aussi ? Elle a dormi ici avant moi ?

— Je n'avais rien promis à Elspeth, expliqua-t-il. Nous ne sommes pas vraiment fiancés. Je l'aimais bien, sans plus.

— Et moi ? Tu m'aimes « bien », moi aussi ?

— Toi, c'est différent...

Il n'arrivait pas à trouver les mots. Il se laissa tomber sur le sol froid à côté d'elle, puis se frotta les yeux, accablé par la tournure des événements.

— Toi... je t'aime, un point c'est tout. Depuis ce jour où je t'ai embrassée dans vos collines, tu me hantes.

— Foutaises ! rétorqua-t-elle. C'est le fait que je sois la fille de Glenlyon qui t'a fait remuer la queue, espèce de sale porc...

— Arrête de jurer comme un cul-terreux ! Si j'avais voulu te prendre de force, je l'aurais fait dès ce jour, et tu ne serais pas ici aujourd'hui. Mais je ne voulais pas que cela se passe autrement entre toi et moi. Et puis, je n'avais pas besoin de prêter serment avec une femme pour faire l'amour avec elle.

— Pouah !

— Tu te souviens de Killin ?

Elle haussa les épaules avec une désinvolture affectée, en évitant toujours de le regarder dans les yeux.

— Cette nuit-là, je t'avais dit que le jour où je te prendrais serait celui où tu me l'aurais demandé. Tu t'en souviens ?

Elle ne répondit pas. Cela l'énerva.

— T'ai-je forcée, Marion ?

— Tu m'as manipulée. Avec tes faux airs de...

— Marion ! s'écria-t-il, sur le point d'éclater. C'est faux, archifaux, tu le sais très bien !

Décidé à en finir avec cette mascarade, il l'empoigna par les épaules et l'attira à lui. Elle résista un moment, et finit par le regarder. Leurs yeux se croisèrent alors. Elle dut voir ce qu'il n'arrivait pas à lui dire avec des mots. La façade s'écroula.

— Je t'aime, *mo aingeal*, ne peux-tu le voir, le sentir ?

— J'ai mal, Duncan, je ne croyais pas pouvoir avoir si mal dans mon cœur. Je me sens trahie.

— Je le sais. Je ne voulais pas que cela se passe ainsi. Je te demande pardon. Je ne supporterais pas de te perdre. Je t'en conjure... reste.

Ses yeux rougis le fixaient intensément. Il écarta avec douceur quelques boucles rebelles qui collaient à ses joues.

— Marion, je t'en prie...

— Oh, Duncan...

Fermant les yeux, elle rendit ses dernières armes. Duncan étreignit alors avec force le bonheur qu'il avait failli perdre. Il s'emplit les bras de son soleil et s'en réchauffa le cœur.

— Je t'aime tant… *O Mòrag…* Je t'aime tant.

Ils restèrent ainsi pendant une éternité, jusqu'à ce que le funeste croassement du corbeau les tire de leur léthargie. Duncan, nu sur le plancher glacé, était complètement transi. Il n'avait pas osé bouger de peur que son ange ne s'envole. Il lui embrassa les paupières, puis lui releva le menton pour l'embrasser sur la bouche. Doucement, l'effleurant presque au début. Lorsqu'il la sentit frémir contre lui, il y mit plus d'ardeur et elle lui répondit avec la même fougue.

Après quelques minutes, il s'écarta légèrement pour reprendre son souffle. Il la dévisagea, le cœur en liesse. Elle affichait un sourire énigmatique.

— Quinze coups devraient suffire, annonça-t-elle de but en blanc.

Il fronça les sourcils.

— Quinze coups ?

— Quinze coups de fouet, précisa-t-elle.

— Oh, merde ! fit-il en grimaçant.

24

Fourberies

Marion leva les yeux vers le ruban de ciel blanc opaque qui s'étirait au-dessus de la vallée encaissée dans les sombres montagnes. La tempête menaçait. Quelques flocons virevoltaient déjà autour d'elle. Elle décrocha le dernier drap, entortillé autour d'une branche de pin, et le huma. La fraîcheur hivernale s'y était incrustée et mêlait son parfum à l'odeur musquée de leurs corps. Afin de s'occuper en attendant le retour de Duncan, elle les avait suspendus aux branches des arbres qui entouraient la petite chaumière pour les aérer, comme le faisait Amelia à Chesthill.

Duncan lui avait longuement parlé d'Elspeth après qu'elle s'était calmée. Il lui avait tout expliqué pour la rassurer et faire s'envoler toutes ses craintes. Cependant, un petit malaise persistait. C'est qu'elle était drôlement belle, cette Elspeth. Lorsqu'elle l'avait vue entrer en trombe dans la chaumière, elle avait senti une vague appréhension la submerger. Pourtant, elle se doutait que Duncan avait connu d'autres femmes avant elle. Il savait tellement bien la toucher, l'embrasser, la caresser pour faire naître en elle cette marée de sensations qui l'engloutissait et la noyait dans une ivresse qu'elle n'aurait jamais crue possible. En comparaison, elle se sentait tellement maladroite. Sa propre gaucherie la mettait dans l'embarras. Mais Duncan ne semblait pas s'en plaindre. Il paraissait même y trouver un certain plaisir.

Roulant le drap, elle le mit avec les autres dans le panier posé à ses pieds et scruta l'horizon éblouissant de blancheur en plissant les yeux. Mais que faisait-il donc ? Il était parti depuis plus de deux heures pour aller s'expliquer avec Elspeth... Elle grimaça et refoula les pensées qui surgissaient dans son esprit. Duncan avait raison. Elle ne serait pas ici, dans sa maison, dans sa vallée, s'il ne l'aimait pas vraiment. Toutefois, son retard l'inquiétait. Sans doute s'était-il éloigné un peu plus pour leur trouver quelque chose à manger.

Le hennissement d'un cheval la fit sursauter. Elle se tourna vers le petit abri que Duncan avait construit pour les bêtes. Rudimentaire, mais solide. Il lui avait raconté comment son frère et lui avaient bâti son humble demeure au printemps dernier. Mais l'avait-il construite pour la belle aux yeux émeraude ? Bah ! Quelle importance ? Ils s'étaient prêté serment l'un à l'autre. Cela scellait leur union au même titre qu'un mariage devant un homme de Dieu. A la différence qu'ils n'avaient eu que Dieu pour témoin.

Elle ferma les yeux et sourit. Duncan s'était assuré de l'irrévocabilité de leurs serments d'une façon plutôt expéditive. Mais cela ne lui avait pas déplu, bien au contraire. Qu'en avait pensé le Tout-Puissant ? Bah ! N'était-ce pas là le but du mariage ?

Le vent s'insinuait sous sa cape et glaçait ses jambes. Elle ferait mieux de rentrer avant d'attraper la mort. Duncan ne tarderait certainement pas ; la clarté faiblissait et la tempête menaçait. Prestement, elle ramassa le panier et se précipita à l'intérieur pour refaire le lit et préparer les quelques légumes qu'elle avait dénichés.

Un cheval hennit de nouveau et un autre lui répondit. Marion se retourna. Quelqu'un venait. Des silhouettes se profilaient à l'est, dans l'étroit passage du col de Glencoe. Des hommes du clan venaient. Elle referma la porte.

La petite troupe de cavaliers s'arrêta devant la chaumière. Elle les épia de la fenêtre mais la neige, maintenant abondante, l'empêchait de bien les distinguer. Ils s'attardaient et discutaient. Étaient-ils des guerriers de Glencoe qui avaient abandonné le camp de Perth ? Le soulèvement avait-il été étouffé ? Deux hommes se détachaient maintenant du groupe et venaient vers la chaumière. Elle s'énerva, s'empara de son plaid pour couvrir sa chemise. Merde ! Elle n'avait pas le temps d'enfiler sa robe qu'elle avait aérée avec les draps.

La porte s'ouvrit brusquement. Quels rustres ! On ne frappait pas avant d'entrer par ici ? Clignant des yeux, elle se tourna vers l'intrus qui emplissait l'embrasure. À cause du contre-jour, elle ne distinguait qu'une silhouette. Mais elle reconnut immédiatement le tricorne et la culotte de l'homme et en fut pétrifiée. Ces hommes n'étaient pas de Glencoe. L'intrus entra et la poussa brutalement. Celui qui le suivait cria des ordres à ses compagnons qui étaient restés dehors et s'engouffra à son tour accompagné d'un tourbillon de neige.

— Où est-il ? tonna le premier homme.

— Quoi ?

— Ce chien de Macdonald !

Mais que voulaient-ils ? Duncan avait-il des problèmes dont elle ignorait l'existence ?

— Visiblement, il n'est pas là, grogna le deuxième.

« Très futés ! » pensa-t-elle, sarcastique.

— Le document ! précisa l'homme en s'approchant.

Sa houppelande s'ouvrit sur des cuissardes de cuir enveloppant une solide paire de jambes et une veste de tartan qui lui était familière. Le cœur de Marion fit un bond. Les couleurs sombres des Campbell... Elle recula.

— Le document ? bafouilla-t-elle d'un air absent.

En réalité, son cerveau fonctionnait à un rythme effréné. Discrètement, elle fit le tour de la pièce du regard. Où avait-elle mis son *sgian dhu ?* L'homme avança sur elle telle une ombre comminatoire. Sur la table... La lame dépassait légèrement du corsage de sa robe. Elle se précipita sur l'arme, mais l'homme fut plus rapide qu'elle. Il l'attrapa à bras-le-corps et la coinça contre le mur.

— Holà ! Où penses-tu donc aller, ma belle !

— Laissez-moi ! s'écria Marion en tentant de maîtriser la terreur qui s'emparait d'elle.

— Donne-moi le document, et nous partons sans te faire de mal.

— Mais de quel document parlez-vous, espèce de brute ?

L'intrus éclata d'un rire sardonique et se tourna vers son comparse.

— Es-tu certain que cette petite mignonne vient de Glenlyon ? On croirait entendre une de ces bêtasses de Macdonald qui ne sont bonnes qu'à baiser.

L'homme reporta son attention sur Marion et la considéra d'un œil mauvais.

— Écoute-moi bien, ma mignonne. Tu sais très bien de quel document je parle. Un de mes petits copains dehors a une bosse grosse comme un œuf sur le front et aimerait bien régler son compte à ce fumier de Macdonald qui, comme je peux le constater, n'est pas ici. Mais peut-être se contentera-t-il de toi. Tu étais à Inveraray, toi aussi.

— Puisque vous savez qui je suis, je vous conseille de prendre vos distances, le menaça-t-elle.

L'homme rit.

— Alors, on fricote avec les hommes de Glencoe, mademoiselle Campbell ?

— Cela ne vous regarde en rien. Nous n'avons pas ce que vous recherchez, alors partez !

— Qu'en avez-vous fait ?

Après avoir adressé un geste de la tête à son comparse qui attendait de procéder à une fouille en règle, il revint vers elle et promena un regard licencieux sur sa chemise avec un sourire malicieux.

— Hum… Glenlyon fait tout de même bien les choses, déclara-t-il.

Ce disant, il lui lâcha le bras et lui enserra le cou.

— Dis-moi, ma mignonne… gronda-t-il en appuyant sur son larynx, qu'avez-vous fait de ce foutu bout de papier ?

— Il n'est pas ici… Il est à Finlarig Castle…

L'homme grogna.

— Tu te fiches de moi ! Tu veux me faire avaler que vous vous êtes rendus jusqu'à Finlarig hier et que vous êtes revenus ici immédiatement après ?

— Non… C'est Macgregor qui l'a porté.

— Rob Roy ?

— Elle dit peut-être la vérité, Rory. Brian m'a dit avoir aperçu des hommes de Macgregor sur nos terres hier.

Marion fut prise de panique quand elle sentit qu'une main cherchait à retrousser sa chemise. Son cri s'étrangla sous les doigts de l'inconnu, qui la tenait toujours contre le mur. L'homme pesta et jura. Elle s'agita, se débattit, mais rien n'y fit. Il était trop grand et trop fort pour elle.

— Je ne serai pas venu dans cette vallée maudite avec ce temps de chien pour rien ! s'écria-t-il dans un élan de frustration. Je prendrai quelque chose en compensation…

Il chercha ses lèvres ; elle esquiva.

— Tout doux, mignonne, je ne te ferai pas de mal… Tu verras, c'est plutôt plaisant…

Il lâcha son cou pour descendre sur sa poitrine. Elle bouillait de rage, s'agitait. L'homme la repoussa contre le mur et, d'un coup de genou, lui écarta les cuisses. Avec toute sa force, elle envoya son propre genou dans les parties de son assaillant. L'homme gémit. Il était trop grand, constata-t-elle avec consternation. Elle n'avait réussi qu'à lui frapper l'intérieur de la cuisse.

— Sale petite… Aïe !

Voilà qui était mieux ! Il la relâcha brusquement pour porter sa main à sa joue, puis l'écarta pour voir le sang qui la souillait.

— Cette sale petite garce m'a griffé ! s'écria-t-il avec stupéfaction.

Enfin libre, Marion se précipita sur son coutelas et le brandit devant elle. L'étonnement de l'homme se mua alors en rage meurtrière. Elle ne vit pas venir le coup, qui l'atteignit en plein visage. Déstabilisée, elle pivota comme une toupie et s'écroula sur la table avec un gémissement de douleur. Les larmes lui montèrent aux yeux et lui brouillèrent la vue. Elle tenta de se relever. Sa mâchoire l'élançait terriblement ; la pièce tournait bizarrement autour d'elle.

—… garce… va payer…

Des murmures parvinrent à percer le bourdonnement assourdissant qui emplissait sa tête. Elle geignit et se redressa sur un bras, cherchant le coutelas qui lui avait échappé. Il fallait le reprendre... Ses doigts se refermèrent sur le métal froid.

Une main l'agrippa alors solidement à l'épaule et la retourna comme une crêpe sur la table.

— Laissez-moi... Nous n'avons pas le...

L'empoignant par le devant de sa chemise, l'homme la força à se relever. Elle tenta de nouveau de le repousser. Le regard méprisant qui la fixait la paralysa. Il allait la tuer !

Des images lui vinrent à l'esprit. D'autres Campbell dans la vallée de Glencoe, assassinant des Macdonald. Elle était l'une des leurs maintenant. L'ironie de la situation lui donna le vertige et lui crispa douloureusement l'estomac.

— Non... gémit-elle faiblement.

Sa mâchoire lui faisait affreusement mal. Le simple fait de serrer les dents la faisait souffrir.

— Lâche-la ! cria la voix du deuxième homme. J'ai fouillé partout, il n'y a rien ici.

— Elle m'a giflé, la garce ! Elle va payer ! rugit le premier.

— Laisse tomber. On nous a bien avertis de ne pas toucher à la fille.

— Mais elle putasse avec les Macdonald !

Marion fit une tentative avec son coutelas, qu'elle plongea vers l'homme. Mais elle n'était pas de taille. Son bras se retrouva tordu dans son dos, et elle cria de douleur. Le coutelas lui échappa. L'homme cracha des grossièretés ; l'autre lui enjoignait de la laisser avant que les choses ne tournent mal. Il refusait, il voulait sa revanche.

Propulsée contre le mur, Marion cria et geignit. Tournant la tête vers son agresseur, elle n'eut que le temps de voir un poing arriver. Il l'atteignit à l'estomac, la vidant de son air. La douleur était terrible. Elle allait mourir…

Elle pensa à Duncan. À leurs serments. À ses mains sur elle… Les mains d'un homme de Glencoe pouvaient se faire si douces sur la peau d'une Campbell. Quelle ironie ! Et maintenant… C'était celles d'un homme de son propre clan qui la frappaient.

Pliée en deux, elle soufflait, râlait, cherchait son air. Elle rampa jusqu'au lit. La pièce tournait terriblement autour d'elle ; elle vacillait. Il faisait soudain si froid. Un coup de vent souleva sa chemise et la fit claquer des dents. Elle grimaça. Les voix résonnaient toujours dans la chaumière. Le ton monta. Puis un homme cria à l'extérieur. Duncan ?

Un coup violent lui coupa de nouveau le souffle. Elle se retrouva propulsée contre la traverse de bois du lit. Un coup de pied ? Qu'importe ! La brute l'avait encore frappée dans les côtes. Percluse de douleur, elle s'effondra au sol.

Elle ouvrit un œil dans la pénombre et remua. La douleur lui arracha un gémissement. Frigorifiée, elle roula sur le côté et tendit la main vers la couverture de laine. La porte était restée ouverte.

Combien de temps était-elle demeurée inconsciente ? À la vue de la neige accumulée dans l'entrée, elle jugea que cela devait faire plusieurs longues minutes. Laborieusement, elle se hissa sur ses coudes. Sa chemise était glacée et collait à ses cuisses. Elle baissa les yeux sur une tache sombre qui en maculait le devant.

Le feu s'était éteint dans la bourrasque qui avait pénétré sans scrupules à l'intérieur et qui visitait les moindres recoins de la chaumière. Elle grelotta. Sa mâchoire lui faisait terriblement mal. D'un doigt, elle inspecta l'intérieur de sa bouche. Cela pouvait aller. Pas de dents cassées. Mais elle sentait le goût métallique du sang. Elle s'était mordu l'intérieur de la joue et effleura avec sa langue un petit morceau de chair entaillée.

Péniblement, elle grimpa sur le lit. Comme un animal blessé, elle s'y roula en boule, s'emmitouflant dans la couverture. Quelqu'un finirait bien par fermer cette fichue porte qui cognait sans cesse dans la colère du vent. Où pouvait être Duncan ? Elle se souvint des cris des hommes qui s'en allaient. L'avaient-ils aperçu ? L'avaient-ils pris en chasse comme du vulgaire gibier ? L'avaient-ils tué ?

Un cri retentit et quelqu'un entra. Il faisait si sombre à présent. Elle entendit la neige accumulée devant la porte crisser sous les pas, puis plus rien. Était-il parti ?

— Sacré nom de Dieu !

Des mains la retournèrent, tirèrent sur la couverture qu'elle tentait de garder serrée autour d'elle. L'homme jura et la laissa tranquille. Ce n'était pas Duncan, constata-t-elle tristement… Immobile, elle fixait la silhouette qui se découpait faiblement dans la pénombre. Il émit quelques grognements. Puis la porte se referma, la plongeant dans l'obscurité totale. Allan était reparti.

Le vent soulevait des nuages de neige, réduisant considérablement la visibilité. À bout de souffle, Duncan accéléra. La neige s'accumulait rapidement. Par endroits, il s'enfonçait jusqu'aux genoux. Il avait traqué une belle biche sur le flanc est du Meall Mor. Elle l'avait semé. Mais au moins, il ne rentrait pas les mains vides. Marion aurait l'occasion de lui faire connaître ses talents de cuisinière. La faim commençait à lui tirailler l'estomac. Soudain, l'idée qu'elle ne sache pas cuisiner lui traversa l'esprit. Glenlyon avait toujours eu une cuisinière à son service. Bah ! Elle apprendrait.

La silhouette de sa chaumière surgit des tourbillons de neige. Il pressa le pas. Il lui tardait de s'asseoir avec Marion près du feu. Devait-il lui raconter l'entretien orageux qu'il avait eu avec Elspeth et ses parents ? Il grimaça. Enfin, tout était réglé. D'une certaine façon, Allan lui avait facilité la tâche en la prévenant. Ce grand rustre avait toujours eu un faible pour Elspeth et n'avait sûrement pas manqué d'offrir à la jeune femme une épaule réconfortante. Ainsi, si elle était si furieuse, c'était certainement parce qu'elle avait été délaissée pour une femme Campbell.

Un mouvement devant la chaumière attira son attention. Quelqu'un sortait. Mais où pouvait bien aller Marion par un temps pareil ? À la taille de la silhouette, il comprit brusquement que cela ne pouvait être elle.

Son cœur s'affola lorsqu'il reconnut Allan. Il courut à perdre haleine jusqu'à lui.

— Qu'est-ce que tu fous ici ? cria-t-il en haletant, le foudroyant du regard.

— Je… écoute, Duncan, je n'ai fait qu'entrer, bafouilla l'autre. Elle était là… C'est pas moi, je te le jure !

Duncan sentit ses jambes mollir. Qu'est-ce qu'Allan essayait donc de lui dire ? Il était arrivé quelque chose à Marion ? Poussant un cri de rage, il se précipita à l'intérieur, Allan sur les talons. Il faisait sombre ; le feu s'était éteint. Il baissa les yeux sur le plancher couvert de neige.

— Marion ? appela-t-il.

Un gémissement lui parvint du fond de la pièce. Il scruta le lit. Ses yeux s'habituaient à la faible luminosité, et il put distinguer les contours du corps de Marion sur le matelas.

— Qu'est-ce qui s'est passé ici ? ! s'écria-t-il.

Il s'élança vers elle et la prit par les épaules. Elle était glacée et gémissait de douleur. Il tâta rapidement son corps. Apparemment, il n'y avait rien de cassé.

— J'ai rien à voir avec ça, marmonna Allan dans son dos.

Duncan, bouillant de rage, se tourna vivement vers lui.

— Tu te fous de moi ?

Allan esquissa un mouvement vers la porte. Mais Duncan fut sur lui en moins de deux et lui assena un violent coup de poing au menton. Il jura royalement sous la douleur qu'il sentit aux jointures des doigts, tandis qu'Allan s'écroulait sur le banc, près de la porte, dans un craquement de bois.

— Deux fois tu t'en es pris à elle, espèce de petit merdeux ! pesta Duncan en se frottant la main. Ensuite, tu envoies Elsie ici, sachant très bien ce qu'elle y trouvera. Et tu veux me faire croire que tu n'es pas venu terminer ta sale besogne ?

— Je te jure que c'est la vérité, se défendit Allan.

Il cracha du sang dans la neige qui commençait à détremper le plancher.

— Mungo MacPhail a aperçu des hommes à l'entrée de la vallée. Des Campbell, précisa-t-il. Comme tu es isolé et que tu te trouves près de l'entrée, j'ai pensé qu'il fallait te mettre au courant. Quand je suis arrivé, j'ai aperçu des silhouettes qui s'éloignaient. La porte était ouverte. Je suis entré et je l'ai trouvée là, sur le lit. Je suis arrivé trop tard, les hommes étaient déjà passés...

Duncan respirait bruyamment et serrait son poing douloureux, qu'il avait envie d'envoyer derechef à la figure de ce salopard.

— Et tu filais en douce sans lui porter secours ?

— Je ne voulais pas la toucher, sacré nom de Dieu ! Qu'aurais-tu fait si tu m'avais surpris avec dans les bras ta... femme salement tabassée et en simple chemise ?

Duncan ne put que se rendre à l'évidence.

— Je t'aurais fait cracher toutes les dents qu'il te reste. Ensuite, je t'aurais probablement coupé les couilles et je les aurais envoyées à Elsie en guise de cadeau de fiançailles.

— C'est bien ce que je pensais, dit Allan après un moment. J'allais chercher Sarah, l'épouse d'Alasdair. Je me disais qu'elle saurait quoi faire.

Duncan s'accroupit de nouveau auprès de Marion qui sanglotait doucement et tremblait. Il se mit à la frictionner.

— Rallume le feu, veux-tu ? gronda-t-il à l'intention d'Allan. Ensuite, tu iras quérir Sarah.

— Ouais...

Rapidement, les flammes apparurent dans l'âtre, nimbant la pièce d'une lueur réconfortante.

— Écoute, Duncan, commença Allan qui se préparait à sortir, j'aurais jamais fait ça à ta femme, Campbell ou non...

— Ça va ! s'énerva Duncan. Va chercher Sarah.

Allan sortit sans un mot de plus, laissant retomber un silence lourd de ressentiment dans la pièce.

— C'est fini, *mo aingeal*, chuchota Duncan dans les cheveux de Marion.

— J'ai eu si peur... J'ai cru que... qu'ils allaient...

Elle éclata en sanglots.

— Je suis là maintenant. Repose-toi un peu. Je vais te réchauffer ; tu es complètement gelée.

Il s'allongea précautionneusement près d'elle, puis l'attira doucement contre lui pour lui donner un peu de sa chaleur. Elle claquait des dents et ses lèvres avaient pris une inquiétante teinte bleutée. Les sanglots s'espacèrent. Après un certain temps, elle cessa de grelotter. Un sentiment de culpabilité pesait lourd sur le cœur de Duncan. Vingt-quatre heures ne s'étaient pas écoulées que déjà il avait failli à l'une de ses promesses : il n'avait pas su la protéger.

— Je n'aurais pas dû te laisser seule. Ce ne serait pas arrivé si j'avais été là.

— Sottises ! murmura-t-elle gravement. Ils t'auraient tué. Ils te cherchaient. C'étaient ces hommes qui nous ont suivis la nuit dernière.

— Hum…

Il se redressa sur un coude pour la regarder et grimaça à la vue de l'énorme ecchymose qui couvrait le côté gauche de sa mâchoire. Il l'effleura du bout du doigt.

— Les salauds ! Mon message n'aura pas été assez clair. Ce fumier de… je lui briserai tous les os quand…

— Laisse tomber. Chercher à me venger ne fera qu'aggraver les tensions entre nos deux clans. Les hommes de mon père s'en chargeront.

— Mais ils t'ont battue !

— Ce n'est pas grave, Duncan, lui dit-elle sur un ton qui se voulait rassurant. Quelques bleus et…

— Mais tu es blessée ! s'écria-t-il, épouvanté.

Il écarquilla les yeux d'horreur en apercevant la tache de sang encore moite sur la chemise. Il s'apprêtait à soulever le vêtement lorsqu'elle l'arrêta d'un geste.

— Laisse…

— Mais tu saignes !

— Je ne suis pas blessée, enfin ce n'est pas ce que tu crois.

Il la dévisagea d'un air perplexe, ne comprenant rien à ses propos ambigus. Il regarda de nouveau la chemise. Aucune lacération n'était visible sur le tissu. Une terrible appréhension s'empara de lui.

— Marion… ils ne t'ont pas ?…

Il n'arrivait pas à le lui demander. Puis, une pensée en entraînant une autre :

— C'est ton sang ? s'enquit-il, croyant qu'elle eût pu blesser son agresseur.

— Oui.

Il fronça les sourcils et ferma les yeux.

— Que t'ont-ils fait, *mo aingeal ?* murmura-t-il, les lèvres tremblantes.

— Eh bien, pour commencer, j'ai reçu un coup à la mâchoire. Ensuite, j'ai eu droit à un poing bien placé dans l'estomac. Pour terminer, un pied dans les côtes, enfin, je crois bien que c'était un pied.

— Tu n'es pas drôle, Marion. D'où vient ce sang, alors ?

— J'ai mes règles, grand bêta !

— Tes règles ?

— Tu sais au moins ce que c'est ?

Tout d'un coup, il comprit et se sentit comme le dernier des imbéciles.

— Euh, oui… tes règles. Bon, enfin.

— C'est le coup dans l'estomac qui les aura déclenchées un peu plus tôt que prévu. Ça va aller.

Il fixa la tache écarlate encore un moment. Le soulagement fut de courte durée. Elle avait été battue. Cette bande de salauds avait lâchement brutalisé une femme, qui plus est, la fille de l'un des chefs de leur propre clan !

— Non, ça ne va pas du tout. Tu aurais pu y rester, Marion, tu t'en rends compte ?

— Je sais. Mais ce n'est pas le cas, alors…

— Tu les connaissais ?

Elle hocha la tête de droite à gauche.

— Je te ramène à Glenlyon…

— Non ! s'écria Marion en s'accrochant au plaid mouillé de Duncan. Je ne veux pas retourner là-bas. Je veux rester avec toi !

— Mais enfin, sois raisonnable ! Je dois repartir pour Perth. Je ne peux pas te laisser ici et, de toute évidence, tu ne peux pas venir dans cet état !

— Je ne suis pas raisonnable, Duncan Macdonald, tu le sais ! rétorqua-t-elle aussitôt. Pour ce qui est de mon état, je n'ai rien de cassé. Quelques contusions qui, dans quelques jours, n'y paraîtront plus. Quand mon pauvre estomac, qui se plaint depuis ce matin, sera plein, j'irai beaucoup mieux.

Il la considéra encore un moment, indécis.

— On en reparlera… J'ai deux gros lièvres, annonça-t-il sur un ton plus détendu, tu les veux en ragoût ou bien rôtis ?

— Comme tu veux. Je crois que je les mangerais crus tellement j'ai faim. Ce soir, je ne ferai pas la difficile, même si je m'attendais à manger un bon rôti de bœuf de chez nous, dit-elle avec un petit sourire.

Duncan sourit à son tour.

— L'idée m'a effleuré l'esprit, déclara-t-il. La prochaine fois peut-être.

— Je connais les endroits où mon père garde ses plus belles bêtes, tu sais. Je pourrais te montrer.

Il haussa un sourcil, puis éclata franchement de rire.

— C'est que je suis une Macdonald à présent, précisa-t-elle avec un sourire goguenard. Je fais partie du pire clan de gibier de potence, alors…

Nimbé d'un brouillard qui se déchirait en lambeaux dans les rayons rosâtres de l'aurore, le clocher de la St John's Kirk brandissait sa croix brillante au-dessus de Perth. Catholiques ou protestants, c'est vers cette croix que tous se tournaient maintenant avec une prière sur les lèvres pour garder espoir. La désillusion et la déception se lisaient sur tous les visages.

Le Prétendant avait été accueilli plutôt froidement dans le bourg médiéval. Guère satisfait par l'apparence du camp, il avait lui-même déçu. Duncan, en effet, comme la plupart des Highlanders présents, ne put réprimer un sentiment de déréliction devant celui qu'ils tentaient de mettre sur le trône.

Jacques Francis Edouard Stuart était grand, fluet et de complexion pâle. Peu loquace, évasif et d'un tempérament désespérément peu affable, il ne semblait pas vouloir se mêler aux soldats ni assister aux exercices militaires. On le surnommait Sire Mélancolie. Si cet homme aspirait à reprendre la couronne qui lui revenait de droit, son air taciturne et grave n'était pas pour l'exprimer. Ainsi, il ne semblait rien présenter de ce à quoi on pouvait s'attendre d'un futur roi. Certes, une fièvre quarte l'avait terrassé peu après son débarquement sur le sol d'Écosse. Mais l'homme devant lequel ils s'étaient tous inclinés n'avait rien à voir avec ce fougueux et courageux jeune prince de vingt et un ans qui avait débarqué sur les côtes écossaises au printemps 1708.

L'entreprise d'Écosse, comme on avait appelé cette dernière expédition, avait lamentablement échoué. L'effet combiné des tempêtes qui avaient fouetté la flottille française au large d'Arberdeen et du tempérament rébarbatif du comte de Forbin, qui dirigeait l'expédition depuis son départ de Dunkerque, était en cause. Rendu responsable de l'échec, Forbin avait par la suite été disgracié par la cour de Louis XIV.

L'horizon teinté d'une lueur iridescente pâlissait. Duncan fixait d'un air absent les pignons crénelés et abrupts depuis la petite fenêtre de sa chambre. Marion et lui étaient arrivés quelques jours plus tôt. Son regard s'arrêta de nouveau sur le clocher : St John's Kirk. Les murs de pierre de l'église avaient été, en 1559, les témoins muets du violent sermon de John Knox. L'homme avait excité à l'excès le peuple, allumant le terrible brasier de la Réforme protestante.

Dans son prêche calomnieux, ce bouillant prédicateur calviniste avait dénoncé l'idolâtrie papiste et sonné le glas du règne catholique en Écosse. C'est ainsi qu'avait pris fin la Vieille Alliance qui avait lié l'Écosse et la France pendant plus de trois siècles. Les églises catholiques avaient été pillées, les abbayes et les couvents, brûlés, des évêques, assassinés. La *kirk* protestante était née, imposant sa rigueur morale et son intransigeance. Seuls quelques clans des Highlands lui avaient opposé une farouche résistance.

Depuis, ces clans étaient demeurés fidèles à la lignée catholique des souverains écossais, qui se réduisait aujourd'hui à un prince exilé, élevé dans l'opulence de la cour française de Saint-Germain-en-Laye. Soit ! le sang qui coulait dans les veines du Prétendant était écossais. Mais que connaissait réellement cet homme de son pays et de ses sujets ?

Duncan tourna la tête vers le nord et porta son regard au-delà du bourg royal[1]. Érigé à trois kilomètres du centre de Perth, sur la rive opposée de la Tay, le palais de Scone aux multiples tours à créneaux de grès rouge, de style néobaronnial, abritait le prince. À cet endroit aussi dormaient les ruines d'une abbaye, première victime de la folie de Knox. Scone, cœur du royaume

1. Bourg qui a reçu une charte du roi. Perth obtint ce statut au XIIe siècle.

picto-écossais, avait été la première capitale du pays et le siège du gouvernement depuis le premier roi, Kenneth Mac Alpin. Ce dernier avait réussi, en 843, l'exploit de réunir le royaume picte et celui des Scots. Mais depuis Charles II, en 1651, plus aucun roi n'y avait été sacré. Aujourd'hui, ils mettaient tout en œuvre pour que cela change. Certes, la pierre de la Destinée, sur laquelle se tenait traditionnellement le souverain lors de son couronnement, avait été volée, emportée à Londres où elle gisait sous le trône anglais depuis 1275. Mais la terre du tertre de Moot Hill, où avaient lieu les couronnements, pouvait tout aussi bien faire l'affaire.

Ainsi, l'insurrection était tombée dans un état cataleptique. Duncan, faisant le bilan des dernières semaines, en tira une triste conclusion : la cause était perdue ; il n'avait plus rien à faire ici.

Distraitement, il effleura la longue cicatrice qui barrait sa joue, marque indélébile de son attachement à cette cause. Elle était encore sensible au toucher. Mais grâce au merveilleux travail de Marion, elle ne serait plus qu'un mince filet pâlot dans quelques années.

Il se tourna vers le lit où, au milieu des draps grisâtres, on apercevait des parcelles de chair rose et les boucles rouge feu de Marion qui dormait. Qu'allait-il faire maintenant ? La nuit porte conseil, lui avait-on dit. Pourtant, il avait passé les dernières heures à cogiter et il en était toujours au même point. Il devait partir, il le savait. Mais que ferait-il de Marion ? La laisser ici était trop risqué. La rumeur annonçait l'arrivée imminente des troupes du duc d'Argyle. L'emmener avec lui ?

Le lendemain de leur arrivée, il était allé trouver Alasdair Og. Ce dernier l'avait mis au fait des derniers événements, qui le désespérèrent. Moins de trois jours après le départ de Liam pour Inverness, Donald était revenu en catastrophe. Leur groupe avait été attaqué par une garnison de dragons. Colin avait été blessé. Quant à son père et sa mère, Donald n'avait pu retrouver leur trace dans la tempête.

Il s'était rapidement réfugié dans les bois où il était resté plus d'une heure. Lorsqu'il avait été certain que les dragons étaient partis, il était revenu sur la route déserte. Les chevaux avaient disparu, tout comme Liam, Caitlin et Colin. Avaient-ils été pris ? Donald en doutait. Les *Sassannachs* se seraient fait une joie de tuer des Highlanders et ne se seraient certainement pas encombrés des cadavres. Ils étaient donc assurément vivants, puisqu'il n'y avait aucune trace de leurs corps.

Donald avait passé deux heures à les chercher. Mais le vent et la neige avaient rendu les recherches difficiles, voire dangereuses. Il avait donc « emprunté » un cheval dans une ferme voisine et avait pris le chemin du retour. Il fallait les retrouver. Duncan partirait donc avant midi avec Donald et quatre autres hommes du clan pour la vallée de Glenshee.

Le fouillis de draps remua. Un long bras gracile en émergea, s'étira, puis retomba mollement sur l'oreiller dans un enchevêtrement de boucles. L'autre bras inspectait la place qu'il avait laissée vide et qui s'était certainement refroidie. D'un bond, Marion se redressa sur son séant, balayant la pièce d'un regard alarmé.

— Duncan ? fit-elle d'une voix éraillée.

— Ici.

Elle tourna vers lui son visage en plissant les yeux pour percer la pénombre qui traînait encore dans la petite chambre, située sur Ropemaker's Close.

— Que fais-tu là ?

— Je réfléchis, *mo aingeal*.

Elle resta silencieuse un moment, puis tapota la place vide à côté d'elle.

— Viens ici ! j'ai froid... dit-elle en souriant lascivement. Comment fais-tu pour rester nu dans ce froid qui nous pénètre jusqu'aux os ?

Duncan grimpa sur le lit après avoir envoyé une pelletée de charbon dans le feu.

— Je n'ai pas froid.

Elle se blottit contre lui.

— À quoi pensais-tu ?

Le front plissé par l'indécision qui le taraudait, il appuya ses pouces sur ses paupières fermées et rougies par le manque de sommeil, les frotta lentement, puis les étira vers ses tempes. Il soupira de dépit. Marion se mit à genoux et pencha sur lui un regard inquiet.

— Qu'est-ce qu'il y a, Duncan ?

— Je pars aujourd'hui, laissa-t-il tomber.

Ouvrant lentement les yeux, il croisa le regard mystérieux de sa femme qui le fixait. Des yeux de chat. Obliques et effilés, comme ceux d'un félin. Mais d'un bleu...

— Ah bon, fit-elle simplement.

Comme absorbée dans ses propres pensées, elle fixait un point au-delà du lit. Brusquement, elle revint à Duncan. Les premiers rayons de soleil pénétraient dans la chambre derrière elle et entouraient son corps nu d'un halo lumineux. Le jeune homme sentit une bouffée de désir monter en lui. Elle sembla percevoir son frémissement, car, le sourire aux lèvres, elle lorgna sans vergogne son entrejambe, qu'il dissimula sous le drap. Une étrange lueur vint éclairer son regard. Elle s'humecta un doigt et lissa ses sourcils.

— Que fais-tu ? demanda Duncan, intrigué par cette attitude mystérieuse.

— Rien, répondit-elle simplement en sautant du lit.

Il se hissa sur un coude et l'observa d'un œil mi-curieux, mi-amusé. Elle prit un bas sur le dossier de la chaise, puis lentement se pencha pour ramasser le deuxième, qui se trouvait par terre. Ses gestes avaient quelque chose de provocant. Elle était consciente de sa séduction et de la paire d'yeux qui la dévoraient littéralement. Troublé, Duncan replia une jambe de façon à dissimuler son désir grandissant. Ses poils se hérissèrent de plaisir.

Marion s'assit sur le bord de la chaise et lui lança un regard langoureux avant de reprendre son petit manège. Avec une lenteur calculée, elle enfila un bas, puis le lissa en caressant doucement le fin lainage.

— Hum… fit-elle.

En soupirant, elle noua une jarretière de soie rouge autour de sa cuisse. Puis elle recommença avec le deuxième bas. Enfin elle se leva pour examiner le résultat, et le regarda de nouveau. Elle lui jouait le grand jeu et lui succombait.

D'un gracieux mouvement circulaire, elle s'étira comme un chaton, les bras au-dessus de la tête, le dos légèrement cambré. L'aube peignait sa peau comme si c'était une toile. Elle l'éclaboussait de bleu sur l'épaule, la caressait de rose sur les bras. Le bistre se glissait dans le creux de sa gorge, le doré s'emparait de ses seins, le pourpre se dissimulait sous ses pommettes. Une toile vivante, chamarrée de lumière. Il regardait son fantasme onduler comme une algue résistant à la vague qui se retire. Il se demanda comment Dieu pouvait inventer une si belle créature et pourquoi c'était à lui qu'il l'avait offerte. Il se demanda aussi ce qu'il devrait payer en retour pour un cadeau si somptueux.

Elle était le chant d'un roitelet parmi les cris des corbeaux. Elle était la primerose qui poussait dans la faille du granit. Elle était la goutte de rosée qui miroitait dans sa vallée. L'espace d'un instant, elle lui faisait oublier que la couronne des Stuarts leur échappait, que la reddition planait, que la persécution menaçait, que la famine, le désespoir et la misère les guettaient. Il s'en fichait. Les hommes pouvaient s'entretuer et le ciel lui tomber sur la tête, être avec elle était la seule chose qui lui importait. Elle le rendait heureux. Pendant un moment, il ferma les yeux afin d'imprimer son image dans son esprit. Puis il les rouvrit pour nourrir son fantasme.

Vêtue d'un reflet de nacre et d'une capeline d'or cascadant jusque dans le creux de ses reins qui se cambraient docilement sous sa caresse, elle le gonflait de désir. Tsigane, ensorceleuse, déesse, elle était tout cela. Avec un sourire onctueux, avec un regard incendiaire, troublant, elle enfilait l'un après l'autre ses vêtements. Elle s'habillait comme une femme se déshabille pour tenter l'homme. Caressant une hanche, frôlant un mamelon, effleurant la porte de son jardin secret. Plus elle se couvrait, plus il se sentait excité.

Le petit jeu dura encore quelques minutes, pendant lesquelles son rythme cardiaque s'accéléra. Elle était maintenant complètement habillée, et lui, complètement allumé. Dans un froufrou de jupons, elle s'approcha du lit et considéra sa proie d'un œil satisfait. L'odeur indéfinissable qui émanait d'elle finit de le rendre fou de désir. D'un mouvement rapide, il la fit basculer sur lui et l'embrassa avec un appétit vorace, goûtant ses lèvres et sa peau. Sans qu'il s'en rende vraiment compte, il était en elle. Poussant un petit gémissement, il glissa ses mains sous les jupes et sur les cuisses qui le chevauchaient.

— Marion… tu es une vraie sorcière…

Elle lui sourit et s'immobilisa sur lui.

— Hum... Je me demandais avec qui tu partais pour Inverness.

Voilà où elle voulait en venir ! Duncan ne put contenir un fou rire.

— Marion !

Avec un sourire mutin, elle promena ses doigts sur son ventre, ce qui lui procura un frisson exquis qui le parcourut de la tête aux pieds.

— Tu n'as pas répondu, Duncan.

— MacEanruigs, les frères Macdonnell et Angus.

Son sourire se transforma en une moue de déception. Il lui enserra la taille et la força à se mouvoir sur lui, mais elle résista.

— Et moi ? demanda-t-elle avec une ondulation des hanches.

Il se sentait sur le point d'exploser, mais elle s'immobilisa de nouveau, lui faisant subir la pire des tortures.

— Tu ne peux pas... Je n'en peux plus, Marion... Je t'en prie...

— Et moi ? répéta-t-elle d'une voix rauque et mielleuse qui coula sur lui comme une caresse.

Il frémit. Elle plongea son regard dans le sien. Un ange venu de l'enfer, une diablesse... Elle remua légèrement et s'immobilisa de nouveau.

— Seigneur ! gémit-il en enfonçant ses doigts dans la chair tiède et tendre qui emplissait ses mains.

Il n'en pouvait plus, il allait céder.

— Et moi ? redemanda-t-elle dans un murmure qui le fit penser au doux bruissement des feuilles dans la brise d'été.

— Et... toi aussi ! abdiqua-t-il dans un cri.

Elle le libéra alors seulement de la tension devenue insoutenable.

— *Cruachan* [1] ! triompha-t-elle dans un cri rauque.

Il crut que son cœur allait éclater. Elle se laissa tomber mollement sur lui, un sourire vainqueur sur les lèvres. Vidé et vaincu sur le douillet champ de bataille qu'était leur lit, Duncan se sentait néanmoins le cœur en liesse. Marion était une Campbell, rusée et fourbe comme les renards qu'ils étaient. Il l'avait oublié à ses dépens. L'adversaire tenait la victoire… pour cette fois. Des guerres comme celle-ci, il en livrerait encore, dût-il y laisser son cœur. La bataille était si douce et l'ennemi, si délicieux.

— *Mòrag*, tu viens directement de l'enfer, tu sais…

Elle gloussa exquisément et l'embrassa.

— Je sais. Mes frères me disaient souvent que des cornes me pousseraient sur la tête si je n'arrêtais pas d'user de mes manigances pour…

Deux petits coups furtifs furent frappés à la porte. Sans aucune autre forme d'avertissement, Barb Macnab entra à reculons. Marion n'eut que le temps d'étaler sa jupe sur les cuisses de Duncan. Déjà la servante se retournait avec un plateau chargé de nourriture.

— Voilà votre petit déj… Oh ! fit-elle en écarquillant les yeux.

Le plateau vacilla et faillit se vider de son contenu. Rouge jusqu'aux oreilles, Barb piqua du nez et déposa rapidement le plateau sur la table.

— Euh… Je croyais… C'est que j'avais oublié que monsieur… enfin… Je suis désolée, maîtresse Campbell.

— Macdonald, corrigea gentiment Marion en réprimant un fou rire. Je suis madame Macdonald à présent. Et tâchez de vous souvenir que je ne dors plus seule.

1. Cri de guerre des Campbell.

La petite bonne femme lui lança un regard courroucé et se détourna aussitôt du tableau cocasse qui s'offrait à elle. Marion était juchée à califourchon sur Duncan dont seuls les bras nonchalamment croisés sous la nuque et les jambes velues apparaissaient. Les deux jeunes gens affichaient un sourire béat.

— Je vous remercie, Barb, dit doucement Marion.

La femme s'apprêtait à repartir dans un soulagement non feint lorsque Marion la rappela.

— Oh, j'oubliais ! Vous reviendrez dans...

Elle lança un coup d'œil à Duncan, dont les épaules commençaient à sautiller.

— Bah ! Disons une heure. Vous m'aiderez pour les bagages.

Barb Macnab la dévisagea.

— Vous repartez ? Mais vous venez tout juste d'arriver !

— Vous voulez venir ?

La pauvre femme grimaça et jeta un regard noir à Duncan, qui se retenait à grand-peine.

— Non, merci. Je préfère rester avec le clan Campbell, déclara-t-elle d'un air hautain. Je vous souhaite bon retour, madame... Macdonald. Que Dieu vous garde.

— Vous aussi, Barb. Vous me manquerez.

— Hum... bien sûr.

Sur ce, elle sortit au pas de course. Sitôt la porte refermée, des rires emplirent la petite chambre.

— Je n'ai vraiment pas la cote auprès de tes domestiques, remarqua Duncan dans un dernier spasme. Toutes me fusillent du regard. Je me demande bien pourquoi.

— Gibier de potence ! s'esclaffa Marion en roulant sur le côté.

Libéré du poids de la jeune femme, Duncan se hissa à son tour sur elle et l'emprisonna sous lui.

— Tu as vu sa tête ? J'ai bien cru qu'elle allait exploser !

— Son livre de chevet est la Bible. Alors, imagine !

— Ah ! Ah ! Bientôt, toutes les femmes de ton clan seront au courant des ébats de la fille de leur laird et de son dévoyé de mari !

Marion pouffa de rire.

— Et elles auront certainement pris soin d'ajouter quelques petits détails croustillants.

Les rires fusèrent et retentirent encore pendant un moment. Puis un calme heureux les enveloppa, jusqu'à ce qu'un bruyant borborygme l'interrompe.

— Je crois bien que mon estomac essaie de me dire quelque chose, murmura Marion, les yeux mi-clos.

Duncan redevint grave. Il effleura doucement la meurtrissure à la mâchoire de la jeune femme, qu'il embrassa tendrement.

— Je t'aime, Marion.

Il aurait aimé pouvoir lui dire que plus jamais il ne laisserait quelqu'un lui faire du mal. Mais il lui aurait menti. La vie n'était pas ainsi faite. Tout ce qu'il pouvait lui promettre, c'était de l'aimer plus que sa propre vie.

25

La sorcière

Une obscurité abyssale m'enveloppait. Je clignai des yeux. Rien… Rien que les ténèbres. Un hurlement me fit dresser les cheveux sur la tête et me glaça le sang. Où étais-je ? Il faisait si froid… Sans doute dans le monde des morts. Le hurlement retentit de nouveau, cri sinistre se perdant dans les abîmes qui m'avaient avalée. Puis un reniflement bruyant, plus proche, me fit tressaillir. Mais où étais-je donc ?

Je remuai doucement la tête. Une douleur me transperça le crâne. Je bougeai mon corps qui se plaignit lui aussi. Je fus ainsi brutalement arrachée à mon état de torpeur profonde. Finalement il m'apparut que je n'étais pas morte, du moins pas encore.

Le vent sifflait, mais bizarrement je n'en sentais pas la morsure sur mon visage. Seul un froid chargé d'humidité me perçait jusqu'aux os. Le hurlement, longue mélopée funeste, emplit ma tête d'images affolantes. Des loups, réalisai-je soudain avec consternation. Ils me cherchaient. Mon cœur s'emballa. Je tentai de me redresser, mais la douleur me cloua au sol. Puis j'entendis un piaffement étouffé près de moi. Je n'étais pas seule.

Un deuxième reniflement. Les loups étaient-ils si près ? La panique m'envahit. Malgré la vive douleur, je réussis à me hisser sur mes coudes. Ouverts ou fermés, mes yeux ne m'offraient qu'un rideau noir, impénétrable. J'étais aveugle ! Où étais-je ? Que s'était-il passé ? Je n'arrivais plus à me souvenir. Je poussai une plainte déchirante.

Je devais réfléchir. Pourquoi étais-je ici ? Et où étais-je ? Tout était si confus. Et cette douleur qui voulait faire éclater ma tête... Je n'arrivais tout simplement pas à me rappeler. J'effleurai le dessus de mon crâne, là où la douleur se faisait la plus lancinante. Mes cheveux étaient raidis par la glace. Je palpai une croûte et sentis les contours d'une plaie ouverte. M'avait-on frappée ?

Un lambeau de souvenir flotta dans mon esprit et je m'y accrochai désespérément. Le bruit de l'eau... Le grondement sourd d'un torrent dans lequel se confondait un cri. J'entendais mon nom ; quelqu'un m'appelait encore et encore.

D'autres vagues souvenirs affluèrent encore. Des mains me palpaient, s'emparaient de moi, me soulevaient et me portaient. On me parlait doucement. Liam... Mais mon esprit restait embrouillé.

Une toux rauque et opiniâtre résonna près de moi. Liam ? Je me tournai vers ma droite : rien que les ténèbres. Mais il était là, quelque part. Sa respiration sifflante, entrecoupée de quintes de toux, m'indiqua où le chercher. Je rampai, tâtonnai, puis heurtai une masse froide de cuir et de laine.

— Liam...

Je le secouai doucement. Chaque mouvement me fendait le crâne ; la douleur faisait larmoyer mes yeux aveugles. Je tâtai rapidement le corps inerte de Liam. Ses jambes étaient tièdes et ses bottes rigides et recouvertes de glace. Je remontai vers son torse. Il se mouvait par saccades. J'effleurai son cou, sa joue râpeuse et son front. Il était brûlant de fièvre. Il n'allait pas bien du tout. De nous deux, il était le plus mal en point.

Sans crier gare, d'autres images surgirent dans mon esprit tourmenté. Des vestes rouges, des soldats. Des coups de feu. Je me souvenais à présent. Une garnison de dragons anglais nous avait attaqués par surprise. Le sifflement des balles. Colin qui s'affalait sur l'encolure de son cheval avec cette expression indicible sur son visage. Liam me repoussait vers les bois. Je courais à perdre haleine dans cet enfer où je ne distinguais plus le ciel de la terre. Puis le vide subit sous mes pieds. Un gouffre m'avalait, me tirait inexorablement dans ses entrailles. J'étais tombée dans une ravine et m'étais probablement cogné la tête sur une pierre ou autre chose.

Tout se replaçait, se clarifiait dans mon esprit, faisant naître une douleur d'une tout autre nature. Mon cœur se déchira. Où était Colin ? Et Donald ? Liam avait-il été blessé ? Je glissai mes mains sous sa veste, et tâtai sa poitrine et son abdomen. La chemise était douce et chaude. Elle était sèche. Il tressaillit au contact de mes doigts glacés et eut une nouvelle quinte de toux. Gémissant, il roula sur le dos.

— Liam… Liam…

Mais pourquoi ne voyais-je rien ? Liam grogna et remua. Je me hissai sur lui et le couvris de mon corps et de ma cape.

— Liam, tu m'entends ?

Il grogna de nouveau. Ses doigts frôlèrent ma mâchoire, puis retombèrent lourdement sur sa veste.

— Caitlin… appela-t-il dans un souffle rauque.

— Je suis là, le rassurai-je avec un trémolo dans la voix. Je suis là, *mo rùin*. Ça va aller…

J'enfouis mon visage dans sa chemise et sanglotai doucement. Je pleurai sur notre sort, sur nos malheurs qui n'en finissaient plus, sur nos déchirements. Je maudis cette rébellion qui détruisait nos vies. Je damnai ce roi pour qui notre fils était mort. Je blasphémai ce Dieu qui m'avait abandonnée et restait obstinément sourd à mon appel.

Une faible lumière éclairait mes paupières. Un râle sibilant résonnait sous ma tête. J'ouvris les yeux et me redressai lentement. Je voyais… Je voyais ! Des murs de pierre. Une porte défoncée, à travers laquelle filtrait la lumière vive. Au-dessus de moi, des poutres de bois étaient couvertes de fientes d'oiseau. La toiture conique était percée par endroits et laissait apparaître le ciel bleu. Le bâtiment était cylindrique. Un broch[1] ? Un colombier ?

Du regard, je fis le tour de la pièce, qui devait bien mesurer cinq ou six mètres de diamètre. Mon cœur s'arrêta net et un cri resta coincé dans ma gorge sèche lorsque je découvris nos montures. Un corps inerte était posé en travers d'une selle. Le plaid de Glencoe le couvrait. Je reconnus cependant immédiatement la chevelure blonde qui dépassait. Colin… Oh, Colin, non !… Le ciel s'acharnait sur nous, nous accablait d'épreuves cruelles et imméritées. Pourquoi ? Pourquoi ?

Je détournai le regard et reposai ma tête sur le torse de Liam. Il dormait ; son cœur battait contre ma joue. Doucement, je posai mes doigts sur la peau moite et brûlante de son cou. Le chagrin, la colère, le ressentiment se bousculaient en moi. Qu'avions-nous fait de si terrible pour mériter tout ça ?

La respiration difficile de Liam se perdait dans une fine buée blanche qui se cristallisait sur sa moustache

1. Tour fortifiée datant de l'âge du fer.

et sa barbe naissantes. Ses lèvres pâles et gercées remuèrent légèrement.

— Liam... l'appelai-je doucement.

Il sursauta, puis ouvrit des yeux hagards en gémissant. Ma main le rassura d'une caresse. La fièvre était forte. Je devais faire quelque chose, sinon il allait mourir ici. Il n'était de toute évidence pas en mesure d'aller plus loin.

Me hissant un peu plus haut sur sa poitrine, je le regardai, chagrinée. Que pouvais-je faire ? Je ne connaissais pas la région. À la vérité, je n'avais pas la moindre idée de l'endroit où nous nous trouvions lorsque nous avions été attaqués, et encore moins de l'endroit où Liam nous avait emmenés. Où était Donald ? Je ne voyais pas sa monture et espérais qu'il avait réussi à s'échapper.

— Caitlin...

La voix de Liam était si rauque que je la reconnus à peine. Il se remit à tousser et déglutit avec beaucoup de difficulté. Je m'écartai pour lui permettre de mieux respirer.

— *Tuch !* Ne parle pas, repose-toi. Je vais nous sortir d'ici.

— Non, *a ghràidh*, je n'y arriverai pas. Va-t'en... Prends un cheval... Retourne à Perth...

Sa phrase se termina dans une toux âpre. Il déglutit péniblement en grimaçant et se détourna.

— Si tu crois que je vais te laisser ici, tu te trompes, rétorquai-je un peu rudement devant son attitude résignée. Tu vas mourir de froid. Avec les chevaux, nous y arriverons.

—... tiendrai pas le coup...

Un profond sillon se creusa entre ses sourcils. Sa peau luisait de sueur malgré le froid. Ses paupières bouffies s'ouvraient à peine sur un regard vitreux.

— Je crois que… c'est fini pour moi… Je suis trop épuisé…

Je le dévisageai, horrifiée.

— Je t'interdis de dire des choses comme ça, Liam Macdonald ! Tu ne te laisseras pas bêtement mourir d'une simple fièvre, après tout ce que tu as traversé !

—… plus de forces. Tu es sauve, j'en suis heureux. Au moins aurai-je réussi cela dans cette… foutue rébellion.

Ses larmes coulaient. Il déclarait forfait. J'empoignai sa chemise et le secouai vigoureusement malgré la douleur que cela provoqua dans ma tête. Râlant toujours, il tourna son regard vide vers moi. Où était l'homme que j'avais connu ? Liam ! Je le sauverais malgré lui, il ne m'abandonnerait pas comme ça, jamais !

— Tu ne m'empêcheras pas de te sauver, grondai-je en le relâchant.

Je me levai péniblement, grinçant comme une vieille charpente malmenée par la tempête, et constatai les dégâts. J'avais un genou écorché et passablement enflé. Mes doigts étaient entaillés. Un ongle était presque arraché et les autres étaient pratiquement tous cassés. Mis à part ces détails et la plaie ouverte à ma tête, le reste me semblait en ordre. La neige avait amorti ma chute dans la ravine. Je n'avais rien de brisé.

Claudiquant vers les chevaux, j'hésitai devant le corps rigide de Colin. Divers sentiments se bousculaient en moi. Je pleurais sa mort. Malgré tout, je l'aimais bien. Je savais qu'il avait souffert à cause de moi. Il était si malheureux de me voir mariée à son frère. Mais il ne m'en avait jamais tenu rigueur et était toujours resté prévenant et gentil avec moi. « Colin, pardonne-moi. » La mort l'avait délivré de moi. Je me tournai vers Liam, qui s'était roulé en boule sur le sol gelé. Attendait-il lui aussi une délivrance ?

Je soulevai doucement le plaid de Colin. Les longues mèches emmêlées cachaient le visage exsangue. J'en écartai quelques-unes et caressai une joue glacée. Étrange, cette sensation que donne le contact d'une peau sans vie. Elle était ferme et froide mais douce. Je déposai un baiser d'adieu sur sa joue et la mouillai de larmes. Les yeux fermés, je me rappelai la nuit où nous avions été à un doigt de faire l'amour. Il serait plus heureux là où il se trouvait maintenant.

— Que Dieu ait ton âme, Colin Macdonald, murmurai-je entre deux sanglots.

Ramenant mes pensées aux priorités du moment, je laissai retomber le plaid. Il me fallait trouver un moyen de nous sortir d'ici. Comment allais-je faire monter Liam sur son cheval ? Peut-être pourrais-je le hisser avec une corde passée par-dessus la selle et tirée par l'autre bête… J'en étais là de mes plans lorsque j'entendis des chiens aboyer. Une meute de chiens.

Je voulus sortir, mais me ravisai au dernier moment. Et s'il s'agissait de chiens sauvages en quête de nourriture ? L'idée saugrenue que les soldats étaient revenus nous chercher me traversa l'esprit. « Sottises, Caitlin ! » Je pris néanmoins le pistolet de Liam et l'armai.

Les aboiements se rapprochaient ; moi je reculais. Prenant d'un coup conscience que Liam gisait au milieu de la place, je me campai devant lui pour le protéger. Les chiens étaient maintenant devant la porte. L'odeur des chevaux avait dû les attirer. Le pistolet en position de tir, j'attendais en tremblant. La porte s'ouvrit avec fracas. Une lumière éblouissante m'aveugla, et je fis l'erreur de fermer momentanément les yeux. Un coup de crosse eut vite fait de me désarmer. Je hurlai de douleur, portant ma main à ma bouche. Trois silhouettes emplissaient l'espace de lumière. Je clignai des yeux.

L'un des hommes s'avança lentement vers moi et me contourna pour m'examiner en silence. Je fus soulagée de voir un plaid, mais me demandais quel roi ils soutenaient. Du bout du canon de son fusil de chasse, l'homme poussa Liam, qui roula sur le dos en râlant.

— Ne le touchez pas, il est malade, bande de…

M'interrompant brusquement, je ravalai mon dernier mot. Ce n'était pas le moment de me faire des ennemis.

— *Có sibhse*[1] ? demanda l'homme.

Je n'osai répondre, de peur de signer notre arrêt de mort. L'homme me considéra d'un œil froid.

— *Có ás a tha sibh*[2] ? demanda-t-il encore, me regardant fixement.

Ce devait être un *crofter* [3]. Son visage raviné et tanné par les éléments et ses larges mains usées qui tenaient fermement le fusil pointé sur Liam dénotaient une vie rude et laborieuse.

— *Freagair an duine*[4], ordonna un de ses compagnons en s'avançant vers moi.

Leur allure ne m'inspirait guère confiance. Le deuxième homme me reluqua au passage et se pencha sur Liam qui avait entrouvert les yeux et regardait la scène sans réagir.

— *A bheil Gàidhlig agad*[5] ?

Je fis oui de la tête. Le troisième homme, qui pointait son fusil vers moi, aperçut le corps de Colin et s'en approcha. D'un geste, il souleva le plaid et examina le cadavre d'un air impassible.

---

1. « Qui êtes-vous ? »
2. « D'où êtes-vous ? »
3. Paysan fermier.
4. « Réponds-lui. »
5. « Comprenez-vous le gaélique ? »

— *Fear-leanmhainn teaghlach nan Stiùbhartach !* s'écria celui qui était penché sur Liam. *Mac Dhòmhnall*[1].

Je fermai les yeux, le cœur battant, attendant la sentence. Si ces hommes appartenaient à un clan fidèle au roi George, ils ne manqueraient pas de nous livrer aux autorités ou, pire, de nous abattre sommairement pour la seule raison que nous avions traversé leurs terres. J'entendis le murmure d'un conciliabule. Un silence angoissant suivit. J'ouvris lentement les yeux. Le premier homme me souriait, appuyé sur le canon de son arme. Celui qui était penché sur Liam lui versait un peu de whisky dans le gosier. Liam s'étouffa. Je soupirai et me mis à trembler. On m'offrit la gourde de whisky, que j'acceptai de bonne grâce.

— Que faites-vous ici ? demanda le premier homme. Euh... Je suis Lucas Bremner. Voici mon frère Paddy. Lui, c'est Quinton Hardy.

Les hommes me saluèrent d'un sourire poli, auquel je répondis de même.

— Nous allions à Inverness. Nous avons été attaqués par une troupe de dragons.

Ils échangèrent un regard entendu. Puis le dénommé Lucas cracha au sol comme pour conjurer le mauvais sort.

— C'est un ami ? me demanda-t-il en désignant le corps de Colin du bout de son fusil.

— Mon beau-frère.

— Ah ! Et lui ?

— Mon mari. Il est gravement malade. Je dois lui trouver un médecin.

1. « Des jacobites. Macdonald. »

— Ouais… il n'a pas l'air en forme, constata-t-il bêtement.

Il grommela quelque chose. Paddy et Quinton entreprirent de soulever Liam en le soutenant par les aisselles. Tressaillant avec vivacité comme s'il avait été brûlé au fer rouge, mon homme poussa un gémissement. Son regard effaré se posa sur nous un moment, puis se réfugia de nouveau dans le vide. Ses jambes vacillaient sous son propre poids, mais les individus le soutinrent bien fermement.

— Que faites-vous ?

Lucas me tendit les rênes de l'une des bêtes.

— Nous allons vous conduire chez la *ban-drùidh*. Elle saura quoi faire de lui.

— La *ban-drùidh ?*

— La sorcière. Elle a des mains magiques, précisa-t-il sans plus d'explications.

La sorcière, comme l'appelaient ces braves hommes, habitait une petite chaumière sise en haut d'une falaise. Seul un sentier y accédait ; encore fallait-il savoir où il se trouvait. Liam étant trop faible pour tenir en selle, nous dûmes nous résigner à le coucher en travers. Les deux frères furent ainsi transportés comme de vulgaires sacs d'orge, l'un figé dans la mort, l'autre… Je préférais ne pas y penser.

Quand nous arrivâmes enfin, Lucas descendit de son cheval et se dirigea vers la chaumière d'un pas hésitant. Je me préparais à faire de même lorsque Paddy me retint d'un geste.

— Attendez, madame, dit-il en gardant un œil sur la cabane d'où s'échappait une âcre fumée noire. Il faut vérifier si la sorcière veut bien s'occuper de lui.

— Ah bon !

Après quelques secondes, Lucas se décida à frapper à la porte et recula d'un grand pas. L'inquiétude commençait à me gagner. Ces hommes bien armés et assez costauds semblaient craindre cette femme. Était-elle porteuse du mauvais œil ?

La porte s'ouvrit lentement. Une petite silhouette couverte d'un châle apparut dans l'ombre. Lorsqu'elle reconnut Lucas, la femme s'avança dans la pleine lumière et se découvrit. Je restai sans voix. Au lieu de la vieille femme au nez d'aigle couvert de verrues à laquelle je m'attendais, je voyais une jeune femme d'une beauté aérienne. « Ce n'est pas une sorcière, c'est une fée ! »

— Nous avons un homme malade, madame Beatrix, expliqua Lucas, un peu mal à l'aise.

J'eus l'impression que le temps s'était arrêté. Les hommes retenaient leur souffle devant la créature féerique qui glissait déjà jusqu'à nous. « Elle vole ! » J'en eus la chair de poule et retins mon souffle à mon tour lorsqu'elle posa ses mains blanches sur Liam. Je me surpris à réciter mentalement une prière chrétienne. Elle déplaçait ses doigts sur son dos et sur ses tempes, le visage tendu par la concentration. Puis elle hocha la tête.

— Amenez-le à l'intérieur, ordonna-t-elle avec douceur.

Paddy et Quinton sautèrent aussitôt à bas de leurs montures. La créature se tourna alors vers moi et me sourit. Si vraiment elle était une sorcière, elle devait connaître le secret de la beauté éternelle. Une lumière intérieure semblait irradier de son teint de porcelaine. De longues mèches folles, d'un blond si pâle qu'elles en étaient blanches, dansaient autour de son beau visage ovale, dans lequel brillaient des yeux d'un bleu qui rappelait celui de l'aigue-marine. Sa bouche incarnate était ronde et pulpeuse comme celle d'un chérubin. Je me demandais ce que ces hommes craignaient le plus : ses supposés pouvoirs ou sa beauté ? Peut-être les deux étaient-ils inextricablement liés.

— Je suppose que vous êtes son épouse ? me demanda-t-elle.

— Oouui... répondis-je, un peu décontenancée. Mon mari est très fiévreux, et je crains que...

— Ce sont ses poumons, décréta-t-elle de but en blanc. Votre mari souffre d'une fluxion de poitrine.

— Oh ! Comment avez-vous fait pour... enfin ?...

Sa jolie bouche s'incurva en un sourire malicieux.

— Entrez, il fait froid. Nous aurons tout le temps de faire connaissance.

La nuit était tombée. Nous étions assises devant une tasse de tisane à la camomille bien bouillante. Liam reposait sur une paillasse installée près du feu et dormait d'un sommeil agité. Nous l'avions déshabillé et lavé sans qu'il ouvre un œil. À plusieurs reprises, il s'était mis à marmonner des propos incohérents. Puis Beatrix, comme elle m'avait demandé de l'appeler, l'avait enduit d'une pommade verdâtre qui dégageait une forte odeur de camphre. Pour finir, elle lui avait donné à la cuillère une décoction de marrube blanc, de feuilles d'hysope et de grande aunée.

Je l'avais observée tout au long de l'application des soins. Efficaces, ses gestes étaient rapides et précis. J'avais remarqué qu'elle posait souvent ses mains à plat sur la poitrine de Liam. Au début, ce geste m'avait agacée. Puis je m'étais souvenue de ce que m'avait dit Lucas : Beatrix avait des mains magiques. Je n'avais donc soufflé mot, espérant que ce fût vrai. Étant donné l'état dans lequel se trouvait Liam, seules la magie ou l'intervention divine pouvaient en effet le sauver.

— L'homme qui est mort, c'était un parent à vous ?

— Oui, le frère de mon mari. Il s'appelait Colin.

— J'en suis attristée. Lucas et les autres l'ont monté sur la crête. Il y a une petite éclaircie là-haut. Ils l'ont enseveli sous des pierres. Au dégel, ils lui donneront une sépulture plus digne.

— Merci, dis-je simplement.

Je fermai les yeux. L'idée que Liam risquait de se retrouver aux côtés de Colin m'étreignit le cœur.

— D'où venez-vous ?

Sa voix séraphique aux intonations mélodieuses me tira de mes réflexions. Elle faisait tourner le liquide doré dans sa tasse, m'observant de son regard si particulier. Son petit accent traînant m'indiquait que c'était une étrangère. Elle devait venir du continent.

— Nous arrivons de Perth.

— Ah oui, le camp jacobite.

Je n'ajoutai rien. Je n'avais pas particulièrement envie de parler du comte de Mar et de sa rébellion avortée. Beatrix le devina et n'insista pas.

Une entêtante odeur d'aromates flottait dans la chaumière. Elle m'avait légèrement incommodée au début, mais à présent je la trouvais agréable, voire apaisante. Beatrix enroula une de ses mèches blondes autour de son index et posa lentement ses mains à plat devant elle, de chaque côté de sa tasse.

— Que vous a raconté Lucas Bremner sur moi ?

— Eh bien... il a dit que vous étiez une sorcière, avouai-je, un peu embarrassée.

Cela ne sembla nullement la choquer. Elle rit doucement.

— Je m'appelle Beatrix Becket. Et vous ?

— Caitlin Macdonald. Vous n'êtes pas écossaise, n'est-ce pas ?

— Non, en effet. Je suis française. Je sais que mon accent trahit mes origines étrangères. Je ne suis sur l'île britannique que depuis une douzaine d'années. Je suis originaire d'Alzonne, dans le sud de la France. Mon vrai nom est Béatrice Bacqueson. Vous comprenez pourquoi j'ai dû le modifier un peu.

— Qu'est-ce qui vous a amenée ici ?

— La révolte des Camisards. Mon père était huguenot. Dans un pays où le roi ne jure que par la religion catholique, vous comprenez...

Je comprenais plus qu'elle ne pouvait l'imaginer, pour avoir vécu une situation similaire en Irlande.

— Les protestants étaient persécutés. Un vrai massacre.

Ses magnifiques yeux s'assombrirent.

— Mon père a péri sur le bûcher parce qu'il a refusé de se convertir. Ils l'ont accusé d'hérésie. Pourtant, c'était un homme bon qui vénérait Dieu et aimait sa famille. C'est parfois difficile d'imaginer toutes les horreurs dont les hommes sont capables au nom de l'amour de Dieu.

Elle me dévisagea un moment d'un drôle d'air. Ses doigts s'agitaient sur l'anse de sa tasse.

— Vous êtes protestante ? me demanda-t-elle, hésitante.

— Catholique, spécifiai-je avec un sourire gêné. Et irlandaise. Mes parents aussi ont vécu la répression, à Belfast.

Elle resta songeuse. Jugeant nos situations semblables, elle poursuivit son récit :

— Il était évident que nous ne pouvions plus rester en France. Ma mère nous a emmenées, ma sœur et moi, à La Rochelle, où nous avons toutes les trois embarqué sur un navire en partance pour l'Angleterre. Ici, notre religion n'est pas un péché. Ma mère, déjà affaiblie par la maladie, n'a pas survécu à la traversée. Ma sœur, Giselle, qui est un peu plus vieille que moi – j'avais treize ans à l'époque –, nous a trouvé une place chez le prévôt d'Amesbury, dans le Wiltshire. Nous n'y sommes restées que trois ans, mais ce furent mes trois plus belles années en Angleterre. Je travaillais aux cuisines ; ma sœur était femme de chambre. Madame Wilson était très bonne pour nous. Malheureusement, elle est tombée malade et elle est morte. Monsieur Wilson était inconsolable. Voulant fuir tout ce qui lui rappelait son épouse, il a fermé la maison et est parti oublier sa peine en voyageant. Ma sœur et moi avons alors été placées chez des connaissances à lui : Giselle à Londres, et moi à Cardiff, au pays de Galles.

— Mais c'est terrible ! Pouviez-vous voir votre sœur à l'occasion ?

Elle fit non de la tête et plongea le nez dans sa tasse.

— Vous ne l'avez jamais revue ?

— Non, jamais.

Je me mis à fixer distraitement ses mains, consternée par son malheureux sort. J'essayai d'imaginer ce que cela pouvait être de se retrouver seule dans un pays inconnu. Si j'avais moi-même été séparée de ma famille à mon arrivée en Écosse, j'avais au moins la consolation de la savoir à quelques kilomètres de moi.

Ses mains s'agitaient toujours. Je les examinai plus attentivement. Elles étaient menues et délicates. Des mains magiques... Comment des mains pouvaient-elles être magiques ? Ma curiosité l'emporta.

— Lucas m'a dit que vos mains possédaient un pouvoir magique.

Elle les fixa comme si elles étaient mystérieuses pour elle aussi.

— « Magique » est un bien grand mot. Les gens de la région sont très superstitieux. Ils se plaisent à dire que j'ai des mains magiques. Enfin, peut-être que, de leur point de vue, elles ne peuvent que l'être. Un jour, quelqu'un m'a dit que j'avais les mains vertes.

Voyant mon air interrogateur, elle ajouta quelques explications :

— J'ai un don.

— Un don ?

— Pour guérir.

— Comment faites-vous ?

Elle rit et arqua les sourcils au-dessus de son magnifique regard.

— Pour être franche, je ne le sais pas. L'homme qui m'a fait cette déclaration est un sage que j'ai rencontré un jour à Amesbury. Une sorte de druide, je suppose. En tout cas, il en avait l'air. Souvent je le croisais lors de mes promenades près d'un de ces cercles de pierres dressées. Il m'a dit que je possédais l'énergie des guérisseurs. Il le voyait dans la lumière qui émane de mon corps.

Elle pouffa de rire.

— Il m'a expliqué que la lumière m'enveloppait comme elle enveloppe les anges que l'on voit sur les voûtes des églises. Est-ce que vous la voyez ?

— Euh... non. Pas vraiment.

— Moi non plus. Pour ce qui est de mes mains, je dois dire qu'il avait raison.

Elle fronça les sourcils et pinça les lèvres en examinant de nouveau ses mains.

— Toutefois, je ne peux pas faire de miracles.

Elle se tut, perdue dans ses souvenirs.

— Comment avez-vous appris à vous en servir ? Je veux dire, pour guérir.

— Randolf, le sage, répondit-elle d'un air pensif, possédait une telle sapience... Ses connaissances médicales étaient très approfondies. Il m'a appris comment imposer les mains, comment sentir la source du mal et comment user de mes énergies pour contrer ce mal. Il m'a aussi enseigné la science des plantes.

D'un geste, elle me désigna les étagères qui couvraient une bonne partie du mur de la cuisine. Une multitude de bocaux et de sacs de toile remplis de racines, de champignons et de plantes séchées y étaient posés. Mais je ne voyais pas la moindre trace d'ailes de chauves-souris, de crânes de lièvre ou bien d'araignées qu'on trouve habituellement chez une sorcière. D'ailleurs, dans la marmite pendue à la crémaillère mijotait une soupe aux abats de mouton et aux haricots que j'avais trouvée fort bonne.

— Et vous, demanda-t-elle, comment va votre tête ?

Je tapotai le cataplasme de prêle moulue qu'elle m'avait appliqué un peu plus tôt.

— Je crois que ça va.

La plaie était en fait superficielle, mais l'énorme bosse était douloureuse. J'avais eu de la chance. Je dirigeai mon regard chargé d'inquiétude vers Liam dont la peau moite luisait à la lueur du feu. Sa température était toujours élevée et il marmonnait dans son sommeil agité.

— Je crois qu'il s'en sortira, dit-elle pour me rassurer en le regardant à son tour. Il est très fort, vous savez.

Elle m'enveloppa d'un regard apaisant et mit sa main sur la mienne. Je m'attendais à ressentir quelque chose, mais rien ne se produisit. Rien qu'une douce chaleur humaine qui irradiait. Je restai perplexe.

— J'ai demandé à Paddy d'aller quérir le docteur Mansholt, reprit-elle. Ils devraient arriver demain dans la journée.

Peut-être n'était-elle pas plus sorcière que moi, après tout !

Le lendemain, aux environs de midi, Paddy apparut tout souriant sur le seuil de la chaumière avec un beau morceau de cerf et un gros lièvre encore tout chaud. Un petit homme ventripotent au regard chaleureux perdu dans les replis de ses paupières tombantes de fatigue l'accompagnait. En apercevant Beatrix, il sourit jusqu'aux oreilles et montra des dents de cheval proéminentes.

— Bea, ma mie ! s'écria-t-il en étreignant la jeune femme. Je suis si heureux de voir que tu penses encore un peu à moi !

— Mais je pense à vous tous les jours ! se défenditelle en riant. C'est que je vous sais très occupé. De plus, la route jusqu'à Auchallater est très longue et ne doit pas être excellente en cette saison.

— Pour toi, elle n'est jamais trop longue ou trop mauvaise, Bea, tu le sais.

Beatrix rougit et s'écarta pour se tourner vers le pauvre Paddy, qui attendait toujours derrière le médecin avec ses offrandes.

— Merci, Paddy ! s'écria-t-elle en le soulageant du rongeur et du beau cuissot bien gras.

— J'ai pensé qu'il vous faudrait un peu plus de vivres avec vos hôtes, bafouilla l'homme. Alors je me suis permis de vous apporter un peu de viande. Le malade en aura certainement besoin pour reprendre des forces.

Il devait avoir à peu près le même âge que Liam. Cramoisi, il se tourna vers moi.

— Comment va-t-il ? Il n'avait pas la forme, hier.

— Ni mieux ni moins bien, répondis-je avec un soupir de lassitude. La température ne baisse pas.

Se dandinant d'un pied sur l'autre, Paddy observait à la dérobée la belle Beatrix, qui accrochait la pièce de viande au-dessus de l'âtre pour le faisandage.

— J'en suis désolé, marmonna-t-il en me regardant de nouveau. Docteur Mansholt est un très bon médecin. Et avec madame Beatrix, votre mari devrait aller mieux dans quelques jours.

— Je l'espère.

Je me retournai vers Liam, sur lequel le médecin se penchait déjà.

— Bon, continua Paddy à l'intention de Beatrix, je vais continuer mon chemin. Je reviendrai chercher docteur Mansholt dans trois jours.

— Oh ! Mais non, mon cher Paddy, s'exclama-t-elle aussitôt. Vous allez bien rester pour prendre une bonne tasse de thé avant ? Il me reste un peu de gâteau aux noix aussi.

— Si vous insistez… j'en prendrai bien un morceau.

Cela crevait les yeux : Paddy était sous le charme, et même amoureux. Je les laissai donc en tête à tête et rejoignis le docteur Mansholt au chevet de Liam.

— Hum… grommela le médecin en laissant retomber le poignet du malade sur la couverture. Le pouls est fort et dur. Je vais devoir pratiquer une saignée pour tirer le sang acrimonieux et réduire l'inflammation.

Je grimaçai. Docteur Mansholt tira sur une paupière, puis sur l'autre.

— Je vais aussi lui administrer un peu de quinine pour sa fièvre. A-t-il eu des nausées ou vomi dans les dernières heures ?

— Non. Il n'a rien avalé depuis deux jours, alors…

— Deux jours ? Vous essaierez de lui faire avaler un peu de bouillon fortifié.

— Beatrix dit qu'il souffre d'une fluxion de poitrine.

Le petit homme replet déplia sa masse opulente et me sourit.

— En effet. Beatrix ferait un merveilleux médecin, me confia-t-il tout bas. Mais les femmes... vous savez, l'université leur est interdite.

Haussant les épaules, il fixa Liam en pinçant ses lèvres charnues.

— Quel gaspillage de connaissances ! Cette femme possède un don inestimable. Mais parce qu'elle est une femme, on la relègue au rang de sorcière pour expliquer son savoir. Je pourrais être sorcier au même titre qu'elle. Dommage que l'homme se refuse à voir en la femme un être qui est son égal et qui, à mon avis, lui est supérieur dans certains domaines. Ne possédant pas la force physique pour affronter le monde cruel qui l'entoure, elle développe ses capacités intellectuelles pour compenser, ce que l'homme néglige souvent de faire.

Il tourna son gros ventre vers moi et rit doucement d'un rire bien gras devant ma mine ébahie.

— Vous devez vous dire : « Mais qui est cet hurluberlu ? » J'ai vu ce regard plus d'une fois dans ma vie. Je sais que je remue beaucoup sur mon passage, l'air autant que l'esprit, expliqua-t-il avec un ricanement. Je suis ainsi fait. J'ai toujours refusé de me conformer aux courants de pensée que la société nous impose. C'est trop... limitatif, vous comprenez ?

Je fis oui de la tête, mais je n'en étais pas très sûre. Il continua alors sur sa lancée :

— L'esprit de l'homme est la seule chose qu'on ne peut dominer. Il est toujours libre. Vous pouvez mettre un homme aux fers, le battre, le menacer, l'enfermer, vous n'arriverez jamais à mettre son esprit sous séquestre. Malheureusement, la plupart des hommes laissent leur esprit dormir et préfèrent laisser les autres penser à leur place.

Il se pencha sur son sac de cuir posé près de la couche de Liam et en retira un petit étui, une fiole de verre et un garrot. Il noua le lien autour du bras du malade.

— Je connais Beatrix depuis plusieurs années...

Il se préparait pour la saignée. D'un mouvement de tête, il m'indiqua un bol posé sur le sol près des blocs de tourbe qui séchaient. Je le lui tendis. Il le plaça sous le bras de Liam étendu sur une planchette.

— Depuis sept ans, pour être exact. Je visitais un ami à Cardiff et j'appris qu'avait lieu un procès pour sorcellerie.

— Sorcellerie ?

Le médecin hésita, visiblement mal à l'aise.

— Oui... je ne crois pas qu'elle m'en voudra beaucoup de vous parler de ça.

— Vous voulez dire que Beatrix a été accusée de sorcellerie ?

— Elle aurait inévitablement été condamnée au bûcher. Évidemment, elle était innocente. De sorcellerie, je veux dire.

— Alors, qu'avait-elle fait ?

— Vous n'avez qu'à la regarder, madame. Sa beauté est son seul péché. Ce cadeau du ciel peut être un avantage, mais il peut aussi devenir un vrai calvaire.

D'un geste rapide et précis, il enfonça la lancette effilée dans la chair de Liam, qui tressaillit légèrement sous la morsure de la lame. Un filet noirâtre apparut aussitôt et s'écoula dans le bol. Je fixai la mare de sang qui s'agrandissait et eus l'impression de me vider également du mien.

— Asseyez-vous, madame. Avez-vous mangé ?

— Un peu.

— Beatrix fait un merveilleux ragoût de lièvre aux oignons aromatisé au thym et à la bière. Cela vous ferait le plus grand bien d'en avaler une assiettée ou deux.

Il appuya sur la petite entaille pour arrêter la saignée et essuya le bras de Liam.

Beatrix posa le bol contenant les vidures du lièvre écorché sur une grosse pierre plate à l'extérieur, à quelques pas de l'entrée. Paddy était reparti et le docteur Mansholt était allé chercher de l'eau fraîche au ruisseau avec quelques cruches. J'observais Béatrix. Elle poussa soudain un cri animal qui rappelait celui d'un fauve et se tourna vers moi.

— C'est pour Flocon, expliqua-t-elle.

— Qui est-ce ?

— C'est un chat sauvage. Je l'ai trouvé dans les bois lorsqu'il n'était encore qu'un chaton. Il neigeait de gros flocons ce matin-là, et le pauvre petit en était tout recouvert. D'où son nom. Sa mère avait probablement été tuée et il avait dû s'égarer en tentant de trouver de la nourriture. Il était si chétif. Je l'ai amené ici pour le nourrir. Il est resté quelques mois, puis la nature l'a rappelé. Je ne l'ai plus revu pendant un moment. Un beau jour, alors que j'accrochais ma lessive aux arbres, sous le soleil, je l'ai aperçu dans les fourrés qui m'épiait comme le fauve qu'il est. Je n'étais pas certaine que ce fût lui. J'ai donc déposé un morceau de viande sur cette pierre, pour vérifier. Il est venu. C'était bien mon Flocon : je l'ai reconnu à son oreille fendue. Depuis, il vient régulièrement chercher ici ce que je peux lui offrir.

Je m'approchai de la porte. Beatrix poussa derechef son cri. Quelques secondes plus tard, un superbe chat tigré surgit d'un bosquet de houx couvert de neige et s'immobilisa. Il était aux aguets ; ses yeux jaunes nous scrutaient.

— Allez, Flocon ! J'ai un vrai festin pour toi aujourd'hui. C'est Paddy qui te l'offre.

Le chat renifla l'air, puis s'approcha lentement, rasant le sol jusqu'au bol. J'admirai la bête. Elle inspecta le contenu du récipient et, satisfaite, le vida, léchant le fond jusqu'à ce que le bol tombe de la pierre. Voyant qu'il n'y avait plus rien pour elle, elle s'éloigna avec toute la grâce de sa race en bondissant par-dessus un tronc d'arbre couché. Elle disparut dans les bois.

— Et voilà ! fit Beatrix en souriant. Vous venez de faire la connaissance de Flocon. Vous avez de la chance. Habituellement, il fuit les étrangers.

— Il est superbe. Vous arrivez à le caresser ?

— Lorsqu'il était petit, oui. Mais aujourd'hui, je ne m'y risque pas. Il accepte ma présence sur son territoire et me fait l'honneur de la sienne à l'occasion, en échange d'une offrande. C'est tout. C'est un animal sauvage, et je le respecte. Cela doit rester ainsi.

Nous demeurâmes un long moment à contempler la nature endormie sous le manteau hivernal autour de nous. Beatrix reprit la parole sur un ton plus grave :

— Docteur Mansholt vous a raconté pourquoi je suis ici ?

Mon expression suffit à lui répondre. Elle me poussa à l'intérieur, et nous nous assîmes à la table devant les oignons à éplucher et le lièvre à dépecer. Je me chargeai des oignons.

— Il m'a en quelque sorte sauvé la vie, commença-t-elle en s'emparant d'un couteau pointu. Ici, les gens m'appellent « la sorcière ». Ce surnom est pour eux respectueux. Mais à Cardiff, c'était différent. À cette époque, je travaillais chez le bailli d'une bourgade jouxtant la ville.

Elle prit un air rêveur, son couteau en l'air, au-dessus de l'articulation d'une cuisse.

— Il était très beau, Daniel Morgan... J'étais tombée amoureuse de lui. Mais il était marié depuis peu à la cousine de monsieur Wilson, mon premier employeur.

Le couteau s'attaqua aux chairs du rongeur avec application.

— Quelle harpie, cette femme ! grommela-t-elle en tordant la cuisse pour la dégager de la cavité articulaire. Je suis restée deux ans à leur service.

L'articulation céda. Elle fixa d'un air absent la cuisse qu'elle tenait dans la main gauche, la lança dans la marmite, puis s'attaqua à la deuxième.

— Je vous ai parlé de la maladie de madame Wilson ?

— Un peu, oui.

— Mais je ne vous ai pas dit que j'avais essayé de la guérir, n'est-ce pas ?

— Non...

Elle soupira. La deuxième cuisse alla rejoindre sa jumelle dans la marmite.

— Je l'aimais beaucoup. Elle était comme une mère pour ma sœur et moi. Peut-être était-ce parce qu'elle n'avait pas eu d'enfants... Sa maladie a été foudroyante. En l'espace de quelques semaines, elle a dépéri considérablement. Je me suis dit un jour que je devais tenter de l'aider. Alors j'ai essayé. Ça n'a pas marché. Je ne suis pas une « faiseuse de miracles », vous voyez. Je peux aider dans la mesure du possible. Si le malade n'a aucune volonté ou si le mal qui le ronge a fait trop de ravages, je ne peux rien faire. Dans son cas, la maladie avait trop d'avance sur moi.

— Madame Wilson savait ce que vous faisiez ?

— Difficile à dire. Elle était dans un état léthargique si profond la plupart du temps. Mais sa sœur, Madelyn, m'a surprise une fois. Elle m'a observée pendant toute la durée de la séance, dans l'ombre de la porte entrebâillée. Puis, quand madame Wilson est morte, elle m'a accusée de lui avoir jeté un mauvais sort. Bien sûr, monsieur Wilson n'a rien voulu entendre de ces « âneries », comme il disait. Mais Madelyn, qui m'en voulait pour je ne sais quelle raison, a fait part de ses « croyances » à l'épouse de Daniel. Cette dernière, qui s'était aperçue que son époux partageait mes sentiments amoureux, a commencé à faire circuler la rumeur que je faisais tourner son lait. Elle mettait du vinaigre en cachette dans les réserves de la laiterie et envoyait une de ses petites servantes le chercher. Stupide créature ! Elle gaspillait des litres de bon lait pour justifier ses accusations. Ensuite, elle a raconté que je versais un philtre d'amour dans le vin de son époux pour qu'il tombe sous mon charme.

Donnant du plat de la main un coup sur la tranche non affûtée du couteau, elle sectionna le tronc de l'animal.

— Pour cela, elle n'avait pas entièrement tort, même si je n'avais pas besoin de philtre. Daniel et moi étions amants, avoua-t-elle tristement. Nous nous aimions vraiment. De toute façon, je n'ai aucune idée de la façon dont on prépare un philtre d'amour.

Ses yeux se fermèrent un moment. Ses joues rosirent, sans doute au souvenir de son amour perdu. Puis elle se remit à la tâche avec une nouvelle ardeur.

— Pour mon plus grand malheur, cette ânesse a eu la bonne idée de tomber enceinte. Daniel était fou de joie. Non qu'il l'aimât, loin de là ! Mais il voulait tellement avoir des enfants…

— Elle était tout de même son épouse, fis-je observer.

— Je sais… Mais il me disait qu'il…

Elle s'interrompit, visiblement émue par ses souvenirs.

— J'ai été naïve de croire ce qu'il me disait. Elle a accouché prématurément d'un garçon. Le bébé était si faible, et Daniel, si bouleversé à l'idée de le perdre que je crus bon de tenter quelque chose. Ce fut la plus grosse erreur de ma vie. L'enfant n'avait aucune chance. Je me savais surveillée par Amanda. C'est le nom de l'épouse de Daniel. Mais je n'ai pas été assez prudente. Elle m'a surprise au-dessus du berceau. Le petit est mort deux jours plus tard. Avec les rumeurs qui couraient à mon sujet, on ne tarda pas à me pointer du doigt. On m'accusa ainsi d'avoir fait périr le nourrisson.

— Et Daniel ?

Elle finit de débiter la viande et jeta les morceaux dans la marmite avant d'essuyer ses mains poisseuses de sang sur son tablier.

— Il a cessé de venir me rejoindre dans ma chambre. Je n'ai jamais su si c'était parce qu'il ajoutait foi aux médisances ou bien parce qu'il se sentait surveillé lui aussi. Sa femme n'aurait certainement pas hésité à l'accuser de complicité… Ils sont venus me chercher à l'aube d'un dimanche pluvieux et gris. J'étais en chemise de nuit, les cheveux en broussaille. Encore endormie, je leur ai ouvert la porte de ma chambre sans penser à me couvrir et à remettre un peu d'ordre dans ma tenue. Ils ont utilisé ça comme preuve : je m'étais livrée à la fornication avec le diable pendant la nuit du sabbat, selon eux. Je suppose qu'ils sont arrivés si tôt ce matin-là dans ce but précis.

— Mais c'est ridicule ! m'écriai-je, abasourdie.

Beatrix ramassa les oignons tranchés et les envoya dans la marmite. Puis elle ajouta trois brindilles de thym et une pincée de sel avant de couvrir le tout de bière et d'un peu d'eau.

— Voilà ! C'est prêt. Docteur Mansholt accrochera la marmite à la crémaillère lorsqu'il rentrera.

Elle se rinça les mains et se dirigea vers une armoire de laquelle elle sortit une bouteille de vieux porto.

— Tenez, dit-elle en me versant une rasade. Je la garde pour les occasions spéciales. Comme vous pouvez le deviner, il n'y en a pas souvent. Je suggère que nous buvions à la santé de votre mari.

— Oui, à la santé de Liam... fis-je avec un pincement au cœur.

Les verres tintèrent. Elle se rassit et me dévisagea, perplexe.

— Vous avez déjà assisté au procès d'une sorcière ?

— Non. Ici, dans les Highlands, il y en a très peu.

— D'où êtes-vous ?

— De Glencoe, dans le comté d'Argyle.

— Ah oui... J'en ai entendu parler...

— Hum...

Elle trempa ses lèvres dans le rubis de son verre en plissant les yeux. Après quelques secondes de silence, elle reprit son récit :

— Vous savez, lorsqu'ils décident de vous accuser de sorcellerie, que vous soyez coupable ou non leur importe peu. Les gens veulent simplement ressentir la satisfaction d'avoir soulagé l'humanité d'une fraction du mal qui l'habite. Ils croient qu'au jour du Jugement dernier, ils seront remerciés pour avoir brûlé une hérétique, une maîtresse de Satan. Toutes ces pauvres filles qui n'ont pu échapper aux flammes du bûcher n'ont été que des boucs émissaires. Les hommes rejettent sur elles tous les péchés du monde, leurs péchés. Curieuse façon d'expier ses fautes... Ce qu'ils désirent, c'est du spectacle. On m'a rasé la tête et on m'a déshabillée en public. Puis on m'a affublée d'une simple robe de bure lavée à l'eau bénite et au sel. Évidemment, ils ne se sont pas souciés du fait que ma peau n'était pas brûlée par le tissu purifié. Ils racontaient que j'employais ma magie pour me protéger. Ensuite, on m'a demandé si je croyais en l'existence du diable.

Sa jolie bouche se tordit en un rictus de dégoût. Ses doigts pianotaient nerveusement sur la table.

— Question piège. Qu'auriez-vous répondu, Caitlin ?

Elle me regardait sans ciller.

— Je ne sais pas... on ne peut être très objectif dans ce genre de situation...

— En effet. On cherche la réponse qu'ils voudraient ou celle qu'ils ne voudraient pas entendre, mais quelle que soit la réponse que vous donnez, elle se retourne contre vous. Si je réponds non, c'est une erreur, car le diable existe dans la Sainte Bible, donc on doit y croire. Si je réponds oui, j'avoue mon crime.

— Qu'avez-vous répondu ?

— Rien. Je suis restée muette tout au long de l'enquête. Cela les a grandement exaspérés. Ils ont fait défiler des témoins que je ne connaissais même pas. Vous ne pouvez pas imaginer tout ce dont j'ai été accusée. J'ai fait mourir le bétail d'un voisin en mettant une coquille d'escargot broyée dans le fourrage. J'ai fait couler un bateau de pêche en provoquant une tempête et entraîné dans la mort les six pêcheurs qui se trouvaient à bord. On a même raconté que j'avais fait un pacte avec le diable pour obtenir ma beauté et que je devais lui sacrifier des nourrissons mâles pour la conserver...

— Mais c'est terrible !

Puis je piquai du nez dans mon verre en me rappelant subitement qu'une pensée similaire m'avait traversé l'esprit lorsque je l'avais vue pour la première fois.

— Le chasseur de sorcières qui s'occupait de mon cas avait la réputation d'obtenir assez rapidement des aveux de ses victimes en employant des moyens très persuasifs. Mais qui n'avouerait pas n'importe quoi sous la torture, dans le seul but d'en finir et de mourir plus rapidement, sachant qu'il n'y a pas d'issue ? Là, j'ai eu de la chance. Docteur Mansholt s'est mêlé de l'affaire. Il était venu assister à l'enquête, car le juge était un ami à lui. Il a deviné la sournoiserie qui se cachait derrière l'accusation d'Amanda Morgan. Le lendemain devait avoir lieu l'ordalie. Je devais aussi subir le supplice des brodequins. Si je n'avouais pas, c'étaient les poucettes, puis l'estrapade et enfin le bûcher. Les habitants avaient déjà commencé à le monter en chantant des psaumes tirés de la Bible. Je pouvais les entendre de ma cellule et, bizarrement, je me surprenais à les murmurer avec eux.

Je frissonnai en tentant d'imaginer ce qu'on pouvait ressentir au moment où le bourreau allumait le feu avec sa torche.

— Docteur Mansholt a réussi à convaincre le juge Caldwell, un homme fondamentalement bon, mais qui devait appliquer la loi, de me libérer. Ils ont tous les deux organisé une sorte d'évasion pour ne mettre personne dans l'embarras. Daniel y a participé ; il se sentait coupable. Ce fut la dernière fois que je le vis. Ensuite, docteur Mansholt m'a emmenée ici. Ce cottage lui appartient, mais il préfère habiter sa maison d'Auchallater, sur la route de Braemar. Il me considère comme sa fille adoptive.

Comme s'il avait attendu la fin du récit pour nous interrompre, le docteur entra à ce moment-là. Il secoua ses bottes et sa veste après avoir déposé deux grosses cruches d'eau sur le sol recouvert de paille et de sapinage.

— Brrr... fit-il en faisant trembloter le collier de graisse qui débordait de sa cravate de dentelle. Je crois que je me suis attardé un peu trop longtemps au bord du ruisseau.

— Qu'y faisiez-vous ? s'enquit Beatrix en soulevant la lourde marmite avec ses petites mains.

Elle possédait une force surprenante pour sa taille. Le docteur vint néanmoins à son secours, l'allégeant de son fardeau qu'il accrocha à la crémaillère.

— J'en ai profité pour fumer du bon tabac des îles, avoua-t-il en souriant. Et vous, de quoi avez-vous bavardé ?

— Oh, de tout et de rien, répondit-elle en me faisant un clin d'œil. Nous faisions plus ample connaissance en buvant le porto que vous m'avez offert.

Le visage du médecin s'éclaira d'un sourire satisfait.

— Voilà qui est bien, ma mie, voilà qui est bien.

Puis, il se joignit à nous pour vider la bouteille.

26

Enfin, la lumière

Les trois jours que devait durer le séjour du docteur Mansholt parmi nous s'écoulèrent lentement. Je trompais mon angoisse en aidant Beatrix. L'hébergement de trois personnes dans sa petite chaumière engendrait un surplus de tâches. Le reste du temps, je le passais auprès de Liam, qui n'avait pas quitté son lit de fortune. Je le lavais et le nourrissais de bouillons et de décoctions d'herbes. Malgré les saignées et les soins, son état restait stable mais ne laissait présager aucune amélioration. La température ne baissait pas. Je sentais que le médecin commençait à s'inquiéter.

Les quelques heures où il sortait de sa léthargie, Liam les passait à me tenir la main, la caressant de son pouce, et à me regarder en silence. Les premiers jours, j'ai essayé de parler avec lui. Mais ses répliques ne se résumaient qu'à de simples grognements. Je le savais déchiré par la mort de Colin et tentais de le consoler. Mais que pouvais-je faire pour lui dans un moment pareil ? Je me résolus donc à partager son silence et sa peine, souhaitant que ma seule présence lui apporte du réconfort.

Je m'inquiétais aussi pour Frances. Nous étions encore trop loin d'Inverness pour que je puisse m'y rendre seule et tenter de la retrouver. J'avais peur aussi de m'éloigner de Liam. Il passait d'un état d'hébétude profonde au délire et inversement, et je craignais qu'il se laisse mourir si je le quittais ne fût-ce qu'une seule journée.

Je laissai tomber dans le bol le navet que je venais d'éplucher et m'emparai d'un autre. En silence, je réfléchissais à ma situation désespérée quand j'entendis Liam s'agiter et délirer sur sa couche. Je me précipitai vers lui. Malgré la fraîcheur de l'air, de grosses gouttes de sueur perlaient sur son visage livide creusé de cernes noirs. Sa peau était si brûlante que je ne pouvais y laisser ma main.

— Oh, mon Dieu… non ! Liam !

Les jupes retroussées, je bondis hors de la chaumière sous le regard stupéfait de Beatrix.

— Docteur Mansholt ! Docteur Mansholt ! criai-je à pleins poumons.

L'homme apparut entre deux arbres, dans l'obscurité, et accourut aussi rapidement que sa corpulence le lui permettait.

— Que se passe-t-il ? demanda-t-il, haletant, le visage rougi par l'effort.

— C'est mon mari, bredouillai-je, au bord des larmes. Il ne va pas bien du tout. Sa température a monté… Il est au pire. Faites quelque chose !…

Complètement affolée, je m'effondrai dans ses bras. Il me poussa à l'intérieur et me fit asseoir sur une chaise avant d'aller rejoindre Beatrix qui était déjà penchée sur Liam.

— Va chercher de la neige, Bea, ordonna-t-il après avoir constaté l'état d'urgence. Il va nous faire une crise de convulsions si nous n'arrivons pas à faire baisser sa température.

Clouée à ma chaise par la stupeur, je regardais Beatrix sortir et revenir avec la neige entassée dans son tablier. Après plusieurs allées et venues, elle avait recouvert le corps de Liam d'un mince linceul immaculé. Ce fut le signe de croix que Beatrix traça sur son front qui me tira de ma torpeur. L'image de la mort me frappa de plein fouet.

— Que faites-vous ? ! hurlai-je en bondissant. Vous ne pouvez pas faire ça ! Il n'est pas mort, il ne mourra pas… Arrêtez !

Un peu effrayée par la virulence de mon ton, Beatrix recula contre le mur. Le docteur Mansholt m'éloigna du lit malgré mes protestations.

— Venez, Caitlin. Ma science ne peut plus rien pour lui. Laissons Beatrix et Dieu…

J'éclatai d'un rire sarcastique.

— Dieu ? Dieu ? Il m'a abandonnée !

Je tentai désespérément de me dégager pour retourner auprès de mon amour qui se mourait. Je voulais lui dire combien je l'aimais malgré ce qu'il avait fait, je voulais lui expliquer que je ne pourrais vivre sans lui. Mais une poigne de fer m'en empêcha. Le docteur Mansholt attrapa ma cape et d'autorité me poussa hors de la chaumière.

Je pleurai. Je pleurai des torrents de larmes jusqu'à être tarie. Je ne saurais dire combien de temps je demeurai prostrée sous l'aile bienveillante du médecin impuissant. Je m'en fichais. Plus rien ne m'importait.

— Que vais-je faire sans lui ?

Le brave homme m'offrit son mouchoir, et je me mouchai.

— Il est toujours de ce monde, Caitlin. Dieu ne l'a pas encore rappelé. Ayez foi en Lui.

La foi… Je l'avais perdue dans l'un des détours du chemin tortueux qu'était devenue ma vie depuis la mort de Ranald. J'émis un petit rire cynique et reniflai bruyamment.

— Avoir foi ? Mais en quoi ? en qui ? Liam ? Dieu ? Ils m'ont tous abandonnée. Liam ne lutte plus pour sa vie ; il attend sa délivrance. Quant à Dieu, il y a longtemps qu'Il ne m'écoute plus. Au lieu d'apaiser ma peine, Il ne cesse de m'accabler. Qu'ai-je fait ? Qu'ai-je donc fait pour mériter tout ça ?

J'avais l'impression que les ténèbres se refermaient sur moi. J'étais seule dans cet abîme froid et lugubre.

— Cela ne sert à rien de chercher à savoir pourquoi Dieu nous inflige tant de souffrances, croyez-moi.

— Qu'en savez-vous ? demandai-je sur un ton acide.

L'homme soupira. Ce profond soupir exprimait une telle douleur qu'on ne pouvait y rester indifférent. Il avait vraisemblablement connu de grandes souffrances lui aussi. Cependant, ma propre douleur m'empêchait de m'y intéresser.

— Pourquoi dites-vous que votre mari attend la mort ? Vous l'aimez et il vous aime, cela se voit à la façon qu'il a de vous regarder. Les regards ne mentent pas.

— Nous nous sommes tellement éloignés l'un de l'autre depuis la mort de notre fils, à Sheriffmuir. Je crois… Parfois l'amour ne suffit plus…

— Un levain d'amour suffit. La foi fait le reste. Si on se tourne vers Dieu…

— Mais Dieu nous a abandonnés ! Il nous a punis !

— Ah ! Belle question de théodicée… Nous connaissons tous cet incessant va-et-vient entre le doute et la confiance, la révolte et l'abandon, la foi et l'incrédulité. Le problème est que nous cherchons toujours à justifier nos souffrances imméritées. Vous avez déjà lu la Bible, Caitlin ?

— Des passages, bien sûr… Je suis catholique.

— Peu importe votre religion. La Bible est la même pour tous. Mais les hommes s'obstinent à l'interpréter de différentes façons… Vous connaissez le livre de Job ?

Je restai muette. Il n'en prit pas ombrage et poursuivit.

— Lorsque Job a vu s'ouvrir sous ses pieds un abîme de souffrances qu'il croyait injustifiées, il tenta d'en découvrir la raison. Étant un homme honnête, juste et de bonne nature, il n'en trouva point. Alors il se révolta contre ce Dieu, en qui il avait toujours cru aveuglément, et réclama justice. Qu'avait-il fait pour mériter tant d'injustices ? Mais rien ne sert de chercher à pénétrer le mystère des desseins et des plans de Dieu pour l'humanité. Job le comprit. Nous sommes incapables de percer l'énigme de la souffrance et du mal. Le mal… l'absence du bien. Il n'y aurait pas de bien sans l'existence du mal. Dieu permet le mal ; « *ne vult, nec non vult, sed permittit !* » Pourquoi ? Peut-être parce que, même dans le mal, la puissance du Créateur tire le meilleur de nous. Il ne faut pas porter de jugement sur Dieu, mais plutôt Lui témoigner une confiance absolue. Aller vers Lui, simplement, avec toute notre souffrance et notre détresse, notre douleur, notre colère et nos doutes. Ouvrir notre cœur et accepter ce qui est.

— Mais à quoi me servirait la foi en ce moment ? répliquai-je, ironique. Me redonnera-t-elle mon fils ? Sauvera-t-elle mon mari ?

Il hocha la tête.

— Non. Votre fils est parti. Mais, pour votre mari, il y a encore un peu d'espoir. C'est à cela que vous devez vous raccrocher. La foi… c'est une main tendue qui aide à traverser les océans de souffrances, les épreuves qui nous vident de tout courage. Mais elle ne nous permet pas de les éviter. Elle rend simplement la souffrance plus supportable, car la souffrance fait partie intégrante de la vie des hommes. Chaque homme ne doit-il pas porter sa croix ?

— Celle de mon mari était trop lourde. Elle l'a rompu.

— Aidez-le, Caitlin. Aidez-le à la supporter pour quelques pas.

Je le dévisageai d'un air désabusé et détournai le regard.

— L'aider... Cela semble si simple à vous entendre. Il est peut-être trop tard. Comment arrivez-vous à parler ainsi ? Vous n'êtes pas celui qui souffre.

Une grimace tordit sa bouche.

— J'ai eu mon lot de souffrances, vous savez. J'ai eu une épouse que j'aimais et quatre enfants que j'adorais.

Je le regardai à travers mon rideau de larmes, stupéfaite.

— Nous habitions un petit bourg situé près de La Haye, en Hollande.

— Où sont-ils aujourd'hui ?

— Morts. Un accident, un stupide accident, murmura-t-il, perdu dans ses souvenirs douloureux. Un brasero oublié près d'une fenêtre. Les rideaux, probablement, se sont enflammés. Le feu a tout ravagé. J'étais parti à Amsterdam pour me procurer des volumes traitant d'anatomie et de médecine en général. Lorsque je suis revenu, il ne restait plus rien. De ma vie, il ne restait que des cendres fumantes et des souvenirs. Ils avaient tous péri dans les flammes. Je m'en suis voulu d'être parti, j'en ai voulu à Dieu de m'avoir volé ma raison de vivre, j'en ai voulu au monde entier de continuer de rire et de s'amuser sans moi. On m'avait arraché le cœur et je voulais que le monde entier souffre avec moi. Je n'acceptais pas. Pendant longtemps j'ai erré. J'ai abandonné ma pratique et je me suis plongé dans la lecture, me noyant dans les écrits, pataugeant dans les idées, cherchant une bouée à laquelle m'accrocher pour ne pas sombrer. Je cherchais une raison à ce qui m'arrivait. Je n'acceptais plus de vivre dans ce monde cruel que Dieu avait créé. Alors j'ai lu. Socrate, Platon, la Bible, le Coran, le Talmud… Aussi je me suis imprégné des pensées de Descartes et d'Érasme. De tous ces traités de métaphysique, de philosophie, de théodicée, de théologie et quoi encore, j'ai tiré quelques bribes de réponse. Je me suis ainsi créé mon propre livre de pensées. Même votre très brillant Shakespeare a influencé ma conception du monde. C'était un homme très perturbé, qui cherchait des réponses lui aussi.

— Je connais *Macbeth, Roméo et Juliette* et *Le Roi Lear*.

— Ah, *Macbeth* ! Un drame brumeux comme l'Écosse, entaché de sang et rempli des cris d'angoisse du roi rongé par la culpabilité. Oui, je me souviens tout particulièrement d'une scène. Hum… je crois que c'est la troisième du cinquième acte : Macbeth y discute de l'état de son épouse avec le médecin. J'en ai tiré une leçon. La reine est troublée, hantée par l'odieux meurtre du roi Duncan. Macbeth demande au médecin de soigner son esprit malade, d'en extirper le chagrin et de le purger à l'aide d'un antidote pour la libérer de ses remords. Mais le médecin lui répond que, dans pareil cas, c'est au malade de prendre soin de lui-même. J'ai alors compris que le remède à mon mal ne se trouvait qu'en moi, dans mes propres forces et convictions, dans mon cœur. Rien dans ce monde ne pouvait me sauver, si ce n'était moi-même. Alors seulement je me suis réconcilié avec Dieu. Dans les écrits de l'apôtre Jean, on trouve cette phrase : « Je suis la porte, si quelqu'un entre par moi il sera sauvé ; il entrera et il sortira, et il trouvera des pâturages. » Dieu nous indique la voie du salut. Mais c'est à nous de la trouver et de la franchir, dans la foi.

Nous restâmes silencieux un long moment, sous la voûte céleste constellée de millions d'étoiles scintillantes. Un jour, alors que j'étais encore enfant, tante Nellie m'a raconté que chaque étoile était l'âme d'une créature de Dieu. Si c'était vraiment le cas, celle de Ranald brillait certainement au-dessus de moi.

— Caitlin, il y a toujours une lumière dans les ténèbres pour nous guider. C'est à nous de la trouver. Dieu ne vous a pas abandonnée ; c'est vous qui l'avez abandonné. Retrouvez-le, et vous vous retrouverez. Dites-vous qu'il y a une raison à tout, mais que seul Dieu la connaît. Faites-lui confiance.

Resserrant ma cape autour de mes épaules, je laissai mes paupières se fermer. Il y avait une raison à tout… La mort de Ranald, la trahison de Liam, sa maladie ? Tout cela avait une raison d'être. Mais laquelle ? Dieu seul le savait. Il me fallait Lui faire confiance… Je supposai que cela s'appelait accepter son destin.

Plus d'une heure plus tard, la porte de la chaumière s'ouvrit et le visage blême de Beatrix apparut. Elle me regarda d'un air indéchiffrable, puis chancela. Mon cœur s'arrêta de battre.

— Oh, non… Liam !

Je me précipitai à l'intérieur, la bousculant au passage, et demeurai interdite au pied de la paillasse. Liam reposait sur un drap sec, couvert jusqu'à la taille par un autre drap. Il était exsangue. Je m'accroupis près de lui, tremblante, hésitante. Était-il mort ? Puis je vis sa poitrine se soulever doucement. Mon cœur se remit à battre avec le sien. Je caressai sa joue creusée par la maladie ; la peau était sèche et fraîche. La fièvre avait baissé considérablement. Je n'arrivais pas à y croire. Pour l'instant, la crise était passée. Mais ce n'était pas la fin de la nuit. Il me restait encore un peu d'espoir.

— Liam, *mo rùin*, murmurai-je doucement. Pardonne-moi comme je te pardonne. Je t'aime tant…

Je dormis sur la paillasse, blottie contre lui, écoutant son souffle encore rauque, mais plus léger et plus régulier.

Au seuil du jour, le bonheur m'attendait. Sentant quelque chose m'effleurer la joue, j'ouvris les yeux et croisai le regard de Liam. Il était fatigué, faible et amaigri, mais bien vivant. Pouvait-on appeler cela un miracle ? Que s'était-il passé ? Les mains de Beatrix ? Je fermai les yeux sur une larme de joie. Puis une autre roula sur ma joue, et encore une autre. Ne pouvant plus me contenir, je me mis à pleurer, me libérant de toute ma douleur, me nettoyant de toute ma rancœur. Je me demandais qui je devais remercier. Je me dis que, même s'Il avait eu besoin d'un coup de main magique, ce devait être Dieu. Il nous donnait une seconde chance. Après tout, n'était-ce pas Lui qui avait transmis ce don à Beatrix ?

Ce fut avec regret que je fis mes adieux au docteur Mansholt, que Paddy vint chercher plus tard dans la matinée.

— Parlez-Lui, ma chère Caitlin. Il vous écoute, vous savez. C'est en Lui ouvrant votre cœur que vous réussirez à L'entendre. N'oubliez pas la parole de Jean.

Il m'embrassa sur les joues, puis se tourna vers Beatrix. Elle avait déjà commencé à déplumer une grosse poule bien dodue, cadeau de Paddy, bien entendu.

— Porte-toi bien, Bea, ma mie. Et nourris bien ces deux oiseaux-là, ajouta-t-il en riant. Ils ont besoin d'être un peu remplumés.

— J'y veillerai, ne vous inquiétez pas.

Je passai les trois jours suivants à gaver mon « oiseau ». Son estomac regimba un peu au début. Il fallut doser les quantités. Mais de jour en jour il prit du mieux. Son regard se fit plus clair, son teint plus rosé. Le quatrième jour, il réussit à se lever et à faire quelques pas à l'extérieur, accroché à mon bras. Le sixième jour, il demanda à voir la tombe de Colin. C'était inévitable.

— C'est trop loin ! m'exclamai-je avec vigueur.

Je le savais assez en forme pour monter sur la crête, mais je craignais que la réalité de la mort de Colin ne le frappe brutalement et compromette sa guérison.

— Caitlin, si tu ne m'indiques pas où est la tombe, je te jure que j'essaierai de la trouver moi-même. Je me sens beaucoup mieux, je t'assure.

— C'est trop dangereux, tu es encore faible.

Son regard m'interdit toute autre forme de protestation. Je capitulai et demandai à Beatrix de nous indiquer le chemin.

L'épiant discrètement, j'attendais en silence à quelques pas de lui. Il était assis sur une petite butte enneigée et fixait d'un regard vide le cairn sous lequel reposait son frère disparu. Il était calme. Le soleil dansait dans ses boucles. Il pleurait en silence. Pour respecter son besoin de solitude, je m'éloignai et marchai jusqu'au bord de la crête. Je réfléchis ainsi de mon côté à ce que nous devions faire ensuite.

Cela faisait maintenant plus d'une semaine que nous étions ici. Le temps filait. Sa forte constitution aidant, Liam se remettait assez bien de sa maladie. Son appétit était revenu. Peut-être était-ce donc le moment de reprendre la route. Nous avions assez abusé de l'hospitalité et de la bonté de Beatrix. Même si elle ne se plaignait jamais, notre présence devait commencer à lui peser un peu. Demain, peut-être…

Je pivotai lentement sur moi-même avec la drôle d'impression d'être observée. Je croisai alors le regard bleu de Liam. Il se tenait à quelques mètres de moi et me fixait d'un regard troublé.

— Ça va ?

Il acquiesça lentement, mais ne dit mot. Je m'apprêtai à faire quelques pas vers lui.

— Non, ne bouge pas ! dit-il subitement.

— Mais qu'y a-t-il ?

— Je veux te regarder, *a ghràidh*. Tu es belle comme ça, les cheveux libres dans la brise. La dernière fois que je les ai vus ainsi, c'était dans le vent de la tempête… puis dans l'eau rougie d'un ruisseau.

Son visage s'assombrit.

— Sur le coup, je t'ai crue morte. Tout ce sang dans l'eau, sur la neige… Je t'ai portée jusqu'à la route, où attendaient les chevaux et… Colin. Il n'y avait aucune trace de Donald. J'ai laissé son cheval sur la route, espérant qu'il s'en fût sorti. Je vous ai ensuite couchés, Colin et toi, en travers des selles et me suis mis en route pour trouver quelqu'un pour te soigner. Tu délirais. Oh ! tant d'incohérences dans ta bouche ne me rassuraient pas. Je ne voyais aucune ferme. Rien que de la lande et des bois… Et cette damnée tempête qui m'aveuglait et m'étouffait ! La nuit tombait et le froid commençait à m'atteindre. C'est à ce moment-là que j'ai trouvé…

— Le colombier ?

— Oui.

Il se tenait bien droit, campé sur ses jambes légèrement écartées, les mains dans le dos.

— Cette nuit-là, juste avant de sombrer, continua-t-il en faisant quelques pas vers moi, j'ai vraiment cru que c'était la fin pour nous. Je me suis dit : « Tu vas la perdre comme tu as perdu Anna. Par le froid. » Je n'avais même pas de quoi allumer un feu. Mais d'une certaine façon, je n'étais pas triste, car je savais que je te suivrais de l'autre côté.

Il s'approcha encore ; sa veste de cuir craquait dans le froid.

— Mais tu es là, devant moi. Et moi... reprit-il, profondément ému.

La neige crissa sous les derniers pas qui nous séparaient. Je retins mon souffle lorsqu'il se mit à dessiner du bout du doigt le contour de ma bouche, qu'il fixait amoureusement.

— Oh, *a ghràidh* ! murmura-t-il doucement dans un élan de tendresse. Et moi, je suis toujours là...

Lentement, ses doigts glissèrent dans mes cheveux, puis sur ma nuque. Doucement, il m'attira à lui. Mon cœur s'emballa ; je fermai les yeux. Il posa sa bouche sur la mienne. Je laissai ses mains me parcourir sous ma cape, je laissai naître en moi un désir longtemps refoulé. J'en tremblai. Seigneur ! Cela faisait si longtemps... Liam s'écarta pour reprendre son souffle.

— Je t'aime tellement...

— Je t'aime aussi, Liam. J'ai eu si peur de te perdre...

Il me serra très fort contre lui et m'embrassa encore une fois, avec plus de fougue. Puis il me considéra encore un moment, un sourire énigmatique sur les lèvres.

— Allez, viens, rentrons !

Nous nous arrêtâmes une dernière fois devant le cairn.

— Colin nous manquera, dis-je doucement en lui serrant la main.

— Oui. Il t'aimait toujours, tu le savais ?

— Je le savais. Je suppose qu'il est plus heureux maintenant, là où il est.

— Oui, il l'est. Au moins ses os resteront-ils sur la terre d'Écosse. C'était le seul regret qu'il avait à l'idée de partir : de ne pouvoir être enseveli sur *Eilean Munde*. Je reviendrai le chercher au printemps.

À notre retour, nous trouvâmes la chaumière déserte. Beatrix avait laissé un mot sur la table : « *Partie vieux Guthrie soigner goutte. Reste jambon froid et whisky. Reviendrai demain avant midi. Rattrapez temps perdu. Avec amour, Beatrix.* »

Je fixai longuement la note, songeuse. Rattraper le temps perdu... Soudain, j'eus une bouffée d'angoisse. Y arriverais-je ? Beatrix avait eu le tact de trouver une raison pour s'éclipser quelques heures et laisser la chaumière à notre disposition. Je levai les yeux sur Liam, qui attendait.

— Elle est partie voir un malade. Elle ne rentrera que demain, vers midi.

Sa mâchoire se contracta, mais son expression resta indéchiffrable. Il avait sûrement les mêmes pensées que moi.

Nous étions assis sur le banc, devant le feu. Une certaine gêne s'était installée entre nous. Nous étions comme deux jeunes mariés qui anticipent ce qui doit se produire, mais ne savent pas comment s'y prendre. Liam parlait très peu, préférant m'écouter lui raconter les tristes histoires de Beatrix et du docteur Mansholt. Mais ses regards valaient mille mots, et je frissonnais déjà sous leur caresse. « Tu y arriveras, Caitlin ! »

Distraitement, je faisais tourner mon verre vide entre mes doigts. Il m'échappa et alla rouler sous le banc. Tandis que je me penchais pour le ramasser, Liam fit le même geste, et nous nous heurtâmes le front l'un contre l'autre.

— Aïe !

— Désolé. Ça va ?

Il m'inspecta l'arcade sourcilière.

— Je n'ai vraiment pas de chance avec ma tête, ces temps-ci… Je saigne ?

Il rit doucement.

— Non, pas cette fois.

— Alors ça peut aller.

Ses doigts massaient la petite bosse qui apparaissait au-dessus de mon œil. Puis il l'embrassa.

— C'est fini, déclara-t-il en riant. Tu as la tête si dure que…

Il s'interrompit et se mit à me fixer gravement. Son regard se fit plus pénétrant et sa respiration plus profonde. Sa main gauche me maintenait tout contre lui. Nous prenions progressivement conscience du contact de nos corps. Mon cœur se mit à battre comme un tambour.

— Caitlin ?…

Il laissa la question en suspens, mais son regard dit le reste. Je fermai les yeux.

— Oui.

Poussé par une impulsion soudaine, il s'élança sur ma bouche. Nous tombâmes sur le sol et, empêtrés dans mes jupes, roulâmes sous le banc.

— Caitlin… Ne me repousse plus…

— Non, balbutiai-je, tandis que ses doigts s'attaquaient frénétiquement aux lacets de mon corsage.

Il pesta contre le nœud qu'il avait lui-même formé dans son empressement, puis se cogna la tête au banc en tentant de se redresser pour s'y prendre autrement. J'éclatai de rire malgré moi. Il pouffa à son tour. C'était si bon de rire ensemble.

— Ces fichus lacets... Viens par ici.

Il m'entraîna à quatre pattes jusqu'à la paillasse, où je m'apprêtais à m'étendre.

— Attends, dit-il.

Il m'observait sous ses cils. Les ombres creusaient son visage émacié, mais j'y trouvais toujours ce regard brûlant qui me pénétrait jusqu'à l'âme. Ses doigts revinrent à la charge sur les lacets. Le corsage glissa enfin.

— Seigneur...

Il prit mes seins en coupe et les caressa doucement jusqu'à en faire durcir les pointes.

— Dis-le-moi, Caitlin, chuchota-t-il sur ma peau frissonnante. Dis-moi que tu m'aimes... Je veux te l'entendre dire encore une fois... Que tu me veux toujours...

— Oui, Liam. Je te veux plus que jamais. Je t'aime...

Mes jupes glissèrent au sol. Puis nous nous retrouvâmes sur la paillasse, enlacés.

— Seigneur ! répétait-il sans cesse en me couvrant de baisers. Cette attente a été la pire souffrance que tu m'aies infligée, *a ghràidh*.

Il me mordit le cou. Je défis sa ceinture et basculai la tête vers l'arrière en frémissant.

— Toutes ces nuits près de toi sans pouvoir te toucher... Puis d'avoir cru te perdre...

Je pris sa figure entre mes mains et le dévisageai longuement. Un frisson d'angoisse me parcourut à l'idée qu'il ait été à un cheveu de mourir.

— C'est fini, bredouillai-je, sur le point d'éclater en sanglots.

Sa chemise alla voler à quelques mètres. Ses doigts se promenaient sur ma peau, fébriles, tremblants.

— Tu es toujours aussi douce. Cela m'a semblé une éternité.

Je réalisai soudain que cela faisait plusieurs minutes qu'il me touchait et qu'aucune image n'était venue me hanter. Un sentiment de bonheur indicible m'envahit. J'étais libérée. J'étais enfin libérée de mes démons !

— Liam… aime-moi, je t'en supplie… Aime-moi.

— Mais je n'ai jamais cessé de t'aimer.

Il me sourit avec malice, s'invitant entre mes jambes.

— Dans ma tête… je te faisais l'amour. Toutes ces longues nuits froides, tu me réchauffais dans mes rêves.

— Oh, oui !

Il se pressa contre moi, enfonçant ses doigts dans mes chairs.

— Mais ce n'était pas aussi bon… qu'en ce moment.

Il me frôlait, m'effleurait, me narguait.

— Liam !

— J'aime lorsque tu murmures mon nom pendant que nous faisons l'amour… Ta voix est différente… si douce… comme la brise. Oh, Caitlin ! mon vent d'Irlande…

Le corps écartelé par l'ardeur de ses caresses, les chairs consumées par le brasier d'un désir trop longtemps inhibé, je l'attirai sur moi et fondis sous sa bouche vorace, qui se mit à me dévorer avec l'avidité d'une bête affamée. Ses joues un peu rêches me râpaient délicieusement la peau, me procurant d'agréables frissons. Je n'étais plus qu'une poupée désarticulée entre ses mains. Pantelante, gémissante, je m'abandonnai à son amour.

— *A ghràidh*... j'ai tellement besoin de toi... Combien de fois ai-je rêvé ce moment ?

J'émis une petite plainte en le sentant s'introduire en moi et enfonçai mes ongles dans ses fesses bandées. Il tressaillit. Je souris de satisfaction.

— *A ghràidh mo chridhe*... râla-t-il en se mouvant lentement.

— S'il te plaît, réclamai-je en cambrant les reins.

— Non, attends. Je veux te goûter, te sentir...

Mon cœur battait dans mes tempes. Je fermai les yeux et savourai le sel de nos larmes de bonheur sur ses lèvres gonflées de désir. Puis je me laissai emporter par l'onde de volupté qui déferla soudain en moi.

— Oh, mon Dieu ! Liam, je t'en supplie !

Il grogna de satisfaction devant mes supplications, cadençant le rythme de ses assauts avec la violence de son désir jusqu'à m'arracher un cri auquel se confondit le sien.

Longtemps nous restâmes enlacés, nos jambes et nos doigts enchevêtrés. Je n'entendais plus que le battement de nos cœurs. Liam s'empara de ma main, la porta à ses lèvres pour la baiser et l'écrasa sur sa poitrine encore palpitante. Lentement je reprenais le contrôle de mes sens. Mais les émotions qui se bousculaient encore en moi m'interdisaient toute pensée cohérente, toute parole. Vidée, heureuse, je me laissai glisser dans une douce torpeur.

— *Seall orm, a ghràidh*[1], murmura Liam après un moment.

Son souffle me réchauffait. Je levai les yeux vers lui. Non, je ne pouvais pas vivre sans lui. Son regard qui me fixait et son silence prolongé exprimaient mieux que

1. « Regarde-moi, mon amour. »

des mots ses états d'âme. Il étendit la couverture pour nous couvrir.

Le froid me fit frissonner. Je tirai la couverture sur mon épaule et me tournai. Les draps étaient glacés… et vides. Je me redressai en sursaut. Liam était parti.

Poussant un petit cri d'angoisse, je fis le tour de la pièce du regard. Je le vis, là, sur le banc devant l'âtre. Il était à moitié couvert de son plaid et me fixait d'un air grave.

— Que fais-tu là ?

Mon cœur cavalait et ma voix chevrotante trahissait mon affolement soudain.

— Je n'arrivais plus à dormir. Peut-être ai-je trop dormi ces derniers jours…

Il me sourit d'un air un peu penaud.

— Je suis venu mettre un bloc de tourbe dans le feu. Je t'ai vue, comme ça, couchée sur le lit. Je ne voulais pas te réveiller… juste te regarder dormir. Tu es si belle lorsque tu dors.

Il rit. Je lui souris.

— Tu savais que tu souriais en dormant ?

Il rit encore. Moi aussi.

Les flammes dansaient doucement et le nimbaient d'une douce lumière dorée. Sous la peau amincie par son régime forcé se découpait sa forte musculature. En fait, il avait perdu ce petit excédent de poids que les années avaient sournoisement agglutiné autour de sa taille.

— J'ai froid, me plaignis-je langoureusement.

Lentement il déplia son corps massif que j'admirai avec une appétence renouvelée. Ses cicatrices miroitaient. Blessures dont la vie l'avait marqué, telles ces inscriptions oghamiques qu'on trouve sur certaines stèles de granit, chacune d'elles avait sa signification. Elles constituaient une sorte de mémoire vivante. Celles de son cœur restaient invisibles à l'œil, mais je les savais bien là, sous cette masse de muscles et d'os. Elles se cicatriseraient, elles aussi, comme les autres. Avec le temps.

Dans un geste éloquent, j'ouvris les draps. Il se laissa tomber à côté de moi, me frôlant au passage de ses boucles et de ses cuisses. Puis il s'allongea, prenant appui sur un coude et passant une jambe sur mes cuisses. S'emparant d'une mèche de mes cheveux, il se mit à l'entortiller autour de son index.

— Il y a quelque chose dont je voudrais te parler, commença-t-il.

— Quoi ?

— J'ai vu… Enfin, je ne sais pas comment t'expliquer. C'était si flou et confus… Je crois avoir vu Anna et Coll.

Mes poils se hérissèrent sur mon corps et un frisson glacé me parcourut l'échine.

— Quand ?

— Le dernier soir, celui de ma grande fièvre.

J'eus un soubresaut d'effroi. Il le sentit et m'attira à lui, me serrant fortement contre son torse.

— Elle a vraiment un don ?

— Hum ? fis-je distraitement.

— Beatrix.

Mon esprit s'était tourné vers l'image qu'avec les années je m'étais forgée du visage rayonnant d'Anna, entouré de longues mèches blondes. Peut-être l'avait-il confondue avec Beatrix ?

— Qu'a-t-elle fait ?

— Je ne sais pas vraiment. Je crois qu'elle posait ses mains sur ma poitrine et disait des choses… C'est tellement confus, Caitlin. Et puis, je n'arrivais pas à voir vraiment ; elle me tournait le dos. Je ne voyais que mon visage par-dessus son épaule…

— Ton visage par-dessus son épaule ? Mais de quoi parles-tu, Liam ?

La nature de ses mots me donna la chair de poule, et je me figeai.

— Je me voyais de loin, d'en haut, comme si je flottais au-dessus de moi-même…

Je le sentis trembler contre moi. Était-il passé de l'autre côté ? Avait-il franchi le Voile du royaume des morts ? Avait-il visité l'Autre Monde ?

— Puis j'ai vu une lumière très vive. Elle m'attirait irrésistiblement. Ensuite, des mains… oui, des mains m'empoignaient et me tiraient pour m'éloigner de la lumière. Je ne voulais pas ; j'étais si bien. C'est alors que j'ai vu leurs visages, Caitlin. Ils étaient dans cette lumière et me regardaient. Coll… il me souriait.

Je levai les yeux vers lui ; les siens étaient fermés, avec une larme au bord des cils. Il demeura silencieux un long moment avant de reprendre son incroyable et effarant récit :

— Leurs traits n'étaient pas très nets. Mais je savais que c'était eux. Caitlin… j'avais oublié… gémit-il, j'avais presque oublié leurs visages. Comment ai-je pu ? Coll, avec son petit sourire espiègle… Comme celui de Ranald. Mes deux fils…

— Oh, Liam…

Mon cœur se serra.

— Je crois que… qu'ils essayaient de me dire quelque chose. C'est alors que j'ai compris que mon heure n'était pas encore venue.

Il me vit figée de stupeur et me sourit doucement, essuyant sa joue humide. Puis il resserra son étreinte et déposa un baiser dans mes cheveux.

— La mort ne me fait pas peur, tu sais, déclara-t-il solennellement après un moment de silence. On ne souffre plus, ni dans notre corps ni dans notre âme. En fait, c'est comme… comme si nous n'étions plus qu'un esprit libre. C'est merveilleux, Caitlin. Je sais maintenant que ceux qui sont partis sont bien et heureux. Ranald, Colin, Simon…

Je frémis.

— Alors pourquoi n'es-tu pas resté là-bas ? demandai-je un peu sèchement.

— Hé ! *A ghràidh !* fit-il en relevant mon menton vers lui.

Il y eut encore un long silence. Ses yeux brillaient dans la faible lueur des flammes dont les crépitements emplissaient la pièce. Ils étaient empreints d'une telle quiétude que cela me troubla. Quelque chose en lui avait changé. Il avait vraiment traversé le Voile du monde obscur.

— Si tu étais si bien… Pourquoi es-tu resté ici ?

Il m'embrassa.

— Je ne suis pas si pressé. J'ai tout mon temps. Et pour te dire la vérité…

Ses dents luisirent dans la pénombre. Je leur trouvai une petite allure carnassière. L'animal avait encore faim.

— Ici, on n'est pas mal non plus.

Sa main se promena le long de mon bras, continua son chemin sur ma hanche. Je caressai sa tempe argentée, et mes doigts se perdirent dans ses boucles. Liam m'avait été enlevé, puis rendu. « La foi, Caitlin. » J'avais tant espéré. Dieu m'avait entendue. Il avait jugé que Liam avait encore du chemin à faire. Pourquoi ? Lui seul le savait. Une pensée en entraînant une autre, je me demandai :

— Tu crois être capable d'entreprendre le voyage pour Inverness ?

— En douterais-tu ?

— C'est que tu as maigri et perdu des forces... Le chemin est encore long. Et puis il y a cette neige, ce froid, les risques de croiser un détachement de dragons...

— Et quoi encore ? J'ai perdu un peu de poids, c'est vrai. Mais j'ai retrouvé ma taille de jeune homme et... ma vigueur aussi.

Il m'enveloppa d'un petit rire rauque et se hissa sur moi.

— Oh ! fis-je, surprise.

Il avait effectivement retrouvé toute sa vigueur.

— Mais les cheveux gris ? le taquinai-je. Ils sont toujours là, eux, et plus nombreux, je te ferai remarquer.

— Ah, les cheveux gris ! Ces traîtres ! Hum... Attribuons-les à la sagesse. Et puis, avoue qu'ils me donnent du charme.

— Du charme, hein ? Chercherais-tu à en abuser ? Peut-être devrais-je te les arracher un à un ?

Il prit un air horrifié, puis éclata de rire.

— C'est que tu en es bien capable ! Mais tu changeras sans doute d'avis en apprenant que, comme Samson, toute ma vigueur réside dans mes cheveux !

— Ouais... les choses se compliquent un peu. Tu es très futé, *mo rùin*.

Il sourit.

Son visage respirait la sérénité et le bonheur. Ses yeux me regardaient avec une telle tendresse. Sans parler de son désir qui se pressait contre ma cuisse. Il était là, bien vivant dans mes bras, m'enveloppant d'une douce chaleur. Je me pressai plus fortement contre lui.

— On garde les cheveux blancs, alors ?

— Oui...

HUITIÈME PARTIE

« Le destin est ce qui arrive au moment où on ne s'y attend pas. »

Tahar Ben Jelloum

27

Une chevauchée éprouvante

Le temps était particulièrement doux et les gazouillis des oiseaux en quête des quelques baies restées accrochées aux sorbiers emplissaient les bois. Les chevaux étaient sellés et les sacoches bouclées. Liam avait nettoyé ses pistolets ainsi que ceux de Colin, qu'il avait enfouis dans les fontes de mon harnais. Nous partions pour un territoire hostile.

J'attendais impatiemment le retour de Beatrix. Il n'était pas question de partir sans la remercier de vive voix ni l'entourer de mes bras reconnaissants. Je fixais le sentier qui serpentait sur le flanc de la colline, guettant sa frêle et petite silhouette perchée sur Amanda. Elle avait ainsi appelé son âne, probablement à cause de la stupidité dont avait fait preuve la femme de son amoureux perdu. Elle allait me manquer ; nous avions toutes deux noué des liens étroits.

Des geais se mirent à cajoler bruyamment. Puis la silhouette d'un cavalier apparut au détour du sentier. Je mis ma main en visière pour me protéger les yeux, la blancheur du paysage étant éblouissante. C'était une femme, mais ce n'était pas Beatrix. Cette femme montait un cheval, et une auréole rousse rayonnait autour de son visage. Une connaissance peut-être. Un deuxième cavalier apparut quelques secondes plus tard. Cette fois-ci, je reconnus Beatrix.

Je pivotai pour aller rejoindre Liam. Il attachait la dernière couverture, dans laquelle était glissée l'épée de Colin.

— Elle arrive !

Liam leva les yeux vers le sentier. Il lâcha aussitôt la sangle qu'il tenait et son visage s'éclaira d'un sourire éclatant.

— Regarde, *a ghràidh* !

Mon regard suivit le sien. Cinq Highlanders venaient derrière les deux cavalières. Je m'étais détournée dès que j'avais reconnu Beatrix, et je n'avais pas vu le reste de la troupe apparaître. Puis je le reconnus. De longues mèches noires et lustrées comme le plumage d'un corbeau, le plaid de Glencoe… Mon cœur s'arrêta de battre, puis repartit au galop. Mon fils…

— Duncan ? murmurai-je avec émotion.

Cela faisait près de quatre mois que je ne l'avais pas vu. Un sanglot m'étrangla.

— C'est mon fils ! C'est Duncan !

La troupe de cavaliers franchissait les derniers mètres qui la séparaient du plateau où était située la chaumière. Je m'étais mise à courir. Sautant de son cheval, Duncan m'étreignit avec fougue. Je mouillai son épaule de larmes de joie.

— Mère… chuchota-t-il dans mes cheveux qu'il caressait doucement. Mère, je…

L'émotion l'étranglait tout autant que moi. Il ne termina pas, mais me serra davantage contre son cœur. Nous restâmes ainsi pendant un long moment. Puis nous nous écartâmes légèrement.

— Oh ! fis-je en voyant la balafre qui le défigurait.

Ses mâchoires se crispèrent sous mes doigts qui l'examinaient.

— Ce n'est rien, mère. Rien qu'une égratignure.

— Une égratignure ? Mais ils ont failli t'arracher la moitié du visage !

— Cela aurait pu être pire...

Voyant son regard triste, je me tus. Il était vivant, n'était-ce pas assez ? Je me dégageai un peu plus pour le contempler dans son entier.

— C'est vrai, tu me sembles en pleine forme. Quelqu'un se serait-il chargé de te remplir l'estomac ?

Un mouvement discret derrière lui attira mon attention. Duncan le perçut aussi et se retourna aussitôt. La créature à la crinière flamboyante que j'avais d'abord aperçue me souriait timidement. Bizarrement, son allure me rappelait quelque chose. Ses magnifiques yeux bleus allaient de Duncan à moi.

— Mère, je te présente Marion.

J'ouvris la bouche de surprise. Marion, la fille de Glenlyon, dont mon fils s'était entiché.

— Bonjour, bredouilla-t-elle, visiblement mal à l'aise devant mon air ahuri.

Je refermai la bouche et esquissai un petit sourire qui se voulait rassurant.

— Bonjour.

Un silence embarrassé suivit. Duncan sentit le malaise et crut bon de mettre les choses au clair dès le début.

— Elle est ma femme, mère.

— Ta... femme ? balbutiai-je, estomaquée.

Il avait été plutôt expéditif. Qu'avait-il fait d'Elspeth ? Que lui avait-il dit ? J'évitai cependant de le lui demander devant Marion. Meghan ! Voilà à qui elle me faisait penser ! Grande, mince, féline. Mais son regard à elle n'avait rien de la froideur émeraude de celui de Meghan Henderson. Et ses traits étaient... moins délicats, plus singuliers, quoique très agréables. Surtout lorsqu'elle souriait.

Sa bouche pulpeuse s'étira en un sourire avenant. Elle serra chaleureusement ma main et se colla à Duncan. Mon fils marié... avec la fille du laird de Glenlyon ! Liam était-il au courant ? Justement, sa grande main se refermait sur mon épaule. Puis le père et le fils s'étreignirent avec émotion à leur tour.

Les retrouvailles se firent dans la joie et les rires. Donald raconta ses péripéties après l'attaque et son retour en catastrophe à Perth.

— Comment avez-vous réussi à retrouver notre trace ?

— Donald se souvenait approximativement de l'endroit de l'attaque, expliqua mon fils. Nous sommes partis de là. Nous avons fouillé la région et posé des questions aux habitants. Après plusieurs jours, nous n'avions toujours aucune piste et pensions que vous étiez sur la route d'Inverness. Nous nous apprêtions à nous y rendre quand un homme nous a affirmé avoir aperçu des chasseurs chargés de gros gibier... qui se dirigeaient par ici. Puis nous avons croisé cette charmante personne, dit-il en désignant Beatrix que les autres hommes ne cessaient de reluquer.

— Oui, je vous présente Beatrix Becket. Elle s'est occupée de nous et a soigné ton père, expliquai-je en m'approchant d'elle. Nous lui en serons éternellement reconnaissants.

— Père a été blessé ?

— J'ai été malade, précisa Liam. Mais ça va maintenant.

S'étirant le cou, Duncan promena un regard circulaire autour de lui, cherchant visiblement quelque chose. Son visage s'assombrit.

— Et Colin ?

Personne n'avait encore demandé de ses nouvelles. Mais j'avais vu les hommes lancer des regards discrets autour de nous. Liam hocha lentement la tête. Un son rauque s'échappa de la gorge de Duncan.

— Putain de merde !

Donald, qui s'était certainement douté du malheureux sort de Colin, s'approcha.

— Il a été pris ?

— Non. Il est mort dans les minutes qui ont suivi le début de la fusillade.

— Je… je suis désolé, Liam. Où est-il ?

— Sur la crête.

Liam lui indiqua le sentier qui y menait. Il refusa de retourner sur la crête ; la vue du cairn le bouleversait. Les hommes s'éloignèrent pour aller se recueillir sur la tombe de mon beau-frère. Je profitai du peu de temps qui m'était alloué pour faire mes adieux à Beatrix. Je la remerciai chaleureusement, lui promettant de revenir au printemps prochain avec Liam pour emporter la dépouille de Colin. Le destin avait mis cette petite femme sur mon chemin. Le docteur Mansholt et elle avaient été des balises qui m'avaient empêchée de m'égarer dans les ténèbres. Ils avaient transformé ma vie. Jamais je ne les oublierais.

Liam était resté près de la chaumière et regardait d'un air absent des becs-croisés s'en donner à cœur joie dans les miettes de pain que leur envoyait quotidiennement Beatrix. Son visage tendu me disait que quelque chose le tracassait.

Les hommes et la créature Campbell... ou plutôt l'épouse de mon fils revinrent en affichant des mines solennelles. Il était temps de se mettre en route. Nous avions les montagnes de Cairngorm à passer. L'itinéraire à prendre avait fait l'objet d'un débat animé : fallait-il franchir ou contourner ces montagnes ? Liam avait fini par trancher la question. Nous les contournerions. La neige accumulée dans les cols et les vallées risquait d'entraver l'avancée des chevaux et ne ferait que nous retarder davantage.

Le redoux qui persistait avait fait fondre une partie de la neige laissée par la tempête une semaine plus tôt. Cela avait rendu les routes moins praticables. Les chevaux s'enlisaient parfois jusqu'aux genoux dans la boue et se fatiguaient plus rapidement. Néanmoins, faisant de courtes haltes, nous arrivions à parcourir plusieurs kilomètres et nous approchions d'Inverness.

J'appris à apprécier la compagnie de Marion, que j'avais cessé d'appeler mentalement « la créature Campbell ». Outre qu'elle était ma seule interlocutrice de sexe féminin, c'était une aide précieuse pour trouver de quoi manger.

Nous en étions au terme de notre troisième journée. Les hommes accumulaient ce qu'ils pouvaient pour allumer un feu devant un mur de granit, qui réfléchirait la chaleur et nous protégerait des vents du nord-ouest. Marion et moi, comme d'habitude, coupions des branchages pour les abris de la nuit. J'avais fait un aller et retour jusqu'à l'emplacement où montaient déjà les flammes lorsque retentit le claquement d'un coup de feu. Je levai la tête. Le temps sembla s'arrêter. Je vis Duncan pâlir, puis se mettre à courir vers l'endroit où était restée Marion.

— Marion ! hurla-t-il.

Les autres empoignèrent leurs mousquets et poignards et se précipitèrent à sa suite. Je les suivis. Nous nous immobilisâmes tous, horrifiés, devant une traînée rouge vif. Duncan, livide, repartait déjà.

Nous suivîmes le filet de sang qui contournait une petite butte et nous figeâmes devant le spectacle. Marion, les manches retroussées sur ses bras ensanglantés, nous souriait d'un air gêné.

— Ah ! Il était trop lourd, alors je…

— Qu'est-ce que tu fous !… beugla Duncan en fondant sur elle.

Il s'interrompit brusquement en apercevant une chèvre sauvage qui gisait dans la neige écarlate, derrière sa femme. Sa mâchoire resta suspendue et le rouge lui monta aux joues.

— C'est que je l'ai vue entre les arbres et…

— Marion ! s'écria Duncan en la serrant contre lui. Je croyais que…

— Mais que croyais-tu ? Que je ne savais pas me servir d'un pistolet ? riposta Marion, vexée.

Duncan baissa les yeux sur l'arme déchargée, abandonnée dans la neige près de la bête.

— Mais c'est mon pistolet ! Que fais-tu avec ça ?

— J'ai pensé que je pourrais nous dénicher un lièvre ou autre chose. Un mousquet est lourd à traîner, et… Enfin…

Fronçant les sourcils devant la mine renfrognée de Duncan, elle pinça les lèvres.

— Si la chèvre ne te convient pas, tu n'as qu'à aller chasser autre chose pour le dîner.

— Là n'est pas la question ! Que fais-tu avec mon pistolet ?

Elle lui décocha un regard assassin et afficha un air exaspéré. Nous étions tous muets de stupéfaction. Ce que nous pensions être, à première vue, une scène tragique virait, à notre grand amusement, à la querelle de ménage. De quoi inspirer Shakespeare !

— Eh bien, je chasse avec ton pistolet ! lui lança-t-elle, sarcastique.

— Tu chasses ? Mais ça ne va pas ?

— Comment ça, « ça ne va pas » ? Je chasse depuis que j'ai douze ans, et je t'assure que je me débrouille plutôt bien.

— Oui, mais...

Il fit une pause, un peu dérouté par la tournure des événements.

— Tu aurais pu me prévenir que tu partais avec ça ! gronda-t-il. Tu aurais bien pu te tirer une balle dans le pied ! L'autre jour, tu n'arrivais même pas à garder l'arme pointée sur le sbire d'Argyle.

— Ce n'était pas la même chose, pauvre nigaud ! Je n'avais jamais visé un homme auparavant... et je croyais que ces imbéciles t'avaient tiré dessus. Si c'est comme ça, la prochaine fois je m'abstiendrai de...

La suite resta coincée dans sa gorge. Semblant d'un coup prendre conscience de notre présence, elle nous dévisagea avec agacement, avant de pousser un horrible juron qui me fit grimacer. Puis, se retournant de nouveau vers Duncan, elle lança à ses pieds le couteau avec lequel elle avait commencé à éviscérer la bête, jura encore et s'enfuit dans les bois.

Personne n'osa souffler mot. Duncan grogna et pesta, battant la neige imbibée de sang. Il ramassa le couteau, le considéra un moment puis, après un long soupir, entreprit de terminer l'étripage de la chèvre.

— Duncan, tu ferais mieux d'aller t'excuser, lui conseillai-je doucement.

Il me lança un regard terrible.

— M'excuser ? Mais pourquoi ?

— Premièrement, grâce à elle nous aurons quelque chose à nous mettre sous la dent ce soir…

— Je nous aurais trouvé de quoi manger…

Je ne pus m'empêcher de sourire. Je continuai toutefois sans relever la remarque.

— Deuxièmement, tu n'avais pas à t'en prendre à elle de cette façon parce que tu as…

— Mère, me coupa-t-il en se tournant vers moi. J'ai très bien compris ce que tu veux dire. Marion est ma femme ; ce sont mes affaires. Alors, si tu n'y vois pas d'inconvénient, je vais finir de m'occuper de la chèvre. Je verrai ensuite.

J'entendis les hommes ricaner dans mon dos et je vis Duncan les fusiller du regard. Les autres se turent à grand-peine. Je commençais à comprendre pourquoi mon fils était tombé amoureux de cette fille. C'est qu'elle avait du caractère et ne s'en laissait pas imposer. Elle me plaisait bien, finalement.

Repus et fourbus, nous profitions encore un peu de la chaleur du feu avant d'aller nous coucher. Liam mettait la dernière main à la fabrication des abris. Marion, encore amère, s'était retirée dès la fin du repas. Je soupçonnais mon fils de ne pas s'être excusé auprès d'elle. Mais cela ne me regardait plus. Duncan était venu s'asseoir près de moi, comme il avait pris l'habitude de le faire chaque soir pour me raconter ce qu'il avait vécu depuis son départ de la vallée, à la mi-septembre.

Ainsi avais-je écouté, un peu angoissée, le récit de l'attaque du navire qui avait mouillé dans le loch Fyne.

Le compte rendu de ses entretiens avec le laird de Glenlyon et le duc d'Argyle m'avait amusée. Mais ce soir, mon cœur s'était serré et j'avais versé des larmes au récit de la bataille de Sheriffmuir. Il semblait plus facile pour lui que pour Liam de m'en parler. J'appris donc tout ce qu'il s'était passé : les jours de marche, la plaine de l'enfer, le camp d'Ardoch, la mort de Simon.

— Père a été très éprouvé par la mort de Ranald, dit Duncan en fixant les flammes. Il n'est plus le même depuis.

— C'est vrai. Il s'en veut, tu sais. Assister, impuissant, à la mort de son fils…

— Il ne pouvait rien faire, mère. Nous étions trop loin de lui. La cavalerie est arrivée sur nous et fauchait tout sur son passage… J'ai moi-même essayé de le secourir, mais…

— Je sais, Duncan. C'est arrivé et nous n'y pouvons plus rien. Mais Ran sera toujours avec nous.

— Oui, je sais.

Il entortillait nerveusement l'ourlet de son kilt autour de son doigt. Son regard était dirigé vers les abris où Marion dormait et où son père finissait d'attacher quelques branches de pin. Quelque chose le tracassait et il n'arrivait pas à en parler.

— C'est Marion qui te cause du souci ?

— Marion ? Non… je…

— Tu ne lui as pas parlé, n'est-ce pas ?

— Non.

— N'attends pas que la coupe déborde, mon fils.

Il tourna vers moi un visage perplexe.

— Règle tes différends le plus tôt possible. Ne les laisse pas s'accumuler.

— Je sais. Demain.

— Tu l'aimes, n'est-ce pas ?

— Hum… Oui, plus que je ne l'aurais cru possible. Elle est…

— Bien trempée ?

Il émit un rire ironique et posa ses yeux bleus sur moi.

— Comme l'acier tranchant d'un poignard, lança-t-il.

— C'est une Campbell, observai-je comme pour l'excuser.

— Oui, j'ai parfois tendance à l'oublier. Mais, bizarrement, on vient toujours me le rappeler à un moment ou à un autre.

— Tu l'as emmenée à Glencoe ?

Une petite hésitation m'indiqua un malaise.

— Oui.

— Cela ne s'est pas bien passé, c'est ça ?

Il hocha la tête et se mit à labourer la neige du talon. Il faisait toujours ça, enfant, lorsqu'il était préoccupé. Je contemplai son profil et la ligne anguleuse de sa mâchoire ombrée par un chaume sombre dans lequel s'accrochait la lueur des flammes. Le feu éclairait le côté intact de son visage. Je constatai qu'il ne restait plus rien des rondeurs de l'enfance dans ses traits. Mon fils était un homme maintenant. Il ne m'appartenait plus.

M'avait-il déjà appartenu ? Dieu nous donnait des enfants. Nous les aimions, les nourrissions, les regardions grandir sous notre protection. Puis un jour, ils nous quittaient. Mais il restait toujours quelque chose d'eux en nous. Je soupirai.

— Tu veux me raconter ?

Il haussa les épaules. Certes, il était un homme. Mais je retrouvais en lui, avec une certaine joie, ces petits gestes qui me rappelaient l'enfant qu'il avait été.

— Et Elspeth ?

— Elspeth ? reprit-il, un peu surpris.

— C'est que tu étais avec elle avant... Tu te souviens ? Je crois même que tu hésitais à la demander en mariage avant de partir. Encore heureux que tu ne l'aies pas fait.

— C'est réglé, répondit-il simplement. Elle est avec Allan Macdonald maintenant.

Je haussai les sourcils avec étonnement.

— Ce grand rustre ? Non, mais...

Cette fois-ci, je réussis à le dérider un peu.

— Tu vois, elle ne m'aura pas pleuré longtemps. Je suppose que les choses seront un peu plus faciles à vivre de cette façon. Allan a toujours eu un faible pour elle. Il lui tournait autour comme une abeille autour d'une fleur.

Son talon martelait toujours la neige. Je posai une main sur sa cuisse pour l'immobiliser.

— Alors qu'est-ce que tu as, Duncan ?

Il se tourna carrément vers moi cette fois-ci et me regarda fixement. Mon cœur se serra. Je ne retrouvais plus le jeune homme insouciant qui avait quitté la vallée quelques mois plus tôt. Derrière ce visage marqué par les cruautés de la vie se trouvait un homme transformé par les épreuves et les terribles visions de la guerre. J'avais l'impression qu'une éternité s'était écoulée depuis ce matin gris où les cornemuses avaient accompagné le départ des hommes.

— C'est père qui m'inquiète, me confia-t-il doucement en jetant un bref coup d'œil vers Liam.

— Pourquoi ?

— Il s'est passé quelque chose, mère. Je le sais et je voudrais que tu me dises de quoi il s'agit. Quand il est revenu de Carnoch, il semblait n'être plus qu'un spectre. Ce ne sont peut-être pas mes affaires, mais...

— En effet, répondis-je un peu durement.

Il se tendit. Que croyait-il ? Que lui avait raconté son père ?

— Il t'en a parlé ?

— Non, tu le connais.

J'hésitai tout de même.

— Ton père... se sent responsable de la mort de ton frère, de Simon...

— C'est ridicule !

— De celle d'Anna et de Coll aussi. Et de son père et de sa sœur.

— Mais pourquoi ? Cela fait plus de vingt ans !

— Je ne sais pas... Il est comme ça. Peut-être a-t-il besoin de trouver un coupable à qui s'en prendre, et il n'a que lui-même.

Mon fils demeura silencieux un moment, le regard perdu dans le vide. Que lui raconter ? La vérité ? Je me tus. Puis je me dis qu'il finirait bien par savoir. Les gens parlent toujours. Il était préférable qu'il apprenne la vérité de ma bouche.

— Mais tu as raison... Il y a autre chose qui ronge ton père, Duncan. Il... il a décidé de partager sa peine avec quelqu'un d'autre que moi.

Son visage se plissa d'incompréhension.

— Quoi, avec John ?

— Non, pas avec John. Si au moins cela avait été le cas...

— Je ne comprends pas, mère. Tous ses amis étaient à Perth.

— J'étais partie à Dalness avec Frances pour l'aider à s'installer. Ton père avait préféré rester à Carnoch. Lorsque je suis revenue, je... je l'ai trouvé avec... Margaret Macdonald.

Au fur et à mesure que l'évidence faisait son chemin dans son esprit, sa bouche se tordait en une moue horrifiée.

— Je n'ose pas dire ce que je pense... souffla-t-il.

— Ne dis rien, surtout.

— Mais, mère, tu en es certaine ? Tu ne pourrais pas t'être méprise ?

— Certaine ? Je ne pourrais l'être plus, Duncan. Je les ai surpris ensemble… dans notre lit.

J'avais une grosse boule dans la gorge. Je fermai les yeux et serrai les dents. Ce n'était peut-être pas une si bonne idée de ressasser tous ces mauvais souvenirs. Duncan était complètement retourné ; il fixait d'un air indéchiffrable son père qui travaillait toujours avec les frères Macdonnell.

— Mère… Père avec… Je n'arrive pas à y croire. Pourquoi ?

— Pourquoi ? Je me suis posé la question tant de fois… Tu sais, il y a des événements qui rapprochent les couples et d'autres qui les éloignent. La perte de Ranald m'a causé une telle douleur… J'en ai oublié ton père, et il s'est tourné vers quelqu'un d'autre.

— Mais il a couché avec elle ! s'indigna-t-il.

— Ne le juge pas, Duncan.

— Mais, mère…

Impassible, il se tourna de nouveau vers Liam. Que pensait-il de lui ? de moi ?

— Vous êtes toujours ensemble ?

— Je l'aime, lui dis-je en lui touchant le bras. Il a fait une erreur, certes. Je vais devoir vivre avec. Mais je ne veux pas vivre sans lui. Il a été à un cheveu de mourir. J'ai compris, et je lui ai pardonné. Mais on n'oublie pas pour autant, tu sais. Nous faisons tous des erreurs, Duncan. J'en ai fait… Tu en feras, toi aussi, tu verras. Nous sommes tous humains, donc fragiles…

Quelque chose me frôla la nuque et me fit sursauter. Liam se pencha au-dessus de moi et m'effleura la joue de ses doigts.

— Tu viens dormir ? chuchota-t-il à mon oreille.

Duncan le fixa quelques secondes d'un œil froid. « Non, Duncan, ne lui en veux pas. C'est mon affaire, pas la tienne. » Il capta mon regard et ébaucha un sourire falot en se relevant.

— Je crois que je ferais mieux d'aller retrouver ma femme… Bonne nuit.

Liam le regarda s'éloigner d'un œil circonspect et s'accroupit derrière moi pour m'enlacer.

— De quoi parliez-vous ? me demanda-t-il avec suspicion. Il m'a paru troublé. Ça ne va pas avec Marion ?

— Hum… Ton fils n'est plus un enfant, Liam. Je suppose qu'il se sent un peu plus concerné par les choses de la vie, maintenant.

— Ouais, je suppose. Allez, viens.

Le soleil se levait et teintait la neige de pastel. La lumière l'effleurait, s'accrochait aux quartz enchâssés dans le granit, sous ses pieds, et rebondissait sur les arbres qui l'entouraient. Un silence tranquille régnait et apaisait son âme.

Duncan n'avait pas beaucoup dormi. L'aveu de sa mère l'avait perturbé plus qu'il ne l'aurait cru. Son père infidèle ? Comment cela se pouvait-il ? Pour un enfant, il existait trois genres humains : les adultes, les enfants et ses parents. Ces derniers, il se les appropriait, il les idolâtrait, les considérant comme différents des autres adultes. Les baisers dont il était témoin, qu'il surprenait, étaient dénués de toute sexualité pour lui. Il lui était difficile, voire impossible, d'imaginer ses parents faisant l'amour. Mais Duncan n'était plus un enfant. Il était un homme et considérait maintenant son père comme un homme semblable aux autres : fragile et faible devant la chair.

Combien d'hommes avait-il vu rechercher des plaisirs éphémères dans les bras d'une autre femme que la leur ? Des hommes de son clan, heureux et amoureux de leur épouse qu'ils avaient laissée derrière, loin de la dure réalité de la guerre. Ces hommes quêtaient-ils ainsi un peu de réconfort ? Quel endroit plus merveilleux pour se perdre, oublier ses angoisses, ses chagrins et ses peurs que les bras d'une femme ? Les aléas de la guerre rendaient l'homme faible. À Perth, il avait surpris Calum avec une jeune fille. À plusieurs reprises, il avait entendu gémir et glousser sur la couche de Donald, qui pourtant adorait sa Janet.

Dans les camps, les femmes écartaient facilement les cuisses pour un quignon de pain ou simplement pour oublier le malheur et la détresse qui les entouraient. Lui-même avait été sollicité à quelques reprises. Mais cette chair au rabais ne l'avait pas tenté. Il avait la tête trop pleine de Marion. Qu'en serait-il dans dix ans ? dans vingt ans ? Lorsque la passion aurait fait place à un amour tranquille ne connaissant que quelques étincelles de folie ?

Son père avait cédé. Il s'était perdu à la croisée des chemins. Pourtant, au camp, il ne s'était pas approché de ces femmes qui retroussaient leurs jupes pour émoustiller les soldats. Il était retourné à Carnoch pour retrouver celle qu'il désirait vraiment, mais il avait cherché réconfort auprès d'une autre. Le chagrin de sa mère faisait pleurer son cœur. Mais elle avait raison. Il n'avait pas le droit de juger son père sans avoir porté ses chaussures.

Toutefois, ce qui l'atterrait, le terrifiait, c'était de réaliser qu'il avait ses propres faiblesses, qu'il pourrait un jour lui aussi se tromper de chemin. Comment réagirait

Marion s'il lui était infidèle ? Il préférait ne pas y penser et souhaitait qu'une telle chose ne se produise jamais.

Un campagnol se faufila entre ses pieds et s'éloigna de son trottinement insouciant. Duncan vit un autre animal s'en approcher sournoisement. Il cessa de respirer, subjugué par la vision du fauve traquant habilement sa proie. Le chasseur glissait silencieusement sur la neige, épousant les reliefs du sol qu'il foulait. Puis il bondit sur le petit rongeur qui, coincé entre ses crocs, cria de frayeur. Le fauve tenait son petit déjeuner dans sa gueule et regardait Duncan droit dans les yeux. Puis le chat sauvage s'éloigna et disparut.

L'esprit encore ailleurs, Duncan fixait toujours l'endroit où l'animal se trouvait peu avant.

— Il est très beau…

— Aaaah ! cria-t-il en bondissant de sa souche moussue. Bon sang, Marion !

Le rire de Marion lui procura un grand soulagement. Elle ne lui faisait plus la tête.

— Tu me laisses mourir de froid ! Que fais-tu ici, si tôt ?

Elle prit un coin du plaid négligemment posé sur les épaules de Duncan et s'engouffra dessous pour se lover contre son flanc et lui voler un peu de sa chaleur. Elle était effectivement glacée. Il frissonna de froid et de plaisir.

— Je n'arrivais plus à dormir. Je… j'avais besoin de réfléchir…

— Je t'empêche de réfléchir ?

Il l'étreignit et l'embrassa sur le dessus de la tête. Elle leva un regard amoureux vers lui.

— Qu'est-ce qui te tracasse, Duncan ?

« Je me demandais comment tu réagirais si tu me surprenais avec une autre femme… »

— Rien de vraiment important.

Un geai qui venait de se percher au-dessus d'eux se mit à lui faire des reproches en criaillant. « Tu lui mens ! Tu lui mens ! » Duncan lança un regard noir au volatile effronté qui, lui adressant de nouveaux cris, s'envola sous d'autres cieux.

— Marion, je… je te dois des excuses.

— *Tuch !* Ça va. Je sais : tu as eu peur et tu as cru…

— Je n'avais pas le droit de te crier après comme je l'ai fait devant les autres.

Elle ne dit rien, se contenta de passer les bras autour de sa taille et de se serrer contre lui en lui caressant le dos.

L'image de Marion avec les bras couverts de sang le secoua alors. Oui, la peur lui avait tordu les boyaux lorsqu'il avait entendu le coup de feu. Oui, il avait imaginé… l'inimaginable. Marion gisant dans son sang. Mais tout ce sang n'était que celui d'une chèvre qui avait nourri la troupe à satiété.

— Marion, je t'aime.

Non, cela ne lui arriverait pas, pas à lui. Jamais il ne pourrait la tromper, lui préférer une autre femme.

À la cinquième journée de notre périple, le beau temps nous abandonna lâchement. Les nuages envahirent le ciel, menaçant de nous cracher toute leur hargne et de pleurer sur nous leur chagrin devant la folie des hommes. Nous risquions de nous retrouver trempés jusqu'aux os. Pour Liam, cela représentait un risque potentiel de rechute. Malgré tous les efforts qu'il faisait pour me le cacher, je le savais encore faible. Dans sa respiration, la nuit, traînait l'empreinte de sa maladie. L'effort prolongé l'essoufflait.

Atteignant un début de civilisation après le pénible contournement des Cairngorm, nous eûmes droit à une paillasse miteuse dans une bauge. Nous n'étions séparés des chevaux, entassés avec la basse-cour, quelques chèvres et une vache, que par quelques planches de bois rongé par la vermine. Mais au moins étions-nous à l'abri des éléments. Après un petit déjeuner frugal composé d'un porridge insipide et gluant que j'avalai en évitant de vérifier ce qui croquait sous ma dent, nous entreprîmes la dernière étape de notre voyage. Selon le temps qui sévirait, nous pourrions être aux portes d'Inverness à la tombée de la nuit au plus tard.

J'avais remarqué que l'attitude des hommes du clan qui nous accompagnaient s'était modifiée envers Marion. Depuis la petite scène cocasse de la chèvre, ils cherchaient à lui faire la causette et se montraient plus aimables avec la fille de celui qu'ils avaient toujours considéré comme leur ennemi juré. Cela n'était pas pour déplaire à Duncan, que je surpris à sourire à plusieurs reprises.

Nous venions de traverser le passage étroit de Slochd Mor et mon estomac criait désespérément famine. J'espérais pouvoir le remplir rapidement dans un des petits hameaux qui se nichaient tout en bas des collines. Soudain, comme surgissant de nulle part, un homme apparut à quelques mètres devant nous, sur la route. L'œil hagard, la tignasse et la barbe hirsutes, il s'arrêta net et nous dévisagea avec stupéfaction.

Quelques secondes s'écoulèrent dans un silence sépulcral. Un régiment de corbeaux frôla la cime nue des arbres et disparut de l'autre côté de la colline. L'homme portait la veste rouge des soldats de la couronne. Une manche était en lambeaux et le reste tout aussi passablement amoché. Son pantalon de flanelle blanche, qui avait dû connaître de meilleurs jours, était taché de sang séché et de boue.

— Mais c'est un putain de *Sassannach !* gronda une voix derrière moi.

J'entendis le grincement du métal, celui d'une lame qui sortait lentement de son fourreau, et je tournai la tête. Liam regardait fixement le déserteur ; sa mâchoire se contractait convulsivement sous sa peau d'une pâleur cadavérique. J'en eus la chair de poule.

L'homme, ayant bien eu le temps d'évaluer la force des six Highlanders armés jusqu'aux dents qui lui faisaient face, commençait à reculer. Il portait en même temps une main tremblante à son poignard, visiblement la seule arme dont il disposât.

Le cheval de Liam renâcla et s'ébroua nerveusement. Son cavalier soulevait son épée avec une lenteur terrifiante, sans trembler. Mais que faisait-il ? Ce soldat ne représentait aucun danger pour nous.

— Liam… murmurai-je, inquiète.

Il ne m'entendait pas, obnubilé par la veste écarlate qui se préparait maintenant à détaler. La nervosité commençait à gagner les autres. Je me sentis prise d'un malaise.

— Liam ?

Puis, comme la foudre qui s'abat, son cri sauvage résonna sur les escarpements et fit trembler le sol. Mon sang se figea. Il éperonna sa monture, qui se cambra sous la violence du coup, et partit dans un galop effréné. Je n'eus que le temps de voir la terreur déformer les traits du soldat, qui prenait déjà ses jambes à son cou pour filer droit vers les bois.

— Mais qu'est-ce qu'il fait ? m'écriai-je, horrifiée.

Liam avait sauté de sa monture, l'abandonnant sur la route, et courait maintenant derrière le fugitif qui poussait des cris. L'écart se réduisait considérablement. La bête sauvage rattrapait sa proie.

Puis un coup d'épée arrêta la course du soldat. Je tressaillis sous le cri de douleur du pauvre homme qui venait de tomber.

— Non, Liam… Arrête !

Je criais et commençais à m'élancer. Mais une poigne d'acier me retint fermement et je pivotai.

— Non, mère… laisse, il est trop tard…

— Oh, mon Dieu ! Mais que fait-il ? Pourquoi ? Duncan, arrête-le !

— Non, mère. L'homme est déjà mort. Laissons-le, il… il en a besoin, je crois.

Liam frappait et hurlait avec une violence sauvage que je ne lui avais jamais connue. Je me détournai de la scène horrifique et enfouis mon visage dans l'épaule de Duncan. Une vague de nausée me submergea et retourna mon estomac pourtant vide. Je perçus le goût amer de la bile dans ma bouche et sur ma langue. Puis un silence funeste retomba brusquement sur nous. Je sentis les bras de Duncan se détendre doucement autour de moi.

— C'est fini, balbutia-t-il après un moment.

Je me retournai lentement. Liam était toujours debout au-dessus du corps du déserteur. Il regardait son œuvre d'un œil halluciné en respirant bruyamment. Je fis quelques pas dans sa direction. Mon geste le tira de sa torpeur. Il tourna son visage souillé d'éclaboussures de sang et déformé par la rage et la haine. La souffrance fut tout ce que je pus lire dans son regard. Il pivota sur lui-même en poussant un dernier cri et en levant haut son épée, qu'il abattit sur une aspérité rocheuse. La lame se brisa dans un crissement à faire grincer les dents.

Lorsque cela fut fait, il recouvrit le corps de neige propre. Puis il se laissa tomber à genoux et marmonna une prière. Quelques minutes s'écoulèrent pendant lesquelles les autres se tinrent muets. Ensuite il nettoya les souillures de sang sur ses mains et son visage avec de la neige.

— Que Dieu ait son âme, murmura Duncan en retournant vers son cheval.

Liam se leva enfin et revint vers nous. Passant près de moi, il évita de me regarder. Je le retins par le bras.

— Cet homme n'avait rien fait pour mériter cela !

Me regardant droit dans les yeux, son regard aussi froid que l'ardoise soutint le mien. Ses traits demeuraient imperturbables et pas un muscle ne tressaillit. Je frémis en pensant que c'était certainement ce même regard implacable qu'il avait posé sur l'ennemi avant de l'abattre. Et je tremblai en imaginant ce qu'avait ressenti sa victime en le croisant. Il respira profondément et fut secoué d'un frisson.

— Je sais, dit-il simplement. De même que Ran ou Colin n'ont rien fait pour mériter ce qui leur est arrivé.

Le ton de sa voix était dur. Il baissa les yeux sur ses mains. Un peu de sang les tachait encore. Était-ce là le sang d'un innocent ? Il serra les poings. Puis l'expression de son visage se détendit progressivement. Je relâchai alors son bras et il se dirigea calmement vers sa monture. Je pris une profonde respiration avant de bouger pour le suivre.

28

Inverness

Et la pluie tomba. Au début, ce ne fut qu'un crachin. Au fur et à mesure que nous approchions du bourg royal, cela devint une pluie fine, puis carrément une averse. Ce fut enfin sous des trombes d'eau que nous entrâmes, à la tombée de la nuit, dans Inverness.

Sachant la ville sous le contrôle des forces gouvernementales, nous voulions rester le plus discrets possible. Heureusement, avec le rideau de pluie qui s'abattait sur nous et transformait les rues en marécages, même les chiens préféraient demeurer à l'intérieur. Je devinais que le premier endroit où aller pour essayer de trouver Frances était le Tolbooth. Aussi, je pressai Liam de nous y conduire. Mais il jugea préférable de commencer par nous trouver une chambre et un endroit où nous restaurer. Nous pourrions ainsi mieux réfléchir à ce que nous devions faire ensuite. Par chance, les trois établissements à visiter ne se trouvaient qu'à dix pas l'un de l'autre sur Kirk Street.

Nous aurions cependant dû deviner qu'avec les couleurs de nos tartans, les habitants sourcilleraient sur notre passage.

— Nous allons avoir des problèmes, annonça Calum en repoussant son assiette vide. Il y a des soldats partout ; je ne crois pas qu'ils verront d'un bon œil notre présence ici.

Comme pour confirmer ses dires, monsieur Ross, le propriétaire du café où nous étions attablés, nous lança un regard improbateur. Je doutais cependant que servir à dîner à de « sales jacobites » payant rubis sur l'ongle puisse porter préjudice à la réputation de son minable estaminet. Les murs crasseux semblaient n'avoir jamais été peints et les fenêtres étaient tellement poussiéreuses que, même en plein jour, l'intérieur devait rester plongé dans l'obscurité. Quant aux meubles et à la vaisselle, ils étaient plutôt en mauvais état.

— Marion et toi irez vous renseigner au Tolbooth, conclut Liam après mûre réflexion. Calum a raison. Nous devons éviter de trop nous montrer. À moins que quelqu'un ne nous trouve des plaids aux couleurs du clan Fraser…

— Pouah ! s'écria Robin. Je préfère encore risquer de montrer nos couleurs que de porter celles de ce lascar de Simon Fraser de Lovat. Ce traître a retiré les trois cents hommes de son clan qui s'étaient ralliés sous l'étendard du Prétendant, à Sheriffmuir. Il croit que servir la maison de Hanovre est pour lui une bonne occasion de remettre la main sur ses terres et son titre de seigneur qui lui ont été confisqués après qu'on a découvert ses manigances pour prendre la tête de son clan. Si vous voulez mon avis, ils auraient mieux fait de le pendre haut et court.

Liam fronça les sourcils.

— Calme-toi, mon vieux, l'interrompit-il en chuchotant. Ce n'était qu'une plaisanterie et je te suggère aussi de baisser le ton.

En dépit de ce qui nous amenait ici, je trouvai Liam d'humeur plutôt gaie. Cela faisait des lunes que je ne l'avais pas entendu plaisanter.

— Holà ! fit Duncan. En parlant du loup… on a la visite de gentils-hommes Fraser.

D'un geste discret, il désigna deux hommes qui venaient d'entrer dans le café. Le premier, à la stature gargantuesque et à l'œil rapace, portait un pantalon de tartan qui moulait ses volumineuses cuisses. Sous ses genoux étaient nouées des jarretières rouges, dans l'une desquelles était glissé un *sgian dhu*. Sous son plaid, négligemment posé sur ses épaules, une veste du même tartan avait de la peine à rester boutonnée. Il portait un béret piqué d'un écusson d'argent.

L'autre, sans doute un garde du corps, portait le plaid à la manière traditionnelle : le kilt plissé autour de la taille et le pan restant ramené par-dessus ses épaules pour le protéger de la pluie. Les deux hommes nous tournaient le dos et discutaient avec le tenancier du café. Ce dernier ne cessait de nous jeter des regards à la dérobée. Je sentais Liam se tendre à mon côté. Personne ne soufflait mot. Ils ne restèrent que quelques minutes.

— Lord Lovat en personne ! souffla Donald.

— Il ne faut pas traîner ici, dit Liam.

Il lança quelques pièces sur la table pour signaler notre départ. Nous nous apprêtions à sortir lorsque ce cher monsieur Ross, visiblement nerveux, nous interpella :

— Je ne sais pas ce que vous venez faire ici, mais vous devriez quitter la ville.

Les hommes échangèrent un regard.

— Si nos deniers vous rebutent, nous irons ailleurs, monsieur, rétorqua Liam en toisant le gringalet. D'ailleurs, ce que nous faisons ici ne vous regarde en rien.

Sur ce, il se détourna. Mais l'homme le retint par la manche. Liam pivota, son poignard à la main, et l'empoigna par le collet. Je retins mon souffle.

— Vous vous méprenez sur mes intentions, protesta violemment monsieur Ross en roulant des yeux épouvantés à la vue de la lame. Je voulais vous avertir...

— Nous avertir ? dit Donald. Fraser est en ville, ça, nous le savions déjà.

— Non, vous n'y êtes pas du tout. Jacques Edouard... le Prétendant, il prépare sa fuite. Elle est imminente. Ils mettent sous les verrous tous les rebelles... Vous ne devriez pas rester ici.

Liam tiqua de la mâchoire, puis le lâcha brusquement.

— Votre nom est bien Ross ?

Le tenancier hocha la tête dans l'affirmative.

— La position de votre clan est assez ambiguë par rapport à ce soulèvement. Peut-être devriez-vous m'éclairer un peu...

— Mon épouse est une Mackintosh parente du vieux Borlum, expliqua-t-il. Je dois avouer que...

Il jeta un coup d'œil vers les quelques clients qui restaient. Tous semblaient à des lieues, perdus dans les brumes de l'alcool. Il poursuivit sur le ton de la confidence :

— Mon cœur bat pour les Stuarts.

— Il ment ! s'exclama Robin. Le prince vient tout juste d'arriver. Il ne peut pas déjà...

— Il a peut-être raison, s'interposa Duncan. Il y avait des rumeurs à Perth. Certains disaient que l'insurrection allait bientôt se terminer... à notre désavantage.

— Des rumeurs ne seront toujours que des rumeurs, observa Robin.

Liam voulut en savoir un peu plus.

— Où avez-vous obtenu ces informations, Ross ?

— Il y a de cela trois jours, l'un des hommes du marquis de Huntly, qui était de passage ici, discutait avec le colonel Walter Fraser à l'une de mes tables. Je n'ai pas pu m'empêcher d'écouter leurs propos.

Liam esquissa un sourire sournois.

— Évidemment. Mais que faisait un homme de Huntly par ici ? Serait-ce un espion à la solde de l'ennemi ?

La surprise se peignit sur le visage de monsieur Ross.

— Vous ne savez pas ? Huntly s'est rendu au gouvernement dans des conditions honorables, avec une partie des Gordon. Son épouse, Henrietta, est anglaise, alors… Il s'est placé sous la protection du comte de Sutherland. Alexander d'Auchintoul a pris le commandement des troupes des Gordon qui sont restées fidèles au prince.

— Ainsi, c'était vrai… murmura Duncan. Et le comte de Seaforth, a-t-il vendu ses Mackenzie au gouvernement, lui aussi ? Il était de ceux qu'on pointait du doigt dans les rumeurs.

— Seaforth ? Non, je ne crois pas.

— Hum… fit Liam en se frottant le menton. Nous ne resterons que le temps qu'il faudra et éviterons dans ce cas les petites soirées mondaines.

Monsieur Ross le dévisagea d'un air songeur.

— Un dernier renseignement, reprit Liam après un moment.

— Si je peux vous être utile.

— Il y a plusieurs auberges ici ?

— Eh bien il y en a une juste à côté, puis une autre sur la route menant à Nairn, à la sortie de la ville, et une dernière sur Bridge Street.

— Bridge Street. C'est tout près. Avec ce temps de chien…

— Il y a celle juste à côté aussi, monsieur, lui rappela le tenancier.

— Avec le Tolbooth juste en face qui grouille de soldats gouvernementaux ? Vous voulez rigoler ?

— Vous avez peut-être raison… Je n'y avais pas pensé.

— Alors ce sera Bridge Street. Comment s'appelle l'auberge ?

— The Bluidy Rose[1].

— The Bluidy Rose ?

Liam fronça les sourcils. J'entendis des ricanements dans mon dos.

— Et leurs affaires vont bien ? s'enquit-il, sceptique.

— Oh oui ! Ne vous préoccupez pas du nom de l'auberge. C'est à cause d'une vieille histoire. On dit qu'il y a plus d'une centaine d'années, il y avait une roseraie dans le jardin de l'auberge. L'un des rosiers donnait toujours des fleurs plus belles que les autres. Mais si par malheur la femme du propriétaire osait en couper une, la fleur se mettait à saigner. Évidemment, la femme avait cessé de toucher au rosier. Puis un jour, il n'y eut plus de fleurs. Le propriétaire, trop heureux de pouvoir enfin s'en débarrasser, fit déterrer le rosier. On découvrit alors que l'arbrisseau avait été planté sur la sépulture d'un enfant. Sous la tombe était caché un coffret rempli de livres sterling toutes neuves.

— Des livres sterling ?

— C'est que l'enfant, d'après l'histoire, était un bâtard de Charles II, conçu avec une jeune servante d'ici. La jeune femme, renvoyée de son service et mise au ban

1. La rose ensanglantée.

de la société, a noyé l'enfant et l'a enterré dans le jardin avec l'argent qu'on lui avait remis pour son éducation. Puis elle s'est pendue... Le propriétaire a fait déplacer les restes du petit corps dans le cimetière et a gardé le coffret, puisque, à l'évidence, personne ne viendrait réclamer l'argent. Il a appelé son établissement The Bluidy Rose pour célébrer sa fortune. Sa famille étant demeurée prospère, le nom est resté. Par contre, on raconte que le fantôme de la jeune mère rôde toujours autour de l'auberge et appelle l'enfant. Mais je vous assure, c'est la plus confortable des trois auberges. Quant à la demoiselle, elle n'a jamais fait de mal à personne... depuis sa mort.

— Un fantôme, une pendue, des roses qui pissent le sang ! s'esclaffa Donald alors qu'on sortait du café. C'est pas sérieux. Qui voudrait passer une nuit là-bas ?

— Angus et toi, l'informa Liam.

Donald cessa immédiatement de rire et dévisagea Liam d'un air incrédule.

— Tu te moques de nous ? intervint le deuxième intéressé.

— Pas du tout, Angus. Je dois nous protéger, expliqua Liam le plus sérieusement du monde. Donald et toi irez dormir là-bas. Vous ferez des rondes pour guetter une éventuelle apparition de la milice. Ross nous croit là-bas. Je ne lui fais pas confiance. Il peut lui prendre l'envie de signaler notre présence en ville en échange d'une récompense. S'il y a quelque chose, vous rappliquez d'urgence.

— C'est qu'avec cette histoire de fantôme... bougonna Angus. C'est pas que je sois très superstitieux, mais tout de même... J'arriverai jamais à fermer l'œil.

Liam rit franchement et gratifia son ami d'une bonne claque sur l'épaule.

— Tu seras plus efficace lors de ton tour de garde, mon vieux.

— Et peut-être que j'arriverai à dormir un peu, renchérit Donald. Tu ronfles toujours comme une vieille cornemuse qui se dégonfle.

Angus jeta un regard noir à Donald et se mit aussitôt en route sous la pluie diluvienne. Donald le suivit en faisant d'autres remarques sur la panoplie de bruits qu'il émettait en dormant. Après avoir contourné la croix du marché érigée au centre de la place, tous deux disparurent à l'angle de Bridge Street et de Kirk Street.

— A toi maintenant, *a ghràidh*... me chuchota Liam.

Il s'était tourné vers moi. La gravité avait remplacé l'amusement sur son visage.

— Soyez prudentes.

Il m'embrassa sur le front et me serra contre lui, avant de s'écarter et de me pousser vers l'entrée du Tolbooth.

Je levai la tête et fixai d'un œil morne la tour noire qui servait de cour de justice et de prison. Deux petites échoppes, une herboristerie et une librairie, occupaient le rez-de-chaussée. Seul un panneau annonçant « Inverness Court-House », éclairé par deux flambeaux, indiquait l'entrée.

— Bon, dis-je en me tournant vers Marion qui me suivait, quand il faut y aller...

La salle d'audience dans laquelle régnait un fouillis indescriptible était déserte. Des chaises renversées, d'autres cassées étaient éparpillées un peu partout autour d'une estrade de bois sur laquelle se trouvait une longue table où devaient présider les magistrats. Une seconde estrade, plus petite, se dressait à sa gauche. Une seule chaise y était juchée et faisait face aux magistrats. Là devait s'asseoir l'accusé. Je réprimai un frisson.

Une seule lampe empestant l'huile de phoque, placée sur un bureau près de nous, éclairait la sinistre salle. Frances avait-elle été jugée ici ? Et Trevor ?

— Il n'y a personne, me chuchota Marion. Il faudra revenir demain.

Un bruit sourd suivi d'un juron nous fit sursauter. Puis une tête coiffée d'une tignasse blonde surgit derrière le bureau. Un regard ensommeillé nous considéra quelques instants. L'homme bâilla bruyamment.

— Ze peux vous aider ? zézaya-t-il en se remettant d'aplomb.

— Euh… oui, fis-je, un peu décontenancée par l'apparition inattendue de ce jeune soldat. Je cherche quelqu'un, une femme.

— Une femme… répéta-t-il comme pour le noter mentalement.

— Ma fille, précisai-je. Elle devrait se trouver ici.

— Votre fille, ici… Bon, voyons voir… Dans quel coin de la ville faisait-elle ses affaires ?

— Ses affaires ?

Marion me donna un léger coup de coude dans les côtes et se pencha vers moi.

— Je pense qu'il croit que votre fille est une prostituée…

J'écarquillai les yeux, scandalisée.

— Quoi ?

Le jeune homme leva un regard ennuyé vers moi, puis bâilla de nouveau, m'offrant une vue sur ses splendides amygdales.

— Son nom ? demanda-t-il en refermant la bouche.

— Frances.

— Hum… Frances, Frances, Frances… Hum… Frances, Frances…

Un moment, je crus qu'il allait composer une chansonnette. Il sortit un registre, le posa sur le bureau et commença à le feuilleter avec un ennui évident. Il l'ouvrit à la page des dernières inscriptions.

— Nom de famille ?

— Macdonald.

Cette fois-ci, il dut bien comprendre, car il ne répéta pas et posa plutôt sur nous un regard curieux et inquiétant.

— Ah bon !

D'un doigt à la propreté douteuse, il parcourut la liste des noms inscrits sur la page en en marmonnant quelques-uns au hasard. Son doigt s'immobilisa sur la page précédente.

— Ah voilà ! Frances Macdonald de Glencoe… dix-sept ans… seveux auburn… yeux…

— Ça va ! Je sais parfaitement de quoi a l'air ma fille. Je veux savoir où elle se trouve, répétai-je un peu énervée.

— Où elle est… Où elle est… Voyons voir. Arrêtée dans le Lochaber et enfermée à Fort William le 23 décembre dernier… Transférée ici le 26, passée en zuzement le 3 zanvier…

Il grimaça ; mon cœur se serra.

— Ze suis désolé, madame…

— Que voulez-vous dire par « désolé » ?

Mes jambes mollirent ; le bras de Marion se glissa sous le mien en guise de soutien. Le jeune soldat, mal à l'aise, frottait son menton imberbe.

— Eh bien, elle a été condamnée au trou sous le pont, madame. Pour une durée de six zours.

— Au trou ? Six jours ? Mais elle est innocente, bon sang ! Pourquoi l'ont-ils mise au trou ?

J'étais hors de moi. Mon bébé… ma petite fille, traitée comme une criminelle ? Que lui était-il arrivé ? Six jours… Elle avait donc dû en sortir le 9. Cela faisait deux semaines qu'elle était libre.

— C'est qu'elle a été accusée de complicité de meurtre… Étant donné son âze et son sexe, et le manque de preuves… Ils ont été cléments pour sa sentence.

— Mais où se trouve-t-elle maintenant ? rétorquai-je en criant presque.

Le soldat haussa les épaules en signe d'impuissance.

— Ze ne pourrais vous le dire, madame. Les inscriptions du rezistre n'en disent pas plus.

Il leva un doigt qui me rassura un peu.

— Ah, mais peut-être… Il y a un pasteur qui s'occupe parfois des pauvres gens.

Son front se plissa sous l'effort de la concentration, puis son visage s'éclaira.

— Ah oui ! C'est le révérend Sizolm. William Sizolm.

— William Chisholm… bon, merci.

Je m'apprêtais à partir lorsque je réalisai que j'avais oublié de m'enquérir du sort de Trevor.

— J'oubliais, monsieur…

— Muck, dit-il, Rézinald Muck.

— Un homme était avec ma fille. Son mari.

— Son mari ? Son nom ?

— Trevor Alexander Macdonald.

— Hum… oui, en effet. Ils sont arrivés ensemble. Trevor Macdonald est passé en zuzement le lendemain de celui de votre fille. Les affaires ont été traitées séparément. Il a été accusé du meurtre d'un soldat de Sa Majesté le roi Zeorze. Un serzent. Le verdict… coupable, et la sentence… euh, la pendaison, ze le crains.

— Oh, Seigneur !

Je me retins au bureau et me retrouvai assise sur une chaise, avec un verre d'eau à la main.

— Quand la sentence devait-elle être appliquée ?

— Il a été pendu le 20 zanvier, madame. À huit heures précises du matin, avec deux autres détenus.

Deux mains solides m'agrippèrent par les épaules et me secouèrent avec vigueur. J'ouvris les yeux, en proie à une terreur inexpliquée, et haletai bruyamment. Il faisait sombre et humide. Le trou... J'étais dans le trou avec Frances...

— Nooon, Frances...

— Ça va, Caitlin, me dit une voix grave.

Ce n'était pas Frances. Un soldat ? Où était ma fille ? Et comment ce bâtard connaissait-il mon nom ?

— Où est Frances ? Qu'avez-vous fait de ma fille, sale... ?

L'une des grandes mains lâcha mon épaule pour attraper mon poing.

— Tout doux, *a ghràidh*, tu fais un cauchemar.

J'eus un petit hoquet. Mes yeux s'accoutumaient à l'obscurité et je distinguais maintenant les contours du visage de Liam. Mes muscles se détendirent progressivement.

— Je l'entendais m'appeler... Mais je ne la voyais pas. Elle... elle semblait si loin, si désespérée, Liam.

— Nous la retrouverons, murmura-t-il sur un ton qui se voulait apaisant. Demain, nous la retrouverons.

— Elle est peut-être morte ! m'écriai-je en sanglotant. Mon Dieu ! Je ne supporterai pas de perdre un autre enfant.

— Elle n'est pas morte, rétorqua Liam un peu durement. Si elle t'a appelée, c'est qu'elle vit encore.

— Ils l'ont mise au trou, les ordures ! Comment a-t-elle pu survivre à ça ?

— Elle est forte et sa tête est aussi dure que la tienne. Elle ne s'est certainement pas laissée abattre comme ça.

Il me faisait mal et je me tortillai pour me dégager de sa prise. Il me lâcha sur-le-champ et se laissa tomber sur le matelas, à côté de moi, dans un craquement inquiétant.

Le feu s'était éteint dans le brasero ; il n'en restait que quelques tisons. Si mon cœur était en mille morceaux à cause de l'exécution de Trevor, je me demandais dans quel état se trouvait celui de ma fille. Avait-elle eu connaissance de la sentence avant d'aller au trou ?

Le « trou » d'Inverness. Il s'agissait d'une petite cellule située sous le tablier du pont qui enjambait la Ness. Une certaine Mary Macbean, qui était de passage dans notre vallée, m'en avait parlé quelques années plus tôt. La pauvre femme l'avait visité pour avoir volé du laitage et un sac de grains d'orge à sa voisine. L'espace était si étroit, avait-elle expliqué, qu'on ne pouvait pas y circuler. Au mieux, on arrivait à s'accroupir pour dormir. Et avec le martèlement incessant des sabots et des pas, la tête semblait près d'éclater. Si Frances avait su pour son mari avant d'y être enfermée, cela aurait pu devenir son tombeau.

Liam m'attira contre lui, et je posai ma joue sur sa poitrine. J'entendais son cœur battre à un rythme régulier ; sa respiration était profonde et contrôlée. Mais je sentais qu'il était tout aussi anxieux que moi. Sa main qui se voulait rassurante me caressait les cheveux.

— Demain, nous trouverons ce révérend… Chisholm, c'est bien ça ?

— Hum…

— Une âme charitable doit bien l'héberger quelque part... à moins qu'elle ne soit déjà repartie pour Glencoe.

Il referma ses bras sur moi, m'enveloppant de sa chaleur.

— Et toi ? demandai-je doucement. Comment te sens-tu ?

Il ne répondit pas tout de suite. Ses doigts se mirent à tracer des dessins dans mon dos, me procurant de petits frissons.

— C'est horrible à dire, mais... je me sens beaucoup mieux depuis... enfin, ma rencontre avec le déserteur.

Il poussa un profond soupir et se tut. Le rythme de son cœur me calmait. J'étais sur le point de retomber dans les bras de Morphée lorsque je le sentis se tendre sous ma joue. Je levai la tête, un peu groggy. Il me repoussa doucement.

— Il y a quelqu'un, chuchota-t-il en sortant du lit.

— Quoi ? Où ? bafouillai-je en me redressant dans le lit.

Je distinguais sa silhouette qui traversait la chambre. Au bout de son bras luisait son poignard dans l'aube naissante. On gratta à la porte.

— Hé, Liam ! murmura une voix à travers la cloison.

— Nom de Dieu !

Il ouvrit la porte pour laisser entrer dans la pièce un MacEanruigs un peu gêné.

— C'est pas un peu tôt pour réveiller les gens ? grogna Liam en rangeant son poignard dans son étui. Si c'est pour te plaindre d'Angus, je te jure que...

— Non, c'est pas pour ça. J'obéis à tes ordres. Tu nous as demandé de rappliquer si quelqu'un se présentait... On a eu de la visite.

Liam fronça les sourcils.

— Les Fraser ? Je me doutais bien que ce foutu Ross ouvrirait la bouche.

— Oh non ! C'était pas la milice, c'était le fils du boulanger, Ian Mor Mackintosh, rectifia Donald en faisant signe d'entrer au jeune garçon qui attendait dans le corridor, sous la bonne garde d'Angus.

Un adolescent d'environ treize ou quatorze ans pénétra dans la chambre. Un peu effrayé, il me lança un regard et se détourna aussitôt, gêné. Liam, adossé au mur, le considéra quelques secondes. Il se gratta le menton en plissant les yeux.

— Tu me cherchais, jeune homme ? demanda-t-il visiblement curieux de savoir ce que ce garçon lui voulait. Qu'y a-t-il de si important qui ne puisse attendre le petit matin ?

Nous n'étions dans la ville que depuis quelques heures. Comment ce garçon pouvait-il le savoir ? Le jeune Ian Mor roula des yeux terrifiés devant la massive stature de Liam, qui venait de reprendre son poignard.

— C'est... c'est que... je... enfin, c'est que j'ai entendu...

Ses yeux étaient rivés sur l'arme avec laquelle jouait Liam.

— Si tu commençais par me dire qui t'envoie, petit ?

— R-R-Ross... M-m-monsieur Ross, le tenancier du café, monsieur...

— Je sais qui c'est, l'interrompit Liam, un peu agacé.

Il reposa le poignard sur la table derrière lui et se pencha pour regarder le jeune homme droit dans les yeux.

— Et quel message Ross a-t-il à me transmettre en pleine nuit ?

— Eh bien, c'est pas lui qui a un message à transmettre, c'est... moi.

— Toi ?

Se redressant d'un coup, Liam fixa le garçon avec un intérêt nouveau.

— Je livrais mon pain, se mit à expliquer le garçon en retrouvant un peu de son aplomb, et j'ai surpris une conversation.

— Où ?

— Dans Castle Wynd. Des hommes sortaient d'une maison clo... euh, de chez madame Rose. Moi, je sortais de la boulangerie de mon père. J'étais resté dans l'ombre du portique et j'attendais, de peur qu'ils ne me volent la marchandise que je devais livrer. Ils discutaient à voix basse, mais j'ai tout de même réussi à comprendre qu'ils parlaient d'un groupe de mercenaires. Je crois même que l'un des deux en faisait partie. Ces mercenaires venaient d'arriver du Caitness et devaient descendre vers le sud pour y accomplir une terrible mission.

— Hum... qui est ? l'encouragea Liam avec une curiosité grandissante.

— Trouver et assassiner le Prétendant, laissa tomber Ian Mor.

Donald émit un sifflement et Angus grommela quelques propos incompréhensibles. Liam resta muet un moment.

— Pourquoi Ross t'a-t-il envoyé à moi ?

— Mon père a été fait prisonnier en Angleterre lors de la capitulation des jacobites à Preston, monsieur. Il servait sous les ordres du vieux Borlum. Je devais livrer mon pain à monsieur Ross, et je lui en ai parlé. Je sais que je peux lui faire confiance. Monsieur Ross est mon oncle. Il m'a dit de venir vous voir et de vous raconter ce que j'ai entendu. Il a pensé qu'étant du clan Macdonald... eh bien, vous seriez intéressé et voudriez avertir Sa Majesté du grave danger qu'elle court.

Liam se tourna vers moi, puis regarda de nouveau le jeune Ian Mor.

— Tu les as bien vus, ces hommes ? Tu les connais ?

— Non, mais je sais qu'il y en a un qui se faisait appeler Mackay. Il faisait sombre, vous savez. Mais je suis certain qu'il portait un bandeau sur l'œil droit. Et à la façon dont il parlait, c'était certainement l'un de ces mercenaires.

— Mackay, gronda Angus. Ce nom est aussi courant dans ce coin de pays que Macdonald dans l'ouest.

— Bon, fit Liam à voix basse, tu peux partir. Nous nous occuperons de faire parvenir le message au prince.

Le garçon sourit, probablement aussi heureux d'être libéré de notre compagnie que satisfait d'avoir transmis une information qui pourrait sauver la vie du dernier des Stuarts. Comme un petit furet, il se faufila hâtivement entre Angus et Donald, et disparut dans l'ombre du couloir.

L'information corroborait l'histoire de Duncan et celle de Mathew concernant un régicide probable sur la personne de Jacques Edouard Stuart. Mais, forcément, quelqu'un d'autre que le fils du duc d'Argyle était à la tête du sinistre complot.

— Qu'as-tu l'intention de faire ? demandai-je à Liam du bout des lèvres, devinant déjà sa réponse.

— Ce que je vais faire ? Qu'en penses-tu ? On ne peut pas repartir pour Glencoe en sachant cela. Il faut tenter quelque chose, nom de Dieu ! Nous n'avons pas le choix.

— Quand tout cela va-t-il finir ?

— Nous allons retrouver Frances puis nous nous rendrons au manoir de ton frère près de Stonehaven. Il faut avertir Patrick. Il enverra d'urgence un messager à Perth.

Curieusement, je n'avais plus du tout sommeil.

La pluie avait cessé de tambouriner sur les toitures abruptes des maisons du petit bourg. Quelque trois mille âmes se dispersaient dans cinq cents habitations agglutinées autour des quatre principales rues et de la multitude de venelles qui les entrecoupaient et les reliaient.

Ce fut donc sous un pâle soleil que nous nous mîmes en route et que nous fîmes le tour de la croix du marché. Il y avait foule ce matin-là. Deux navires s'étaient vidés de leur précieuse marchandise et on en négociait la vente sur les pierres plombées du *clach-na-cuddain*, forum qui formait un losange à demi enfoui dans le sol boueux. Le tout se déroulait sous l'œil intéressé des lavandières qui se reposaient en écoutant les derniers ragots circulant dans la place. À leurs pieds était posé un lourd panier rempli de vêtements et de légumes qu'elles venaient de laver dans les eaux boueuses de la Ness, un peu plus bas. À leurs jupes étaient accrochés quelques marmots pleurnichards.

C'était l'animation quotidienne de la ville, principale porte d'entrée du monde extérieur dans l'est des Highlands. Ici, les chefs des clans de la région venaient vendre leurs bœufs, leur laine et leur alcool. Ici, ils venaient se procurer ce que le pays n'offrait pas : les épices, la soie, la dentelle, des armes et des munitions, le vin français qu'ils affectionnaient tant et les livres d'Europe. Inverness, malgré sa petitesse, jouait un rôle dans l'économie des Highlands.

Les rues étaient étroites et sombres. Les rangs de maisons se dressaient telles des murailles de pierres, les ombrant davantage. Les étages supérieurs des maisons se prolongeaient et se suspendaient au-dessus de nos têtes, se rapprochant tellement qu'on pouvait se passer un pot de chambre d'une fenêtre à l'autre avec le voisin d'en face. Nous dûmes nous résigner à marcher à côté de nos montures pour éviter de nous y cogner le crâne. Je remarquai que les habitants n'hésitaient pas à afficher leur philosophie de vie et leurs principes moraux en peignant des maximes, des phrases de la Bible ou d'autres textes sur les façades de pierres rouges ou sur les murs chaulés : « Il n'y a que la foi qui sauve ! », « Un homme n'est que ce qu'il sait ! », « Celui qui rend violence pour violence ne viole que la loi et non l'homme ! ». Je reconnaissais bien là l'âme et la nature des Écossais. Pragmatiques, un peu obtuses, mais très pratiques.

Les gens vaquaient à leurs occupations, nous ignorant complètement et nous bousculant même au passage. Un cri se répercuta dans l'enfilade des bâtiments et fut suivi d'un mouvement de foule à l'autre bout de Bridge Street.

— Faites place ! Allez, dégagez ! Laissez passer le shérif ! beuglait un homme debout dans une charrette tirée par deux bœufs.

Liam me poussa brusquement contre le mur. Je me retrouvai coincée entre un baril rempli d'eau de pluie et ma monture. La charrette passa à quelques centimètres sans s'occuper des passants.

— D'autres pour la corde ! hurla quelqu'un en levant le poing.

Je suivis le regard haineux de l'homme au visage rubicond qui déblatérait et rencontrai les yeux vides d'expression de trois hommes enchaînés à l'arrière de la charrette. Des Highlanders jacobites portant la cocarde blanche des Stuarts à leur béret. Deux soldats se tenaient difficilement debout à côté d'eux et pointaient sur eux la baïonnette de leur mousquet. Je vis un quatrième homme couché dans le fond de la charrette. Un frisson me parcourut. Celui-là portait la veste écarlate. Il semblait me regarder fixement, la mâchoire pendante, ballottant au gré des soubresauts du véhicule qui cahotait dans les ornières. Ses longs cheveux cendrés flottaient, poisseux de sang. Il était mort. Je détournai le regard.

— Allez, viens, me dit Liam en me tirant derrière lui. Ne restons pas ici.

Le révérend Chisholm exerçait son ministère dans les murs de la St John's Chapel, sur Kirk Street, et habitait l'un des étages de la maison qu'on appelait *Innes's Land* dont les tours en encorbellement nous surplombaient. Comme on était lundi matin, il devait probablement se trouver chez lui. Je frappai à sa porte tout en haut d'un périlleux petit escalier en spirale. Quelques minutes s'écoulèrent. J'étais perdue dans la contemplation du mouvement des passants, dans la rue au-dessous, lorsque la porte percée d'une minuscule fenêtre rectangulaire et grillagée s'ouvrit. Un homme immense, au large visage avenant mangé par une barbe et au crâne lisse couronné d'une frange argentée qui lui balayait les épaules, me dévisagea en clignant des yeux dans la lumière laiteuse.

— Euh… Je cherche le révérend Chisholm, déclarai-je, hésitante devant ce géant.

Je souris d'un air plutôt benêt en apercevant la tenue sombre et austère ainsi que le col blanc empesé de l'homme. Je m'attendais à trouver un pasteur à l'allure revêche et froide, de petite taille et ventripotent. Mais celui-ci ferait tout aussi bien l'affaire. Il me sourit.

— Je suis le pasteur Chisholm. Que puis-je pour vous, ma chère dame ?

— Je cherche ma fille, Frances, expliquai-je. Elle aurait séjourné dans le trou du pont il y a de cela deux semaines. Je me demandais si vous… C'est qu'on m'a dit que vous vous occupiez parfois de…

— Mmmph… De la veuve et de l'orphelin ?

Ses deux grosses mains velues se joignirent sur son ventre, et son front se plissa.

— Frances Macdonald, spécifiai-je devant son air songeur. Elle est un peu plus grande que moi, avec des cheveux de couleur auburn et des yeux bleus.

— Macdonald ? Ah, je crois que ce nom me dit quelque chose.

Son regard se perdit dans le vague, derrière moi. Puis il s'éclaira tout d'un coup avant de se rembrunir aussitôt. Il me regarda de ses yeux gris attristés ; mon estomac se noua.

— Oui, oui, oui… la pauvre enfant, elle était dans un tel état.

— Où est-elle ? Savez-vous où elle a pu aller ?

— Je l'ai confiée à la vieille Janet Simpson. Mais je ne pourrais vous dire si elle s'y trouve encore.

— Où vit cette Janet Simpson ? demandai-je, le cœur plein d'espoir.

L'homme de Dieu à la stature impressionnante pointa l'index vers le sud-ouest.

— À trois kilomètres d'ici environ, de l'autre côté de la Ness, dans les collines. Vous trouverez un hameau de petits cottages le long de la route. Demandez aux gens ; ils vous indiqueront dans lequel elle habite.

— Je vous remercie, bafouillai-je, émue.

Il inclina le chef sans se départir de son sourire compatissant.

— Mon enfant, je ne fais qu'appliquer les préceptes des Saintes Écritures. Charité, amour du prochain et pardon. Les pauvres brebis ont parfois besoin d'un berger.

Le hameau de cottages me sembla plutôt être un agglomérat de taudis. Les masures sans fenêtres, aux murs de pierre et de tourbe, étaient à moitié enfouies dans le flanc de Dunain Hill. On aurait dit des champignons surgissant çà et là entre les saillies rocheuses, dans la brume. Nous cherchions, parmi les visages amaigris et noircis par la fumée de tourbe qui nous dévisageaient, celui de Frances. En vain. Je ne croisai que les regards curieux des enfants morveux et ceux, éteints, des adultes. Inverness était entourée de plusieurs petits hameaux de ce genre, peuplés d'hommes et de femmes n'appartenant à aucun clan. Des épaves humaines ayant quitté leur vallée ancestrale en croyant trouver mieux en ville.

Emmitouflée dans un vieux plaid usé aux couleurs passées, une femme sans âge me fixait de ses petits yeux mobiles. Je m'approchai d'elle. Elle se mit à grogner et courut se réfugier dans l'embrasure de la porte de sa bauge, d'où sortit en criant un porc poursuivi par une fillette aux pieds habillés de boue.

— Janet Simpson ? demandai-je simplement en gardant mes distances.

La femme hocha la tête et ajouta quelque chose pour la fillette, qui nous dévisageait d'un œil circonspect. Duncan fouilla dans l'une de ses sacoches et en sortit un quignon de pain qu'il tendit bien haut devant lui.

— Janet Simpson, où habite-t-elle ? demanda-t-il à son tour.

La femme lorgnait l'offrande avec avidité.

— *Mairead, faigh an t-aran* [1] *!* s'écria-t-elle.

La fillette ne se le fit pas dire deux fois.

— *Càit'a bheil an thaigh aice* [2] *?* insista Duncan comme les petites mains affamées se refermaient sur le vide.

La femme nous lança un regard noir, puis pointa un doigt vers le haut de la colline où une masure se dressait un peu à l'écart.

— *Thall an-sin* [3].

— *Tapadh leat* [4], fit Duncan avec un magnifique sourire.

La fillette lui arracha le quignon de la main et s'engouffra avec son précieux butin à l'intérieur, suivie de près par la femme.

Devant le cottage délabré était assise une vieille dame. Elle semblait somnoler sur son banc. Pas de Frances. Liam me lança un regard inquiet avant de descendre de sa monture pour s'approcher.

— Bon sang, marmonna Duncan à Marion qui semblait sidérée par l'insalubrité et la pauvreté des lieux, je me demande bien dans quel état nous allons la retrouver.

Sa voix fit réagir la femme. Elle ouvrit un œil opaque, puis un deuxième d'un beau vert bronze. Elle arqua un sourcil et se redressa en nous toisant d'un air suspect. Liam s'immobilisa à quelques pas d'elle.

— Êtes-vous Janet Simpson ?

— Qui êtes-vous ?

— Nous cherchons Frances Macdonald.

---

1. « Margaret, va chercher le pain ! »
2. « Où est sa maison ? »
3. « Là-bas. »
4. « Merci. »

Le regard borgne de la femme, inexpressif, se posa tour à tour sur chacun de nous.

— C'est le révérend Chisholm qui nous envoie ici...

— Ah ! Le bon pasteur ! s'écria-t-elle alors en découvrant une bouche édentée.

Elle nous fit signe de la suivre et, tournant son dos gibbeux, elle claudiqua jusque dans le cottage. Je suivis Liam à l'intérieur. Une forte odeur de fumée et d'urine me prit à la gorge. Mes yeux mirent quelques secondes à s'adapter à la pénombre. Je fis le tour de la pièce du regard.

Il y avait là un fourbi indescriptible. Une pile de vêtements crasseux se dressait sur un banc. Deux vieilles épées rouillées pendaient au mur. Une multitude de petits boutons dorés et argentés étaient soigneusement alignés sur une étagère, à côté de broches et d'écussons aux emblèmes de divers clans highlanders. Une veste rouge déchirée et grossièrement raccommodée pendait au-dessus d'un vieux coffre recouvert de cuir. La serrure avait été forcée.

D'un coup de pied, la vieille femme délogea une grosse poule qui avait élu domicile sur une pile de blocs de tourbe.

— Vous êtes son père ? demanda-t-elle en se dirigeant vers le fond de la pièce.

Un petit lit couvert d'un monticule de vieux tartans se trouvait là. Liam, les yeux plissés, scrutait la pénombre.

— Oui.

— La pauvre fille ne parle plus depuis qu'elle a assisté à la pendaison de son mari, expliqua-t-elle.

— Seigneur ! murmurai-je en fermant les yeux.

— J'ai tenté de la dissuader d'y aller, continua-t-elle. Mais je n'y suis pas arrivée. Elle est obstinée comme une mule.

Haussant les épaules, elle tourna vers nous un regard contrit. Doucement, elle remua le tas de tartans. Les étoffes s'écroulèrent au sol, découvrant une chevelure auburn, emmêlée et terne.

— Frances ! m'écriai-je.

Je me précipitai vers ma fille. Elle remua lentement et roula sur le dos, les yeux entrouverts sur un regard vide. J'écartai les mèches qui lui cachaient le visage tout en lui chuchotant des mots doux. Elle était blême et ses yeux cernés me fixaient sans sembler me voir. « Frances, mais que t'ont-ils fait ? » Liam se pencha par-dessus mon épaule et tendit la main pour lui caresser la joue.

— *Frannsaidh, mo nighean* [1].

Nos voix durent se frayer un chemin dans son esprit engourdi. Elle plissa les yeux et tenta de se redresser.

— *Mamaidh* [2] ?

Le cœur en émoi, la gorge serrée, je fus incapable de lui répondre. Je pris sa main dans les miennes et la serrai doucement.

— Nous sommes venus te chercher, dit Liam dans un trémolo.

— Mais c'est trop tard… C'est trop tard, papa.

Sa voix éraillée s'étrangla, et elle éclata en sanglots.

— Je sais, fis-je, la mort dans l'âme, je sais, ma fille.

— Ils… ils l'ont pendu, maman. Ils ont pendu mon Trevor…

Je savais que les mots étaient inutiles. Seul le temps arriverait à mettre un baume sur sa plaie encore vive. Liam l'enroula dans sa cape, puis la souleva dans ses bras pour la sortir. Janet tira sur ma manche. Elle

---

1. « Frances, ma fille. »
2. « Maman ? »

m'offrait un plaid aux couleurs des Macdonald, mais confectionné d'après le *sett*[1] de Dalness.

— C'était celui de son mari, précisa-t-elle. Je l'ai récupéré sur lui après qu'ils l'ont envoyé dans la fosse commune. J'y ai glissé son béret et son écusson aussi.

— Merci... pour tout.

Je fouillai dans ma poche, en sortis ce qu'il me restait de pièces sonnantes et les lui tendis. Elle fixa l'argent en hésitant, puis se décida à le prendre, affichant un large sourire qui lui donna une allure de gargouille.

— Je suppose que Dieu ne verra pas d'un mauvais œil que j'accepte une petite récompense, bredouilla-t-elle en faisant disparaître les pièces dans les replis de sa jupe de grosse laine.

— Vous y étiez ? À la pendaison, je veux dire.

Elle acquiesça lentement de la tête.

— Ils en pendent toutes les semaines depuis quelque temps. Des déserteurs, des Highlanders... Ils deviennent fous !

— Comment était-elle ?

Je jetai un œil dehors. Liam venait de grimper sur son cheval, derrière Frances.

— Elle n'a pas pleuré, pas une seule larme, raconta la femme en fronçant ses gros sourcils broussailleux sur un regard triste. De retour ici, pendant trois jours, elle a sangloté. Pendant trois autres jours, elle a dormi. Elle refusait de manger et de parler. Hier elle a avalé un peu de bouillon ; ce matin aussi. Elle est jeune et jolie ; elle se trouvera bien assez tôt un autre mari.

Ma bouche se tordit en une moue sceptique, mais je me mordis la langue pour ne rien dire. Je la remerciai

---

1. Séquence des rayures de couleur qui forment un tartan. Chaque clan possède ses propres *sett*.

de nouveau. Je me préparais à sortir de ce capharnaüm infect lorsqu'une question me vint à l'esprit :

— Pourquoi vous êtes-vous occupée d'elle ?

Elle resta songeuse quelques secondes.

— Une promesse que j'ai faite à Dieu après qu'une femme m'eut recueillie de la même façon, à la fin d'un séjour en prison. J'avais volé la bourse bien garnie d'un seigneur qui s'était servi de moi sans me payer en retour. Mais à la différence de votre fille, personne n'est jamais venu me chercher. Ma famille m'a répudiée et le clan m'a bannie. C'était il y a bien longtemps… Je devais avoir à peu près l'âge de votre fille. Elle a de la chance malgré tout, vous savez.

Je la considérai pendant un moment, remarquant sa fine ossature sous la peau flétrie et usée par les épreuves. Elle avait sans doute été jolie. La vie ne lui avait pas fait de cadeaux. Je lui pris la main et la serrai chaleureusement en lui souriant.

— Oui, vous avez probablement raison… Janet. Merci.

29

Chronique d'une exécution

Quel était le sens de notre passage sur cette misérable terre ? N'étions-nous que de simples pièces sur un immense échiquier ? Rois, reines, fous, chevaliers et simples pions dans une éternelle partie opposant le Bien et le Mal. Lorsqu'un pion tombait, un autre le remplaçait. Si le roi était en mauvaise posture, un chevalier se sacrifiait. Mais quelles mains manipulaient les pièces, décidaient de leur sort ? Quel était le but du jeu ? Quel était l'enjeu ?

Je fermai mes yeux brûlants de fatigue et tentai d'imaginer Dieu se penchant sur le plateau de jeu, réfléchissant en lissant sa longue barbe blanche de sa main aux articulations noueuses, puis essuyant ses paumes moites de nervosité sur sa robe immaculée, avant de faire son prochain mouvement d'une main tremblante. J'imaginai le diable, assis en face de Lui, selon les images que nous donnaient de lui les récits entendus au cours de mon enfance : grotesque. Les pieds fourchus et les jambes velues se chevauchant, il L'observait d'un œil noir luisant, la bouche déformée par un sourire sournois.

Dieu prend une pièce entre ses doigts, hésite un moment. Le diable éclate d'un rire méphistophélique qui fait vibrer les pièces et le plateau. Dieu lève un regard penaud vers son adversaire et se mord la lèvre. Aurait-Il fait une erreur ? Vient-Il de perdre une autre âme en l'exposant au Mal ? Il Lui semble en avoir perdu plusieurs ces derniers temps, au profit de son adversaire qui lui sourit maintenant avec malice. Dieu tente de se concentrer. À moins que ce ne soit une ruse du diable pour Le dissuader de faire son mouvement ? Comment savoir ? Il faut jouer ; le temps s'écoule.

Dieu dépose la pièce une case plus loin. Le diable gonfle son puissant torse ; ses petits yeux froids se referment sur un regard mauvais. Il ouvre la bouche, découvre une rangée de crocs acérés et exhale une écœurante odeur putride.

— *Vous sacrifiez là une bien belle pièce, mon ami, remarque-t-il soudainement d'une voix d'outre-tombe*.

Dieu baisse les yeux sur le jeu. Son roi est protégé par la reine et par un chevalier. Il risque une tour et deux pions, selon ce que décidera le maître du Mal. Quelle erreur a-t-il commise ? Il n'avait pas le choix ; Il devait sacrifier une pièce. Un pion... Bah ! C'est le moindre mal ; Il garde la monarchie à l'abri. Sacrifice d'un pion pour la protection du roi... Le rire démoniaque résonne à nouveau et glace le sang de Dieu, qui réalise soudain que le nombre de pièces qu'il Lui reste est inférieur à celui de son terrible adversaire. Il a chaud et s'agite. Le Mal gagne du terrain...

— On passe au prochain jeu, propose alors le diable en faisant pivoter la table sur son axe pour placer un nouveau plateau de jeu entre eux. Je commence à me lasser de l'empire britannique. Si on passait à l'empire prussien ? À moins que vous ne préfériez les Amériques ?

Était-ce ainsi que se jouait la destinée du monde ?

Mon cheval fit une embardée. Son sabot avait dérapé sur une plaque de glace dissimulée sous une mince couche de neige. Je jetai un coup d'œil sur ma gauche. Frances chevauchait, silencieuse, perdue dans ses terribles souvenirs. Nous en étions au cinquième jour de notre voyage. J'étais fourbue et vidée. Je devenais trop vieille pour ce genre d'escapade. Au dire de Liam, il nous restait une journée de route avant d'atteindre la côte et Stonehaven.

— C'est moi qui l'ai tué.

Je sursautai sur ma selle et me tournai vers Frances avec un air ébahi. Elle gardait les yeux rivés sur son pommeau de selle et entortillait nerveusement ses rênes autour de ses poignets.

— Qu'est-ce que tu dis ?

— C'est à cause de moi qu'il est mort, dit-elle d'un ton morne.

— Trevor ?

Elle ne répondit pas.

— Il a tué un soldat, Frances...

— Non ! me coupa-t-elle sèchement.

Elle tourna son regard tourmenté vers moi et me fixa.

— C'est moi qui l'ai tué.

J'écarquillai les yeux et restai bouche bée. La cuisse toute tendue de Liam frôla la mienne.

— Explique-toi, dit-il.

Elle glissa son regard par-dessus mon épaule vers son père.

— J'étais cachée dans un buisson, commença-t-elle. Trevor s'était approché du convoi qui faisait halte.

Elle fit une moue de mépris.

— Ces imbéciles n'avaient même pas pris soin de mettre quelqu'un à surveiller l'arrière du convoi. Trevor s'était approché du dernier chariot. Il avait réussi à détacher la bâche qui le couvrait et fouillait dessous quand l'un des soldats est venu se poster juste à côté pour se soulager. Trevor ne pouvait pas le voir d'où il était ; mais moi, si. Je ne pouvais pas l'avertir du danger sans ameuter toute la troupe. Trevor n'était armé que de son poignard et de son pistolet, car il m'avait laissé le fusil de chasse.

Elle fit une pause, puis se mit à caresser distraitement l'encolure du cheval de Colin.

— Il n'avait pas vu le soldat. Le soldat, lui, a probablement entendu du bruit provenant de l'arrière du chariot. Je... j'ai paniqué quand je l'ai vu se diriger vers Trevor.

Son silence se prolongeait. Ses yeux humides se plissaient sur une vision, devant elle. Liam et moi restions muets. C'était la première fois qu'elle nous parlait de leur terrible mésaventure. Nous avions bien essayé d'avoir quelques explications, mais elle avait toujours éludé le sujet et nous avions respecté son silence. Un jour elle parlerait, me disais-je, lorsqu'elle serait prête.

— Je suis sortie de ma cachette avec le fusil. J'ai dévalé la colline en courant. Il faisait sombre ; une nuit sans lune. La neige étouffait le bruit de ma course. Je ne voulais pas le tuer. Je voulais seulement avertir Trevor du danger. Seulement... le soldat est arrivé avant moi. Il avait déjà dégainé son épée.

Ses sourcils se crispèrent sur un regard affligé.

— J'ai levé l'arme. C'était instinctif. J'étais complètement affolée. Je savais que le soldat allait le frapper et je n'arrivais pas à crier... J'ai... j'ai tiré.

Je fermai les yeux pour contenir mes larmes. Une fraction de seconde pour commettre l'irréparable, toute une vie pour le regretter.

— Le soldat est tombé, continua-t-elle, toujours concentrée sur sa vision. Évidemment, le coup de feu a alerté le reste de la troupe, qui s'est aussitôt précipitée vers nous. C'est à ce moment-là que Trevor a eu l'idée... de m'arracher le fusil des mains.

— Nom de Dieu ! murmura Liam sur ma droite. Ils ont accusé Trevor du meurtre. Il a voulu te protéger, Frances.

Elle hocha tranquillement la tête et renifla bruyamment.

— Au début, je n'ai pas compris son geste. J'ai cru qu'il était en colère contre moi, qu'il m'ôtait le fusil des mains de peur que je ne commette une autre bourde. Mais quand les soldats l'ont emmené et que j'ai compris que c'était lui qu'ils croyaient coupable du meurtre, j'ai crié... Je leur criais que c'était moi qui avais tiré. Trevor me lançait des regards désespérés et me faisait signe de me taire. Je ne voulais pas... Les soldats se moquaient de moi ; ils disaient que je n'arriverais même pas à toucher un homme à un mètre. J'ai continué à crier comme une damnée. Ils ne pouvaient pas prendre Trevor...

Sa voix se faisait plus dure et plus forte. Ses jointures étaient blanches sur les lanières de cuir.

— Je continuais à crier. Alors un soldat m'a frappée... Je suis tombée. Je crois que c'est à ce moment-là que je me suis mordu la langue, car je me souviens d'avoir eu un goût de sang dans la bouche. Ensuite, on nous a conduits à Fort William.

— De quoi t'a-t-on accusée ? demanda son père.

— De vol... Pourtant, nous n'avions rien volé encore. Le brigadier Maitland m'a interrogée. Je persistais à dire que c'était moi qui avais tué le soldat. D'après Maitland, Trevor avait affirmé que j'étais sa sœur et que j'avais l'esprit un peu dérangé.

Elle prononça le dernier mot avec une pointe d'ironie et émit un petit rire sarcastique.

— Dérangé… répéta-t-elle dans un murmure. Il leur a dit que j'étais sa sœur… J'imagine qu'avec mon comportement qui frisait l'hystérie, sa version leur semblait la plus plausible. Trevor leur a demandé que je sois relâchée, leur jurant que j'étais innocente et que je n'avais rien à voir avec ce crime. Ils ont refusé. On nous a alors transférés à Inverness, par précaution. Avec le soulèvement et le manque d'effectifs, ils ont craint de voir débarquer les hommes du clan de Dalness. Un certain nombre étaient revenus de Perth et rôdaient dans les parages. Je me suis donc retrouvée au Tolbooth. Ensuite, j'ai été convoquée devant les assises. L'affaire a été réglée en l'espace de quelques minutes. Je présume que tout était décidé d'avance… Et ce fut le trou pour moi.

Doucement, je posai une main sur son bras, que je serrai tendrement.

— C'était l'enfer, maman…

— Faisons halte, murmurai-je à Liam.

— Hum…

Je pris la bride du cheval de Frances et poussai la monture sur le côté de la route.

— J'avertis les autres, dit Liam.

Nous nous trouvions au bord d'un petit loch partiellement couvert de glace. Une pierre grise et plate, épaisse de plusieurs centimètres, tranchait sur le blanc du sol, d'où elle émergeait. Une croix celte était gravée sur l'une des faces. Frances s'en approcha et s'agenouilla devant. Puis elle se mit à suivre les aspérités des entrelacs avec ses doigts.

— J'aimerais tant pouvoir oublier cette partie de ma vie, dit-elle doucement.

— Nous avons tous dans notre vie des épisodes que nous voudrions effacer à jamais. Mais c'est impossible, ma fille. Cela fait partie de nous. C'est ce qui nous façonne, tu sais. Nous sommes comme de la pâte entre les mains du destin. Chaque coup du sort laisse son empreinte.

— Qui décide ? demanda-t-elle en posant ses mains à plat sur la pierre froide.

— Dieu… le Bien, le Mal. L'un ne va pas sans l'autre. Les deux nous déchirent, nous manipulent et nous modèlent pour faire de nous ce que nous sommes.

— C'est si douloureux.

— Je sais, je sais, admis-je en lui caressant les cheveux.

Elle enfouit son visage dans mes jupes et ceignit mes genoux de ses bras.

— Maman… j'ai voulu mourir dans ce trou, dit-elle en sanglotant. Je savais bien que Trevor allait être accusé de meurtre et je n'avais aucun doute sur l'issue de son procès : il serait condamné à la pendaison. J'avais tellement mal… dans mon cœur et dans mon corps. Tous les jours, quand une carriole passait ou qu'une troupe de soldats marchait au-dessus de moi, cela résonnait dans ma tête comme un rappel, et je criais pour ne pas entendre. Je me disais que c'était Trevor qu'on menait au gibet ; je me disais que je ne le reverrais plus jamais.

Elle hoqueta.

— Je voulais tellement lui dire que j'étais désolée, que je l'aimais. Une dernière fois. Oh, maman…

— Personne ne te donnait de nouvelles de lui ?

— Oh ! non. La harpie grincheuse qui venait me porter ma ration de bouillie quotidienne se faisait un plaisir sadique de me laisser dans l'ignorance. C'est le révérend Chisholm qui a eu la bonté de me dire que Trevor n'avait pas encore été exécuté, quand je suis sortie de là. Je voulais le voir, mais j'étais trop faible. Puis la mère Simpson m'a recueillie chez elle. Elle a été très bonne pour moi. Après quelques jours, elle m'a emmenée au Tolbooth.

Je revis en pensée la vieille Janet Simpson et toutes ces femmes qui vivaient dans le cloaque de Dunain Hill. Au premier regard, ces femmes qui portaient les stigmates d'une vie indigente sans espoir m'avaient fait penser aux sorcières de la lande de *Macbeth*. En Janet, j'avais vu Hécate, avec son œil blanc. Mais d'une sorcière, cette femme n'avait que l'apparence. Malgré le dénuement total qui l'obligeait à mendier pour se nourrir, elle avait recueilli ma pauvre fille.

Je m'accroupis à côté de Frances et m'appuyai contre la croix. « Chaque homme ne doit-il pas porter sa croix ? » me rappelai-je avec une certaine ironie. Les mots du docteur Mansholt prenaient tout leur sens en ce moment. J'attirai Frances contre moi et la blottis dans le creux de mon épaule, comme lorsqu'elle était enfant et qu'elle se réveillait la nuit, la tête pleine de lutins et de créatures qui lui faisaient peur. Elle avait toujours eu une imagination débordante. Liam attendait à quelques pas, hésitant. Se sentant sans doute impuissant devant tant de malheur et de peine, il s'assit sur une vieille souche pour me laisser réconforter notre fille.

— Tu as pu le voir ? demandai-je doucement à Frances.

— Oui…

Sa voix s'étrangla et elle mouilla mes cheveux de ses regrets.

— Oh, Frances… Ma petite Frances…

— Il… il ne m'en voulait pas, tu sais. Il m'a dit que c'était un accident. Mais ce n'est pas vrai, maman. Je savais l'arme chargée et j'ai pressé sur la détente.

— Tu voulais lui sauver la vie, ma fille.

Un profond gémissement résonna sur ma poitrine et me serra le cœur.

— Au lieu de le sauver, je l'ai tué.

Que dire ? La culpabilité la déchirait. Aucune de mes paroles n'adoucirait ses remords. Seul le temps lui permettrait de comprendre qu'on ne pouvait rien contre la fatalité, qu'il fallait accepter.

— Ils l'ont emmené au… gibet le 20, à l'aube. Je devais y aller… Ça a été la chose la plus pénible que j'aie eu à faire de toute ma vie, maman. Mais il le fallait, pour Trevor. Ils étaient trois. Les deux autres étaient des déserteurs. Trevor avait une partie du visage tuméfiée. Les salauds ne se contentaient pas de le pendre, ils l'avaient rossé. Ils ont marché jusqu'au gibet, qui se trouve à environ deux kilomètres du Tolbooth. Les prisonniers portaient une planchette au cou, avec l'inscription « traître » peinte en rouge. Pour Trevor, ils avaient ajouté « sale jacobite » et « chien de papiste ».

Elle fit une pause pour renifler et laissa tomber quelques jurons.

— La foule en liesse suivait le sinistre cortège. Les tambours roulaient comme le tonnerre et les injures fusaient comme la foudre. Je tentais de suivre… Les gens me bousculaient et mes jambes menaçaient de me lâcher à tout moment. Il est tombé une première fois à la sortie de la ville. Il a buté sur une pierre enfouie dans la boue. Comme ils étaient enchaînés, les deux autres ont dû s'arrêter. Un des déserteurs s'est penché pour l'aider, mais les piquiers l'ont violemment repoussé et ont roué Trevor de coups de pied pour le forcer à se relever. Maman… ils le traitaient comme un chien.

Comment aurais-je vécu une telle horreur si cela avait été Liam ? Je la serrai contre moi, le visage inondé de larmes. Puis elle reprit d'un ton las.

— Ils riaient, maman… La foule, les hommes, les femmes, les enfants… Pour eux, ce n'était rien de plus qu'un divertissement. Mais c'était mon Trevor qu'ils allaient pendre… parce qu'il avait voulu me protéger. C'est injuste…

Ne pas chercher à comprendre… Dieu et ses plans. La justice des hommes et celle de Dieu. Elle gémit et se remit à sangloter sur ma cape déjà bien trempée. Je lui caressai doucement les cheveux, attendant qu'elle se calme.

— C'est quand j'ai aperçu l'échafaud et la triste silhouette de la potence que… j'ai réalisé que j'allais être veuve, reprit-elle en hoquetant.

Puis elle émit un ricanement sarcastique en secouant la tête.

— Veuve à dix-sept ans… Je me disais que je devais rêver. Mais le roulement des tambours et les vitupérations de la populace qui m'écorchaient les oreilles et le cœur me disaient le contraire.

— Il savait que tu étais là ? demandai-je à voix basse.

— Oui. Je le lui avais dit. Il ne voulait pas. Il voulait que je retourne à Dalness, mais je n'ai pas pu. Je ne pouvais pas l'abandonner, le laisser seul face à la mort. De toute façon, je me fichais de ce qui pouvait m'arriver ensuite.

Quelques secondes s'écoulèrent.

— J'aurais dû être avec toi, Frances…

— Papa était malade, maman, me coupa-t-elle en levant vers moi son visage décomposé et bouffi.

D'ailleurs, vous n'auriez rien pu faire pour lui ; son sort était scellé… Ensuite, Trevor est monté sur les planches de l'échafaud. Le bourreau lui a passé la corde… Puis il m'a vue.

Je la sentis se tendre et trembler d'émotion contre moi.

— Ce regard… Je n'oublierai jamais. Un pasteur est venu. Trevor est resté impassible tout le temps qu'il leur parlait. Il ne me quittait pas du regard. Lorsque le pasteur a eu terminé ses prières, il m'a souri… juste avant qu'on ne lui bande les yeux.

Son regard absent semblait chercher une image dans ses souvenirs. Sa voix se fit plus douce et un petit sourire lui retroussa les coins de la bouche.

— Son sourire si merveilleux. Je me souviens… lors de la dernière fête de Beltane, il était venu à Glencoe régler une affaire avec John MacIain au nom de son père. Il m'a aperçue à la brasserie, alors que j'aidais papa à remplir les tonnelets. Il était avec Robin Macdonnell. Il lui a demandé qui j'étais et si mon cœur était libre. Il est resté pour les festivités…

— Il restera toujours avec toi, Frances, en esprit. Ça, personne ne pourra jamais te l'enlever.

— Oui, c'est ce que papa m'a dit. Là où il est, il ne souffre plus. Comme Ranald, Colin et les autres…

— Oui, c'est vrai, murmurai-je, un peu troublée par le souvenir de Liam qui avait vu… qui avait failli y rester.

— Après… continua-t-elle d'un air sombre, ils l'ont laissé accroché à la potence. Des morceaux de choix pour les vautours que sont les hommes. J'ai voulu m'approcher pour le toucher, pour le serrer contre moi. Les piquiers m'ont repoussée. Alors la mère Simpson m'a emmenée à l'église. Là, j'ai prié pour lui et j'ai attendu la tombée de la nuit. Ils ont finalement descendu les corps et les ont jetés dans la fosse commune comme de vieilles carcasses... De la pâture pour les rapaces qui attendaient dans l'ombre pour venir arracher leur butin.

Secouant frénétiquement la tête, elle s'agrippa à l'étoffe de ma cape avec force.

— Ils ne l'ont même pas respecté dans la mort. Ils l'ont dépouillé de ses vêtements, enfin, de ce qui lui restait. Ils se jetaient sur les corps comme des charognards, se disputant les boutons, les boucles, les chemises, les chaussures... Maman, c'était horrible. On aurait dit... une bande de loups affamés, sauvages, se délectant d'une proie bien fraîche et grognant dès qu'un autre s'approchait.

Je revis soudain les piles de vêtements dans la masure de la vieille Janet. Les boutons brillants, les broches soigneusement alignées, les plaids déchirés. Un frisson de dégoût me parcourut de la tête aux pieds. Des trophées.

— Janet... soufflai-je.

— Si ce n'avait pas été elle, il y aurait eu quelqu'un d'autre. Au moins ai-je gardé quelque chose.

— Tu n'es pas descendue dans la fosse, j'espère ?

Elle ne répondit pas.

— Frances ?

— Je... voulais lui dire adieu, maman.

Comment avait-elle pu faire ça ? J'imaginais assez bien le cadavre d'un homme mort depuis plusieurs heures, nu et gelé. N'en avait-elle pas déjà assez vu sans avoir à ajouter ce tableau à ses funestes souvenirs ? « Qu'aurais-tu fait, Caitlin, à sa place ? »

La colère s'empara alors de moi. Toute cette terrible histoire n'aurait pas eu lieu si Trevor n'avait pas eu la stupide idée de voler un convoi de ravitaillement. Il serait encore vivant et le cœur de ma fille ne serait pas en morceaux à l'heure qu'il était.

— Mais pourquoi ? demandai-je, exaspérée. Pourquoi avez-vous attaqué ce convoi ?

— Nous avions faim, maman, dit Frances en détournant honteusement les yeux.

— Vous aviez faim ? rétorquai-je incrédule. Mais...

— Maman, m'interrompit-elle brusquement, Trevor avait été absent plus de trois mois. Le peu qu'il avait mis en réserve, je l'avais mangé. Il a tenté de chasser, mais le gibier le fuyait comme la peste. Il ne voulait pas mendier sa pitance au reste du clan. D'ailleurs, les autres n'avaient pas grand-chose à offrir. Trevor voulait tellement me rendre heureuse.

— Tu aurais pu venir à Carnoch, je t'aurais donné...

— Non, trancha-t-elle durement.

Ses traits se décomposèrent et ses yeux s'emplirent de larmes.

— Maman, Trevor était si fier ! Il ne voulait pas. Je lui en ai parlé, mais il a refusé catégoriquement. Il m'a dit... il m'a dit : « Plutôt mourir que quémander ! »

« Il ne croyait pas si bien dire ! »

— Mais pourquoi y avoir été seuls alors ? m'enquis-je sur un ton plus compréhensif.

— Ses cousins devaient nous rejoindre. Ils ont dû être retardés. Trevor n'en pouvait plus d'attendre. Il avait peur que le convoi se remette en route et que nous ne puissions plus mettre la main sur quelque chose. Le chariot de queue n'était plus surveillé... Nous avions faim.

Pendant ce temps, le Prétendant et ses nobles gens se mettaient la plus fine venaison sous la dent, l'arrosant des meilleurs vins français. Quelle vie de misère ! Tous ces soldats qui avaient fait campagne depuis la fin de l'été, qui avaient combattu, revenaient à leurs foyers pour n'y retrouver que des greniers et des garde-manger vides. Et le soulèvement qui échouait. Le roi George n'allait pas tarder à sévir. Des commissions de feu et d'épée allaient être émises. Des accusations allaient être portées. Il y aurait des proscriptions, des exécutions. Les hommes allaient devoir se cacher dans les collines pendant quelque temps.

— Que vas-tu faire maintenant ?

— Retourner chez moi.

— Où ?

Elle me regarda d'un drôle d'air, comme si elle ne comprenait pas le sens de ma question.

— Mais à Dalness, maman ! C'est là qu'est ma maison, désormais. J'étais sa femme, même si ce ne fut que pendant quelques mois. Je suis maintenant sa veuve pour le reste de ma vie.

Elle leva sa main gauche où brillaient de petites bandes de cuivre torsadées.

— Il l'avait commandée au forgeron du camp pendant la campagne. Il voulait m'en offrir une en argent plus tard. Je crois que celle-ci… fera très bien l'affaire.

Elle resta un moment silencieuse à fixer l'alliance qui lançait les mêmes reflets que ses cheveux.

— Maman, j'ai peur. Je me sens si seule. La nuit… je fais des rêves. Je revois toute la scène.

Elle ferma les yeux et se pelotonna contre moi.

— Son visage… Le bruit de la trappe qui s'ouvre sous ses pieds… Je revois tout nuit après nuit, je réentends tout… C'est terrible.

— Je sais.

Oh ! oui, je savais ! J'avais eu les mêmes cauchemars pendant l'incarcération de Liam, à Édimbourg, pour le meurtre de lord Dunning. Cependant, les miens n'étaient que le fruit de mon imagination. Une sorte de transposition de mes angoisses. Pour Frances, c'était différent. C'était la réalité vécue et revécue. Ils la hanteraient toute sa vie. Je poussai un profond soupir et essuyai mes yeux. Qu'avait dit le docteur Mansholt ? « Même du mal, la puissance de Dieu tire le meilleur de nous » ? Oui, quelque chose comme ça. Je baissai les yeux sur ma fille et le souhaitai ardemment.

Je tournai la tête et regardai d'un œil vague le loch Kinord. Je contemplais les dures et les douces beautés du paysage qui m'entourait et me racontait l'histoire de ce pays. Trevor, Simon, Colin, Ranald... combien d'autres ? Cette terre buvait leur sang comme une éponge boit l'eau.

L'Écosse, vieille terre ridée et usée, avait été la Calédonie pour les Romains, la Dalriada pour les Scots venus d'Irlande. Puis elle avait été appelée le royaume d'Alba par les Pictes et enfin le royaume de Scotti.

Je posai ma joue sur la pierre glacée qui engourdit légèrement ma peau. Je sentais les aspérités des motifs compliqués qui composaient la croix, vestige d'un autre temps. Cette croix ciselée dans le granit avec tant de soin était l'empreinte du passage éphémère d'un homme ici. C'était la signature d'une vie anonyme gravée dans la pierre immuable, insensible au temps qui la piétinait.

Nos souvenirs demeuraient gravés dans nos mémoires, mais disparaissaient en même temps que nous. Ces stèles de granit représentaient la mémoire du temps. L'Écosse foisonnait de ces bornes qui marquaient le cours de l'histoire. Cette croix datait du début de la christianisation des peuplades pictes, vers la moitié du premier millénaire.

Columba, moine celte chrétien, était parti de mon Irlande natale pour arriver dans ce pays de montagnes perdu dans les brumes du paganisme des Pictes. Prince de sang royal mû par l'affliction, il avait abandonné titres et richesses pour convertir autant d'âmes que celles perdues dans la dernière bataille sanglante d'Irlande, dont il avait été la cause. Il avait ainsi traversé les eaux et mis le pied sur la côte des Gaëls, royaume des Scots de Dalriada, aujourd'hui l'Argyle.

Le roi des Scots lui avait donné Iona, petite île située au large de Mull. Il y avait fondé un monastère. Puis, avec ses disciples, il avait entrepris de prêcher les Évangiles dans chaque repli de la terre païenne d'Écosse. Il s'était heurté à l'hostilité du roi picte, Brude, et à ses druides. Évidemment, comme lors de tout changement en ce bas monde, le sang avait coulé. Columba, par chance ou avec l'aide de Dieu, avait fait quelques petits miracles. Ainsi, il avait sauvé un homme, le tirant de la gueule béante et rugissante d'une effroyable créature sortie des eaux glauques et sombres du loch Ness. Brude aurait alors reconnu les grands pouvoirs de son Dieu et de celui qu'il appelait le Christ, et se serait converti. Moins de cent ans plus tard, l'Écosse était terre chrétienne.

Certaines de ces pierres dressées qui dataient d'avant cette époque étaient couvertes d'inscriptions mystérieuses en alphabet oghamique et de symboles païens représentant des croissants, des serpents, des loups et des guerriers en armes. Récits d'événements ? Pierres à caractère religieux ? Quoi qu'il en soit, elles jalonnaient les Highlands et étaient protégées des profanateurs par le mystère qui continuait de les entourer.

Plusieurs minutes s'écoulèrent ; le froid humide commençait à me faire frissonner. Je sentis une présence et tournai la tête lorsqu'une main m'effleura la joue.

— Ça va, *a ghràidh* ?

Je souris à Liam d'un air triste.

— Ça peut aller, répondis-je d'une voix éraillée par le chagrin.

Liam caressa la joue de Frances qui semblait s'être assoupie, enroulée dans sa cape.

— Elle s'en sortira, chuchota-t-il.

« Oui, comme nous nous en sortons tous... Comme nous après Ranald. Comme toi après Anna et Coll. Au début, nous souhaitons être morts avec eux. Nous voudrions que le soleil s'éteigne, que la terre s'arrête de tourner. Puis un nouveau matin se lève, et un autre, nous faisant faire un pas vers l'acceptation. Comment arrive-t-on à accepter quelque chose d'aussi déchirant que la perte d'un être cher ? La foi est la main tendue qui nous aide à traverser les épreuves... »

— Mais elle ne les empêche pas... finis-je tout haut.

— Que dis-tu ?

— Euh... rien, rien. Il faut y aller. Il fait froid et la route est encore longue, annonçai-je en secouant légèrement Frances.

Elle ouvrit des yeux hagards sur la réalité et me dévisagea, un peu perdue. Comme ses souvenirs refaisaient surface, ses traits s'assombrirent et sa bouche s'étira en une moue qui exprimait sa douleur.

— Maman, murmura-t-elle en se retenant à mon bras, j'ai voulu mourir, tu sais ?

Je ne dis rien, lui exprimant ma compassion par un sourire. Nous restâmes silencieuses quelques secondes. Puis elle esquissa un faible sourire.

— Merci, maman...

L'émotion m'étrangla ; je restai sans voix. Oui, elle s'en sortirait.

30

Le piège
Février 1716

Les arbres étaient couverts d'une mince couche de glace. Ils se tenaient dans les pâles rayons du soleil qui perçaient timidement le voile brumeux telles de délicates sculptures de verre brillantes de mille étincelles. Je devinais les eaux froides et tumultueuses de la Caron Waters qui couraient se jeter dans la baie de Stonehaven à travers le brouillard.

Mon œil dévia vers une petite larme scintillante qui tremblotait au bout d'une stalactite cristalline accrochée à une tuile d'ardoise. La larme s'étira lentement et vacilla comme si elle tentait désespérément de rester accrochée, luttant contre les forces immuables de la nature. Mais en vain. Elle finit par se détacher et plongea dans la flaque d'eau qui s'élargissait sur le balcon dallé de pierres moussues du modeste manoir de lord Dunn, dans la Kirktown de Fetteresso, en banlieue de Stonehaven.

Sentant la présence de Liam derrière moi mais trop lasse pour me retourner, je continuais de contempler le paysage givré par la pluie glacée de la nuit précédente. Éreintés et affamés, nous avions franchi les grilles du petit domaine de Patrick cinq nuits plus tôt. L'accueil avait été très chaleureux et les retrouvailles, chargées d'émotion. Liam n'avait pas revu sa sœur depuis près d'un an ; moi, j'avais hâte d'avoir des nouvelles de Patrick et de son état de santé.

Sa jambe allait mieux. Mais je devinais qu'elle le faisait encore souffrir, car je le surpris à plusieurs reprises à grimacer en la frictionnant lorsqu'il ne se croyait pas observé. D'ailleurs, il se servait encore d'une canne pour se déplacer.

Liam dut annoncer l'affreuse nouvelle de la mort de Colin à Sàra. Il attendit le lendemain de notre arrivée pour le faire. Bien qu'il m'eût demandé d'être présente, je préférai les laisser seuls, ne me sentant plus la force de réconforter qui que ce fût. Le peu d'énergie qui me restait, je le gardais pour pouvoir retourner dans notre vallée. Ce fut donc d'un air dépité que Liam quitta notre chambre pour aller parler à sa sœur.

Frances, pour le moment, dormait. En vérité, elle dormait presque dix-huit heures par jour depuis notre arrivée, ne se levant que pour se nourrir, faire un brin de toilette et bouger un peu. Cependant, son état semblait sensiblement s'améliorer.

Mon frère attendit avec tact la troisième journée de notre séjour pour nous annoncer que le prince Jacques Edouard l'avait adoubé. Mon frère était ainsi chevalier. Lord Patrick Dunn... Les os de notre père devaient en trembler de fierté dans sa tombe. La cérémonie d'adoubement avait eu lieu au château de Fetteresso, le 27 décembre, lors du passage du Prétendant qui venait de débarquer. Le comte de Marischal avait réuni plusieurs nobles dans le château devenu le siège des Keith. Le futur roi avait usé de ses fonctions royales pour accorder des titres à ceux qui avaient montré leur loyauté envers la couronne des Stuarts. Ainsi, le comte de Mar s'était vu accorder un duché. Mais je doutais fort qu'il pût en jouir très longtemps…

Le Prétendant n'était resté que quelques jours à Fetteresso. Terrassé par un accès de fièvre quarte, il avait tout de même trouvé la force de recevoir le clergé épiscopalien d'Aberdeen, les magistrats, le conseil de ville et les jacobites de l'Aberdeenshire. Le 2 janvier, il s'était remis en route pour Perth.

Patrick n'avait pas tari d'éloges à l'égard de la personne de Jacques. Nous l'avions tous écouté sans mot dire, sachant qu'il n'avait pas vécu la désillusion du camp de Perth. Sa jambe l'avait cloué chez lui. Seul son coursier qui faisait la navette entre Perth et Fetteresso lui rapportait les derniers événements. Ce dernier, curieusement, ne s'était pas présenté depuis près de trois semaines, laissant Patrick dans l'ignorance.

La veille, un messager envoyé par Mar lui-même était enfin arrivé avec de tristes nouvelles. Le glas du soulèvement avait sonné. Le 29 janvier, Argyle avait marché sur Perth. On avait aperçu plusieurs de ses dragons envoyés en reconnaissance, et un espion avait confirmé le départ de Stirling des troupes gouvernementales. Le commandant en chef jacobite avait dès lors pris la décision de se retirer sans délai et d'abandonner la ville à l'ennemi, au grand désarroi des hommes. Il avait envoyé d'urgence un officier à Dundee, où mouillaient trois navires français dans la Tay, avec l'ordre de longer la côte jusqu'à la baie de Montrose et d'y attendre le Prétendant.

Patrick avait ordonné que son cheval soit sellé à l'aurore. Les troupes jacobites avaient quitté Perth le 31 janvier au matin ; nous étions le 2 février. Il était de son devoir de se rendre immédiatement à Montrose pour organiser l'accueil du prince, qui de toute évidence préparait son retour d'exil.

Une autre gouttelette se détacha péniblement du glaçon après quelques secondes d'une lutte acharnée contre la gravité, et alla briser la surface lisse de la flaque dans une série de cercles concentriques qui allaient grandissant.

— Qu'est-ce qui se passe dans ta jolie petite tête ?

Je sursautai, arrachée à mes rêveries. Liam encercla ma taille de ses bras et m'attira à lui. Je fermai les yeux et appuyai mon dos contre son torse chaud.

— Rien de particulier, répondis-je avec langueur.

Sa joue fraîchement rasée frôla ma tempe.

— Combien de temps devrons-nous encore rester ici ? demandai-je dans un soupir de lassitude.

— Hum... je crois que je devrais partir avec mes hommes pour Montrose, moi aussi. Là où sera le Prétendant seront les assassins.

Je frémis. Le sang, toujours le sang ! Je fus tentée de supplier Liam de tout laisser tomber, de nous ramener, notre fille et moi, dans notre vallée pour nous y terrer jusqu'à ce que la nature se réveille de nouveau. Mais je n'en fis rien. Je savais au fond de moi-même que, pour lui, cela signifierait laisser tomber le prince, le laisser se faire assassiner.

Nous détenions une information de la plus haute importance ; nous ne pouvions en faire fi. Néanmoins, nous étions loin de nous douter de la tournure que prendraient les événements. Ce fut une servante venue nous porter le thé et quelques petites pâtisseries qui déclencha tout.

Je l'entendis murmurer à l'oreille de Sàra, qui nous lança un regard indéchiffrable, puis se tourna de nouveau vers la jeune fille.

— Tu en es certaine ?

— C'est monsieur Milne qui me l'a affirmé. Il est venu porter votre commande de bière et...

— Est-il encore ici ?

— Je crois que oui, madame.

— Fais-le venir.

D'un geste de la main, elle congédia la servante et se frotta le front en soupirant.

— Je crains que votre bande d'assassins ne se trouve dans les parages, annonça-t-elle après un moment.

Liam se raidit dans mon dos. Duncan et Marion, qui disputaient une partie de trictrac, levèrent la tête. Nous attendions la suite.

— Le propriétaire de l'auberge qui nous fournit en bière a affirmé qu'un groupe d'hommes à l'allure peu recommandable gîtait chez lui depuis quelques jours. L'une de ses serveuses les aurait entendus parler d'une mission... d'une récompense qui faisait briller leurs yeux et qu'ils auraient déjà commencé à dépenser au jeu... et avec des femmes.

— Cela ne veut rien dire, dis-je, le cœur battant. Cela peut être n'importe qui...

— Mais tout le monde ne s'appelle pas Mackay et ne porte pas un bandeau sur l'œil droit, me coupa-t-elle.

— Ça ne peut être qu'eux, me dit Liam.

Me libérant de sa chaleur, il se tourna vers la fenêtre pour réfléchir, le regard plongé dans le paysage lumineux que j'avais contemplé plus tôt. Duncan qui s'était levé se mit à arpenter le parquet. Il s'immobilisa à la limite du tapis en le fixant d'un œil absent.

— Il faut trouver un moyen de les empêcher de s'approcher du prince. Combien sont-ils ? demanda Liam en revenant vers nous.

— Je ne sais pas, répondit Sàra.

La porte s'ouvrit et la servante réapparut avec toutes les réponses. Un homme d'âge mûr bien charpenté et au visage plutôt sombre la suivait. Il froissait son chapeau entre ses grosses mains râpeuses. Sàra se leva à son arrivée.

— Monsieur Milne ! s'exclama-t-elle joyeusement. Approchez... Vous avez quelques informations pour moi, je crois ?

— Oui, madame... euh, lady Dunn.

Sàra éclata de rire.

— Laissez tomber les « lady », mon ami. Nous nous connaissons depuis trop longtemps. Et puis, pour être franche, le titre ne me va pas très bien. Enfin... Eilein me dit que des hommes qui louent des chambres chez vous semblent fomenter un complot ?

— Je ne pourrais le jurer. Mais je vous assure que ces hommes n'ont pas l'air très propres. Ils semblent toujours tenir des conciliabules et affichent des airs mauvais dès qu'on les approche d'un peu trop près. Ma nièce Elizabeth les a entendus s'entretenir du Prétendant hier soir. C'est ce qui m'a poussé à venir vous parler. Elle a aussi entendu qu'ils attendaient impatiemment un messager, qui tarderait. C'est probablement ce qui les rend si nerveux.

— Vous ne connaissez pas ces hommes ? demanda Liam.

— Oh non ! s'empressa de répondre l'aubergiste. Ils ne parlent pas le scots. Ils parlent la langue du Nord. Et puis, il y a cet individu qui semble être leur chef, un certain Mackay. Pas très commode, celui-là, j'peux vous l'dire.

— Avez-vous d'autres noms ?

— Macghie, Robison, Williamson, Scobie... Je ne les ai pas tous retenus. Ils sont huit en tout.

— Quand sont-ils arrivés ? s'enquit Duncan à son tour.

— Ils sont chez moi depuis une semaine environ. Ils sont partis pendant deux jours, payant leurs chambres d'avance pour que je les garde. Puis ils sont revenus hier. Je ne pourrais pas vous dire où ils sont allés, cependant.

— Vous avez bien fait de venir m'avertir, monsieur Milne, dit Sàra. Est-ce que Howard vous a réglé la note ?

— Tout est réglé, lady Dunn.

Sàra grimaça. Visiblement, elle ne se sentait pas à l'aise avec son nouveau titre. Pourtant, moi, je trouvais qu'il lui allait plutôt bien. Patrick et elle venaient tout juste d'emménager dans le manoir. Ils avaient vidé leur maison d'Édimbourg et dispersé leurs quelques biens parmi ceux qui meublaient déjà cette jolie demeure construite sur un magnifique domaine. Quoique de dimension modeste, le terrain était aménagé en superbes jardins « à la française » et longeait le cours de la rivière.

La bonne Rosie les avait suivis et avait aussitôt pris en charge les cuisines. Gare à celui qui mettait les pieds dans son royaume étincelant de cuivres et d'argenterie sans sa permission ! J'avais de bonnes raisons de m'inquiéter pour le tour de taille de Patrick, qu'elle avait entrepris de « gaver » à son arrivée. « Un noble se doit de bien tendre ses gilets ! » ne cessait-elle de répéter à qui voulait l'entendre. Les effets commençaient à se manifester.

— Bon, si autre chose survient, vous me ferez prévenir.

— Soyez sans crainte, je vous enverrai mon Charlie au trot.

Après nous avoir salués avec respect, l'homme quitta le petit salon. Nous restâmes tous plongés dans nos spéculations sur les dispositions à prendre.

— Il faudrait les attirer dans un guet-apens, laissa tomber Duncan.

— Oui, mais ces hommes ne se laisseront pas prendre aussi facilement, rétorqua Liam avec agacement. Ce sont des mercenaires et celui qui les a engagés pour une telle mission n'a certainement pas choisi des demeurés.

Il se frotta les yeux en grognant et retourna se perdre dans le paysage féerique. Je savais que cette situation lui pesait. La nuit d'avant, sachant que le Prétendant était attendu à Montrose, il était très agité et nous avions très peu dormi. Nous savions qu'on voulait attenter aux jours du prince, mais nous ne savions pas de qui il s'agissait.

— Il doit bien y avoir un moyen !

— Si nous savions qui est ce messager qu'ils attendent, nous pourrions l'intercepter. Le Prétendant aurait alors le temps de s'embarquer et de quitter l'Écosse avant qu'ils ne s'en aperçoivent, dit Duncan.

— Cette personne doit certainement les informer de l'endroit où le Prétendant doit se rendre, fit observer Sàra. Peut-être est-ce un homme de l'entourage du prince lui-même ? Pourquoi pas une femme ? Qui sait ?

— Mais si ce messager n'est pas encore arrivé, nous pourrions prendre sa place !

Tous les regards convergèrent sur Marion, qui n'avait encore rien dit.

— Que veux-tu dire ? l'interrogea Duncan, soudain inquiet de ce qu'elle avait en tête.

Liam croisa les bras sur sa poitrine, attendant la suite des explications avec une curiosité évidente.

— Eh bien, commença-t-elle, un peu embarrassée, l'un de nous pourrait se faire passer pour ce messager et leur fournir une fausse information. Pourquoi ne pas les envoyer à Inverness ?

— Tu n'es pas sérieuse, Marion ? s'écria Duncan, stupéfait.

Elle posa son regard bleu clair sur lui et se renfrogna.

— Très sérieuse, souligna-t-elle sur un ton coupant. Il n'y a pas ici matière à plaisanter. Nous savons tous que le fils d'Argyle fait partie de ce complot. Le messager pourrait très bien venir de lui.

— Inverness ! Ils n'avaleront jamais ça ! La ville est sous l'égide du gouvernement ; le prince ne s'y risquerait jamais. Et qui, selon toi, serait le plus apte à remplir ce rôle d'imposteur, dis-moi ? demanda-t-il sur un ton moqueur.

— Moi ! annonça-t-elle en relevant son menton volontaire vers Duncan pour le défier.

Une expression horrifiée se peignit sur le visage de mon fils. Il la dévisagea un moment, bouche bée, puis pivota sur lui-même dans un tourbillon de plaid, levant les bras au ciel. Pendant un instant je crus qu'il faisait quelques pas plutôt bien réussis du *highland fling*.[1]

— Non, mais je rêve ! s'écria-t-il comme s'il s'adressait à tous les saints du ciel.

— Réfléchis, Duncan, se défendit-elle.

Il tourbillonna encore, blême de rage et d'inquiétude.

— Mais c'est tout réfléchi. Et c'est non !

— Je suis une Campbell… j'ai mes entrées à Inveraray et…

— Ah, ça, je le sais que tu es une Campbell, figure-toi ! Pourquoi faut-il toujours qu'on se charge de me le rappeler ?

1. Danse traditionnelle écossaise.

Marion tapa du pied, mais continua ses explications sans relever la remarque.

—... et étant une femme, j'aurais plus de facilité à gagner leur confiance.

— Il te serait aussi plus facile de te faire prendre !

— Duncan ! s'écria-t-elle brusquement. Tu me prends pour une mijaurée ou quoi ?

Il eut un grognement sourd pour toute réponse.

Je regardai Liam qui les observait sans mot dire. Un sourire en coin retroussait légèrement ses lèvres. Puis son regard se dirigea vers moi. Je fronçai les sourcils devant son air amusé. Comprenant qu'il mijotait quelque chose, j'ouvris la bouche pour protester. Mais il exprima son point de vue plus rapidement que moi :

— Ça pourrait marcher, dit-il lentement.

Un silence de plomb s'abattit sur nous. Marion resta un moment sans voix. Enfin, un sourire triomphal se dessina sur ses lèvres.

— Jamais ! gueula Duncan en foudroyant son père du regard. Elle est ma femme et jamais je ne la laisserai s'exposer à une bande de malfrats. Bon sang, père !

Liam haussa les épaules.

— Je ne pourrai aller à l'encontre de ta décision, mon fils. Mais l'idée n'est pas si mauvaise. As-tu autre chose à proposer ?

— Il doit bien y avoir une autre solution...

— Tu m'accompagnerais, Duncan... Tu serais mon garde du corps en quelque sorte, se risqua Marion. Et puis, je sais me servir d'un pistolet...

Il écarquilla les yeux.

— Non, mais ça ne va pas ? On n'a pas affaire à un troupeau de chèvres, je te ferai remarquer. Et puis, n'importe quel Écossais est capable de faire la différence entre le tartan des Macdonald que je porte et celui des Campbell ! Tu as déjà vu un Macdonald servir de garde du corps à un Campbell ?

Marion soupira bruyamment.

— Ce que tu peux être obtus parfois !

Sur cette remarque acrimonieuse, elle quitta la pièce. Duncan fixa d'un œil ahuri, pendant quelques secondes, la porte qui s'était refermée derrière elle. Puis il reporta son attention sur son père. Sàra et moi restâmes des témoins silencieux de la scène qui allait suivre.

— Pourquoi as-tu approuvé son idée ? explosa Duncan.

Nullement décontenancé par l'attitude de son fils, Liam lui fit face.

— Parce qu'elle était bonne, c'est tout. Pour le moment, nous n'en avons pas d'autre.

— Une bonne idée ? Parce que jeter ma femme dans la gueule du loup est une bonne idée pour toi ?

— Je comprends ta réaction, Duncan. Mais quel risque réel y a-t-il pour elle à entrer dans l'auberge et à donner un message à Mackay, pour ensuite revenir ici ? Tu serais avec elle et nous serions dans les parages.

Un rire sarcastique résonna dans l'atmosphère tendue.

— Oh, bien sûr ! Il n'y a pas cinq minutes, tu me disais que nous avions affaire à des mercenaires qui n'avaient rien d'une bande de demeurés. Et maintenant tu me demandes de laisser ma femme les aborder ? Ce n'est pas sérieux !

Liam ne dit plus rien. Pour ma part, je ne savais trop que penser. Je comprenais la réaction de Duncan, mais d'un autre côté… Je préférais toutefois m'abstenir de tout commentaire.

Duncan s'était remis à arpenter la frontière du tapis, les poings sur les hanches. Il fulminait comme un sanglier pris au piège.

— C'est pas vrai ! Ma femme ne mettra pas les pieds dans cette auberge.

Il tapait du pied et frappait du poing dans sa main pour se défouler.

— Pas Marion... Non, je ne la laisserai pas...

Il ralentit. Une idée faisait son chemin.

— Pourquoi ne pourrais-je pas être ce messager ? demanda-t-il soudain en s'arrêtant.

— Essaie de penser comme ces hommes, Duncan. Si tu étais Mackay, à qui ferais-tu confiance le plus naturellement ? À un homme de clan à l'allure peu avenante ou à une innocente jeune femme de bonne famille ?

— Merci du compliment, père.

Liam éclata d'un rire franc. Duncan sourit du coin de la bouche.

— Je dois te faire remarquer que Marion n'a rien d'une innocente jeune femme de bonne famille lorsqu'elle ouvre la bouche. Et puis, qu'est-ce qui prouvera à Mackay qu'elle est bien le messager attendu ? Ils doivent avoir convenu d'un code, d'un signe pour se reconnaître.

— Tu as vu le document du fils d'Argyle. Il y a sans doute quelque chose dessus... Un mot bizarre, des chiffres, un symbole...

Duncan se frotta les paupières en soupirant, l'air de réfléchir. Puis sa main s'immobilisa brusquement.

— Un symbole...

Le regard perdu dans les motifs du tapis, il secoua la tête comme pour chasser les pensées qui surgissaient dans son esprit. Il se tourna alors vers moi, l'air de dire : « Maman, aide-moi ! » Ma gorge se serra. Combien de fois, enfant, m'avait-il lancé ce regard implorant ? Après avoir fait une bêtise, lorsqu'il attendait de subir les foudres de son père ou bien lorsqu'il devait prendre une décision difficile, choisir entre aller à la pêche ou s'entraîner au combat à l'épée.

— Tu es maître de tes propres décisions, fis-je doucement.

Il montra sa frustration.

— Marion doit bien savoir ce qu'elle fait, ajoutai-je prudemment.

Justement, la porte s'ouvrit et la jeune femme entra avec un plaid roulé sous le bras.

— Voilà, monsieur... Campbell, déclara-t-elle, narquoise, en lui lançant l'étoffe.

Les traits du visage de Duncan exprimèrent la surprise, puis la répulsion profonde.

— Non, mais...

Il brandit le plaid aux couleurs des Campbell.

— Tu ne crois tout de même pas que je vais porter ça ?

Marion le toisait, les bras croisés et un sourire en coin.

— Et puis comment se fait-il que tu aies encore ce plaid avec toi ?

— C'est le mien, Duncan Macdonald, annonça-t-elle. Je porte peut-être ton nom, mais tu n'imaginais tout de même pas que j'allais renier le mien ? Le sang qui coule en moi sera toujours celui de mes ancêtres...

— Et tu crois que je vais porter... ça ?

Elle souffla, exaspérée.

— Écoute, j'ai bien dû porter tes couleurs pour sauver les hommes de mon père d'un massacre. Tu peux donc bien porter les miennes pour sauver ton roi !

— *Fuich !*

— Ne sois pas si têtu, Duncan.

— Marion !

— Tu es vexé parce que c'est moi qui ai eu l'idée et pas toi !

Duncan ouvrit la bouche, médusé. Je le connaissais assez bien pour savoir que son sang bouillait et qu'il se contenait à grand-peine. Je me rapprochai de Liam qui semblait s'amuser de la scène. Sàra, gênée, s'était dirigée discrètement vers la sortie, prête à s'éclipser.

— Vexé ? C'est ce que tu crois ? Ça, c'est la meilleure ! Je refuse de porter ça et je ne veux pas que tu te mêles de cette histoire. C'est clair ?

Le plaid vola à travers la pièce pour atterrir aux pieds de la jeune femme rouge de colère.

— Te marier avec une Campbell, ça te va. Mais porter ses couleurs...

— En effet. C'est avec toi que je me suis marié, pas avec ton clan ! Et dois-je te rappeler que nous avons affaire à une bande de tueurs ? Ils ne doivent pas faire dans la dentelle, tu sais.

— Mais tu seras avec moi...

— Ils sont huit... Ils ne feront pas la queue pour me sauter dessus, je peux te l'assurer !

— Je ne ferai que leur indiquer où sera attendu le Prétendant. Je partirai aussitôt.

Duncan soupira bruyamment et se passa une main sur le visage.

— Et que leur offriras-tu comme preuve que tu es bien de la maison des Campbell, en dehors de ta langue bien pendue ? Un plaid, c'est pas assez.

Elle fouilla dans la poche de sa jupe et en sortit deux broches. La première était en bronze doré et représentait une tête de sanglier entourée de la devise du clan. C'était une broche de très belle facture ayant forcément appartenu à un gentilhomme. La deuxième était plus délicate, en argent ciselé. De forme ovale, elle avait la même devise gravée autour. Le centre était magnifiquement travaillé et représentait une branche de myrtille des marais, avec ses petites feuilles lancéolées de malachite et ses baies violâtres d'améthyste. C'était l'emblème végétal des Campbell.

— D'où viennent ces broches ? demanda Duncan, pantois. Je ne les avais jamais vues auparavant.

— Celle-ci appartenait à ma mère.

Elle plaça la broche d'homme dans la main de Duncan, qui la regarda sans chercher à cacher son mépris pour l'objet.

— Celle-là me vient de mon cousin, Hugh, qui m'était très cher. Je la garde comme porte-bonheur. Je ne voulais pas les laisser dans ta maison, de peur de…

Elle s'interrompit, embarrassée.

— De te les faire voler ?

Marion rougit violemment et se détourna.

— Nous ne nous volons pas entre nous, répliqua-t-il froidement. Tu es une Macdonald maintenant, que tu le veuilles ou non.

Un silence embarrassant nous enveloppa. Je commençais à me demander s'il n'aurait pas été plus sage de quitter la pièce et de les laisser régler leur différend seuls.

— Ne me le fais pas regretter, Duncan, murmura la jeune femme d'une voix blanche.

Il y eut comme un moment d'hésitation. « Ne dis plus rien, Duncan. » Mon fils demeura immobile, comme s'il essayait de comprendre le sens des dernières paroles de Marion. Puis, lentement, il se pencha pour ramasser le plaid, qu'il froissa entre ses doigts, le regard perdu dans les teintes sombres. L'air indéchiffrable, il pivota et se dirigea vers un fauteuil dans lequel il se laissa choir lourdement, avec tout le poids de son accablement.

— Et quel endroit nous suggères-tu pour l'embuscade ? marmonna-t-il d'un ton las.

Je décelai l'ombre d'un sourire vainqueur sur les lèvres de Marion et ne pus m'empêcher de sourire à mon tour.

— Dunnottar, laissa tomber Sàra.

— La forteresse ?

— Les Keith l'ont pratiquement désertée depuis le siège de Cromwell, en 1652. Ils n'ont fait aucune réparation ; les bâtiments sont endommagés. Elle ne sert plus que de garnison et de dépôt de munitions. Elle est pour ainsi dire déserte depuis le début de la rébellion. Marischal n'y a laissé qu'une poignée d'hommes sous les ordres du gouverneur Ogilvie. Vous pourriez les y attendre.

Liam réfléchissait, tandis que Duncan fixait en grimaçant la broche qui étincelait entre ses doigts.

— Voudront-ils pénétrer dans l'enceinte de la forteresse ? C'est plutôt risqué. Ils s'y sentiront coincés comme des lapins. Il n'y a qu'une seule entrée, donc une seule sortie. Cela peut aussi jouer contre nous. Et pourquoi le Prétendant irait-il jusqu'à Dunnottar ?

— C'est l'une des propriétés du comte de Marischal. Une forteresse parmi les plus sûres d'Écosse. Il y a une poterne qui donne sur la falaise de Castle Haven. Là se trouve un petit port de mer naturel. Un endroit sûr pour l'embarquement du prince.

— Hum… Goberont-ils cette histoire ?

— Je peux vous arranger cela, dit Sàra en esquissant un petit sourire énigmatique. Une missive.

— Et pour le scellé ? demanda Duncan, qui sortait de sa bulle.

Nous nous lançâmes des regards consternés. Nous n'avions aucun cachet de la maison d'Argyle pour authentifier le document.

— Nous pouvons toujours nous servir de la broche de Hugh… suggéra Marion. Mais… je me souviens, il y avait une sorte de dague imprimée sur le document. Peut-être…

— Tu pourrais la reproduire ?

— C'est un peu flou, mais je peux essayer.

Sàra s'était déjà installée devant le petit bureau placé sous le portrait du dernier comte de Marischal, George Keith. Il était représenté dans un décor champêtre avec deux superbes lévriers écossais à ses pieds. Il portait un fusil de chasse en bandoulière à une épaule et une gibecière à laquelle pendaient les fruits d'une bonne chasse. Liam dictait à sa sœur le message à porter. Marion s'était placée à côté d'elle. Elle aussi penchait son visage au-dessus d'une feuille. Elle se frottait le bout du nez de sa plume et plissait le front pour se concentrer sur l'estampille qu'elle avait vue sur le fameux pli d'Argyle. Je m'approchai de Duncan qui était resté dans son fauteuil à broyer du noir et posai ma main sur son épaule.

— Je sais que l'idée ne te plaît pas…

Il tressaillit, et jura.

— Ce n'est qu'un bout de chiffon, tu sais.

— Un bout de chiffon ! Mère ! Un tartan n'est jamais qu'un bout de chiffon, tu devrais le savoir ! C'est notre sang, notre histoire…

Je grimaçai. « Mauvaise entrée en matière, Caitlin. » Je me repris :

— Soit ! Tu as raison. Mais ce tartan ne s'est-il pas aussi couvert de sang pour le prince Stuart, sur la plaine de Sheriffmuir ?

— Hum… Cela n'a rien à voir avec la loyauté envers le roi. C'est une question de… Ce tartan est taché de notre sang, mère, je ne veux pas m'en couvrir.

Je me penchai sur lui et le regardai dans les yeux. Il tenta de me fuir, mais je le rappelai à l'ordre :

— Duncan, ce tartan appartient à ta femme. C'est son sang et son histoire à elle. Tu l'aimes...

— Oui, je l'aime, mais c'est elle que j'aime, pas son clan.

— Tu ne peux tout de même pas lui demander de renier ses couleurs, de s'en dissocier comme ça. On ne te demande pas de prêter serment à Glenlyon... Duncan, c'est pour la sécurité de Marion...

— Je sais...

— Fais-le pour elle.

Il se laissa aller contre le dossier du fauteuil, l'air accablé. Je savais qu'il comprenait et que c'était son orgueil qui le faisait résister encore. Son regard obliqua vers sa femme, qui s'acharnait sur la feuille de papier. Elle lissa une mèche rebelle qui lui était tombée devant les yeux et passa sa langue sur ses lèvres.

— Elle est assez audacieuse, remarquai-je. Je l'aime bien.

— Et moi alors... souffla-t-il.

Ses doigts effleuraient les reliefs de la broche, qu'il tenait toujours dans sa main. Il soupesa le bijou et referma ses doigts dessus. Puis il soupira de résignation.

— Ça va, mère, j'ai compris. Ce qu'on ne ferait pas pour...

— Une femme ? le coupai-je.

Il resta silencieux pendant quelques secondes, tripotant distraitement le plaid Campbell et ne quittant pas Marion des yeux. Puis il enfouit son nez dans le lainage aux teintes sombres, le huma et ferma les yeux.

— Je veux deux hommes avec nous. Ils attendront devant l'auberge. Dès que Marion en aura terminé, elle repartira avec eux. Moi, j'irai rejoindre père à la forteresse.

— Sàra pourra certainement arranger cela.

— Je veux également qu'elle soit armée... d'un poignard, en plus de son couteau.

Il rouspéta encore un peu, puis se leva. Le plaid passé par-dessus son épaule, il se dirigea vers le buffet.

— J'ai besoin d'un verre.

Je le laissai noyer son orgueil dans le whisky et rejoignis Liam qui examinait l'ouvrage de Sàra.

— Alors ?

— Qu'est-ce que tu en penses ? me demanda-t-il en me tendant la missive.

Je la parcourus rapidement des yeux. Elle stipulait que le prétendant à la couronne d'Écosse devait se rendre incessamment à Dunnottar Castle, où un canot l'attendait pour le conduire sur l'un des navires français qui venaient de quitter Dundee. La porteuse de la missive, étant une nièce du duc – ce qui n'était pas faux, soit dit en passant –, devait être traitée comme si elle était le duc lui-même.

Je restai un peu sceptique sur la dernière instruction. Encore fallait-il savoir comment ces coupe-jarrets auraient traité le duc, justement. Enfin, dans l'ensemble, l'histoire se tenait. Elle me semblait crédible. Mais la ruse allait-elle fonctionner ?

L'idée était de faire pénétrer les mercenaires dans l'enceinte de la forteresse. Cela ne devait pas être trop difficile ; on attacherait à la missive un carton portant le sceau des Keith qu'ils présenteraient au gardien de Dunnottar ; les mercenaires se présenteraient en tant que troupe de reconnaissance des lieux avant l'arrivée du prince. Ils n'auraient qu'à se positionner et à l'attendre.

Pour des hommes de leur trempe, le reste ne devrait être qu'un jeu d'enfant. Enfin, presque...

— Je crois que c'est à peu près ça, marmonna Marion en examinant le fruit de ses efforts. Mais je ne peux être certaine de l'exactitude de la ressemblance.

Elle fronça ses fins sourcils, plissa le nez et grimaça.

— Hum... Je ne sais pas...

S'humectant un doigt, elle tapota délicatement le dessin.

— Mais que fais-tu ? lui demandai-je, perplexe.

— Un... petit accident. Ah ! Voilà ! c'est mieux, s'écria-t-elle devant le fac-similé brouillé. Comme ça, les différences seront moins perceptibles.

Je souris devant son ingéniosité.

— Qu'est-ce que tu en penses, Duncan ? Oh !

Je suivis le regard de surprise de Marion. Mon fils était vêtu du plaid de Glenlyon auquel était piquée la broche des Campbell. Adossé contre le mur, il nous regardait, les bras croisés, le regard piteux.

— Je vous prierais de laisser tomber les commentaires...

Les ombres qui s'étiraient marquaient le temps qui passait inexorablement. Une angoisse sourde me torturait les entrailles et commençait à semer le doute dans mon esprit. Mille et une questions se bousculaient dans ma tête. Et si... ? Peut-être que... ? Était-ce bien... ? Plus d'une heure s'était écoulée depuis le départ de Liam pour Dunnottar. Duncan et Marion avaient pris le chemin de l'auberge de Stonehaven, accompagnés de deux hommes rattachés à la maison des Keith.

Je fixais les petits éclats lumineux qui parsemaient le dessus de la table en marbre turquin d'Italie. Le soleil disparaissait derrière les Grampians ; ses rayons qui ricochaient sur les verres de cristal faiblissaient rapidement.

Sàra me tendit une coupe de claret. Le front soucieux, elle s'assit sur le fauteuil situé en face de moi en soupirant. Je pris une profonde inspiration et trempai mes lèvres dans le liquide rouge sang.

— Tout ira bien, dit-elle.

Je me demandais qui de nous deux elle espérait vraiment convaincre. Je portai mon attention sur une cage placée près d'une fenêtre. Le petit rossignol posé sur une branche de bouleau s'était tu et s'appliquait maintenant à faire sa toilette en lissant ses rémiges. Je tentai de me concentrer sur les ablutions du volatile pour tromper mon esprit… sans résultat. La sinistre silhouette de Dunnottar me hantait.

Place forte construite sur un ancien site sacré picte, le remarquable château se dressait sur le haut plateau d'une péninsule unique constituée d'un conglomérat de galets qu'on appelait « poudingue ». Le donjon de pierre datait du XIVe siècle et avait été construit par sir William Keith, comte-maréchal et gardien du trésor royal d'Écosse. Il avait remplacé les ruines de l'ancienne forteresse de bois prise par le célèbre héros William Wallace. En 1297, à la tête de plusieurs clans rebelles à l'autorité du roi d'Angleterre Edouard Ier, cet homme, avec la ferme intention de libérer l'Écosse, y avait brûlé la garnison de soldats anglais qui refusait de se rendre après son évidente défaite.

Les autres bâtiments avaient été ajoutés au fil des besoins au cours des siècles suivants. Une seule entrée y donnait accès, dans le creux d'un ravin qui reliait le promontoire à la terre. Il était impossible d'y passer sans être vu par la sentinelle. Sur les trois autres côtés, d'imposantes falaises de plusieurs dizaines de mètres se dressaient, infranchissables pour le commun des mortels. La forteresse était reconnue pour être pratiquement imprenable sans une artillerie lourde et un long siège qui affamerait les habitants. Cromwell, soixante ans plus tôt, avait réussi à s'en emparer, après plusieurs mois de patience. Mais comme l'avait fait remarquer Liam, il n'y avait qu'une seule entrée, donc une seule sortie. Si les mercenaires découvraient trop tôt le pot aux roses, ils pouvaient tout aussi bien s'y retrouver pris au piège...

La voix de Sàra me frappa les oreilles, m'extirpant de mes sombres méditations. Elle m'invitait à goûter le poulet froid qu'avait apporté Rosie. Si la nourriture pouvait procurer un certain réconfort à mon estomac, il en allait différemment de mon esprit. Je me saisis d'une cuisse et me mis à la grignoter sans grand appétit.

Eilein venait d'entrer avec des chandelles qu'elle déposa sur le bureau quand Howard, le majordome, se présenta à son tour.

— Un coursier arrivant de Perth demande à voir lord Dunn, milady, annonça-t-il. Je lui ai dit qu'il était absent pour quelques jours. Il a alors insisté pour vous voir. Il dit que c'est urgent.

— Qui est-ce ?

— Monsieur Gordon, milady.

— Monsieur Gordon ? Faites-le monter, Howard. Il est plus que temps qu'il se montre, celui-là !

J'observais la jolie Eilein qui remplaçait les chandelles trop courtes et en allumait de nouvelles sur un candélabre. Le visage de Sàra s'éclaira. Elle se redressa d'un coup, tendant les bras vers le visiteur.

— Ah, mon cher William ! Cela fait un sacré bout de temps qu'on ne vous a pas vu à Fetteresso.

— Pardonnez-moi, mais j'ai été malade...

— Vous allez mieux, à ce que je vois.

— Fonctions obligent, ma chère amie. On ne peut se permettre de rester malade trop longtemps.

Un frisson glacé me parcourut l'échine. Cette voix… Gordon, William Gordon… Le coursier du comte de Marischal ! Le jeune homme qui avait cherché à me soutirer des informations sur les rumeurs du régicide. Le messager du colonel Turner… Perdue dans mes pensées, je n'avais pas porté attention au nom du visiteur qu'on annonçait. D'où j'étais, je ne pouvais le voir ni être vue de lui. Je reposai lentement ma cuisse de poulet dans l'assiette et enfonçai mes doigts dans les accoudoirs du fauteuil.

— Je ne vous dérangerai pas longtemps, milady. Je suis venu chercher mes gages pour le mois dernier et une avance sur les deux prochaines semaines, comme me l'a promis le comte de Marischal. Je dois repartir au plus vite. Le Prétendant quitte l'Écosse, alors…

— Oui, oui, le rassura Sàra. Patrick a reçu l'argent. Le comte a ajouté les gages d'un mois supplémentaire pour vous récompenser de vos loyaux services.

Elle lança un coup d'œil sur Eilein qui venait d'allumer sa dernière chandelle.

— Ça peut aller, Eilein. Je me débrouillerai pour le reste.

La servante s'inclina et quitta la pièce en emportant avec elle les bouts de chandelles à refondre. Sàra retira un volume des étagères et le posa sur la table de marbre bleu. Le livre était en réalité une boîte. Elle en retira une enveloppe et le replaça soigneusement là où elle l'avait pris. Puis elle se retourna vers son visiteur, croisant mon regard au passage. Je déglutis en espérant que l'homme prendrait congé sans tarder.

— Caitlin, viens que je te présente un ami à Patrick et à moi…

Elle venait de contourner mon fauteuil et revint en traînant derrière elle le grand brun efflanqué, qui se pétrifia dès qu'il me reconnut.

— Ça ne va pas ? me demanda-t-elle. Tu es toute pâle.

J'ouvris la bouche pour répondre, et me retrouvai soudain aphone.

— Caitlin, qu'est-ce qu'il y a ?

Elle se tourna vers Gordon qui faisait la carpe tout aussi bien que moi et fronça les sourcils, perplexe.

— Vous vous connaissez ?

— Caitlin… Macdonald ? demanda simplement le jeune homme d'une voix blanche.

— Ah ! Vous vous connaissez ! Caitlin est la sœur de Patrick…

Son teint avait viré au gris. Il passa rapidement une main nerveuse dans ses mèches ébouriffées, puis cligna des yeux sans détacher son regard éberlué de ma personne.

— Caitlin Dunn… Et dire que je vous avais sous le nez tout ce temps !

Il tenait toujours ses gages. Je me levai lentement. Ses yeux se rétrécirent jusqu'à devenir de minces fentes. Sàra commençait à se rendre compte du malaise qui s'installait et pâlit à son tour.

— Quelque chose m'échappe, dit-elle avant de se tourner vers moi. Tu peux m'expliquer ce qui se passe ?

L'homme fourra son argent dans la poche intérieure de sa veste. Un sourire se dessinait sur ses lèvres, mais son regard restait froid, se faisant même menaçant. Il me toisait avec morgue. Ce regard bleu-vert… quelque chose dans ses traits me rappelait quelqu'un d'autre.

Gordon qui s'était remis de sa surprise plus rapidement que moi fit un pas dans ma direction. Instinctivement je reculai pour garder une distance entre nous.

— William, dit Sàra, manifestement troublée par la situation, tu peux m'expliquer ?

— Cet homme est une taupe, Sàra, déclarai-je alors pour l'éclairer un peu. Il m'a menacée à Perth, son couteau sur ma gorge.

— Q-q-quoi ?

Je ne quittais pas Gordon des yeux ni, par le fait même, le poignard qui pendait à sa ceinture. Nous nous évaluions l'un l'autre du regard, immobiles. Il ne semblait nullement craindre mes révélations à son sujet.

— Il voulait que je lui dévoile ce que je savais sur le complot du fils d'Argyle.

— William, qu'est-ce que ça veut dire ?

— Ça n'a plus d'importance aujourd'hui, déclara-t-il d'une voix basse. Le fils du duc s'est dégonflé.

— Mais les assassins...

Sàra avait laissé s'échapper ces mots, qui résonnèrent dans la pièce comme de la porcelaine se fracassant sur le parquet. Gordon sursauta et tourna son regard glacé vers elle.

— De quoi parlez-vous ?

Elle me lança un regard désemparé et effrayé. D'un geste, je lui indiquai de ne rien dire.

— Cette bande de lâches m'a laissé tomber ! avoua Gordon.

Ses gestes patauds trahissaient sa nervosité contenue, malgré l'impassibilité qu'il affectait.

— Je devrai me débrouiller seul...

C'était lui, le messager attendu ! Les assassins auraient donc bien quitté l'auberge pour Dunnottar. La tromperie avait fonctionné. Mais où était Marion ? Elle n'était pas encore rentrée. Mon cœur s'emballait tandis qu'un sombre pressentiment m'envahissait. Si les choses avaient tourné de travers ?

Une main s'empara de mon poignet et me tira violemment.

— Vous venez avec moi.

— Quoi ?

Il ricana, sarcastique.

— Vous ne croyez tout de même pas que je vais partir sans un gage à échanger contre ma vie si les choses n'allaient pas pour moi ? Et puis, votre salaud de mari m'a foutu une de ces raclées ! J'aimerais bien lui rendre la monnaie de sa pièce. Vous êtes plutôt mignonne. Vous lui manquerez certainement...

— Vous ne pouvez pas faire ça ! rétorqua vivement Sàra en tentant de se placer entre lui et moi.

Il la repoussa sans ménagement. Je me débattis, mais m'immobilisai sur-le-champ lorsque je sentis l'acier froid d'un canon sur ma nuque. « Caitlin ! Te voilà encore dans de beaux draps ! »

— Vous criez, milady, et je lui fais sauter la cervelle, menaça-t-il en me tirant vers la porte. Ce serait bien dommage...

Sàra, tétanisée par la peur, était complètement paniquée. Son cri mourut sur ses lèvres. Évidemment, les domestiques n'étaient jamais visibles lorsqu'on avait besoin d'eux ! Gordon m'entraîna à sa suite dans le couloir, jusqu'au hall d'entrée, et s'empara d'une cape qui avait été laissée sur un banc. Il s'empara aussi de sa houppelande.

— Où m'emmenez-vous ?

— À Montrose. J'ai quelque chose à régler là-bas, expliqua-t-il. Vous, c'est autre chose ; c'est d'ordre personnel.

Il se tut un instant, puis jeta un coup d'œil dans le couloir. Les talons de Sàra martelaient le parquet. Un remue-ménage agitait les domestiques, qui commençaient à pousser des cris de terreur. Montrose… Il avait l'intention d'assassiner lui-même le Prétendant. Mais que venais-je faire dans cette histoire ?

— Allez ! grogna-t-il en me poussant du bout de son arme. Il n'y a pas de temps à perdre ; nous devons nous mettre en route.

— Je n'ai rien à voir avec vous, William Gordon ! criai-je.

— C'est ce qu'on verra !

Il m'ordonna de monter sur son cheval qui attendait devant l'entrée et grimpa derrière. Me retenant fermement par la taille, il éperonna sa monture. La bête s'élança dans la brume opaque. Je jetai un dernier regard derrière moi et n'eus que le temps de voir Sàra debout sur le seuil, une main sur sa bouche pour étouffer un cri. J'étais en route pour Montrose, à la merci d'un homme qui se préparait à commettre un régicide. Je ne donnais pas cher de ma peau à ce moment-là.

31

Les assassins

Duncan vidait sa deuxième chope, observant du coin de l'œil trois hommes aux allures suspectes qui tenaient un colloque dans un coin sombre de l'auberge. Marion était assise en face de lui et froissait bruyamment l'enveloppe entre ses doigts, de façon à ce qu'elle soit bien visible des hommes. Où pouvaient bien se trouver les autres ? Étaient-ils repartis ? Le messager était peut-être déjà venu et avait pu demander à ces trois hommes de rester derrière pour une raison quelconque. Toutefois, Duncan jugeait la chose peu probable. Celui qui se faisait appeler Mackay était là et lui faisait face. « Certainement pas un enfant de chœur, celui-là ! » Il était manifestement le chef de la bande.

Mackay leur lançait justement des regards furtifs. Duncan savait qu'il avait remarqué l'enveloppe et le sceau qu'elle portait.

— Il ne viendra pas, marmotta Marion en lorgnant discrètement vers Mackay.

— Attendons encore quelques minutes. S'il ne vient pas, nous… merde ! Ça y est, *mo aingeal*.

L'homme se levait lentement en les regardant d'un œil méfiant. Il s'approcha d'eux, suivi de près par ses deux acolytes. Duncan plaça sa main plus près du manche de son poignard. Marion se composa un air détendu. Une ombre menaçante se dressa au-dessus d'eux. Duncan commençait à sentir un malaise lui tordre les boyaux. Il regrettait déjà d'avoir laissé Marion participer à cette sinistre mascarade. Il aurait dû venir seul, même si les risques que le plan échoue étaient plus grands. Mackay se pencha au-dessus de Marion avec une moue sournoise.

— Bonjour, ma petite dame. Serait-ce possible que vous cherchiez quelqu'un ?

— Et vous, attendez-vous quelqu'un ? répondit Marion, impavide. L'homme ricana sinistrement.

— C'est possible. Mais je m'attendais à voir quelqu'un d'autre.

Il pointa son index sur la lettre, que Marion avait laissée tomber sur la table pour qu'il ne remarque pas ses tremblements.

— Qu'est-ce que ceci ?

— Je ne sais pas exactement à qui je dois la remettre, dit-elle candidement. John m'a seulement dit de m'arrêter ici, m'affirmant qu'on m'aborderait. Le destinataire saurait…

— John ? la coupa Mackay, perplexe.

— D'Argyle, précisa Marion sur le même ton désinvolte. Le fils du duc.

Pendant un moment, l'homme ne dit rien. Puis il hasarda une main vers l'enveloppe. Marion l'attrapa avant qu'il n'ait eu le temps d'y toucher.

— Comment puis-je savoir si vous êtes bien celui à qui je dois remettre ce document ?

— Et moi, qui me dit que vous êtes bien la personne que j'attends ?

Il sortit néanmoins une enveloppe de sa poche et la mit sous le nez de Marion. Les yeux de Duncan ne quittaient pas les mains des deux sbires, qui étaient restés un peu en retrait. « Des hommes brisés », pensa-t-il en les évaluant du regard. L'aubergiste, monsieur Milne, avait raison. Ce Mackay n'avait pas l'air commode, et Duncan, malgré sa forte stature, craignait de devoir en venir aux mains avec lui. L'homme était un peu plus petit que lui, mais il était bâti comme un taureau. Une seule de ses mains pouvait assurément faire le tour du délicat cou de cygne de Marion pour le briser. Duncan déglutit à cette idée.

D'une main incertaine, Marion prit l'enveloppe de Mackay et compara les deux estampilles. Duncan jeta un coup d'œil lui aussi et resta estomaqué devant la similitude des deux dessins.

— Alors, ça vous va comme ça ? lui demanda Mackay.

— Oui… je crois que vous êtes celui que j'attends.

Elle lui tendit la fausse missive d'un air nonchalant, puis plongea vite le nez dans sa chope pour éviter qu'il remarque son trouble. Mackay examina l'enveloppe.

— L'estampille, fit-il observer, elle est différente.

Lui aussi avait l'œil aiguisé. Il ne se laisserait pas berner si facilement. Les jointures de Marion blanchirent sur l'anse de la chope.

— C'est que j'ai renversé de l'eau dessus, mentit effrontément la jeune femme. J'en suis désolée.

— Hum… ouais.

Elle déposa sa chope sur la table pour masquer ses tremblements. Duncan s'efforçait de respirer normalement, mais y parvenait assez difficilement. Leurs regards se croisèrent pendant un instant. Il aurait voulu pouvoir la sortir de l'auberge à ce moment précis. Mackay avait le message ; elle n'avait pas de raison de rester plus longtemps. Cependant, il fallait attendre pour ne pas éveiller les soupçons. L'homme déchira l'enveloppe et se plongea dans la lecture du message.

— C'est pas sérieux ! grogna-t-il en montrant la feuille à Marion. Qu'est-ce que c'est que ça ? Et d'abord, qui êtes-vous ?

Duncan se tendit ; ses doigts effleurèrent le poignard, prêts à le dégainer. Les deux sbires s'étaient rapprochés.

— Qui je suis ne vous regarde en rien, dit stoïquement Marion. Je passais par Aberdeen pour me rendre au château de Cawdor, afin de visiter une tante. Mon cousin John a cru bon de me faire porter cette lettre. Il était trop occupé au camp, avec son père. Vous savez qu'ils marchent présentement sur Perth, alors… Je ne connais pas le contenu de ce message et ne souhaite pas le connaître. Si quelque chose vous déplaît…

Elle haussa les épaules, l'air de dire : « Je m'en fous royalement ! » ou bien « Mettez-la où je pense ! », et le regarda droit dans les yeux.

— Mais c'est de la folie ! s'écria Mackay. Dunnottar… Sacredieu !

— Qu'est-ce qu'il y a, Aenas ? demanda le plus gros des sbires d'un air inquiet.

Mackay lui tendit la lettre. L'homme la contempla, un peu penaud.

— Tu sais bien que j'sais pas lire.

— On nous demande de nous rendre à Dunnottar ; c'est de la folie ! Le Prétendant doit y arriver cette nuit.

Duncan s'agitait et jugea le moment venu pour s'éclipser avec Marion. Il commençait à se lever quand Mackay le repoussa sur son banc.

— Holà ! On ne va nulle part !

— Maîtresse Campbell a encore une longue route avant d'arriver à Cawdor. Elle devait repartir sitôt le message remis.

— Eh bien, « maîtresse Campbell » ne partira pas tant que je ne l'aurai pas décidé. Will, va rassembler les autres. On doit discuter.

Le compagnon illettré tourna les talons et sortit de l'auberge.

— Dunnottar n'est pas ce à quoi je m'attendais ! Lunan Bay, Stonehaven peut-être. Arbroath même… Jamais Dunnottar !

Il fouilla dans son *sporran* et en sortit une carotte de tabac. Il en arracha une feuille et se la fourra dans la bouche avec une brusquerie qui exprimait sa fureur. Duncan regarda Marion, mais elle gardait obstinément les yeux rivés sur sa chope. Les choses n'allaient pas comme prévu. Ils auraient dû élaborer un plan de rechange en cas de nécessité.

Quelques minutes s'écoulèrent encore avant que le reste de la bande n'entre dans l'auberge, provoquant une légère agitation parmi la clientèle déjà présente. Celui qui avait engagé ces hommes savait à qui il avait affaire.

— Qui vous a envoyée ? redemanda Mackay avec autorité.

Il s'était penché sur Marion et la fixait d'un œil mauvais.

— Je… je suis les instructions de mon cousin.

— Quelque chose ne va pas, mais alors là, pas du tout ! Je veux votre nom !

— Mon sang est Campbell, monsieur, gronda-t-elle en le défiant du regard.

Son visage s'était empourpré de colère et Duncan la connaissait assez bien pour savoir dans quel état cela la mettait qu'on doute de ses origines. L'homme mâchouilla sa chique quelques secondes, l'air indéchiffrable, la jaugeant de la tête aux pieds. Puis l'ébauche d'un sourire retroussa un coin de sa bouche, d'où coulait un mince filet noirâtre qu'il essuya du revers de sa manche.

— Ouais. Campbell, hein ? D'Argyle ? fit-il en regardant les couleurs du tartan.

— Campbell de Kames.

— Kames… hum… Et lui ?

— Mon escorte. Vous ne croyez tout de même pas que je voyage seule ? Dois-je vous rappeler que le pays est en plein soulèvement ?

Mackay lorgna de biais vers Duncan qui, immobile comme une statue de marbre, faisait le terrible constat qu'il avait mis sa femme entre les griffes d'un tueur. Un frisson glacé le parcourut. Mackay sembla deviner son trouble ; sa bouche se tordait en un rictus hideux qui découvrait une rangée de dents noires dont quelques-unes étaient cassées.

Les hommes de Mackay formaient maintenant un mur autour d'eux. Marion et lui étaient dans le pétrin, et c'était peu dire. Il devait trouver un moyen de les sortir de là le plus rapidement possible. Le malfrat se tourna vers ses hommes. Le torse bombé de suffisance, il s'adressa à eux d'une voix forte et impérieuse, faisant fi de la présence des clients qui les regardaient avec curiosité.

— Il semble que nous allons devoir changer nos plans. Nous allons en discuter, puis nous prendrons une décision.

Un murmure parcourut le groupe d'hommes.

— Sortons ! ordonna-t-il. Vous aussi, vous nous suivez !

La couvrant de sa cape, Duncan aida Marion à se lever. D'une pression sur l'épaule, il tenta de la rassurer. Mais le sourire et le regard qu'elle lui rendit étaient peu convaincants. Elle était terrorisée. Il était trop tard maintenant. Ils devaient être prudents.

L'un des hommes poussa Marion un peu rudement dans le dos pour la faire sortir. Elle pirouetta sur ses talons et lui lança un regard meurtrier.

— Ne me touchez pas !

— Vous saviez que dans le Strath Halladale, on laisse les sorcières s'enliser dans les tourbières ? lui dit-il d'un air moqueur en plissant ses yeux noirs de maquignon.

— Allez vous faire foutre, espèce de vieux bouc puant ! Chez nous, en… Argyle, nous pendons les hommes comme vous !

— Ça suffit, Ewie ! intervint Mackay. Cette dame est la nièce du duc d'Argyle. Elle s'appelle « Défense d'y toucher ». Est-ce clair ?

L'air frais leur fouettait la peau. Le crépuscule commençait à étendre son manteau de pourpre sur la baie de Stonehaven. Le petit bourg portuaire, dont la principale activité était la pêche, était niché dans une anse sablonneuse, au pied des falaises de Downie Point. Les cris des mouettes qui faisaient des cercles au-dessus d'eux résonnaient et se répercutaient sur les façades de pierre des habitations.

Ils se tenaient sur Highstreet qui offrait une vue sur la baie et attendaient que les hommes de Mackay finissent de délibérer. La rue se vidait peu à peu de ses passants. Duncan chercha du regard les deux hommes qui étaient censés raccompagner Marion. Ils s'étaient fondus parmi les pêcheurs qui rentraient de leur journée et qui s'affairaient à accrocher leurs filets pour les faire sécher. Il croisa le regard de l'un d'eux. L'homme avait compris la situation. Duncan lui fit signe de ne rien tenter. Il ne voulait pas prendre le risque que Marion soit blessée dans une escarmouche qui tournerait mal.

La main de la jeune femme effleura la sienne et l'agrippa. Il avait une envie terrible de la prendre dans ses bras, mais il devait garder une attitude distante, à la limite amicale, avec elle. Le petit homme au visage chafouin qui les surveillait de près tripotait sans cesse son pistolet, comme pour leur donner un avertissement.

— Qu'est-ce qu'on va faire ? demanda Marion sur son épaule en feignant de regarder derrière elle.

— Attendre, pour le moment. Tu as toujours ton poignard ?

Pressant légèrement sa cuisse contre la sienne, elle lui fit sentir le renflement de l'arme cachée dans les replis de sa jupe. Il se pencha vers elle.

— N'oublie pas, en dernier recours seulement.

Un grondement parcourut le groupe d'hommes. À en juger par leurs expressions, la destination qui leur était imposée ne les enchantait guère.

— On ne va pas aller se fourrer dans cette forteresse ! Aussi bien se tirer une balle dans la tête !

— Écoute, Doug, on n'est pas venus jusqu'ici pour retourner les mains vides à Cape Wrath ! On nous a promis à chacun cinq pour cent de la récompense. Tu veux cracher sur tout cet argent ? T'es complètement taré ou quoi ? Cinq mille livres sterling, c'est plus que tu n'auras jamais dans ta putain de vie !

— Ouais… Encore faut-il que je sois là pour le dépenser, crétin !

— Ça va, les gars. Faut se décider. On y va, oui ou non ?

— Moi, j'dis que Finlay a raison. On est tout de même pas venus jusqu'ici pour rentrer bredouilles. Ma femme attend un septième marmot. Un peu d'argent serait le bienvenu.

— T'es sûr d'en être le père, Connor ?

— Ta gueule, Andrew ! Avec la tronche que t'as, j'serais pas surpris que la tienne se fasse engrosser par ton frère, histoire d'avoir des gosses à peu près regardables tout en restant dans la famille.

Un poing s'abattit dans un bruit sourd sur le nez de Connor qui se mit à jurer et à cracher du sang. Un seul regard de Mackay eut tôt fait de calmer les deux malotrus. Les hommes délibérèrent bruyamment pendant quelques minutes encore, pour en arriver finalement à un consensus. Dieu régnait au ciel et l'argent sur la terre... Ils iraient à Dunnottar.

Mackay brandit le petit carton portant les armes des Keith, qui leur permettrait d'entrer en toute sécurité dans la forteresse.

— C'est notre clé d'entrée, je présume ? Comment Argyle a-t-il bien pu se procurer ceci ?

Marion feignit la surprise en examinant le carton comme si elle le voyait pour la première fois.

— Je ne sais pas, bredouilla-t-elle, commençant à s'affoler.

Mackay se posait trop de questions auxquelles ils n'avaient pas de réponses. Il était temps de partir.

— J'avoue que je ne sais pas trop quoi penser. Je continue de croire qu'il y a anguille sous roche dans cette affaire. Vous venez avec nous.

Marion écarquilla les yeux.

— Non... je dois repartir...

Le malfrat l'attrapa par le poignet et la tira derrière lui. Duncan tenta de les rattraper, mais fut vite retenu par deux hommes qui le repoussèrent brutalement. Mackay se retourna et éclata d'un rire sardonique.

— Croyez-vous que je sois assez bête pour aller m'enfermer dans une forteresse ennemie sans garantie d'en ressortir ? Et comme on dit, qui ne tente rien n'a rien, n'est-ce pas ? Votre maîtresse vient avec moi. Grimpez sur votre monture, jeune homme. Vous venez aussi. On aura peut-être le temps de faire plus ample connaissance. Allez, les gars, on n'a pas toute la nuit ! On ne sait pas quand l'objet du contrat doit arriver au château.

Le fracas des vagues leur parvint bien avant qu'ils voient l'eau se lancer à l'assaut du littoral déchiqueté. À présent, Duncan pouvait distinguer la sombre et impressionnante silhouette de Dunnottar dans le clair-obscur. Il en eut la chair de poule. Les embruns couvraient les arbres d'une fine couche de givre scintillante et collaient leurs cheveux à leur visage. Prisonnière de Mackay, Marion chevauchait devant lui, évitant de se retourner. Avec sa cape qui se gonflait d'air et ses cheveux qui volaient autour de sa tête, elle avait l'air d'une créature de l'autre monde venue hanter les tours écroulées du château. La sorcière de Dunnottar. Duncan ne put s'empêcher de frémir devant le tableau à la fois féerique et funeste.

La troupe fit halte avant de descendre le chemin tortueux qui s'enfonçait dans les brumes opaques des replis rocheux du ravin. La brise marine portait l'écho des cris des oiseaux qui tournoyaient et se laissaient flotter sur les courants d'air chaud arrivant de la mer. Mackay fixait la forteresse d'un air indéchiffrable, évaluant la situation avec circonspection tout en mastiquant sa chique. Il cracha un amas gluant, grogna son insatisfaction, puis jura dans sa barbe. Duncan crut qu'il allait rebrousser chemin. Mais l'homme fit signe au groupe d'entreprendre la descente. Le chemin était si boueux que les montures glissaient et s'enlisaient parfois jusqu'aux genoux en renâclant.

Duncan sentait son estomac se serrer à l'approche du promontoire qui se dressait devant eux. Il pesta contre lui-même. Il aurait dû empêcher Marion de jouer ce stupide rôle. Cependant, pour être tout à fait honnête avec lui-même, il devait admettre qu'elle s'en était admirablement sortie. En vérité, elle avait été bien meilleure que lui et avait su cacher son trouble à Mackay. Si ce foutu malfrat avait été un tantinet plus bête qu'ils l'avaient cru, ils ne se seraient pas trouvés là. Mackay ne leur faisait pas confiance et les gardait en otages. La situation tournait au vinaigre. Duncan souhaitait seulement que son père et les hommes de son clan n'attaquent pas avant qu'il ait trouvé un moyen de la mettre à l'abri.

— Stop ! cria Mackay en levant la main.

Quelques chevaux hennirent nerveusement. L'obscurité rampait sur la façade de pierre d'une dizaine de mètres percée d'une seule porte. Le mur adjacent était quant à lui parsemé d'une multitude de meurtrières derrière lesquelles devaient se trouver des canons prêts à riposter en cas d'attaque.

Des hommes murmuraient, d'autres s'agitaient nerveusement sur leur selle en levant des yeux inquiets vers les hautes murailles, se demandant certainement ce qui les attendait derrière. On amorça les armes. Duncan chercha à accrocher le regard de Marion. Se sentant probablement observée, elle tourna les yeux vers lui. Elle était si pâle…

— Qui va là ? cria soudain une voix.

Duncan tressaillit. Une petite fenêtre percée au centre de la porte s'ouvrit. Mackay hésita, lançant un regard suspect vers les deux otages. Il descendit de son cheval, forçant Marion à le suivre jusqu'à la porte. Il glissa le carton dans l'ouverture grillagée, qui se referma aussitôt après l'avoir avalé. Il y eut une longue attente silencieuse pendant laquelle les hommes scrutaient nerveusement les ouvertures obscures de la façade. Duncan était au supplice. Il s'empara de son poignard et décrocha son pistolet. Les poils se hérissaient sur ses bras et la chair de poule déclencha un frisson qui lui parcourut l'échine. La dernière fois qu'il avait eu cette sensation, c'était sur la plaine de Sheriffmuir, juste avant la bataille. Il ferma les yeux et secoua la tête pour dissiper les terribles images qui commençaient à affluer dans son esprit.

Enfin, le cliquetis des chaînes et le grincement du métal annoncèrent qu'on levait la herse. L'entrée était déserte. Des torches accrochées aux murs éclairaient les marches dallées d'une lueur vacillante qui faisait danser les ombres inquiétantes des individus en train de franchir l'entrée. La porte se referma derrière le groupe, puis un troublant silence suivit. Le piège se refermait.

Tout en haut du passage qui montait se trouvait une autre porte. Ils passèrent devant la salle des gardes vide et d'autres meurtrières pour canons à mitraille. Un coup de ces canons, et ils se retrouvaient tous en bouillie. Ils étaient maintenant à la merci de ceux qui se tapissaient dans l'ombre.

Le bruit de leurs pas et le martèlement des sabots des chevaux résonnaient entre les murs froids et ruisselants d'humidité, tandis qu'ils grimpaient vers l'entrée secondaire. Dans le passage où ils se trouvaient, ils faisaient des cibles faciles pour des tireurs cachés dans les hautes herbes, au-dessus des parapets. Un endroit idéal pour une embuscade. Duncan ne put s'empêcher de penser que l'ordre d'attaquer aurait sans doute déjà été donné si tout s'était déroulé comme prévu. Il resta aux aguets, serrant le manche de son poignard si fort qu'il en avait mal aux jointures. Dunnottar était un chef-d'œuvre de construction fortifiée.

Quelques minutes plus tard, ils arrivaient enfin dans l'enceinte même de la forteresse. Duncan embrassa la cour intérieure du regard. Personne en vue. Le mugissement incessant des vagues qui venaient se briser sur les rochers trente-sept mètres plus bas était assourdissant et ajoutait à l'atmosphère lugubre de l'endroit.

Sur sa droite se dressait le donjon, que jouxtaient quelques bâtiments : les écuries, sans doute, et d'autres dépendances. Un peu plus près d'eux s'érigeait une construction plus récente. En face, la chapelle ou ce qu'il en restait. La toiture et deux des murs s'étaient écroulés. Un petit cimetière, derrière lequel une palissade de bois dissimulait probablement quelques chaumières dont il ne voyait que les toitures. Sur sa gauche, trois bâtiments allongés se rejoignaient aux angles et ceinturaient une cour où était creusée la citerne de laquelle s'élevait une odeur d'eau croupie. Duncan scrutait l'obscurité qui s'épaississait autour d'eux, imaginant des silhouettes accroupies, lames fourbies et pistolets chargés. Prêtes à foncer sur l'ennemi.

— Qu'est-ce qu'on fait ? chuchota soudain un homme.

— On aurait peut-être mieux fait de rester à l'auberge. Il y a de quoi se sentir comme un souriceau dans une trappe.

— T'es qu'une poule mouillée…

— La ferme, Andrew !

La tension montait. Le silence inquiétait. Où se trouvait la garnison ? Duncan n'avait pas vu âme qui vive depuis leur arrivée dans les murs de la place forte. Mackay allait certainement se poser des questions, et même découvrir le pot aux roses. Ils l'avaient sous-estimé, il n'y avait pas de doute.

Marion tordait son poignet dans la main de son geôlier, qui ne lâchait pas prise. Quelques torches éclairaient faiblement les façades des bâtiments. Mais la cour était maintenant plongée dans l'obscurité et la brume s'immisçait entre eux, diminuant encore la visibilité. « Ils n'arriveront jamais à viser juste dans ce brouillard ! » songea Duncan. L'angoisse le torturait. Il devait éloigner Marion et la mettre à l'abri. Ici, ils faisaient de bien trop belles cibles s'ils se trouvaient pris au milieu de feux croisés. Il s'approcha d'elle.

— Je vais installer la dame à l'intérieur, déclara-t-il.

— Pas question ! Elle reste avec moi, grogna Mackay.

Duncan s'énerva.

— Entrez avec elle alors, si vous voulez. J'ai pour ordre de veiller à sa sécurité.

— Je n'en ai rien à foutre ! La dame ne va nulle part.

Duncan vit un mouvement imperceptible pour celui qui ne l'anticipait pas. Mais pour lui, ce fut le signal d'alarme. Tournant la tête vers la palissade de bois, il vit le reflet de la lumière cendrée de la lune sur une lame. Ils étaient bien là, tapis dans l'obscurité. Mackay plissa les yeux et vit lui aussi. Il considéra Duncan un instant, mâchonna encore un moment, puis cracha de nouveau à ses pieds.

Duncan cessa de respirer. Mackay venait de deviner le piège. L'homme regarda de nouveau vers la palissade et sourit sournoisement.

— Eh bien, monsieur « Campbell ». Il me semble qu'on nous attendait… et je doute que ce soit le prince.

Puis tout s'enchaîna à la vitesse de l'éclair. Mackay poussa Marion devant lui vers le bâtiment le plus proche, puis, levant son pistolet, visa Duncan qui eut juste le temps de se jeter au sol et de rouler sur lui-même pour se cacher.

La détonation prit tous les hommes de court. Elle fut rapidement suivie d'une deuxième, puis d'une troisième. Quelqu'un s'écroula.

— C'est une embuscade ! cria l'un des hommes.

En quelques secondes, ce fut la confusion totale. Les tirs fusaient de toutes parts. Mackay s'engouffra dans le bâtiment avec Marion. Duncan ne pouvait pas les suivre sans risquer de se faire tirer dessus. Un homme courait dans sa direction pour se mettre à couvert. Duncan le mit en joue et tira. Un cri étouffé ; l'homme vacilla et tomba au sol. Il devait sortir Marion de là.

Le cœur battant, il longea à quatre pattes le mur du bâtiment jusqu'à l'entrée. La porte était restée entrebâillée. Il donna un coup de pied dessus. Une détonation retentit et se répercuta sur les murs ; le bois de la porte explosa au-dessus de lui. S'aplatissant comme une crêpe, il attendit quelques secondes. Dans la cour, des silhouettes hurlantes gesticulaient. Les combats à l'épée avaient commencé. L'obscurité rendait les tirs trop imprécis. La peur s'insinuait en lui.

« Je me croirais de nouveau à Sheriffmuir. »

Il entendit des bruits de pas, des meubles qu'on heurtait et les cris étouffés de Marion. Ils se dirigeaient vers la droite. Duncan vérifia l'amorce de son pistolet, puis pénétra dans le bâtiment.

— Marion ! appela-t-il.

Un faible gémissement lui parvint du fond de la pièce. Il longea le mur en tâtonnant, butant contre des chaises et des bancs. Une ouverture… Non, c'était l'âtre d'une cheminée.

— Marion !

L'écho… Il n'arrivait pas à les localiser. Son cœur battait à lui rompre la poitrine. Mackay allait certainement s'en prendre à elle, maintenant qu'il se savait dupé par eux. Il devait faire vite.

— Marion !

Un autre gémissement étouffé, qui faisait écho au-dessus de lui. Il leva la tête. Des ténèbres abyssales l'enveloppaient.

— Duncan !

L'appel affolé de Marion emplissait la pièce, venant de nulle part et de partout à la fois.

« Où sont-ils ? »

L'écho d'une cage d'escalier ! C'était cela ! Ils étaient montés à l'étage. Mais où se trouvait cette fichue cage d'escalier ? Y allant à l'instinct, il rasa le mur en direction du gémissement entendu quelques secondes plus tôt. Une autre ouverture ? Oui, une porte ! Il s'y engouffra et se heurta à une contremarche.

« Un escalier en colimaçon ! »

Il y ferait une cible parfaite. Une petite fenêtre était percée à mi-chemin dans le mur, laissant entrer une faible lueur. Si Mackay l'attendait dans l'ombre, il pourrait facilement l'atteindre dès qu'il traverserait le rai de lumière. Mais il n'avait pas le choix. Marion était entre les griffes de ce salaud.

Il grimpa les marches une à une, le dos collé au mur, les yeux dirigés vers le haut. Il avait grand-peine à respirer et le sang lui fouettait sauvagement les tempes.

« C'était pas une bonne idée… Pas une bonne idée ! »

Les cris et le fracas des lames qui s'entrechoquaient lui parvenaient de la cour et emplissaient sa tête d'images terrifiantes. Sheriffmuir le hantait comme un cauchemar. Il transpirait abondamment. Surgissaient soudain des images du champ de bataille… rouge de sang, couvert de corps mutilés, Écossais et *Sassannachs* réunis dans un sommeil éternel. Il revoyait Ranald qui se tournait vers lui, narguant la mort d'un sourire. La lame du dragon qui s'élevait, luisante et tranchante. Il entendait encore le cri de son père, le sien... Puis, maintenant, c'était Marion qui l'appelait. Il étouffait, suant à grosses gouttes. Il gémit. Non ! Il devait se concentrer sur Marion. Ils n'auraient pas Marion.

« Marion ! »

Des bruits étouffés, et des crissements... On déplaçait des meubles sur un parquet de bois. Puis des pas précipités. Marion sanglotait. « Sainte Mère de Dieu, protégez-la ! » Les pierres étaient froides et dures dans son dos. Il rasa le mur. Son souffle se condensait en une fine vapeur blanche devant lui ; pourtant Duncan avait très chaud.

Il atteignait l'entrée du premier étage qui s'ouvrait sur sa gauche. L'oreille tendue, il retint son souffle pour écouter. Rien. Où étaient-ils ? Duncan essayait de revoir mentalement de quoi se composait l'arsenal de Mackay : deux pistolets, certainement à répétition ; un mousquet, qui était cependant resté dans les fontes de son harnais ; une épée et un poignard... Il réalisa avec consternation qu'il ne pourrait se servir de son propre pistolet si Mackay faisait de Marion son bouclier. Et si lui ne pouvait tirer sur ce salaud, l'autre, en revanche, s'en donnerait à cœur joie !

Le grincement de sa lame frôlant le mur lui rappela son épée suspendue à son baudrier. Il passa son poignard dans sa main gauche et troqua son pistolet pour la lame qu'il brandit devant lui. Puis il contourna le chambranle d'un bond. La pièce était vide.

Duncan s'élança à travers l'enfilade de pièces, longeant les murs, retenant son souffle. Vides ! Toutes vides ! Son cœur lui martelait la poitrine. Il avait mal. Mackay était monté dans les combles. Il revint vers la cage d'escalier et reprit l'ascension périlleuse des marches en spirale, usées et glissantes d'humidité.

— Marion ! cria-t-il, en proie à la panique.

— Duncan...

Un cri étranglé, puis un autre, terrifié celui-là, lui glacèrent le sang. Il avait l'impression que l'escalier se dérobait sous lui, qu'il montait à l'infini. Il arriverait trop tard... Fils de pute de Mackay ! Il aurait sa peau !

Une décharge d'adrénaline lui donna la force de franchir les dernières marches. Une odeur de moisi et de poussière le prit à la gorge. Il remarqua que la toiture s'affaissait légèrement dans un coin et qu'il manquait quelques ardoises. Une lumière laiteuse filtrait et plombait les plaques de pierre qui jonchaient le plancher. Sàra leur avait dit que les Keith, pratiquement ruinés après le long siège de Cromwell en 1652, avaient laissé le château aux bons soins des vents marins et des oiseaux. Après soixante ans de négligence, l'état des bâtiments s'était grandement détérioré.

Duncan perçut un mouvement au fond de la pièce. Il fouilla des yeux l'obscurité pendant un moment. Des caisses de bois, des chaises brisées, un tapis roulé, un vieux matelas de plumes éventré. L'espace, qui servait visiblement de débarras, était jalonné de poutres qui supportaient la toiture. Aucun abri ne s'offrait à lui ; l'obscurité seule était son alliée.

Un gémissement lui parvint encore ; Marion... était-elle blessée ? Il s'accroupit pour passer sous une entretoise qui lui barrait le chemin. Quelque chose lui frôla le pied. Il sursauta et abattit sa lame d'instinct. Un rat... « Un putain de rat ! » Une détonation retentit, et le bois de la poutre contre laquelle il s'appuyait éclata. Il plongea et roula sur le sol un peu plus loin. Il avait signalé sa présence à Mackay qui, en fin tireur, l'avait manqué de peu.

— Duncan… gémit Marion, en proie à une angoisse insoutenable.

— La ferme, garce ! aboya Mackay.

Duncan entendit le bruit sourd d'un coup et le cliquetis d'un objet métallique qui rebondissait. Marion jura et grogna de douleur. Se battait-elle avec lui ? Incrédule, Duncan s'élança vers l'endroit d'où lui provenaient les bruits de lutte.

— Un pas de plus, et sa petite cervelle d'oiseau s'étale sur le mur !

Duncan se figea immédiatement. Son cœur s'arrêta net, puis repartit au galop. Il les voyait bien maintenant. Ils ne se trouvaient qu'à quelques pas de lui, sous le coin affaissé de la toiture. Un mince rai de lumière argentée faisait luire la platine du pistolet de Mackay pointé sur Marion. Celle-ci s'était réfugiée sous une lourde table de chêne, les genoux ramenés sous le menton.

— Marion ?

— On ne bouge pas… Duncan. C'est votre nom, je crois ?

Marion se tourna vers lui, la bouche entrouverte, se penchant légèrement de façon à mettre son visage dans la lumière lunaire. Un mince filet sombre barrait sa joue droite. Du sang… il l'avait blessée. Elle passa une main dessus et l'essuya sur sa jupe. Puis ses lèvres articulèrent silencieusement : « Ça va ! » Duncan poussa un profond soupir.

— Qui êtes-vous ? tonna Mackay. Et qui vous envoie ?

— Vous n'avez pas à le savoir, répondit Duncan avec un calme appliqué.

Il était demeuré dans la pénombre et, de ses yeux, il balayait frénétiquement l'espace autour de Mackay, dans l'espoir de trouver quelque chose qui pourrait lui servir à le neutraliser. Mais le fond de la pièce était désespérément vide. L'éclat de son épée retint l'attention de l'assassin.

— Déposez doucement vos armes, ordonna Mackay.

Duncan hésita quelques secondes. Mackay releva son pistolet, prêt à tirer sur Marion. Duncan savait qu'il n'hésiterait pas à appuyer sur la détente. Il obtempéra donc et se délesta à grand bruit de ses armes blanches. Il conserva néanmoins son pistolet resté accroché à sa ceinture et qu'il dissimula sous le pan libre du plaid ramené par-dessus son épaule.

— Poussez-les vers moi.

Les armes se retrouvèrent aux pieds de Mackay, qui l'observait d'un œil d'aigle.

— Vous n'êtes pas des Campbell, fit alors remarquer l'assassin avec hargne. Vous êtes des saletés de jacobites... Des sales papistes !

Sous la virulence des propos, Duncan ne put s'empêcher de sourire. L'homme plissa les yeux et jura.

— Qui vous envoie ? Est-ce que ce foutu Gordon m'aurait baisé ? Je lui ferai la peau, à celui-là, quand je lui mettrai la main au collet !

Occuper l'esprit de l'assassin, gagner du temps... Voilà ce qu'il devait faire.

— Si vous sortez d'ici vivant, mon vieux ! railla Duncan. Vous vous doutez bien que je n'étais pas seul et que la forteresse...

— Ha ! Dites-vous bien que si je ne sors pas d'ici vivant, mon ami, vous non plus ne vous en sortirez pas.

L'homme s'agita, dirigeant maintenant son pistolet vers Duncan, qui fixa le trou noir de la gueule du canon et déglutit. Puis son regard glissa lentement vers Marion. « Sors de là ! Sauve-toi ! » Mais Marion restait clouée au sol, sous la table, et le fixait, comme hypnotisée. Elle ne sortirait pas de son abri. Mackay appuierait indubitablement sur la détente si elle tentait un geste.

Ils étaient pris au piège. L'un d'eux allait assurément être tué. La situation était désespérée. Au pire, ce salaud les tuerait tous les deux. Il n'avait plus le choix : il devait risquer le tout pour le tout. Discrètement, il glissa une main sous son plaid jusqu'au pistolet « oublié ».

— Qui est ce Gordon qui vous a engagé ? demanda-t-il pour occuper Mackay.

— Un homme du comte de Marischal.

Mackay articulait nerveusement ses mots. Il cracha un amas noirâtre sur le sol et s'essuya la bouche du revers de la main. Duncan avait la crosse de son arme bien en main et la faisait pivoter doucement pour la décrocher de sa ceinture. Une goutte de transpiration lui coulait le long de l'échine jusque dans le creux des reins. Mackay reprit en souriant de toutes ses dents brunes ébréchées :

— Personnellement, je me moque que notre roi soit papiste ou protestant. On m'aurait demandé de tuer le bon George que j'aurais accepté le contrat. L'un ou l'autre, ils se moquent bien de nous. Et les temps sont difficiles…

— Combien on vous a offert pour accomplir cette sale besogne ? Quelques centaines de livres ?

Mackay éclata de rire.

— Quoi ? Pensez-vous que je risquerais la peine de haute trahison pour si peu ? On parle ici de milliers de livres, l'ami.

— Dans ce cas, je pense que votre employeur sera plus riche de quelques milliers de livres. Le Prétendant s'embarque à Montrose, et vous ne serez pas là-bas pour l'accueillir comme vous auriez dû.

La mâchoire de Mackay se crispait et sa pomme d'Adam montait et descendait. Il y eut un petit cliquetis métallique qui donna des sueurs froides à Duncan. Il avait réussi à décrocher son pistolet et venait de l'armer. La sueur perlait maintenant sur ses tempes. Un seul faux mouvement et c'en était fait d'eux. Il gardait l'arme bien calée dans le creux de sa paume moite, cachée sous le plaid. Mackay, qui le dévisageait, semblait méditer sa dernière déclaration.

— Qui vous envoie ici ? demanda-t-il soudain avec agacement.

— Quelqu'un qui, à l'évidence, est au fait de ce qui se tramait… Je me demande bien qui aurait pu le mettre au courant. Peut-être que Gordon en aurait parlé…

— Gordon n'a pas parlé… il risque gros, tout autant que nous…

« C'est ça, Mackay, cause toujours. Ton temps est compté ! » S'il arrivait à semer le doute dans l'esprit de l'assassin…

— Il peut avoir changé d'idée et avoir tendu un piège pour se débarrasser de témoins gênants.

L'homme déglutit. Son assurance s'ébranlait. Marion remua, détournant l'attention de Mackay qui retrouva son aplomb.

— Si c'est vraiment le cas, dit-il d'une voix déterminée, je lui réserve la dernière balle de mon pistolet.

Il releva son arme qui avait commencé à pointer légèrement vers le sol et rajusta sa ligne de tir vers la poitrine de Duncan qui fut momentanément attiré par un mouvement à la périphérie de son champ de vision. Il baissa les yeux et rencontra deux petites billes noires et luisantes qui le fixaient. Les combles étaient à l'évidence infestés de petits rongeurs ! Le rat continua tranquillement son chemin.

Duncan se remit à réfléchir. Il lui fallait arriver à confondre Mackay. Mais le sang qui lui martelait les tempes et la peur qui lui tordait les tripes l'empêchaient de réfléchir rapidement. Du temps, il avait besoin de temps. Mackay n'avait certainement pas envie de faire la causette toute la nuit. Il commençait d'ailleurs à montrer des signes d'impatience.

Marion poussa un cri aigu. Le rat détala. Mackay pivota et pointa l'arme sur elle. Duncan glissa la sienne dans son dos, calculant rapidement ses chances de l'atteindre. L'atmosphère était tendue. Il avait du mal à respirer. Mackay fit un pas derrière, l'arme toujours braquée sur Marion qui s'était reculée le plus loin possible sous la table. Son regard glissa ensuite furtivement vers lui, froid et calculateur. Le temps semblait s'être arrêté. « Il va appuyer... »

Duncan avait appris à reconnaître cette lueur de folie passagère qui éclairait le regard d'un homme au moment où il s'apprêtait à appuyer sur la détente. Un rictus hideux tordit la bouche de l'assassin. « Il va le faire, bon sang ! Il va tuer Marion ! » Ses pensées se bousculaient dans sa tête. S'il le manquait ? S'il n'arrivait pas à le neutraliser ? Mackay, la gueule de son canon pointée sur sa cible, commençait à bouger le doigt sur la détente. Le cœur de Duncan allait exploser dans sa poitrine.

Maintenant ! Il dégagea son pistolet. Mackay dirigea son regard vers lui. L'arme qu'il brandissait était maintenant devant lui, pointée sur l'homme. L'effet de surprise fit reculer Mackay d'un pas.

— Espèce de…

Une détonation retentit dans la pièce, puis une deuxième. Il y eut un hurlement de douleur. Marion criait d'angoisse, paralysée sous la table. Duncan avait touché sa cible au bras. Le pistolet de Mackay avait fait feu vers la toiture et était tombé au sol. L'homme se tenait le bras en geignant et en pestant.

— Chien de bâtard !

Un horrible craquement résonna dans les combles. Duncan leva les yeux et constata avec horreur que la toiture s'affaissait. La balle de Mackay avait percuté une poutre instable. Le malfrat levait lui aussi un regard éberlué vers le ciel. Marion remua sous son abri, étira une jambe.

— Non ! Ne bouge pas, Marion ! s'entendit hurler Duncan.

Puis, dans un vacarme indescriptible de craquements et de grincements, une partie de la toiture s'effondra sur eux.

La mémoire du corps.

Des cris, le choc des armes faisant vibrer chacune de ses cellules lui parvenaient faiblement. La douleur sourde de la peur et la nausée qu'elle engendrait l'étreignirent. Son estomac se retourna. La vision d'un carnage le frappa, l'horrifia. Il réprima une violente nausée en serrant les dents. Sheriffmuir… Il était de retour sur le champ de bataille, les jambes coincées sous la bête. Il gémit, puis remua. Une douleur aiguë lui déchira la cuisse. Sa blessure… Le coup d'épée, le dragon… N'avait-il pas été touché à l'aine ? Pourtant il lui semblait que… Non, il avait mal à la cuisse, pas à l'aine.

Lentement, d'une main tremblante, il tâta sa jambe emprisonnée sous un poids. Pas de doux pelage tiède.

Ses doigts ne rencontrèrent qu'une surface dure et rugueuse. Ce n'était pas une bête, mais une poutre de bois. Ses doigts glissèrent sous son plaid, à l'endroit où il avait mal. Une éclisse de bois s'était enfoncée dans sa chair et dépassait de quelques centimètres. D'un coup sec et rapide il tira dessus, poussant un cri de douleur. L'éclat était fin et long d'une quinzaine de centimètres, poisseux de sang. Il n'était pas à Sheriffmuir.

Dunnottar... La toiture... Marion...

— Marion... gémit-il.

Rien que le silence. Un silence angoissant, avec en fond le mugissement des vagues qui déferlaient sur le promontoire rocheux. Son cerveau se remettait lentement à fonctionner. Il se hissa sur ses coudes et fit le tour de la pièce du regard. Un trou béant laissait apparaître le ciel étoilé et s'immiscer la fraîcheur mordante de l'hiver côtier.

— Marion ! Seigneur, non !

D'un nuage de poussière émergeait un amas de poutres et de pierres sombres et luisantes. N'écoutant que la douleur de son cœur, faisant fi de celle de son corps, il repoussa la poutre qui pesait sur lui. Il n'avait rien de cassé. L'effondrement l'avait épargné. La poutre aurait probablement volé sur lui après avoir rebondi au sol. Il se leva péniblement et fit le tour des combles d'un œil affolé. Il vit une paire de jambes bizarrement tordues dépasser de l'amas. « Va pourrir en enfer, Mackay ! » La table... Marion était sous la table ! Mais où était la table ?

— Marion ! hurla-t-il en proie aux pressentiments les plus sombres.

Il se jeta sur l'amas de débris et se mit à fouiller l'endroit où la table se trouvait un peu plus tôt. Les bords tranchants des ardoises fracassées lui entaillaient les doigts tandis qu'il s'acharnait avec rage à retrouver sa femme dans les décombres.

— Oh, mon Dieu ! Faites qu'elle soit en vie...

Ses doigts heurtèrent la surface lisse et douce du bois poli par les années. Avec l'énergie du désespoir, il finit de dégager la table. Elle s'inclinait jusqu'au sol d'un côté ; deux pieds avaient cédé sous le poids des tuiles. Puis son regard accrocha une boucle orangée. Il retira une tuile et découvrit la masse des boucles rousses de Marion.

— Nooon ! gémit-il faiblement.

Les larmes affluaient, coulaient, se mêlant à la poussière sur ses joues et brouillant sa vue. Il souleva la table et dans un craquement la fit basculer. Marion gisait les jambes repliées, le visage ensanglanté.

— Nooon ! Marion, *mo aingeal*... cria-t-il en enfouissant son visage dans le corsage de sa femme. Je ne voulais pas ça... Pardonne-moi !

Il sanglotait sur le corps de sa bien-aimée, sur son malheur.

— Seigneur, je l'ai tuée...

Ses doigts s'emplirent des mèches soyeuses, s'en emparèrent et tirèrent dessus pour redresser la tête. Il glissa son autre main sous la nuque molle de Marion pour la soulever. Elle poussa un faible gémissement. Il écarquilla les yeux. Il n'en revenait pas. Incrédule, il posa sa joue sur la poitrine de la jeune femme. Le cœur battait... Un mélange indicible d'émotions le submergea. Elle n'était pas morte, elle vivait !

Il la souleva complètement et regarda autour de lui, cherchant un endroit confortable où la déposer. Le vieux matelas...

— *Mo aingeal*... murmura-t-il en lui caressant doucement la joue.

Ses doigts tremblaient tellcment qu'ils effleuraient à peine la peau de soie. Marion émit une plainte et remua. Ses paupières clignèrent, découvrant un regard égaré. Elle se crispa et poussa un cri. Duncan la retint par les épaules pour l'empêcher de se redresser.

— C'est fini... C'est fini... *Tuch !* chuchota-t-il doucement.

Elle geignit, effrayée, puis son regard rencontra le sien.

— Duncan ?

— *Tuch !*

Il essuya la traînée de sang qui lui souillait la joue et lui examina le visage : une petite coupure, simplement.

— Duncan ? C'est bien toi ? Tu es vivant ?

— Oui, Marion. Es-tu blessée ?

Elle plissa légèrement les yeux.

— Je crois que ça peut aller. J'ai un peu mal à la tête, c'est tout.

Délicatement, Duncan lui inspecta le crâne.

— Tu as une énorme bosse sur le dessus de la tête. La table t'a certainement frappée fort en s'effondrant sur toi et t'a assommée. Marion... J'ai cru que... que...

L'émotion l'étranglait. N'arrivant plus à dire quoi que ce soit, il écrasa sa bouche sur la sienne et l'embrassa avec fougue. La seule façon qu'il avait trouvée pour exprimer le désarroi qui l'avait dévasté. Au goût du sang se mêlait celui de la poussière et du sel des larmes. Une vague irrépressible de bonheur l'envahit brusquement et fit trembler toutes les fibres de son corps. Marion vivait !

— *A Mhórag, mo aingeal,* je t'aime... Je t'aime, mon amour.

Ses doigts fouillaient sa chevelure, exploraient son visage. Comme pour se convaincre qu'il ne rêvait pas, il voulait la sentir vivre et vibrer entre ses bras.

— Je suis désolée, Duncan... dit tristement Marion, emprisonnée sous lui.

— De quoi es-tu désolée, mon amour ? Tu es vivante, bon sang ! C'est le plus grand bonheur que tu puisses m'apporter.

Ses mains s'agitaient sur elle. Il voulait la toucher, la caresser. Dans la flambée d'émotions qui l'assaillait, il en oublia sa blessure, qui l'élançait maintenant soudain à la cuisse. Marion le considéra un moment, les sourcils froncés d'inquiétude.

— Tu es blessé ?

— À peine, grimaça-t-il en l'embrassant.

Elle l'écarta doucement, l'air soucieux.

— Duncan ! Tu es blessé ?

Il la repoussa sur le matelas encore moelleux qui dégageait une odeur aigre. Quelques plumes tourbillonnèrent autour d'eux. Les mains curieuses et inquiètes de Marion tâtèrent le dos et les flancs de Duncan, puis descendirent sur ses fesses qu'il banda à leur contact.

— *Mòrag*, je t'assure qu'il n'y a rien de grave...

Il l'embrassa encore, sur la bouche, dans le cou. Il enfouit son visage dans son corsage. Elle continuait fébrilement son inspection. Elle effleura sa cuisse. Il gémit et s'immobilisa en grimaçant. Marion le dévisagea, pétrifiée.

— Mais ta cuisse est ouverte, fit-elle avec incrédulité.

Puis elle approcha sa main couverte de sang de ses yeux horrifiés.

— Ce n'est pas grand-chose ! Comme je t'aime, Marion !

Il la serra fort à la faire gémir. Cette fois-ci, elle ne résista pas et se blottit contre lui. Ils demeurèrent enlacés un bon moment à écouter le silence. Puis le froid se fit sentir. L'effet du choc se dissipant, ils commencèrent à grelotter.

Oublier sa blessure et se focaliser sur elle… sur le corps tiède et bien vivant qu'il serrait. Elle gémit de contentement et, glissant ses doigts dans ses cheveux, elle l'attira vers elle pour l'embrasser.

— *Mòrag*… souffla-t-il sur ses lèvres humides entrouvertes.

Marion enroulait amoureusement une mèche couleur corbeau autour de son index d'ivoire. Elle luisait de reflets bleutés dans le clair de lune. Sa joue était posée contre le front moite de Duncan qui reposait les yeux fermés.

— Je t'aime, Duncan, chuchota-t-elle dans ses cheveux.

— Je t'aime, *Mòrag*.

Les mots la frôlèrent comme une douce caresse. Elle aimait qu'il l'appelle ainsi. *Mòrag* était la forme gaélique de Marion. Elle n'avait pas été longue à se rendre compte qu'il ne lui murmurait ce surnom que lorsqu'ils se retrouvaient dans l'intimité.

Lentement, elle leva les yeux vers la parcelle de voûte céleste. *Ursa Minor* était partiellement visible à travers les poutres. La vue de la constellation la ramena brusquement en Glenlyon, par une autre nuit froide. Celle où elle s'était donnée à lui. Elle sourit de contentement et frissonna de plaisir. Duncan resserra son étreinte.

Le vent s'engouffrait en sifflant dans les combles. Seulement là réalisa-t-elle l'étrangeté du silence. Elle n'entendait plus le vacarme des combats.

— Duncan, murmura-t-elle, inquiète, en le repoussant légèrement. Ton père… où sont les autres ?

Il s'écarta et leva la tête en même temps que des voix retentissaient dans le bâtiment. On les appelait. Il la regarda et lui sourit.

— Mon père va penser que je suis venu ici pour me payer du bon temps pendant qu'eux guerroient.

Marion tira sur l'encolure de sa chemise pour l'approcher.

Elle l'embrassa. Sous ses lèvres, elle devinait un sourire mutin qui la fit rire. Les appels résonnaient maintenant dans la cage d'escalier. Duncan se leva en grimaçant et Marion rajusta ses vêtements. La plaie saignait abondamment. Il s'adossa contre une poutre, haletant. Puis, il risqua un œil sur sa cuisse.

— Oh, merde !

Marion se pencha sur lui, examinant à son tour la plaie dans la pénombre.

— Sàra doit bien avoir du fil et une aiguille.

— Pas question ! Bientôt j'aurai l'air d'une vieille chaussette toute reprisée.

— Ne t'inquiète pas ! Je ne me débarrasse pas si facilement de mes vieilles chaussettes.

Une lueur dorée vacillante illuminait l'entrée des combles, tandis que les voix se précisaient. Trois silhouettes massives surgirent de la tour de pierre, armées d'épées et de flambeaux.

— Nom de Dieu ! souffla Liam visiblement soulagé de voir les deux jeunes gens sains et saufs.

La cuisse provisoirement pansée, Duncan chevauchait derrière Marion, la tête appuyée sur son épaule. Ses mains caressaient doucement son ventre sous la cape. Bercé par les mouvements de la monture, il se laissait docilement conduire. Les hommes de Mackay avaient donné du fil à retordre aux Macdonald. L'obscurité jouant contre eux, ces derniers avaient mis du temps à les débusquer, à les maîtriser et à les faire mettre aux fers par les soldats de la garnison. Ils avaient cependant eu l'avantage de connaître un peu les lieux par rapport aux assassins.

Mackay avait eu la nuque brisée dans l'effondrement de la toiture. Trois de ses hommes avaient été tués ; les autres avaient été enfermés dans les voûtes souterraines de Dunnottar.

Marion se retourna légèrement, le frôlant de ses boucles folles qui dansaient dans le vent et lui chatouillaient le visage.

— Tu ne souffres pas trop ?

— Hum… un peu.

La ligne brisée de son profil se découpait sur la grisaille brumeuse qui les enveloppait d'un manteau feutré. Il souleva la tête et posa ses lèvres sur la peau fraîche de la joue de Marion qui s'offrait à lui.

— À l'avenir, je t'interdis de proposer des idées de ce genre, murmura-t-il dans son oreille.

— Mais nous avons réussi !

Il la tint fermement contre lui.

— J'ai failli te perdre, Marion ! Si tu ne t'étais pas cachée sous cette table, je n'ose même pas penser… Et puis, ce plaid m'étouffe…

— Qu'est-ce qu'il a, ce plaid, Duncan ? demanda-t-elle avec un sourire. Tiens ta langue, je n'ai pas encore sorti mon nécessaire à repriser.

— Ouille ! D'accord. À bien y penser, les couleurs ne sont pas si mal.

— Hum… ouais.

Soudain leur parvint le martèlement grandissant d'un cheval au galop venant dans leur direction sur la route. La troupe s'était rangée sur le côté lorsque le cavalier émergea de la brume et les dépassa à vive allure sans les voir.

— Hé ! mais c'est Hamish, le palefrenier des Dunn ! s'écria Calum.

Liam et Angus avaient déjà éperonné leurs montures pour le rattraper. Duncan les observait, intrigué. On s'inquiétait probablement au sujet de Marion au manoir. Pourtant, Hamish, l'un des deux hommes qui les avaient accompagnés à l'auberge de Stonehaven, les avait bien vus partir avec Mackay et ses hommes. Duncan lui avait même fait signe de retourner au manoir.

Les trois hommes avaient une discussion animée. Enfin, Liam descendit de cheval. Angus et le palefrenier revenaient tranquillement vers le groupe, la mine décomposée, laissant Liam seul.

— Qu'est-ce qui se passe ? demanda Marion à Duncan.

— Je ne sais pas. Mais nous n'allons pas tarder à le savoir…

Un cri déchirant rompit le silence. Liam se prenait la tête dans les mains et jurait. Duncan le regardait avec appréhension. Que pouvait-il avoir appris de si terrible ?

— Bon sang…

Marion s'était figée devant lui et ne disait mot. Angus s'approcha d'eux, hésitant. Sur son visage, Duncan pouvait lire une partie des angoisses que semblait vivre son père. Son esprit commençait à émettre les hypothèses les plus sombres sur ce qui avait bien pu se passer. Le Prétendant avait peut-être été abattu malgré tout. Le duc d'Argyle avait pris de l'avance sur les troupes jacobites et les avait massacrées. Patrick était tombé dans une embuscade... Il interrogea Angus du regard, bien conscient que les nouvelles ne seraient pas bonnes.

— Duncan... commença le vieux compagnon de son père. Je... C'est ta mère.

Il s'était attendu à tout, mais pas à ça ! Il se tourna derechef vers son père, qui semblait complètement abattu. Sa mère... Son estomac se crispait au fur et à mesure qu'il imaginait le pire. Les doigts de Marion qui s'enfonçaient dans ses bras lui témoignaient qu'elle partageait ses craintes.

— Ma mère ?

— Elle a été enlevée par...

— Quoi ? Enlevée ?

—... par William Gordon, le coursier de Marischal, termina Angus. Ils sont partis vers Montrose. Le messager...

— C'était lui, balbutia Marion.

32

Un cadavre dans le placard

Une désagréable odeur de poisson pourri emplissait mes narines. J'observais le profil droit de mon ravisseur. Appuyé contre le chambranle de la porte grande ouverte sur la mer, il fixait le large, les yeux mi-clos. La brise faisait onduler ses cheveux que la longue chevauchée avait emmêlés et qui tombaient maintenant librement sur ses épaules. Sa mâchoire se contractait au même rythme que ses doigts sur son genou replié. Il semblait réfléchir à la situation.

Après avoir longé la côte déchiquetée jusqu'à Montrose dans le silence le plus complet, nous avions atteint le bourg aux environs de minuit et nous nous étions directement dirigés ici, sur la plage déserte où se dressaient quelques cabanes de pêcheurs. Ces baraques servaient de fumoirs et de remises en saison. Gordon m'avait forcée à entrer dans l'une d'elles et m'avait attaché les poignets à la proue d'une petite chaloupe retournée.

Il s'était installé dans l'embrasure de la porte et muré dans un silence qui s'éternisait. Cela devait bien faire une heure. Mes yeux fatigués se fermaient malgré moi et ma tête dodelinait, lourde de questions sans réponse. Des bribes de phrases qu'il avait prononcées me taraudaient l'esprit et m'empêchaient de sombrer dans le sommeil.

Caitlin Dunn semblait le perturber beaucoup plus que Caitlin Macdonald. Pourquoi ? Il avait sans doute quelque chose à régler avec elle. Mais il y avait vingt ans que je portais le nom de Macdonald. Il devait faire erreur sur la personne.

Le froid me gelait jusqu'aux os. Je me recroquevillai sur moi-même et laissai finalement mes paupières me couper de cette réalité complexe. Liam devait savoir ce qui s'était passé à l'heure qu'il était, et je ne doutais pas un seul instant qu'il serait en route pour Montrose en ce moment même... si tout s'était passé comme prévu à Dunnottar. J'appuyai ma tête contre la coque de bois et me laissai bercer par le murmure des vagues qui portait jusqu'à moi les chants envoûtants des sirènes.

— Ainsi, vous êtes la sœur de Patrick ?

Je bondis. Mon épaule glissa sur la courbure de la coque et je tombai à la renverse. Une main m'aida à me relever. Le cœur encore battant d'un réveil si abrupt, je ne répondis pas tout de suite. William Gordon, assis devant moi sur un tas de filets de pêche, m'observait à la lueur d'une chandelle. La porte était maintenant fermée.

— Désolé, dit-il, je ne croyais pas que vous dormiez.

« Imbécile ! Nous sommes aux petites heures du matin, nous avons chevauché pendant plus de quatre heures et je n'ai pratiquement rien avalé depuis le déjeuner. Qu'est-ce que tu croyais ? » J'accueillis sa remarque d'un regard mauvais.

— Il ne sera pas heureux d'apprendre ce que vous avez comploté, dis-je.

Son regard me jaugeait. Il prit appui sur ses coudes et étira ses jambes devant lui en les croisant.

— Non, certainement pas. Enfin... je l'aimais bien, Patrick. C'est dommage, déclara-t-il.

Il s'interrompit pour me parcourir du regard. Son expression restait indéchiffrable.

— Juste comme je désespérais de vous retrouver, vous m'apparaissez...

— Vraiment ? Laissez-moi vous dire que le sentiment n'est pas réciproque.

— Hum...

Une ombre furtive assombrit son regard. Il se détourna légèrement.

— Comment avez-vous su que j'étais le contact de l'ennemi chez vous ?

Allais-je lui parler de la petite soirée qui avait eu lieu chez Clémentine ? Après tout, au point où j'en étais... Peut-être pourrais-je en savoir un peu plus sur lui ?

— Je vous ai vu à Édimbourg, en octobre dernier.

Il plissa le front, l'air interrogateur, faisant mine de réfléchir.

— À Édimbourg ? Je ne me souviens pas vous y avoir rencontrée. Or, croyez-moi, je m'en serais souvenu.

— Chez une amie à moi, madame Clémentine Stratton, précisai-je.

— Stratton ? Ça ne me dit rien.

— Peut-être pas. Vous n'étiez pas invité à cette soirée. Vous étiez seulement venu dire quelques mots au... colonel George Turner.

Il tiqua.

— Sur Castlehill... Vous étiez là-bas ?

— Oui.

Il me considéra d'un air bizarre en fronçant les sourcils.

— Que faisiez-vous à cette soirée ? Vous êtes mariée, pourtant.

— Madame Stratton est une connaissance...

— Oui, bien sûr, c'est ce qu'elles disent toutes. Vous ne voudriez certainement pas que votre mari sache que vous fréquentez ces petites soirées… galantes.

— Je ne suis pas ce que vous insinuez, monsieur Gordon. Je vous assure.

Il poussa une exclamation qui en disait long sur ce qu'il en pensait et esquissa un sourire charmeur en me lorgnant. Puis il s'assombrit.

— Non, bien sûr… Vous saviez que le colonel Turner avait été assassiné cette nuit-là ?

Je pâlis et m'agitai. Je n'avais pas particulièrement envie de parler du colonel Turner, mais j'étais curieuse de savoir quel cancan circulait sur le meurtre. Je revis en pensée le fringant Lachlan Stuart sur le lit, complètement abruti par une forte dose d'opium, un poignard ensanglanté dans la main, sa victime allongée près de lui. Qu'avait-il raconté à la police ? M'avait-il accusée ? De toute façon, il ne connaissait pas ma vraie identité. Pour lui, j'étais Joan Turnhill de Berwick. Turner n'avait pas eu l'occasion de lui dire qui j'étais réellement avant de mourir.

— C'est triste. Ce colonel Turner était un homme charmant. Que lui est-il arrivé ?

— Il a été poignardé, annonça rudement Gordon. L'affaire n'est pas très claire. Prétextant que l'enquête était en cours et qu'il ne fallait pas nuire à son déroulement, on a refusé de m'en divulguer les détails.

Évidemment ! Le gouverneur de la forteresse se réveille au petit matin, encore un peu groggy de sa veillée, trouve un homme mort avec lui dans son lit et l'arme du crime dans sa main ! On a probablement étouffé l'affaire.

— Une histoire de cœur, s'est-on contenté de me dire. Mais je n'en crois rien. Je connaissais trop bien George pour savoir qu'il ne s'intéressait pas aux femmes de petite vie comme… celles qui ont l'habitude de fréquenter ces dîners.

Son regard scrutateur m'indiquait qu'il attendait une réaction de ma part. Je ne lui offris rien pour le satisfaire.

— Alors, pourquoi fréquentait-il ces dîners ?

— On y fait parfois des rencontres intéressantes… Des hommes importants. On peut y glaner des informations très utiles.

Ça, Clémentine le savait !

— Hum… Vous le connaissiez bien ?

Il baissa les yeux et fixa une bouée de liège incrustée d'algues séchées rongée par le sel et les vers. De la tristesse se peignit sur son visage.

— Il était mon père adoptif.

Je manquai m'étouffer.

— Votre père adoptif ?… bredouillai-je, interloquée. C'est… triste… Mais vous ne portez pas son nom ?

— C'est que, pour être exact… enfin, ce ne sont pas vos affaires…

— Pourquoi le colonel Turner vous aurait-il pris en charge ? Il n'était pas marié.

Sa bouche lippue se tordit, puis eut une moue d'ignorance. Je posai de nouveau ma tête sur la coque pour éviter de piquer du nez. Le sommeil menaçait de me faire basculer dans le vide une nouvelle fois.

— Je ne sais pas vraiment… George était une connaissance de mon père naturel, qui a été tué peu après ma naissance. Vous êtes fatiguée, vous devriez dormir, dit-il en refoulant un bâillement, comme pour mettre un terme à notre discussion.

Il s'accroupit devant moi et m'observa, les yeux mi-clos. La lueur de la chandelle s'accrochait au sombre duvet qui mangeait ses joues. Ce regard… Un instant je crus voir un autre visage se superposer sur ses traits, mais l'image disparut aussitôt, me laissant un sentiment de frustration qui me fit serrer les dents.

— Demain, le Prétendant n'arrivera que vers la fin de la journée. Nous aurons tout le temps de faire plus ample connaissance.

Sa main s'approcha de ma joue et resta suspendue devant mon mouvement de recul.

— Hum... ouais.

Il sortit de la remise, laissant la porte ouverte derrière lui. La brise aux effluves iodés s'engouffra à l'intérieur, soufflant la chandelle et me faisant grelotter. Je fus plongée dans l'obscurité. Puis, peu à peu, la clarté lunaire m'enveloppa. Je fermai les yeux, incapable de résister plus longtemps à l'appel de Morphée. J'eus vaguement conscience qu'on glissait quelque chose de doux sur mes épaules, puis ce fut le néant.

Le mugissement constant des vagues caressait mes oreilles de son lamento languissant. Je voulus rouler sur le dos, mais sentis mes liens qui me retenaient aux poignets. Je me rappelai brusquement où j'étais, et avec qui. J'ouvris les yeux. Une lumière vive pénétrait dans le petit cabanon par les nombreux interstices des planches. Gordon était absent.

Je remuai mes doigts gourds et déglutis. J'avais terriblement soif et mon estomac grognait. Où était Gordon ? D'un regard, j'embrassai l'intérieur du cabanon. J'avais besoin de me soulager. La corde qui me reliait à la chaloupe ne me donnait que quelques mètres de liberté, tout juste de quoi effleurer la porte. Assez futé, le jeune homme. J'allai derrière la chaloupe et revins sur la couverture de laine qu'avait mise sur moi mon ravisseur.

Ankylosée et un peu engourdie par la fraîcheur de l'air, je fis quelques pas, réfléchissant à un moyen pour me sortir d'ici. Mes liens étaient plutôt solides. Crier ? C'était une idée... Encore fallait-il être certaine que Gordon ne se trouvait pas dans les parages. Et puis, je n'avais aucune idée de la distance qui me séparait de l'habitation la plus proche. Nous étions certainement isolés du village.

La porte s'ouvrit, laissant un flot éblouissant se déverser sur moi. Je clignai des yeux. La silhouette d'un homme se profilait à contre-jour. Assez mince, plutôt grand, mais tout de même bien proportionné. Mon cœur, qui avait fait un bond, se remit à battre normalement. Gordon était revenu.

— Bien dormi ?

Je lui répondis d'un sourire cynique qu'il feignit d'ignorer. Il déposa un petit balluchon sur le sol et s'assit en tailleur, à côté.

— Vous avez faim ?

De la nourriture ! J'étais prête à faire une trêve pour avaler un morceau. Je m'assis devant lui et l'observai tandis qu'il déballait nos agapes du matin : petits pains dorés, fromage au lait cru, harengs fumés, jambon froid, pommes et vin de Bordeaux. Pas de porridge. Un vrai festin, quoi !

Gordon trancha du pain et du fromage avec son poignard et me tendit les morceaux avec un sourire. Ses cheveux étaient lâchement ramenés sur sa nuque en une queue-de-cheval nouée par un ruban bleu nuit. Ses joues étaient lisses et légèrement rougies. Il s'était rasé. J'engloutis ma tartine tout en détaillant mon ravisseur.

— Qu'allez-vous faire de moi ?

Consciencieusement, il coupa quelques tranches de jambon, en piqua une sur la pointe de son couteau et me la présenta. Je fixai un moment la petite pointe acérée qui traversait la chair rose et pris le morceau de jambon en le remerciant du bout des lèvres. Je ne devais pas oublier qui était cet homme et pourquoi il m'avait emmenée. Malgré les égards avec lesquels il me traitait, le poignard qui m'offrait ma pitance ce matin pouvait très bien servir à autre chose un peu plus tard.

— Ce que je vais faire de vous ? Je ne sais pas, avoua-t-il avant d'enfourner un hareng fumé.

Il essuya ses doigts sur le carré de lin qui faisait office de balluchon et but une gorgée de vin avant de m'offrir la bouteille. Mes liens gênaient mes mouvements. Il s'en rendit compte.

— Attendez, dit-il en prenant son poignard.

D'un geste rapide, il trancha la corde, libérant mes poignets irrités par la rugosité du chanvre. Je me frictionnai.

— Pour quelques minutes seulement, m'avertit-il en posant son regard bleu de mer sur moi.

Je n'en doutais pas un seul instant. Je me saisis de la bouteille et avalai quelques gorgées de vin. Gordon demeurait étrangement silencieux et ne me quittait pas du regard. Cette drôle d'impression de déjà-vu qui m'avait taraudé l'esprit la veille revenait me hanter. Ce port de tête, cette façon de sourire... Quelque chose me disait que j'avais déjà vu cet homme quelque part, ailleurs qu'à Perth ou à Édimbourg. Mais où ? Ma mémoire me trahissait.

— Combien de temps allez-vous me garder ici ? lui demandai-je encore.

— Le temps qu'il faudra. Le Prétendant doit arriver aujourd'hui. Les navires français sont en rade, je les ai aperçus ce matin.

— Pourquoi voulez-vous le tuer ? Il repart pour la France, n'est-ce pas assez pour vous ?

— Non, répondit-il simplement.

Il croqua dans sa pomme et mastiqua avec lenteur.

— Il peut toujours tenter de revenir, expliqua-t-il.

— C'est la récompense qui vous intéresse ?

— La récompense ? C'est vrai qu'elle a pesé dans la balance. Mais je ne crois plus être en mesure de la réclamer. Je suis seul, et le prince sera certainement bien entouré de ses nobles et de ces « nargue-potence » de guerriers highlanders.

Son ton acerbe me fit réagir.

— Et moi ? Que m'arrivera-t-il après ?

Il soupira, se passant une main sur le visage.

— Je ne sais pas, je vous l'ai dit. Vous ne faisiez pas partie de mes plans.

— Pourquoi m'avoir emmenée alors ? Que me voulez-vous à la fin ? Je ne peux que vous encombrer !

J'avais indiqué mon agacement en enflant la voix et en détachant bien les syllabes. Son visage se durcit et ses poings se fermèrent.

— Peut-être… Je ne sais pas, dit-il, troublé. Quand je vous ai vue, hier… quelque chose m'a poussé à vous emmener avec moi, c'est tout.

Un long moment de silence suivit. Gordon, manifestement troublé, se leva et s'empara de la corde.

— Je dois partir, annonça-t-il nerveusement pour expliquer son geste. Je vais au village. Il faut que je sache exactement où logera le prince.

Il m'attacha les poignets dans le dos. Je me sentais trop lasse pour offrir une quelconque résistance. Ramassant les restes de notre pique-nique improvisé, il les fourra dans un sac de toile, gardant la bouteille pour prendre quelques bonnes lampées de vin.

— L'assassinat… pourquoi vous obstinez-vous ? Vous n'y gagnerez que la corde qui vous pendra.

— C'est une affaire personnelle… Mais j'ai aussi été mandaté par quelqu'un…

Il s'interrompit brusquement. Son air se fit soucieux. Il semblait en proie à un dilemme intérieur.

— Au point où vous en êtes, vous pouvez me dire qui vous a engagé. Bientôt tout sera terminé...

— Peut-être... De toute façon, mon sort est scellé, quoi qu'il arrive.

D'un geste machinal, il faisait tourner le liquide rubis dans la bouteille.

— Le comte de Stair, laissa-t-il tomber.

— Stair ? Vous voulez parler de sir John Dalrymple ?

— Celui-là même. Il est ambassadeur à la cour de France.

— Vous espionnez pour lui ?

— Si on veut.

Dalrymple était l'instigateur du massacre des Macdonald de Glencoe qui avait eu lieu en 1692. Encouragé par le comte de Breadalbane, il avait signé l'ordre d'exécution du clan de MacIain.

— Stair a exercé des pressions sur le régent de France pour que le Prétendant soit arrêté si jamais il remettait les pieds sur le sol français. Mais le régent n'a donné son accord que du bout des lèvres. Alors Stair a préféré prendre les choses en main. Il a envoyé des hommes ici pour organiser l'assassinat. J'ai été chargé d'engager des mercenaires et de les diriger. Mais ces fumiers se sont probablement dégonflés à la dernière minute. Ils ont quitté l'auberge où je devais les rejoindre quelques minutes avant que je me présente. L'aubergiste m'a affirmé qu'ils étaient repartis vers le nord.

Je jugeai préférable de ne rien dire concernant le piège dans lequel ses hommes avaient été attirés. Cependant, un détail m'agaçait :

— Mais qu'est-ce que le fils du duc d'Argyle vient faire dans cette histoire ?

— Ah, John ? Nous nous sommes rencontrés à Londres, l'été dernier, juste avant que je n'entre au service de

Marischal. Ayant les mêmes opinions sur la situation de l'Écosse au sein de l'Empire britannique, nous avons fraternisé aussitôt. Nous sommes tous les deux arrivés à la conclusion que, pour régler définitivement les problèmes que provoquaient les clans séditieux dans les Highlands, il fallait s'attaquer directement à la source : la cause des Stuarts. L'homme ne peut servir deux maîtres en même temps. Il y a un roi de trop ici.

— Je vois que vous ne connaissez pas vraiment le fond du problème, William, lui fis-je observer. Remettre les Stuarts sur le trône d'Écosse n'est qu'un des remèdes au mal qui ronge les Highlands, pas « le » remède. Vous êtes highlander vous-même…

— Désolé, mais les Highlands ne coulent pas dans mes veines, Caitlin. Je me considère comme britannique, et mon sang, je m'apprête à le verser pour le bien de l'Empire.

Je le regardai un moment.

— Laissez tout tomber. Libérez-moi et retournez chez vous…

Il éclata d'un rire ironique et coula vers moi un regard équivoque. Son sourire se figea, s'effaça lentement pour ne devenir qu'une ligne mince et droite entre ses lèvres tendues.

— On oublie tout ça ? Vraiment, Caitlin, vous êtes trop naïve. Oh ! Certainement, pour sauver votre peau, vous seriez prête à feindre d'oublier tout ce que vous voulez. Moi aussi, je dois l'admettre. Mais il est trop tard. Trop de gens savent qui je suis maintenant, et je ne donne pas cher de ma vie. Si je réussis à échapper aux jacobites, ce sera seulement pour me retrouver face au duc d'Argyle qui me demandera réparation pour avoir entraîné son fils. Il n'y a plus d'issue pour moi. Je suis un traître, Caitlin, et…

Il s'interrompit brusquement pendant un instant, le regard perdu dans le vin clapotant dans la bouteille qu'il tenait toujours. Sa bouche s'étira en un sourire amer.

—... assurément, on me réserve le traitement de faveur des traîtres.

Il blêmit et déglutit, passant un doigt derrière sa cravate de soie blanche.

— Au moins mourrai-je pour une bonne cause.

— Je doute que le colonel Turner ait été d'accord avec votre projet. Un militaire donne sa vie pour son pays, mais il la donne en se battant honorablement. Il n'assassine pas lâchement... Je ne comprends pas votre prise de position. Votre père est un Gordon... donc des Highlands...

Il me considéra un moment d'un œil vague. Puis il pinça les lèvres. Je m'apprêtais à poursuivre lorsqu'il reprit la parole sur un ton cassant :

— Graham Gordon de Strathavon n'est pas mon père naturel. Le laird n'avait pas d'enfants, sa femme étant stérile. C'est pourquoi il m'a adopté. J'ai vécu avec eux les premières années de mon enfance. Son épouse a eu la mauvaise idée de mourir prématurément. Il s'est remarié. Sa seconde épouse, nettement plus prolifique, lui a donné quatre enfants, dont deux fils. George venait me rendre visite trois ou quatre fois par an pour s'assurer qu'on me traitait bien. Lorsque Graham Gordon est mort, ma situation a commencé à se détériorer. Vous pouvez comprendre qu'aux yeux de la veuve, je ne pesais plus très lourd. Je me suis retrouvé à remplir des fonctions de domestique. George s'en est vite rendu compte et m'a pris sous son aile... Avec lui, j'ai eu droit à une éducation correcte. J'ai eu mes entrées dans les hautes sphères de ce bas monde. J'ai eu un avenir.

« Que tu t'apprêtes à foutre en l'air ! »

— Et votre mère naturelle, vous la connaissez ?

Il ne répondit pas tout de suite, mais il me regarda d'un drôle d'air, semblant méditer sur la question.

— Elle est morte.

— Je suis désolée...

— Pas autant que moi, murmura-t-il faiblement.

— Vous avez une petite amie ? Quelqu'un à qui vous tenez ?

Son expression s'adoucit. Son regard s'égara un moment dans le vague. Puis il redressa le torse et le menton d'un coup.

— Laura trouvera rapidement quelqu'un d'autre pour s'occuper d'elle et...

Il secoua la tête et porta le goulot de la bouteille à ses lèvres pour avaler encore quelques gorgées de vin.

— N'avez-vous pas d'autre famille ?

— George était ma seule famille. Il m'a élevé comme si j'avais été son propre fils. Sa mort m'affecte beaucoup. La famille de George... j'ai bien quelques oncles et une tante. Mais ils n'ont jamais cherché à me voir. Ils n'ont jamais compris pourquoi leur frère s'occupait d'un enfant qui n'était pas le sien et qui, de surcroît, était illégitime. J'étais donc un indésirable pour eux. D'ailleurs, George lui-même ne les fréquentait pas.

Il me fixait d'un air songeur, tapant la bouteille contre sa cuisse, faisant clapoter le liquide.

— Mais si vous avez été légalement adopté par Gordon, en tant qu'aîné, vous avez droit à son titre de laird et à ses...

Il éclata de rire et bascula la tête vers l'arrière, m'offrant la ligne nette de sa mâchoire volontaire. Décidément, il y avait chez cet homme quelque chose qui me perturbait.

— Ha ! Ma belle-mère s'est arrangée pour que seuls ses fils héritent. De toute façon, on m'offrirait mes droits de succession sur un plateau d'argent que je n'en voudrais pas ! Des fermes et des moulins… Non, je souhaitais autre chose.

Un silence embarrassant s'installa. Évoquer son passé l'avait visiblement perturbé. Je me dis qu'il était préférable de ne pas lui demander ce qu'il souhaitait vraiment. Se penchant vers moi, il risqua une main maladroite sur ma joue.

— Je suis désolé, mais je n'ai pas le choix, dit-il à voix basse en sortant un mouchoir de sa poche.

Je fermai les yeux. Son pouce suivait le contour de ma mâchoire. Puis ses doigts remontèrent sur ma joue, effleurant mes lèvres. Sa main s'attarda sur ma peau moite. Je sentis son souffle effleurer ma bouche. Vin boisé, légèrement acidulé. Je me détournai vivement, dégoûtée, et serrai les dents.

— Quel âge avez-vous, William ?

Il sembla surpris et fronça les sourcils.

— J'ai eu vingt et un ans en janvier.

— Vingt et un ans… Mon fils aîné aura vingt ans en mars. Vous réalisez que je pourrais être votre mère ?

— Ma mère… vraiment ?

La caresse se faisait plus lente, puis s'arrêta brusquement. Il enserra mon cou de sa main et me força à le regarder. Ses yeux bleus fixaient mes lèvres qui tremblaient. Il ne dit rien de plus, me regardant d'un œil inexpressif. Sa bouche s'entrouvrit. Il hocha la tête, refoulant les mots qui lui venaient.

— William… le suppliai-je, libérez-moi. Je n'ai rien à voir avec votre mission.

Il me regardait toujours fixement, comme s'il ne m'avait pas entendue. Sa tête pencha légèrement sur le côté ; ses yeux se plissèrent. Puis je sentis le froid du métal effleurer la peau de mon cou.

— J'ai pensé vous tuer cette nuit…

Son visage de marbre ne laissait paraître aucune émotion.

— Vous êtes assez encombrante, mais…

— P-p-pourquoi ne l'avez-vous pas fait ?

Il émit un bref ricanement nerveux, puis se tut. Son regard ne me quittait pas, se faisait plus intense tandis que la lame quittait ma gorge, à mon grand soulagement.

— J'ai un jour découvert un journal qu'a soigneusement tenu un proche de mon père naturel. Il décrit mon père comme étant un homme… très particulier. Rien de bien flatteur, je dois l'admettre. Mais cet homme décrit aussi ma mère dans les moindres détails…

Il fit glisser une de mes mèches broussailleuses entre ses doigts.

— Cheveux noirs comme du jais, yeux de la couleur de l'océan, teint de lait…

Il marqua une pause, me dévisageant avec froideur.

— Cette nuit j'ai essayé d'imaginer comment vous étiez il y a vingt ans. Vous deviez lui ressembler. George la connaissait. Les circonstances de ma naissance étant plutôt obscures, je lui ai demandé un jour de m'en parler. Il m'a alors raconté que ma mère n'était qu'une petite servante qui avait voulu se servir de moi pour obtenir une part de la fortune de mon père. Voyant qu'elle n'obtiendrait rien de lui, elle l'a tué. Puis elle m'a abandonné et s'est enfuie. Je hais cette femme, à vouloir la tuer. Je me le suis promis…

— Vous m'avez dit qu'elle était morte…

— Dans ma tête, elle l'est. Mais elle ne l'est pas vraiment. Un jour, George engagea une nouvelle cuisinière. Elle avait été au service de mon père pendant plusieurs années. Elle aussi avait connu ma mère. Je l'ai questionnée et ce qu'elle m'a raconté est très différent de ce que m'a dit George. Toutefois... j'ai préféré croire George. C'est plus facile de haïr ceux qui nous ont blessés que d'essayer de les comprendre... N'est-ce pas, Caitlin Dunn ?

Sur ce, il me lâcha brusquement et s'assit sur ses talons devant moi, les bras appuyés sur ses genoux fléchis. Je le regardai d'un œil nouveau. Comme un indicible mélange de douleur et d'horreur m'envahissait, William poussait sans douceur le mouchoir dans ma bouche, le maintenant en place avec une corde qu'il noua solidement derrière ma nuque. Puis il sortit en fermant la porte derrière lui.

Je restai sous le choc pendant un moment. Mon esprit et mon cœur refusaient de comprendre, de se rendre à l'évidence. « Vous pourriez feindre d'oublier... » Ses paroles prenaient brusquement un tout autre sens.

De vagues réminiscences me vinrent à l'esprit. Comment oublier ? Les cris de douleur d'une femme dont les entrailles se déchirent. Ceux de la sage-femme l'exhortant à pousser. Le vent qui fait claquer un battant de la fenêtre, encore et encore. Becky qui va et vient dans la pièce, priant pour la femme qui souffre et l'enfant qui tarde à naître. N'allait-elle pas refermer cette maudite fenêtre ? Avais-je seulement assisté à cette scène du premier acte ? En avais-je été témoin ou en avais-je été la principale comédienne ? Je devinai que j'allais bientôt jouer la dernière scène de cette triste comédie...

Je respirais avec peine et me retenais à la coque de bois. La peinture s'écaillait sous mes doigts et pénétrait sous mes ongles. Une soudaine et triste envie de rire m'emplit la poitrine, mais y demeura coincée. Seul un hoquet s'échappa de ma gorge. Non, ce n'était pas possible ! Quelle aberration !

Le jour était à la frontière du crépuscule qui striait le ciel de rubans rose saumoné, améthyste et magenta, irisant les murs chaulés des habitations de Montrose. Une clameur sourde portée par l'écho des ruelles parvenait jusqu'à la petite alcôve où s'étaient retirés des hommes de Glencoe. L'armée jacobite piétinait d'impatience dans le bourg. La rumeur du départ imminent du prince avait soulevé une vague de mécontentement chez les soldats, qui avaient aperçu au large les trois navires battant pavillon français.

On était sur le point de mettre les troupes en marche pour Aberdeen. Les conseillers de Jacques Edouard jugeaient préférable de les faire bivouaquer plus loin sur la côte. L'annonce de ce mouvement aurait pour effet d'endormir les soupçons et de calmer les frustrations. Le Prétendant, leur dirait-on, les suivrait sous peu après s'être sustenté et reposé. Pour pousser la rouerie un peu plus loin, on avait même posté la monture du prince devant la porte de la maison où il logeait avec sa garde personnelle, prête à repartir.

Alasdair Og fixait Liam d'un air grave. Sa mâchoire se contractait, ses doigts se perdaient dans sa chevelure chenue qu'il lissait machinalement. Puis il recala son béret sur sa tête.

— Tu es certain de ce que tu avances ?

Liam acquiesça.

— Patrick en a eu la confirmation hier.

Leur attention fut momentanément distraite par les cris d'un officier de la cavalerie qui aboyait des ordres en traversant la ruelle sur laquelle donnait leur fenêtre. Liam étouffait dans la petite pièce enfumée, mais ce n'était pas le manque d'air qui l'empêchait de respirer. Il savait que Caitlin se trouvait quelque part dans cette ville, entre les griffes d'un tueur, et il ne pouvait rien faire pour le moment. Il prit une autre gorgée de whisky et poursuivit sur un ton morne :

— Le Prétendant n'ira pas plus loin qu'ici sur la terre d'Écosse, Sandy. Les navires que les hommes ont vus au large vont effectivement traverser la mer du Nord jusqu'au continent, avec lui et sa suite à bord.

Des bruissements d'étoffe, des cliquetis d'armes et des grognements agacés animèrent le petit groupe d'hommes entassés dans la pièce exiguë. C'était la fin d'un rêve. La fin d'un rêve d'une patrie en quête de sa liberté et de ses droits. La déception était d'autant plus cruelle que les espérances étaient grandes au départ.

À l'annonce de l'arrivée à Perth des troupes du duc d'Argyle quelques jours plus tôt, une vague d'espoir avait déferlé parmi les soldats jacobites. Ces derniers avaient anticipé avec une joie exubérante une nouvelle rencontre avec l'ennemi. À ce moment-là, Mar et ses conseillers se réunissaient pour discuter des mesures à prendre. Leurs délibérations avaient duré toute la nuit du 29 janvier. À l'aube du 30, la retraite avait été annoncée. La confusion et l'incompréhension s'étaient alors peintes sur les visages des hommes en armes qui, eux, n'attendaient que l'ordre de charger l'ennemi.

Le 31, à la barre du jour, les quatre mille derniers hommes que comptaient les troupes jacobites avaient traversé les glaces de la rivière Tay et pris le chemin de Dundee, puis de la côte orientale écossaise. Le duc était à leurs trousses. Une seule journée de marche séparait les deux armées.

Le rideau élimé et taché d'éclaboussures de bière qui les séparait du reste de la taverne s'écarta. Patrick Dunn entra.

— Alors ? demanda Liam sans pouvoir masquer son impatience.

— J'en arrive. J'ai expliqué la situation aux comtes de Mar et de Marischal. Il faut attendre que les troupes aient complètement évacué Montrose avant de mettre notre plan à exécution. Le départ du Prétendant doit être gardé secret pour éviter les saccages.

— Et quand partent-elles ? demanda Alasdair.

— Elles ont commencé. Le Prétendant est en train de rédiger, à l'intention du général Gordon, des lettres contenant des instructions quant à ce qu'il doit faire des troupes. Dans deux heures, la ville devrait avoir retrouvé son calme.

— Et pour l'embarquement ? intervint Liam.

— C'est là que les choses se compliquent, expliqua Patrick en s'asseyant sur la chaise qui lui avait été réservée.

Liam lui versa un *dram* de whisky, qu'il vida d'un trait. Puis il adressa un regard éloquent à Alasdair qui, d'un ordre sec, congédia ses hommes. Quelques minutes plus tard, il se remit à parler :

— Le Prétendant ne peut pas se risquer à embarquer avec cet imbécile de Gordon dans les parages.

— Mais cet homme agira-t-il seul ? demanda Alasdair, le regard préoccupé, en se calant contre le dossier de sa chaise.

— Probablement, répondit Liam. Ses mercenaires sont enfermés à Dunnottar et je doute qu'il ait prévu une bande de tueurs de rechange.

Il tripotait d'un air absent l'écusson piqué dans son béret. Non, Gordon n'était pas seul ; il avait Caitlin avec lui. Le whisky lui brûla la gorge de nouveau et le fit grimacer. Il reposa bruyamment son verre sur la table. Patrick posa une main sur son avant-bras et le pressa en un geste qui se voulait réconfortant. Il avait été aussi bouleversé que lui en apprenant la nouvelle du rapt de Caitlin par Gordon.

— Tout sera terminé demain soir au plus tard. Lundi, Argyle devrait franchir les portes de la ville. Le Prétendant n'a pas intérêt à traîner ici. Il ne nous reste donc que très peu de temps pour débusquer Gordon.

— Ouais, ajouta Liam.

Un silence alourdit l'atmosphère. Duncan s'agitait à côté de son père.

— J'ai proposé un plan qui pourrait accélérer les choses, reprit Patrick en regardant Liam. Nous pourrions simuler l'embarquement et ainsi forcer Gordon à se découvrir.

— Simuler ?

— Évidemment, le prince n'y participerait pas. Je porterais ses habits et...

— Toi ? éructa Liam en se levant d'un bond. Il te tuera. Gordon n'est pas venu ici pour serrer la pince du prince. Nous avons eu notre lot de morts à enterrer, Patrick !

— Ils ont donné leur accord. Il y va de la vie du prince... et de celle de Caitlin. C'est pour ce soir.

Le chant plaintif des cornemuses s'enroulait autour de moi et m'enveloppait d'une mélancolie et d'une tristesse qui accompagnaient les cris de mon cœur. Les troupes jacobites quittaient Montrose. Ainsi, le prince était bien arrivé. Les platines argentées des pistolets que Gordon venait d'astiquer brillaient dans les rayons mourants. Je ne pouvais détacher mon regard du profil de mon ravisseur qui, avec une minutie presque obsessive, venait de s'attaquer à son mousquet. L'homme était tendu. Son silence était dicté par un esprit en ébullition. Je pouvais le deviner aux brusques changements d'expression de son visage.

Ses traits étaient fins, comme ceux de Patrick. Peut-être même avait-il ce petit air hautain que Winston affichait. Une fossette creusait sa joue lorsqu'il souriait. Je l'avais remarquée un peu plus tôt, mais n'y avais pas porté attention. Maintenant, elle revêtait toute son importance. Ses cheveux lisses étaient plus clairs que les miens. Je regardai ses mains. Elles s'activaient avec précision. Il avait dû répéter ces gestes tant de fois. Ses doigts étaient longs ; ses ongles, taillés et propres. Des mains trop lisses pour appartenir à un paysan. Sous le velours de qualité de sa culotte et la soie de ses bas, je devinais des jambes longues à la musculature bien développée pour un bureaucrate. J'étais certaine qu'il était excellent cavalier et épéiste. Je revins à son visage. Il était sombre. Ses lèvres, minces et joliment dessinées, se pinçaient dans la concentration. Le coin gauche de sa bouche se retroussait par saccades, attestant sa nervosité.

Cela sautait aux yeux. Qu'allais-je faire maintenant ?

Pendant la journée, mon esprit avait eu tout le loisir de se perdre dans les méandres de l'analyse des derniers faits que j'avais appris. Il avait sauté d'une thèse à une antithèse. Il s'était égaré sur le chemin du doute. Il avait trébuché sur des éléments nouveaux, quelques détails, quelques lacunes qui m'avaient échappé dans mon affolement. Il avait un moment pris le sentier de l'optimisme. Puis il s'était heurté durement au mur des évidences, de l'irréfutable… pour finalement revenir à la case départ.

Bref, mon esprit avait tourné en rond. Puis ma petite voix intérieure, lasse de me voir tergiverser, s'était mise à me parler : « Écoute ton cœur, Caitlin. Ne t'égare pas dans le dédale des conjectures. L'esprit est trop analytique. Il complique tout. Il dissèque, juge, pèse, examine, raisonne, confronte et vérifie tout avant de pouvoir nous donner un compendium qui puisse nous guider. Il est froid et implacable. »

Vidée de toute énergie, je m'étais alors laissé diriger par l'instinct : mon instinct de mère. J'allais… plutôt, je devais lui dire qui j'étais, lui expliquer la vérité. L'image qu'il avait de moi était celle que des esprits haineux avaient construite à son intention. Stephen ne savait rien de moi, de sa naissance. Je lui devais la vérité.

Il ne m'avait pas adressé la parole depuis son retour. Il s'était contenté de me libérer du bâillon humide et s'était abîmé dans l'entretien minutieux de son artillerie, ne me prêtant plus attention. La crosse posée sur le sol, l'arme calée entre ses cuisses, il venait de retirer la baguette et l'insérait dans la gueule du canon. Ses sourcils crispés par la concentration jetaient son regard bleu dans l'ombre.

J'enserrai mes genoux repliés de mes bras et posai mon menton dessus. Mes yeux se refermèrent et je me replongeai dans mes réflexions. Comment l'aborder ? Par où commencer ? « Bonjour, je me présente, Caitlin Dunn, ta mère… » ou peut-être « Stephen, mon fils ! Enfin, je te retrouve ! Raconte-moi tes vingt et une dernières années… » Non, pas fameux !

J'ouvris les paupières. La gueule sombre du canon du mousquet était pointée sur moi. Stephen m'observait d'un œil froid au bout de la ligne de mire, le doigt sur la détente. Mon cœur s'arrêta net.

— Je me suis toujours demandé comment on se sentait face à la mort, dit-il lentement.

Doucement, il retira son doigt de la détente.

— Alors ? s'enquit-il.

Je pressai fermement mes paumes moites sur mes cuisses et pris une grande inspiration.

— Stephen ?... murmurai-je, le cœur au galop.

Plissant les yeux, il abaissa l'arme avec une lenteur calculée. En fait, chacun de ses mouvements semblait calculé. Nous flottions dans le temps. Vingt ans... Mon fils... Il me fixait, l'air de ne pas comprendre.

— C'est moi qui t'ai donné ce prénom. Je suis ta mère, Stephen.

Pendant quelques secondes d'un lourd silence, Stephen demeura immobile, me scrutant. J'attendis. Il ne tiquait pas, ne semblait pas surpris de ce que je venais de lui annoncer.

— Il est inscrit dans le registre de baptême, mais je ne l'emploie jamais.

Il se leva, se mit à marcher de long en large devant moi, d'un pas mesuré, m'observant à la dérobée, par-dessus son épaule, d'un regard enfiévré. Le regard d'un homme qui est sur le point de commettre un terrible crime. Le *ceol mor*[1] s'était tu.

— Ils sont repartis. Le prince ne devrait pas tarder à s'embarquer, déclara-t-il en s'appuyant contre le chambranle de la porte. Je dois y aller.

Les ombres creusaient plus profondément ses traits. Il posa une main sur le jambage opposé. Une boule se formait dans ma gorge et m'empêchait de respirer.

— Stephen. Je suis ta mère, tu as entendu ?

Ma voix qui avait résonné dans la petite remise était revenue frapper mes tympans avec violence, me fouettant de l'inéluctable vérité. Mon fils se tenait devant moi. Un homme. Un inconnu. Un traître... Il s'apprêtait à commettre un régicide, à tuer le roi pour lequel mon

1. Grande musique de cornemuse.

autre fils s'était battu et était mort. Je voulus crier, mais mes poumons n'arrivaient même plus à s'emplir d'air.

Mes ongles s'enfonçaient dans mes cuisses. Comme si la douleur physique que cela me causerait avait pu enrayer celle de mon cœur. Stephen tourna vers moi son visage impassible, comme à son habitude. Je me demandais s'il avait déjà ressenti autre chose que de la haine ou un désir de vengeance. Son regard brillant mais inexpressif me jaugeait dans la pénombre.

— Je le savais…

Je le regardai, éberluée.

— Tu le savais ?

— C'est ce qui m'a empêché de vous tuer la nuit dernière. Je voulais savoir… si… vous vous souveniez de moi.

— Si je me souviens de toi ? Stephen ! Je te pleure depuis ta naissance !

— Depuis ma naissance… Alors, vous ne m'avez pas oublié ?

Sa voix était faible, presque un murmure. Il fixait le large, perdu dans ses pensées.

— Comment une mère pourrait-elle oublier son premier enfant ?

Il se tourna vers moi. La tristesse, la colère, l'amertume… Les émotions défilaient sur son visage.

— Comment une mère peut-elle abandonner son premier enfant ? Vous vous êtes servie de moi et m'avez abandonné quand…

— C'est faux !

— C'est pourtant ce que vous avez fait, non ? cria-t-il.

— Je ne me suis pas servie de toi comme on te l'a raconté.

— Qu'importe ! Le fait est que vous m'avez abandonné. Mais au fond… pourrais-je vous en blâmer ? Quelle femme voudrait d'un bâtard conçu dans la luxure ? Si au moins vous vous étiez contentée de partir…

L'amertume donnait le ton à ses mots ; la colère, tout leur poids. Seule la tristesse se peignait maintenant sur ses traits. Il prit encore du vin. Il essuya sa bouche sur sa manche. Puis il poussa un cri de rage et lança la bouteille qui alla se fracasser contre le mur.

— Non… il vous a fallu plus ! continua-t-il âprement en affichant tout son mépris. Vous avez tué mon père. Vous m'avez volé mon nom, mon héritage, ma vie.

— Ton père n'était qu'un monstre. Il… il…

—… vous avait violée ?

Il savait…

— Becky, dit-il pour s'expliquer. Mais… je n'ai pas voulu la croire.

— Elle connaissait la vérité, Stephen. Il y en avait eu d'autres avant moi…

— Ne m'appelez pas comme ça ! Je hais ce nom !

Les mots étaient sortis abruptement. Comme des poignards, ils s'étaient enfoncés dans mon cœur.

— Pour moi, c'est ton seul prénom. C'était le prénom de mon grand-père paternel : Stephen Dunn. C'est le seul héritage que je pouvais te transmettre.

Son regard fuyait, se réfugiait dans la solitude que procurait l'océan.

— J'ai des frères, des sœurs ? s'informa-t-il plus calmement quelques minutes plus tard.

La question me prit de court.

— Euh… deux frères. Une sœur.

— Leurs noms ?

— Pourquoi ?

— J'apprends que j'ai une famille, j'aimerais au moins savoir comment ils s'appellent !

— Duncan Coll, Ranald et Frances. Ton frère Ranald… est mort, à Sheriffmuir.

Il resta songeur, le regard baissé.

— Becky, comment va-t-elle ? demandai-je.

— Elle est morte il y a trois ans.

— Elle était présente au moment de ta naissance.

— Je sais. Elle m'a raconté.

— Elle t'a aussi raconté, pour l'entente qu'on m'a forcée de signer ? Elle t'a dit comment lord Dunning s'est servi de moi ? Comment il m'a humiliée et manipulée ?

Il laissa le silence courir, fixant un point au large, sans bouger. Après un moment, il hocha la tête affirmativement.

— Alors tu connais les circonstances qui m'ont amenée à… te laisser dans d'autres bras ?

— Oui…

Un souffle plus qu'un mot. Sa tête tomba sur sa poitrine.

— Stephen, j'ai agi pour ton bien. Quel avenir pouvais-je t'offrir, moi, une simple servante ? Lord Dunning m'avait offert de t'élever comme… enfin, tu étais tout de même son fils. Si je refusais, je me retrouvais avec toi à la rue, sans ressources. J'aurais certainement été forcée de te donner en adoption de toute façon. Ce n'est pas de gaieté de cœur que j'ai fait ce choix, crois-moi. Et je ne pouvais pas deviner ce qui allait se passer par la suite. Si j'avais su… je…

Il s'était tourné vers moi ; son regard me décontenança. Je baissai les yeux et me tus devant son mépris ostensible, ses reproches implicites. Comment un enfant, fût-il devenu un homme, pouvait-il comprendre le choix qui s'était imposé à moi alors que moi-même, je n'avais jamais accepté ? Et puis, voulait-il seulement comprendre ? Toute ma vie, j'avais espéré retrouver mon fils. J'avais secrètement attendu ce moment. Aujourd'hui, je ne savais plus.

— Je ne te demande pas de me comprendre, Stephen. Encore moins de me pardonner. Je veux seulement que tu connaisses la vérité. Turner me détestait. Il t'a transmis sa haine de moi. Tu n'as vu qu'une facette de sa perso…

— George a été le seul être à me témoigner un peu d'amour, m'interrompit-il, l'œil brillant. Il le faisait à sa façon, je suppose. Il n'était pas très démonstratif, certes, mais il s'est assuré que je ne manque de rien… et…

— Et que tu me haïsses ? C'est aussi lui qui t'a appris à trahir ta patrie ?

Il pivota sur ses talons, me foudroyant du regard.

— Je ne trahis pas l'Angleterre ! Au contraire, ce que je fais, c'est pour elle !

— Qu'importe, Stephen ! Tu as trahi ceux qui te faisaient confiance ! Patrick, le comte de Marischal, tous les autres…

— Qui êtes-vous pour me juger ?

Il se tenait debout devant moi, blanc de fureur, son regard froidement braqué sur moi. Je le regardai en soufflant ma rage et ma frustration de voir que mon fils avait été manipulé par des esprits retors, qu'on s'était servi impunément de lui pour assouvir des désirs de vengeance. Il était trop tard. Son âme était noircie par la haine. Je me résignai. Mon fils était ce qu'on avait fait de lui. Par ma faute…

— Je regrette tant…

Un éclat de rire teinté de sarcasme m'écorcha les oreilles. Les entraves de mes poignets m'empêchaient de les boucher pour m'y soustraire.

— Que regrettez-vous tant, « mère » ?

Son ton était mauvais, son sourire aussi.

— Ma naissance ? Le meurtre de mon père ?

— C'était de la légitime défense, rétorquai-je avec force.

— Et celui de George ?

J'eus un sursaut, restai muette d'ahurissement.

— Turner ? Ce n'est pas moi, protestai-je faiblement.

— Mais vous étiez là-bas, ce soir-là. Je le savais avant même que vous m'en fassiez l'aveu. J'ai fait ma petite enquête, vous savez. La belle Clémentine ne sait pas mentir sous la menace d'une lame. Vos manigances pour sortir Patrick de la forteresse... Évidemment, George ne devait pas se montrer. Mais il vous a reconnue lors de ce dîner, il a eu des doutes sur vos intentions et a voulu en avertir le gouverneur. Mais il est arrivé trop tard... ou plutôt, devrais-je dire, trop tôt. Vous étiez sur le point de partir. S'il était arrivé quelques minutes plus tard, il serait toujours vivant à l'heure qu'il est.

— Clémentine, vous ne l'avez pas...

— Non, n'ayez crainte, je ne l'ai pas tuée... juste un peu effrayée.

Il savait tout. Il m'avait joué la comédie depuis le début. Une sinistre comédie. Pendant un instant, je voulus qu'il ne fût pas mon fils. Comment avais-je pu donner le jour à un être si vil ? Puis, je me dis que si je l'avais gardé avec moi, si j'avais pu lui donner mon amour, si Turner ne l'avait pas contaminé, si... si... si... On m'avait donné le choix pour l'avenir de Stephen. Je constatai tristement que celui que j'avais fait n'avait pas été le bon.

Mon fils souffrait, et je ne pouvais plus rien pour lui. Je préférai me taire, ne pas poursuivre ce plaidoyer inutile. Je n'en avais plus la force ni l'envie.

— Que vas-tu faire de moi ?

— Vous ?

— Oui, moi ! Que vas-tu faire de moi ? Tu ne vas certainement pas te risquer à revenir ici après...

Il se tendit de façon imperceptible, redressant le dos dans un sursaut. Apparemment, mon sort était le cadet de ses soucis pour le moment. Il tourna brusquement la tête vers le rivage et fit un pas dans la sécurité de l'ombre. Quelque chose avait dû bouger sur la plage. Promptement, il vint vers moi.

— Vos poignets ! ordonna-t-il sur un ton péremptoire.

— Stephen…

Il me dévisagea durement. J'obtempérai sans regimber. Il défit les liens, me fit passer les poignets dans le dos pour les attacher de nouveau.

— Stephen ! fis-je pour lui rappeler ma présence.

Il glissa un des pistolets dans sa ceinture et s'empara du mousquet, le mettant en bandoulière. Il braqua alors le deuxième pistolet sur moi. Le sang se retira de mon visage. Ces yeux bleus, froids et calculateurs. Winston… Traits ataviques des Dunning. Mon fils en avait hérité.

— Je reviendrai, dit-il pour toute réponse à ma question implicite.

Puis il sortit son mouchoir. La seule pensée d'être bâillonnée me remplissait d'angoisse. La bouche couverte, j'avais l'impression d'étouffer et de mourir d'asphyxie. Voyant mon air terrifié et désemparé devant le mouchoir qu'il tenait, il hésita.

— Je ne peux pas prendre le risque que vous vous mettiez à crier, expliqua-t-il en attachant le mouchoir.

Il s'évanouit ensuite dans la nature. Dans la précipitation de son départ, il oublia de refermer la porte derrière lui. Je fixai le large d'un œil vide. Trois navires s'y étaient ancrés et derrière eux émergeait une lune grise. Mon cœur se liquéfia.

Des amas de varech piqués de fragments de coquillages blancs vomis par les vagues écumantes s'agglutinaient contre les coques des trois chaloupes qui avaient été tirées sur le sable. Les soldats de la garde personnelle du Prétendant s'étaient postés autour, aux aguets. Leurs regards cachés dans l'ombre de leurs tricornes piqués d'une cocarde blanche scrutaient les arbres qui bordaient la plage. Le piège se mettait en place.

Liam commençait à s'impatienter. Rien n'avait bougé. Les soldats étaient à leur poste depuis maintenant près d'une demi-heure et l'obscurité se pressait d'étaler son manteau de velours sombre sur eux. Cela allait inévitablement rendre l'exercice plus malaisé. Il se tourna vers Duncan en affichant un air résigné. Il avait espéré que Gordon, dans son zèle à accomplir sa funeste tâche, se montrerait aussitôt les soldats placés en vigie. Il devait admettre que le jeune homme était plus futé qu'il ne l'avait présumé.

— Va chercher Patrick.

Son beau-frère attendait, affublé des habits du prince. Liam aurait préféré que quelqu'un d'autre joue ce rôle. Plusieurs hommes s'étaient offerts, considérant comme un honneur de sacrifier leur vie pour le prince. Mais Patrick était resté inflexible. Il avait insisté sur le fait que c'était lui qui avait fait entrer le jeune Gordon au service de la maison des Keith. C'était entièrement de sa faute si la vie du prince était menacée. Mais il y avait aussi Caitlin, Kitty comme il l'appelait affectueusement. Il se sentait responsable de sa situation.

Liam ne cessait de se demander pourquoi Gordon avait enlevé Caitlin. Simple otage pour obtenir une liberté provisoire ? Il était resté perplexe. Sàra lui aurait été d'une bien plus grande utilité ; elle représentait beaucoup plus pour l'entourage du prince. C'était une lady et l'épouse du secrétaire personnel du comte de Marischal, alors que Caitlin… Quels que fussent les motifs de cet enlèvement, Caitlin était retenue prisonnière quelque part autour de Montrose. Le mot d'ordre pour la capture de Gordon était de le prendre vivant… dans la mesure du possible. Lui seul savait où se trouvait Caitlin.

William Gordon avait un passé obscur. Ils ne savaient que très peu de chose sur lui. Son père, fervent jacobite qui avait été laird de Strathavon, était mort lorsqu'il n'avait que dix ans. Il avait deux frères cadets, à qui il avait curieusement abandonné ses droits sur le titre de laird. Le jeune homme était de nature assez taciturne. Il n'avait pour ainsi dire pas d'amis. Lors des rares dîners auxquels il daignait assister, il demeurait en retrait, préférant observer, écouter et ne risquant un commentaire que lorsqu'il était sollicité. Mais son empressement à s'acquitter de ses fonctions avec brio avait pallié le reste. Une irrégularité, cependant, avait échappé à Patrick : il avait été élevé par un officier de l'armée hanovrienne.

Le bruit des sabots répercuté sur les façades de pierre le tira de ses réflexions. Il se retourna. Une cuirasse dorée, embossée du blason des Stuarts, brillait dans la clarté de la lune montante. Pendant un instant, il aurait juré voir le Prétendant arriver. Mais le regard du personnage à l'ombre de la lourde perruque poudrée avait croisé le sien. C'étaient bien les yeux noirs de Patrick ; le prince avait des iris clairs. Mais avec l'obscurité et la distance, Gordon n'y verrait que du feu.

Huit soldats français en veste blanc et bleu encadraient le prince. Quelques Highlanders dignes de confiance les accompagnaient, sans parler des nobles qui constituaient la suite du prince et ceux qui devaient s'exiler avec lui.

— Nos hommes sont en place ? demanda la voix de son fils dans son dos.

Liam fit volte-face.

— Oui. Et toi, ça va ?

D'un geste de la tête, il désigna sa cuisse bandée. Duncan souleva un pan de son kilt. Une petite tache sombre traversait le pansement soigneusement préparé par Marion.

— Ouais. À ce rythme, Marion aura raccommodé chaque parcelle de mon corps avant que je n'atteigne mes trente ans.

Liam émit un rire narquois et gratifia Duncan d'une claque sur l'épaule.

— De quoi te plains-tu ? Elle a des doigts de fée, ta brodeuse. Plus d'un homme se laisserait entailler la peau pour les sentir sur lui.

Duncan arqua les sourcils sur un regard étonné.

— Heureux pour toi qu'elle soit une Campbell. Son nom suffit à tenir les hommes en respect. Mais les regards ne mentent pas. Le sang des Gaëls bout en elle.

Son fils ébaucha un sourire complice.

— Comme mère ?

Un instant de silence crispé suivit.

— Oui, comme ta mère, confirma Liam d'une voix grave en posant une main sur l'épaule de son fils.

Il le regarda fixement dans les yeux, la gorge serrée.

— Et comme ta mère l'a fait pour moi, elle te donnera des fils dont tu seras fier.

Sa poitrine se gonfla d'orgueil et ses yeux brillèrent. Oh oui ! Il avait de quoi être fier. Il se rappela brusquement le jour de la naissance de Duncan. Caitlin, qui ne faisait jamais les choses comme tout le monde, avait enfanté sur la lande. Faute de secours, il avait dû faire office de sage-femme. Il en avait été terrifié. Aujourd'hui encore, il se demandait comment il avait fait. Voir sa femme déchirée par les douleurs de l'accouchement lui avait fait perdre tous ses moyens. Puis il avait tenu ce petit être tout neuf dans ses mains. Ce petit corps chaud et grouillant de vie avait empli ses mains tremblantes de joie. Son fils…

Son second fils… rectifia-t-il dans sa tête. Coll avait été son premier fils. Qui serait-il aujourd'hui ? Comment serait-il ? Que ferait-il ? Il revoyait encore son visage menu… puis, derrière lui, surgit celui d'Anna. Ces vies qui lui avaient été arrachées. Cela lui semblait si loin maintenant qu'il avait cessé de se demander pourquoi. La vie était si fragile…

Mais qu'était la vie d'un homme ? Un espace de temps insignifiant dans l'éternité, mais si riche et intense, jalonné d'épreuves parfois si terribles. Comment un homme pourrait-il les traverser sans amour ? Et que restait-il de cet homme après son passage, aussi insignifiant fût-il, sur cette terre ? Ses enfants ? Sa chair, son sang, bref le prolongement de lui-même. La preuve irréfutable qu'il avait été et qu'il avait occupé un rôle quelconque, dans l'histoire des hommes.

Duncan se tenait devant lui, droit et solide sur ses jambes. C'était un brave guerrier et un homme plein de bon sens. Son caractère, d'habitude égal – ses sautes d'humeur ne duraient jamais longtemps –, et sa loyauté indéfectible envers les siens lui valaient le respect de tous. Oui, il en était fier. Et aujourd'hui, étrangement, il ressentait le besoin de le lui dire.

Mais Liam n'avait pas l'habitude des mots qui exprimaient les sentiments. Certes, il avait maintes fois félicité ses fils de leurs exploits tout au long de leur enfance : une bonne prise à la pêche, un entraînement au combat bien réussi ou un butin intéressant lors d'un raid. Mais jamais il ne leur avait révélé les émotions qu'ils suscitaient en lui lorsqu'il les voyait devenir des hommes. Pour Ranald, il était trop tard. Certainement, son fils disparu avait dû éprouver au fond de lui, comme lui-même face à son propre père, le sentiment de lui plaire, de lui apporter de la fierté. Mais parfois, les mots…

Un coin de la bouche de Duncan bougea légèrement ; son épaule se tendit sous ses doigts. Puis son fils baissa ses yeux pleins d'émotion.

— Duncan, murmura Liam, je voulais que tu saches.

— Je savais, père…

— C'est que je voulais te le dire. C'est pas toujours facile pour un homme… pour un père de dire à son fils ce qu'il a dans le cœur. Tu verras. Je ne sais pas pourquoi, mais dire à sa femme qu'il l'aime, à sa fille aussi, ça va. Mais à son fils ? Peut-être parce qu'on ne se sent pas très à l'aise de dire « je t'aime » à un autre homme. Je sais que c'est un peu ridicule, mais c'est comme ça.

Duncan releva son regard humide ; ses lèvres, un peu tremblantes, s'entrouvrirent. Ses mots restaient coincés dans sa gorge. Ils s'étreignirent.

— Moi aussi, je t'aime, père, dit finalement Duncan.

Liam essuya discrètement une larme sur le plaid de son fils et lui tapota doucement l'épaule. Curieusement, il se sentait mieux.

— Allons, dit-il en s'écartant un peu gauchement, il faut retrouver ta mère.

Les hommes étaient tous à leur poste. Au pas de course, Liam et Duncan rejoignirent Angus et Donald qui s'étaient couchés dans les hautes herbes. Les hommes de Mar procédaient à l'embarquement.

— Alors ? demanda Liam en se camouflant à son tour.

— Rien, grommela Donald. Peut-être a-t-il laissé tomber ? Il est seul et il doit bien se douter que nous l'attendons de pied ferme. Il doit savoir que, même s'il arrive à atteindre le Prétendant, ses chances de s'en sortir sont très minces.

— Hum…

Liam avait déjà réfléchi à cette possibilité et s'en était trouvé mal. Qu'allait faire Gordon de Caitlin s'il décidait de tout abandonner ? Allait-il la relâcher, ou bien… Maintenant, il devait espérer que ce salaud irait jusqu'au bout. Son regard scruta les bois. Il avait étudié les lieux plus tôt dans la journée pour tenter de trouver les endroits les plus propices pour s'embusquer. Il avait marché sur la plage jusqu'aux cabanes de pêcheurs, un demi-kilomètre plus loin.

Deux endroits avaient retenu son attention. Le premier était une petite butte couverte de ronces et d'herbes d'où émergeait un affleurement rocheux. Gordon pourrait s'accroupir derrière et se mettre à l'abri tout en ayant une bonne vue sur la plage. Le deuxième était un épais hallier de jeunes saules dont les branchages enchevêtrés étaient si serrés que, même dénudés, ils formaient un écran opaque. Les chaloupes étaient à portée de tir de ces deux cachettes.

Liam avait posté des hommes à une dizaine de mètres du hallier. Lui s'était réservé la butte. Quelque chose lui disait que c'était là que l'homme viendrait se dissimuler. Dans une situation comme celle-ci, il fallait se glisser dans la peau de sa proie, anticiper ses pensées et ses réactions. Ce qu'il avait fait. Il aurait lui-même choisi la butte, car c'était l'endroit qui offrait les meilleures possibilités de fuite.

L'une des chaloupes s'était éloignée de quelques mètres avec six hommes à son bord. Patrick était encore debout, les bottes immergées dans quelques centimètres d'eau. Il était étroitement entouré des soldats qui avaient leur mousquet bien en main. Si Gordon ne voyait pas de possibilité de l'atteindre, peut-être allait-il tout simplement abandonner. Cette situation déchirait Liam. Pour lui, c'était comme choisir entre la vie de Caitlin et celle du mari de sa sœur. Il laissa échapper un juron entre ses dents.

— Holà ! chuchota lentement Angus. Là-bas, tu vois ?

Liam plissa les yeux ; il ne voyait rien.

— Juste derrière le chêne, précisa son compagnon en pointant son canon sur l'endroit désigné.

Liam dirigea son regard vers la gauche, où un énorme chêne tordu avait enfoncé dans le sol ses grosses racines telles de longues griffes. Immuable, il avait refusé de céder dans les tempêtes qui s'étaient abattues sur la côte. Quelques secondes s'écoulèrent. Sa vue faiblissait-elle ? Il plissa de nouveau les yeux. Puis il le vit. L'éclat d'une chemise trop claire, le miroitement d'une platine trop bien astiquée. Son cœur se mit à battre à un rythme effréné. L'homme était en position de tir.

— C'est lui, murmura-t-il. Nom de Dieu, il va tirer !

Angus et Duncan l'avaient mis en joue. Donald rampait pour prendre position un peu plus loin. Mû par l'instinct, Liam se leva brusquement et se mit à crier pour avertir Patrick. Ce fut le signal. Des détonations retentirent autour de lui ; une fusillade éclata. Un soldat s'écroula dans une chaloupe. Pendant un instant, il crut voir Patrick chanceler et se retenir au bras d'un autre soldat, qui le poussa aussitôt dans le fond de l'embarcation. Il avait touché Patrick ! Ce chien de bâtard…

— Où est-il ? aboya-t-il en sautant par-dessus la petite dune chevelue.

— Il vient de s'enfoncer dans la forêt ! cria Duncan qui courait déjà devant lui.

— Il ne faut pas laisser filer ce chien ! beugla Liam, les poumons en feu. Je le veux vivant, vous m'entendez ?

Il s'engagea à la suite des autres à la recherche de Gordon.

« Je reviendrai... » Il allait revenir... Pour me tuer ? Je ne tenais pas vraiment à attendre pour le savoir. Il me fallait sortir d'ici avant son retour. « Réfléchis... » Cela faisait près d'une demi-heure que j'essayais de desserrer les liens qui m'écorchaient les poignets dans mon dos. Je mordis de rage dans mon bâillon. Je ne pouvais compter que sur moi-même pour m'évader.

La porte restée ouverte m'offrait assez de lumière pour me permettre de distinguer ce qui m'entourait. Mon regard désespéré glissa sur les caisses de bois empilées dans un coin. Un vieux brasero rouillé et percé aurait pu m'être utile, avec ses bords d'acier. Mais la corde n'était pas assez longue pour le rejoindre et user mes liens dessus. Une pile de planches de bois vermoulu. Une claie pour le séchage du poisson sur laquelle adhéraient encore quelques morceaux brunâtres de chair séchée.

Enfin, le seul objet à ma portée était la chaloupe retournée. Je la considérai d'un regard nouveau, cherchant sur elle l'outil qui m'apporterait la liberté. Mon œil déçu allait se refermer de résignation lorsqu'un éclat métallique l'accrocha. Je me penchai pour examiner la chose de plus près. Une plaque d'acier tordue et à moitié arrachée à la poupe. Elle devait avoir retenu un anneau d'arrimage.

Le cœur battant, je me laissai glisser jusqu'au sol contre le bois de la coque et tâtai le métal froid dans mon dos. Il pouvait être assez tranchant pour user mes liens… avec un peu de chance. « Allez, Caitlin, ne perds pas de temps… » Je me mis à la besogne sur-le-champ.

Pendant plusieurs longues minutes, mes bras travaillèrent indépendamment de mon esprit. Sauf lorsque le métal m'écorchait la peau des poignets. Mes bras sciaient la corde ; mon esprit échafaudait des plans. Toutefois, je savais que l'instinct de survie l'emporterait sur toutes les ébauches de fuite imaginées. La corde céda.

Je demeurai quelques secondes sidérée devant la liberté inespérée qui s'offrait soudain à moi. Figée dans la brise hivernale qui s'engouffrait dans la petite remise malodorante qui avait été ma prison, je ramenai lentement mes bras devant moi en grimaçant de douleur. Mes épaules s'étaient ankylosées et mes poignets écorchés saignaient. Je retirai l'étouffant bâillon, me retenant de hurler de bonheur. Mais mon cœur criait sa joie. J'étais libre !

Le mugissement continu des vagues fut ponctué d'un cri puis d'un claquement. Mon cœur qui trottinait de joie se mit brusquement à galoper de peur. D'autres détonations et d'autres cris firent écho aux premiers sur la plage. Je m'élançai à l'extérieur. Des silhouettes se découpaient sur le miroir de la mer. L'une d'elles tombait dans une chaloupe ; les autres couraient dans un sens et dans l'autre. Stephen avait attaqué.

L'appréhension me broyait l'estomac. Avait-il réussi ? L'avait-on abattu ? Où était Liam ? Les réponses attendraient ; je devais filer d'ici. Le tueur ne tarderait pas à rappliquer. Je retroussai mes jupes et pris le chemin des bois. Je m'efforçais de rester calme et de garder la tête froide, mais les claquements des mousquets qui se rapprochaient m'affolaient de plus en plus. Je craignais d'être confondue avec le tueur dans cette épaisse obscurité qui, d'ailleurs, m'empêchait d'avancer aussi vite que je l'aurais voulu.

Mon pied se coinça sous l'arche d'une racine qui jaillissait du sol. Je me retrouvai la tête la première dans les feuilles mortes mouillées et poussai un cri. Ma cheville s'était tordue. Je rampai jusqu'au tronc de l'arbre fautif et lui assenai un coup de poing rageur en me mordant la lèvre sur un second cri qui faillit s'échapper de ma bouche. « Te voilà bien avancée, Caitlin ! » Je n'avais franchi que quelques mètres. Décidément, j'avais le don de mettre les pieds là où il ne fallait pas. Quelle galère !

Prise de panique, je n'avais pas remarqué le silence qui était retombé sur les bois. Je m'adossai contre le tronc et tentai de deviner ce qui se passait. Avaient-ils attrapé Stephen ? Soudain, il y eut un craquement. Je tournai la tête dans la direction du bruit, cessant de respirer. Rien. Je soufflai. Probablement une bête nocturne en quête de nourriture. Un craquement m'indiqua que la créature se trouvait tout près de moi. Je ne pus réprimer un nouveau gémissement de frayeur. Mes yeux fouillaient frénétiquement l'obscurité. Toujours rien. Puis une main se plaqua sur ma bouche, étouffant mon cri de stupeur comme mes yeux s'agrandissaient de terreur.

— On tente de me fausser compagnie ? chuchota la voix, qui me fit frémir.

La lame d'un poignard me convainquit de me lever malgré la douleur lancinante à la cheville. Stephen me poussa rudement contre le tronc d'arbre ; je me retins à sa veste pour ne pas tomber. L'étoffe était toute poisseuse et une odeur de sang frais m'arriva aux narines.

— Mais tu es blessé ? dis-je bêtement.

— Merci de me le rappeler, haleta-t-il avec ironie.

Ses yeux qui luisaient me regardaient fixement. J'en eus la chair de poule. Je pouvais voir sa poitrine se soulever et s'abaisser à un rythme d'enfer. Il était en fuite ; les soldats ne devaient pas être très loin derrière lui.

— Je m'en doutais, murmura-t-il faiblement. Les hommes de votre mari... Ils étaient là...

— Liam ? Vous l'avez vu ?

— Si je l'ai vu ?

Il pouffa de rire, s'étouffant aussitôt. La lame demeura menaçante sur ma gorge, m'interdisant toute tentative de fuite. Quelques secondes s'écoulèrent avant qu'il reprenne :

— Comment pourrait-on ne pas le voir ? Avec la taille qu'il fait... Bon Dieu ! J'aurais bien aimé l'avoir, lui aussi. Je sais qu'il a tué... mon frère. George m'a raconté. Winston était parti du manoir avec vous... Le palefrenier l'a confirmé. Puis Macdonald s'est présenté... vous cherchant... Mon frère n'est jamais revenu au manoir... Et vous, vous êtes retournée dans vos damnées montagnes, réduisant à néant ma seule chance de posséder un jour ce qui me revenait de droit.

— Winston a organisé mon exécution, Stephen. Il a voulu me tuer. Me croyant morte, il est revenu sur les lieux du crime pour provoquer Liam en duel. Tout s'est déroulé trop rapidement... Avant que je ne réalise qu'en mourant il m'éloignait de toi à jamais, il était trop tard...

Je m'étranglai d'émotion, me retrouvai brusquement dans la clairière lumineuse, près de la vieille chaumière délabrée. Je revis Winston et Liam fendre l'air de leurs épées. J'entendis les chocs de l'acier, les sentis se répercuter jusque dans mes os. Je revis le visage sidéré de Winston lorsqu'il me vit accourir vers eux en criant. Son plan machiavélique avait échoué. La main de Liam devait être celle qui m'enverrait dans l'autre monde ; or je vivais... et lui se mourait. Avec sa mort, je perdais irrémédiablement Stephen... Il emportait dans sa tombe le nom de l'endroit où il avait caché mon fils.

Ses yeux se refermèrent à demi ; sa respiration se fit plus laborieuse.

— George a plus été un père pour moi que ne l'aurait jamais été Dunning... Et il est mort, par votre faute. Mon frère... je ne l'ai jamais connu... Mon père... même s'il a été le pire des salauds, m'aurait donné un nom respectable... Vous avez semé la mort autour de moi ; vous m'avez tout arraché... Je devrais vous tuer, Caitlin. Je... je vous ai tuée tant de fois... tant de fois... que bizarrement je n'en ressens plus le besoin. Je ne ressens plus rien... pour rien ni personne. Je n'ai plus personne, vous comprenez ? Je suis le bâtard de Dunning... Je ne suis personne.

La douleur que je sentais dans ses paroles, dans ses accusations étreignit mon cœur.

— Tu ES mon fils, sanglotai-je. Stephen... Je t'ai aimé toute ma vie. Je t'aime encore, malgré tout.

— Mais cela n'a vraiment plus d'importance aujourd'hui, n'est-ce pas ?

La lame s'appuya un peu plus fortement sur ma gorge. Je n'osai bouger, m'accrochant aux quelques minutes de vie qui m'étaient encore allouées, espérant que quelqu'un surgirait derrière lui. Mais personne ne venait. Les lieux restaient cruellement silencieux. Avaient-ils abandonné leur poursuite ?

L'ironie de ma situation me frappa. Mon fils allait me tuer. Et, comme un boulet de canon, la malédiction qu'avait proférée contre lui Meghan Henderson me revint brutalement. Je l'avais repoussée dans un compartiment obscur de ma mémoire. Mon fils aîné vivrait en traître, mourrait en traître... Elle croyait condamner Duncan. Elle ne savait pas pour Stephen.

Il hoqueta et geignit. Le poignard quitta mon cou, et je soufflai de soulagement. Son corps s'affala légèrement sur moi. Il respirait difficilement. Mon fils se mourait. Je le retins contre moi et, sentant ses mains me presser doucement, fermai mes yeux brûlants de larmes. Un hoquet, comme un sanglot, dans mes cheveux. Étreinte fugace. Il s'écarta, renifla.

— Vous avez raison, mère, je ne suis qu'un traître. Je me trahis moi-même. Je m'étais promis de vous tuer le jour où je vous retrouverais... Je savais que ma mère était la sœur de Patrick Dunn... George... Cela lui a échappé un jour... Me mettre à son service me servait doublement... Et puis, la description que j'avais de vous... Lorsque je vous ai vue... chez votre frère, j'ai su d'emblée... que vous étiez ma mère.

Il remua, geignit, râla avant de reprendre :

— Mais je ne peux me résoudre à vous laisser partir... sans vous faire goûter à la souffrance qui m'a torturé l'âme depuis ma plus tendre enfance. J'ai... tant réclamé vengeance. Cela m'a étouffé, m'a aveuglé... Caitlin, vous me devez un tribut...

La lumière blanche de la lune maintenant suspendue au-dessus de nous filtrait entre les branches et donnait à son teint déjà livide une allure funeste. Ses joues étaient baignées de larmes. « Stephen, qu'a-t-on fait de toi, mon fils ? Ils t'ont nourri de haine. » Ses doigts remontèrent jusqu'à ma joue ; caresse furtive. Ils glissèrent sur mon cou, l'enserrèrent doucement, témoignèrent de ses intentions. La pression se relâcha et je pus respirer à pleins poumons. Puis, brusquement, il lâcha mon cou pour s'emparer de mon bras, qu'il releva droit au-dessus de moi, le plaquant violemment contre l'arbre. Je sentis la rugosité de l'écorce meurtrir le dos de ma main, qu'il maintenait solidement. Quelques secondes de flottement.

— Maman…

Je voulus crier, le serrer contre moi, lui dire de tout arrêter, de se sauver. Que je l'aimais… Le râle de sa respiration emplissait mes oreilles ; l'odeur de sa transpiration et celle, plus suave, de son sang, pénétraient mes narines. Je m'étais figée d'effroi, attendant mon châtiment. Je priai Dieu, j'espérai Liam, j'implorai la clémence. Rien ne vint. « Ne pas chercher à comprendre les desseins de Dieu… » C'était si difficile… devant ce que j'appréhendais.

Puis je hurlai de douleur. Je criai à me fendre l'âme. J'entendis la voix de Stephen murmurer le nom de son père, honnir le mien, blasphémer Dieu. Puis plus rien. Il était parti. Je restai clouée au tronc de l'arbre par son poignard qui me traversait la main. Suspendue dans une douleur insoutenable, je me retins de l'autre à une branche pour empêcher la lame de m'ouvrir complètement la paume.

Je m'agrippai et enfonçai mes doigts dans l'écorce qui éraflait mes doigts gourds. La douleur atroce m'arrachait des hurlements qui me déchiraient la poitrine, me brûlaient les poumons et la gorge. Mes cris en engendrèrent d'autres. Pendant un moment, je crus entendre l'écho de ma douleur. Mais les clameurs, qui se faisaient plus claires, m'appelaient.

Une main m'empoigna, me retint contre le tronc, puis me souleva légèrement. Dans un dernier cri, je sentis la lame s'arracher de ma paume, qui retomba lourdement sur l'épaule de mon sauveteur. Des silhouettes tournaient autour de moi ; celles des arbres dansaient avec elles. Des voix me parvenaient faiblement… jusqu'à ce que celle de Liam n'abatte le mur de mon hébétude. J'ouvris les yeux et croisai ceux de mon deus ex machina.

— Caitlin… *a ghràidh*…

Sa voix était larmoyante. Son regard souffrait avec moi. Finalement, mes prières n'avaient pas été vaines...

— Rattrapez-moi ce chien de bâtard ! aboya-t-il aux hommes. Mort, de préférence.

Les cris des chasseurs se dispersaient autour de nous. Le gibier n'irait pas loin ; il était blessé. Je m'affolai, criai pour les empêcher de l'abattre. C'était mon fils, bon Dieu !

— Non, Liam... Ne le tuez pas !

Mais les hommes ne m'entendaient pas ; ils s'étaient évanouis dans les ténèbres. Je hurlai ma douleur. Tentai d'expliquer, n'y arrivai pas. Liam s'énerva lui aussi, ne comprenant pas mon désarroi. Il me serra contre lui.

— Il ne te fera plus rien, *a ghràidh*. Je te le promets. Je le tuerai de mes propres mains s'ils me le ramènent vivant. C'est fini...

— Non ! criai-je en le martelant furieusement, il ne faut pas le tuer...

La douleur dans ma main m'arrêta. Je hurlai comme une damnée. Liam, en proie à la panique, me gifla. Mais c'était trop tard. Les hommes revenaient déjà, chargés du gibier qu'ils laissèrent tomber sur les feuilles mortes, sans plus de considération. Stephen, mon fils, gisait sans vie. Je me dégageai des bras de Liam, repoussai les hommes qui s'affairaient déjà à fouiller ses poches. Duncan tenta de me retenir. Je le repoussai violemment et me laissai tomber sur le corps de mon enfant en sanglotant.

Je ne sus combien de temps je restai ainsi sur lui, mais ce dut être plusieurs longues minutes. Le silence régnait autour de moi lorsque mon esprit s'éclaircit un peu. Je relevai la tête, hoquetai une dernière fois. Les hommes se tenaient debout autour de moi, silencieux, figés de stupeur. Quelques secondes de profond silence s'égrenèrent. Une main se posa sur mon épaule, la serra doucement, chercha à me relever. Je résistai ; elle insista fermement. Liam se pencha sur moi.

— Caitlin...

Son regard était inquiet. Il ne comprenait pas ; il ne pouvait pas savoir. Comment pouvaient-ils savoir qu'ils avaient tué mon fils ?

— C'est fini, dit-il doucement. Allez, viens...

— C'est Stephen... C'est mon enfant, Liam, chuchotai-je en m'accrochant à lui.

— C'est terminé. Allons...

— Je te dis que c'est...

— Il est mort, Caitlin. Il ne te fera plus de mal ! dit Liam en me serrant les épaules et en me forçant à m'éloigner du corps.

— Tu ne m'écoutes pas ! C'est Stephen, je te dis ! criai-je en le repoussant avec rudesse.

Il s'immobilisa, me dévisageant d'un air dubitatif. Puis, lentement, il dirigea son regard vers le cadavre de Stephen.

— Le fils de...

Il n'osait prononcer le nom. Il était complètement pétrifié.

— Tu veux dire ?... Tu en es certaine ? C'est que...

Incapable de répondre, j'acquiesçai de la tête. Les autres, embarrassés, s'éloignèrent un peu. Liam fixa le corps encore quelques secondes. Puis, il s'en détourna, reportant son regard empli d'un mélange d'horreur et d'incrédulité sur moi. Il ouvrit la bouche, n'arriva qu'à pousser un faible gémissement.

— C'est... mon fils, Liam.

— Nom de Dieu...

Il se laissa tomber près de moi, paralysé par la stupéfaction.

— Nom de Dieu… répéta-t-il plus bas comme il prenait pleinement conscience de ce que je venais de lui annoncer.

Je sentais le regard des hommes posé sur moi. Je sentis plus particulièrement celui de Duncan me peser dans le dos. Je demeurai prostrée auprès du corps inanimé de Stephen, lissant ses cheveux et caressant son front moite. Je tremblais terriblement. Je luttai contre les larmes, mais n'y arrivai pas. Liam s'approcha enfin de moi et m'attira à lui.

— Viens, *a ghràidh…*

Il me força à me détourner. J'eus grand-peine à me détacher du corps encore tiède de Stephen. Alors il me prit dans ses bras et me serra contre lui. Et là je pleurai.

On ramassa le corps. Je regardai les hommes faire, comme détachée de la scène, de moi-même. Puis, ils disparurent avec Stephen.

— Tu ne pouvais plus rien pour lui, me chuchota Liam en caressant mon dos. Il a décidé de son sort au moment où il a appuyé sur la détente pour abattre le Prétendant.

— Je sais… Je veux qu'il soit enterré dans un cimetière.

— Ce sera fait.

— Tu m'y emmèneras…

— D'accord.

L'effet du choc se dissipant, ma main me faisait affreusement souffrir. Je me laissai alors submerger par la douleur physique pour tromper celle du cœur. Liam examina la plaie, improvisa un pansement en déchirant l'ourlet de sa chemise. Je pensai bêtement que je devrais lui en faire une nouvelle, tout en me demandant comment j'y arriverais avec une main dans cet état. Il m'entoura de ses bras ; je me lovai dans sa chaleur. Il me murmura des mots doux ; je me laissai bercer par eux. Après plusieurs minutes, mes tremblements s'atténuèrent. Liam me couvrit de baisers, de tendresse et d'amour. La douleur s'apaisa.

La tranquillité était revenue dans le petit bourg. Assise sur les marches qui menaient au débarcadère, je regardai la mer lécher le sable et l'imbiber. La lune s'y reflétait par fragments frémissants. Je terminai le verre d'eau-de-vie que Liam m'avait forcée à boire. Cela me fit du bien, me calma. J'arrivais maintenant à penser plus clairement, à voir les choses sous un autre angle. J'avais donné la vie à Stephen ; il était mort dans mes bras. Je ne connaissais pas cet homme qui était mon fils. Aucun souvenir ne nous unissait hormis ces deux événements. Mais il n'en demeurait pas moins une partie de moi.

Je me tournai lentement vers la lueur d'un flambeau qui s'éloignait. Duncan partait avec Donald MacEanruigs trouver un prêtre qui accepterait de s'occuper de l'enterrement de son frère, dont il avait appris l'existence la nuit même. Liam venait de lui révéler la triste histoire de Stephen. Il était resté silencieux, les yeux écarquillés, tout au long du récit. Il avait gardé son sang-froid pour demeurer magnanime devant ce qu'il devait considérer comme une trahison de ma part envers son père. Aux regards qu'il me lançait, je savais qu'il m'en voulait et prendrait du temps pour accepter. Je lui devais des explications sur cette partie secrète de ma vie. Mais je ne me sentais pas la force de les lui donner ce soir.

Ce fut à ce moment-là que je remarquai d'autres hommes qui arrivaient, tenant flambeaux et épées. L'un d'eux, vêtu d'une cuirasse luisante, était entouré d'un groupe hétéroclite de nobles en habits coûteux et de

Highlanders aux plaids défraîchis et usés. En l'apercevant à son tour, Liam se leva promptement, me forçant à me lever moi aussi.

— Hé, mon vieux ! s'écria-t-il, visiblement ému, me tirant derrière lui vers le pompeux personnage que je devinai être le prince.

Abasourdie, je regardai Liam l'étreindre avec effusion.

— Je croyais qu'il t'avait touché, tu avais... commença-t-il en s'écartant.

Il s'interrompit brusquement en voyant dans la cuirasse rutilante, au niveau de l'épaule gauche, l'impact dans lequel se trouvait toujours la balle de plomb.

— Nom de Dieu ! bafouilla-t-il, les yeux écarquillés. Il t'a manqué de peu.

— Je t'assure que le choc a tout de même été violent, dit le Prétendant. Crois-tu que je doive m'excuser d'avoir abîmé la cuirasse ?

Je restai estomaquée devant la familiarité que se permettait Liam avec le prince qui, lui, ne semblait pas s'en offusquer. Ce dernier se tourna alors vers moi, me dévisagea quelques secondes. Mon cœur se mit à battre très fort. Je baissai les yeux et esquissai une petite révérence maladroite, tout émue qu'il daigne remarquer ma présence. Un étrange silence s'abattit sur nous. Gênée, je n'osai relever la tête. Des rires fusèrent alors de toutes parts. Vexée, je me redressai et m'apprêtais à répliquer vertement lorsque je croisai les yeux noirs et le sourire éclatant de Patrick, qui venait de retirer sa volumineuse perruque bouclée.

— Kitty, dit-il en tentant manifestement de contenir son fou rire, je préférerais te serrer dans mes bras, petite sœur.

— Patrick ? Mais qu'est-ce que ?...

— Plus tard, répondit-il en m'attirant à lui. Oh, petite Kitty, ce que je suis heureux de te voir en un seul morceau !

Il s'écarta légèrement, m'examina à la clarté des flambeaux et se pencha sur mon pansement qui s'était imbibé de sang. Je tenais mon bras engourdi de douleur contre mon cœur en morceaux. Liam lui expliqua la nature de ma blessure.

— Je crois que le chirurgien du prince est encore ici. Venez. Jacques Edouard est sur le point de s'embarquer, mais il veut vous remercier. Il dit l'avoir échappé belle…

Échappé belle ? L'imbécillité de la déclaration me sidéra. Moi, j'avais perdu deux fils, un beau-frère, un gendre, presque un frère ainsi qu'un mari… et probablement une partie de ma raison… et le prince, lui, disait tout bonnement l'avoir « échappé belle », alors qu'il se trouvait bien à l'abri, derrière son armée et les murs de pierre des palaces ! Un ricanement amer s'échappa de mes lèvres. Il se mua lentement en rire libérateur. Liam s'esclaffa avec moi. Nous nous vidâmes de nos angoisses, nous nous délivrâmes de cette peur qui blanchit les cheveux. Nous renouâmes avec la vie dans cette hilarité incongrue, mais ô combien salutaire, enlacés, serrés l'un contre l'autre. Malgré la douleur de ma main blessée, je serais restée ainsi pendant une éternité.

Épilogue

« *On pleure ainsi parce qu'on a dans la mémoire des larmes universelles que la mort a fait répandre.* »
Jules Renard

33

Ainsi soit-il
Août 1716

Le vent soufflait son haleine iodée, gonflant les plis d'un kilt aux couleurs vives. Il taquina la crinière de cuivre et d'argent qui étincelait dans le chaud soleil d'août. Je laissai l'air infusé de varech et de terre fraîchement retournée emplir mes poumons, puis expirai lentement, détournant les yeux, suivant la danse d'une myriade de feux que projetait une broche sur une pierre grise gravée.

Le silence lourdement chargé des mots que nous n'osions prononcer fut brusquement perturbé par un sourd grondement. Le ciel se couvrait rapidement. Je contemplai le profil de Liam, qui se recueillait sur la tombe de Colin dont les restes venaient d'être inhumés sur Eilean Munde.

— *Garbh fois an sith, mo bhrathair*[1], murmura-t-il, une main posée sur la croix gravée dans le granit.

Liam avait beaucoup vieilli au cours de cette dernière année. Bien qu'il eût retrouvé son poids normal, ses cheveux s'étaient allègrement peints d'argent et son visage s'était creusé de rides marquant un épisode de

1. « Repose en paix, mon frère. »

sa vie. Il se redressa lentement, comme si tout le poids de sa peine reposait sur ses épaules, ouvrant et refermant ses grandes mains dans une rage contenue.

Les cris d'une nuée d'oies caressant du bout de leurs ailes les eaux noires du loch Leven tourbillonnèrent jusqu'à nous et le détournèrent de sa douleur. Il suivit des yeux le vol des oiseaux, puis dirigea son regard vers le massif rocheux qui nous surplombait. Des mèches entremêlées de la couleur du feu et de la nuit fouettaient doucement des visages heureux. Marion était assise entre les jambes fléchies de Duncan, appuyée contre son torse. Elle gardait les yeux fermés tandis qu'il lui glissait quelques mots à l'oreille, les mains posées sur le renflement maintenant visible d'un ventre fertile. Liam les observa un long moment, d'un air indéchiffrable. Puis la ligne tendue de ses lèvres se courba en un sourire qui se figea sur son visage fatigué.

Je lissai derrière mon oreille une mèche rebelle qui s'était échappée de ma tresse et qui dansait avec entrain dans le vent, devant mes yeux. Liam se tourna vers moi, et je plongeai dans son regard bleu sombre comme les lochs d'Écosse, dans ce regard qui m'avait conquise dès la première fois où je l'avais vu posé sur moi.

Il se tenait droit et fier, guerrier dans l'âme, Gaël dans le sang. Un homme taillé dans le granit des montagnes de cette patrie qui l'avait vu naître et pour qui il s'était si vaillamment battu. Je me souvins brusquement d'une déclaration qu'avait faite, un certain après-midi de novembre, le jeune Isaak MacEanruigs, citant son père : « Écossais toujours, sujet britannique, peut-être, Anglais, jamais... » Telle devrait être la devise des Highlanders. Les Anglais avaient étouffé la rébellion de 1715, mais n'avaient pas éteint cette flamme qui brûlait comme une croix ardente dans le cœur des vaincus.

Apparemment inspiré par le charmant tableau qu'offraient Duncan et Marion, Liam vint s'asseoir derrière moi et, glissant ses bras autour de ma taille, m'attira contre son torse. Je nichai ma tête dans le creux de son épaule et soupirai de contentement. Son odeur m'enveloppait, musquée, forte et âcre. Une odeur virile qui se mélangeait à celles du savon et de la bruyère que j'aimais glisser entre ses chemises propres. Son souffle caressait ma tempe, réchauffait le sang qui battait juste sous la surface de ma peau pour ensuite me réchauffer le cœur.

L'orage se préparait. Il faisait chaud et humide, mais l'herbe était fraîche sous nos pieds nus. Le vent murmurait son requiem entre les sépultures qui nous entouraient et gémissait sa peine dans les ruines de la petite chapelle. Le bâtiment avait été construit par Fillian Munde, l'un des disciples de Columba venus christianiser les païens qui habitaient ces montagnes un millénaire plus tôt.

Près de la stèle qui marquait la tombe de Colin, un fragment de tartan déchiqueté aux couleurs fanées fouettait la lame rouillée d'une épée enfoncée dans le sol. La garde en corbeille, maintenant ternie, brillait faiblement. J'avais tenu à ce qu'une partie de Ranald se retrouve sur Eilean Munde. Les cendres de sa chair et de ses os avaient depuis longtemps été dispersées aux quatre vents. « L'Écosse t'appartient, mon fils. » Toutefois, je savais que son âme avait retrouvé le chemin de sa vallée. Il nous manquait cruellement. « Dieu avait donné, Dieu a repris, a dit Job. Si nous accueillons le bonheur comme un don de Dieu, comment ne pas accepter le malheur de même ! »

J'avais eu plus que ma part de malheur ces derniers mois et j'aspirais maintenant à un peu de bonheur.

Les mains de Liam montaient et descendaient le long de mes bras. Il se pencha pour m'embrasser.

— Tu veux marcher un peu ? Les autres ne semblent pas avoir terminé.

Je portai mon regard sur ma droite où se tenaient quelques membres du clan qui avaient profité de la traversée pour venir se recueillir sur les tombes de leurs bien-aimés disparus. Je m'arrêtai sur une silhouette recroquevillée, adossée contre les pierres ocrées par le lichen d'un vestige de mur de la chapelle celte chrétienne. Margaret Macdonald avait accompagné sa fille Leila et son gendre Robin qui étaient venus porter des fleurs sur la sépulture de leur premier enfant, mort-né.

Liam prit ma main et m'aida à me lever en suivant mon regard.

— Quand lui pardonneras-tu, *a ghràidh* ? N'a-t-elle pas assez souffert ?

— C'est difficile...

— Je sais, fit-il après une pause, mais tu pourrais essayer.

— Liam...

— Elle est seule, Caitlin, me coupa-t-il un peu rudement en me forçant à le regarder. Toi, tu m'as. Elle... elle n'a plus personne, tu devrais comprendre. Que lui reste-t-il ? Vous avez été si proches, toutes les deux.

— C'est là tout le problème, Liam. C'est pourquoi c'est si difficile. Et puis, elle a ses enfants.

— Tu sais bien que ce n'est pas la même chose. Elle a besoin d'une amie. Les autres femmes du clan l'évitent depuis...

Son regard s'abaissa momentanément, assombri par le souvenir de cette triste nuit. Ses joues rosirent.

— Elles attendent que tu fasses les premiers pas, par respect pour toi. C'est à toi d'aller la trouver.

— Jamais je n'arriverai à l'absoudre de son péché.

— « Notre » péché, Caitlin, me précisa-t-il cruellement. C'était notre péché, à elle et à moi. J'étais aussi coupable qu'elle. Pourtant tu m'as pardonné, à moi.

J'avais mal. Il avait raison ; je le savais depuis longtemps. Certes, j'avais cessé d'éviter Margaret en faisant des détours. J'avais même recommencé à lui adresser la parole. Un bonjour impersonnel, un regard indifférent, comme lorsqu'on croise un étranger. Chaque fois, je m'en voulais de ma froideur appliquée destinée à la blesser davantage. Elle avait amplement pâti. Mais dès que je la revoyais devant moi…

— Sois indulgente, *a ghràidh*, c'est ce que Dieu attend de nous.

— Dieu… Que sait-Il des cris et des peines de cœur des hommes et des femmes ?

Il se mit à rire doucement. J'enviais sa foi aveugle et indéfectible en Dieu. Liam ne posait jamais de questions sur ce qui nous arrivait. Dieu avait Ses raisons, disait-il toujours. C'était ainsi. Il ne fallait s'en prendre qu'à soi-même si nous n'avions pas su faire mieux avec ce qu'Il nous avait donné.

— Il en sait certainement plus que tu ne le crois. N'a-t-Il pas créé Adam et Ève ?

— Hum…

— Dieu façonna une femme et l'amena à l'homme, qui dit alors : « C'est l'os de mes os, la chair de ma chair ! » C'est pourquoi l'homme quitte son père et sa mère pour s'attacher à sa femme. Elle est une partie de lui. « Et ils deviennent une seule chair… »

Sur ces mots, il m'attira à lui et m'embrassa tendrement.

— Mais Dieu a laissé Ève s'approcher du serpent, observai-je en fronçant les sourcils. Le Mal l'a séduite et l'a poussée à croquer dans le fruit défendu, celui qui apporte le discernement entre le bien et le mal. Elle savait qu'il était mal de séduire Adam à son tour.

— Oui, acquiesça-t-il d'une voix ténue. Mais Adam a accepté de croquer dans la pomme, il est aussi coupable qu'elle.

Il plongea son regard dans le mien et caressa doucement ma nuque, me faisant frissonner malgré la chaleur étouffante.

— Dieu a puni la femme et le serpent, repris-je.

— Il a aussi puni l'homme : « À force de peines tu tireras ta subsistance du sol tous les jours de ta vie... À la sueur de ton visage tu mangeras ton pain jusqu'à ce que tu retournes au sol puisque tu en fus tiré. Car tu es glaise et tu retourneras à la glaise. » L'infidélité, premier péché de l'humanité. Ils furent bannis de l'Éden et condamnés à vivre dans un monde où le bien et le mal les déchiraient. Et c'est encore celui dans lequel nous vivons, *a ghràidh*. Nous y sommes contraints et ne pouvons nous y soustraire. Caitlin, nous sommes faibles face aux forces du mal. Parfois, nous n'avons plus l'énergie ou la volonté de combattre. Mais la sanction du péché doit permettre à l'homme de se relever de sa chute et l'éclairer sur le mal qu'il a commis. Ainsi, il sera meilleur.

Je ne comprenais vraiment pas où il voulait en venir. Le voyant à mon air dubitatif, il jugea bon de préciser :

— Margaret a eu sa sanction ; Dieu s'en est chargé. Tu n'as pas à la punir davantage. Est-ce que tu saisis ?

— Je crois...

Je ne pus m'empêcher de lui poser la question qui me taraudait depuis notre retour de Montrose.

— Est-ce que tu y repenses, parfois ? Je veux dire... à elle et toi ?

— Caitlin…

— Je veux savoir.

Ses lèvres s'étirèrent en une moue amère. Il ferma les yeux un instant et hocha la tête de lassitude, puis jeta un regard vers la silhouette de Margaret.

— J'y repense, avoua-t-il, mais pas comme tu l'imagines. Mes souvenirs de cette nuit-là sont assez confus. C'est plutôt une gamme d'émotions qui remonte en moi lorsque j'y repense : le chagrin, la culpabilité, le sentiment de rejet. J'avais tellement besoin de…

Il s'arrêta devant mon air dépité.

— Mais bon sang, Caitlin ! Qu'est-ce que tu crois ? Ce n'était pas elle que je serrais dans mes bras, c'était toi. Je l'appelais par ton nom. Et pour elle, c'était la même chose. Tu crois qu'elle est fière de ce qui est arrivé ? Ne crois-tu pas qu'elle s'en veut ? Simon venait de mourir. Elle le trahissait tout autant que moi je te trahissais et elle souffre autant que moi… sauf qu'elle ne saura jamais s'il lui a pardonné. Nous avons recherché chacun un simulacre de réconfort dans les bras de la mauvaise personne. C'est de toi dont j'avais besoin…

Il me prit la main et, de son pouce, suivit la longue cicatrice rose boursouflée qui marquait ma paume. La guérison avait été longue et douloureuse. Il y avait eu une infection. À un certain moment, nous avions cru qu'il faudrait amputer. Mais un miracle s'était produit, et l'infection avait disparu aussi vite qu'elle était apparue. Je savais que j'avais eu beaucoup de chance. Bien que certains de mes doigts aient perdu un peu de leur mobilité, ma main avait repris du service. Seule cette cicatrice demeurait. Mais la blessure morale, beaucoup plus profonde, mettait encore du temps à guérir. Liam examina ma paume quelques instants, puis y déposa ses lèvres avant de refermer mes doigts dessus. Son regard revint vers moi, noyé d'émotion. Il reprit là où il s'était interrompu :

— Après, lorsque je t'ai vue dans la chambre, cette nuit-là... Ton regard... Je ne pourrai jamais l'oublier. J'ai alors compris ce que j'avais fait. Ce que je t'avais fait. La honte, le remords me dévoraient, *a ghràidh*. Le pire, c'était que je ne pouvais plus rien pour réparer ton cœur brisé. C'est pourquoi, lorsque tu es venue à Perth, je n'ai pas pu venir te voir immédiatement... malgré l'urgence de la situation. L'idée seule de te revoir me tuait, mais j'en mourais d'envie aussi. C'était la hantise de ton regard et de tes reproches qui me retenait. Et Colin... dans ta chambre, sur ton lit... t'enlaçant d'un bras. Toi... vêtue d'une simple chemise. Tes vêtements épars sur le sol...

Il prit une profonde inspiration pour endiguer le flot de sentiments qui le bouleversaient et me fixa intensément.

— J'ai réellement cru que tu avais inventé toute cette histoire d'arrestation pour m'attirer dans la chambre et... me faire subir le même calvaire.

— Liam...

— Avec Colin, cela aurait été si facile : il t'aimait.

— Il t'aimait aussi, tu le sais très bien, lui rappelai-je. C'est pourquoi il s'est refusé à aller plus loin...

Je m'interrompis brusquement en me mordant violemment la langue. Liam pâlit ; sa mâchoire se contracta.

— De quoi parles-tu ? balbutia-t-il. Tu m'avais dit...

— Oh, Liam, murmurai-je, la gorge serrée, il s'en est fallu de si peu... Colin et moi, enfin... Cette nuit-là, j'ai compris que la chair est faible quand notre âme est blessée et que notre corps est ivre.

Il encaissa la révélation sans ciller, mais ses doigts se crispèrent sur ma nuque. Derrière lui, je vis Margaret se lever et nous observer discrètement du coin de l'œil. J'étais aussi coupable qu'eux... car c'était l'honneur de Colin qui m'avait sauvée. Moi... j'avais été trop faible pour me sauver moi-même.

— D'accord, je lui parlerai demain avant notre départ pour Dalness, décidai-je.

Nous nous tenions sur un massif de roc qui surplombait les eaux sombres et froides du loch, quelques mètres plus bas. Liam regardait droit devant lui d'un air absent. Je devinais ce qui troublait son esprit. Il s'écarta lentement et fit quelques pas vers le bord du rocher.

— Liam, l'appelai-je doucement.

L'espace d'un instant, je crus qu'il ne m'avait pas entendue. Puis il hocha lentement la tête et se tourna vers moi en tendant la main.

— Viens.

Presque une année s'était écoulée depuis que la croix ardente avait rallumé la flamme dans le cœur des rebelles. Duncan pinça les lèvres en une moue sceptique. « Rebelle. » L'était-il vraiment ? Il était simplement un homme qui ne désirait qu'« être ». Être un Écossais, être un Highlander, être un Macdonald. Si cela impliquait d'être un rebelle, alors soit ! Il était rebelle aussi !

Marion se lova plus étroitement contre lui. Elle se tourna alors, captant son regard. Il y vit le ciel d'Écosse brillant d'un tel éclat lumineux qu'il l'éblouissait. Marion était heureuse.

Elle s'intégrait merveilleusement bien au clan. Son exploit à Drummond Castle n'y était pas étranger. Donald, Angus et les frères Macdonnell n'avaient pas tari d'éloges sur sa hardiesse et son courage pour défendre les intérêts du prince. Évidemment, il y avait encore des récalcitrants qui voyaient en elle la main qui tenait l'épée de Damoclès, le rappel du massacre, l'ennemi. Elspeth s'usait les méninges pour nuire à Marion. Cependant, de manière générale, elle était bien accueillie. C'était un début.

Mais Duncan était triste à l'idée que ces yeux qui brillaient de tant de bonheur allaient bientôt s'assombrir et pleurer. Il devrait en effet, dans quelques heures, remettre à Marion une lettre du laird de Glenlyon. Il redoutait le moment où elle lirait que son père avait quitté l'Écosse pour, peut-être, ne plus jamais y revenir. Glenlyon s'exilait, et parfois l'exil était très long.

D'abord, au fil de sa lecture, il verrait ses traits se métamorphoser, révélant chacune de ses pensées, chacune de ses émotions. Sur son visage, il lirait la surprise, l'incrédulité, le désarroi, puis la colère. Ensuite, il lui tendrait les bras, lui offrirait son épaule, prononcerait des paroles qui se voudraient apaisantes, réconfortantes. Mais il savait que rien n'atténuerait la douleur qui la déchirerait indubitablement.

Il avait reçu la lettre des mains mêmes du plus jeune frère de sa femme, David, un peu plus tôt dans la journée. Marion était absente à ce moment-là. Son père n'avait pu lui faire ses adieux de vive voix. Les troupes gouvernementales qui patrouillaient les Highlands à la recherche des proscrits avaient fait irruption à Glenlyon la veille. Il avait juste eu le temps de prendre son mousquet et de filer vers les collines, où son fils John l'avait rejoint quelques heures plus tard avec ses effets. C'était là, dans l'une des petites huttes d'été, qu'il avait écrit ces quelques mots pour sa fille.

Duncan n'aimait pas particulièrement le laird de Glenlyon, mais il le respectait en tant qu'homme et en tant que beau-père. Il savait l'âme de John Buidhe déchirée de partir et de laisser sa fille qui attendait son premier enfant. C'était la raison qui avait tant retardé sa fuite. Aujourd'hui, il ne pouvait plus se permettre de rester. Un procès et la prison l'attendaient.

Duncan entoura Marion de son bras, glissa sa main sur le ventre qu'il avait empli de vie. Jamais il ne pourrait lui rendre la pareille. Que pouvait un homme devant une femme qui lui offrait le miracle de la vie, un enfant ? Rien, si ce n'était l'aimer.

L'ébauche de vie remua sous ses doigts. Son cœur bondit.

— Duncan… Tu as senti ?

— Oui… répondit-il dans un souffle.

Il avait perçu le mouvement fugace d'un pied ou d'une main. Comme un petit poisson faisant frémir la surface lisse de l'onde. Léger, presque imperceptible, mais bien réel. Son enfant… Les mots lui manquaient.

— Duncan Og…

— Quoi ?

— Il s'appellera Duncan Og. Et si c'est une fille… euh… J'aimerais bien Margaret, c'était le nom de ma mère.

— Alors ce sera Margaret.

Marion lui sourit, radieuse. Il l'étreignit plus étroitement contre lui. La vie qui pouvait se faire si implacablement cruelle pouvait aussi être si généreuse. Il eut une pensée pour son frère Ranald et pour Colin. Puis son regard descendit le massif pour aller rejoindre les deux silhouettes qui s'enlaçaient près d'une stèle toute neuve. Sa mère se remettait lentement de la mort de ses deux fils. Elle lui avait raconté l'histoire de Stephen ; elle lui avait confié son secret si bien gardé pendant toutes ces années. Elle s'en remettrait avec le temps, avec le temps seulement...

Le ciel grondait au loin et une armée de gros nuages noirs portés par le vent menaçait. Duncan ferma les yeux, goûta ces quelques instants de répit qui leur étaient donnés. Ce soir la tempête sévirait. Dans les Highlands, les moments de paix ne duraient jamais longtemps.

Glissant sur les cailloux et tirant sur ma jupe que les orties retenaient, je suivis Liam dans le petit sentier qui descendait vers le bord de l'eau. La marée était basse et quelques grosses pierres coiffées de soyeuses algues vertes offraient un festin aux bécassines, qui y picoraient leur pitance.

Liam restait silencieux. Je ne voulais pas lui reparler de cet épisode avec Colin, dans la chambre. J'avais relégué ce souvenir dans un coin reculé de mon esprit. Colin était mort, et pour le respect de son âme... Mais il l'avait fait ressurgir, et les mots m'avaient échappé. J'en étais mortifiée. Il était trop tard.

— Je ne peux pas t'en vouloir, dit-il enfin sur un ton cassant qui m'agaça un peu.

Je mis le pied sur l'un des îlots glissants et perdis l'équilibre. Un bras me happa in extremis et me retint fermement. Le visage de Liam n'était qu'à quelques centimètres du mien ; son regard contristé me fixait.

— Je crois qu'au fond de moi je m'en doutais, m'annonça-t-il d'une voix grave. Je... Oh, Caitlin ! Je suis désolé, je ne voulais pas te reparler de ça. C'est trop douloureux.

— Je sais.

Il m'attira plus fermement contre lui, me faisant passer sur la pierre voisine, qui était plus haute, sèche et plate. Je me retins à son plaid.

— Notre vie n'a été que chaos depuis le début du soulèvement et...

Sa voix, qui s'était radoucie, hésita. Sa mâchoire se contracta. Brusquement, il me souleva de son bras toujours enroulé autour de ma taille, pivota sur lui-même et me coinça contre la paroi rocheuse qui se dressait derrière nous. Il esquissa un sourire et ouvrit la bouche pour continuer de parler. Seul un son rauque sortit. Il soupira.

— Caitlin, *a ghràidh mo chridhe*, murmura-t-il enfin. Qui suis-je pour te juger ?

Il frémit.

— Ne gâchons plus ce que Dieu nous accorde. Prenons tout ça comme un cadeau, comme une seconde chance.

J'acquiesçai silencieusement, la gorge nouée. Sa bouche s'étira en un doux sourire, puis ses lèvres, tièdes et humides, frôlèrent les miennes, me communiquant son frisson. Une goutte de transpiration coula le long de sa tempe, s'accrochant à un filin d'argent, et alla se perdre dans la masse de cuivre de ses cheveux. Sa chemise lui collait à la peau. Je fermai les yeux et goûtai le sel, le soleil et l'amour sur ses lèvres.

Il m'entraîna derrière lui jusqu'à une petite anse herbeuse. À l'abri des regards, il retira sa chemise et moi mon corselet pour laisser le vent nous sécher. Nous nous allongeâmes dans l'herbe. Puis il cala sa tête dans mes jupes, sur mes cuisses. Nous demeurâmes ainsi pendant de longues minutes, à écouter le clapotis de l'eau contre les pierres.

— Cinq hommes sont venus de Glenlyon ce matin, annonça Liam de but en blanc.

J'ouvris les yeux et le dévisageai avec un mélange de perplexité et d'inquiétude. Je me mis sur mon séant pour mieux le regarder. Des hommes de Glenlyon à Glencoe ? Il devait y avoir urgence, à moins que...

— Duncan n'aurait pas recommencé à...

Son rire coupa court à ma suspicion naissante.

— Duncan se contente des vaches du Lorn. C'est peut-être un peu plus loin, mais pour lui c'est plus sûr.

— Alors pourquoi des hommes de Glenlyon viendraient-ils s'aventurer à Glencoe ? Que voulaient-ils ?

— Pour être plus précis, c'était David Campbell, le plus jeune frère de Marion. Le comte de Breadalbane est mort. Le vieux renard s'est finalement éteint.

Il sourit. On ne pleurerait pas l'homme dans la vallée. Une troupe de soldats de la couronne s'était rendue à Finlarig, peu après l'échec du soulèvement. Ils venaient chercher le vieillard pour le mettre aux arrêts. Le comte, sur son lit de mort, les aurait cavalièrement éconduits. Ils l'auraient laissé en paix depuis : à quatre-vingt-un ans et moribond, l'homme n'était plus une menace pour la couronne de Hanovre.

— David est aussi venu porter une lettre pour Marion. Glenlyon s'exile.

— Oh, mon Dieu ! dis-je, interdite.

Une paix relative et fragile était revenue dans les Highlands. Après l'embarquement du Prétendant pour la France, l'armée avait été dispersée et chacun s'en était retourné dans sa vallée pour retrouver les siens après plus de quatre mois de campagne. Patrick s'était enfermé avec Sàra dans son petit manoir. Il veillait aux affaires du comte de Marischal qui s'était caché sur ses terres, comme tant d'autres chefs jacobites lorsqu'ils ne s'exilaient pas carrément en Suède ou en France.

Deux exécutions eurent lieu à la tour de Londres, à la fin de février. Plusieurs prisonniers furent déportés vers les Antilles. De nombreux domaines et titres furent confisqués. Parfois, à l'annonce d'une troupe de la Garde, les hommes couraient se réfugier dans les montagnes. La peur des représailles et le souvenir des horreurs des répressions antérieures aidant, nous vivions dans la crainte constante de voir nos maisons partir en fumée, d'assister au saccage de nos récoltes et à la confiscation de nos troupeaux.

Malgré tout, la répression de la rébellion fut modérée. Nous nous vîmes forcés de remettre nos armes au gouverneur de Fort William. Mais le succès de cette tentative des autorités pour nous désarmer fut mitigé. Comme à leur habitude, les Highlanders ne remirent que les vieilles armes usées et rouillées, gardant les meilleures pour… une prochaine fois. Un Highlander vivait avec son cœur dans une main et son poignard dans l'autre. Il ne pouvait en être autrement, question de survie.

— Que va-t-il nous arriver, Liam ?

— Rien.

Je réfléchis quelques instants, les doigts perdus dans sa chevelure qui s'étalait sur ma jupe.

— Et John MacIain ? Devra-t-il s'exiler lui aussi ?

Ses paupières s'ouvrirent et découvrirent un regard incertain.

— John ?

Il fit mine de réfléchir, puis pinça la bouche.

— Non, déclara-t-il avec une assurance qui me rasséréna quelque peu.

Levant une main, il attrapa ma mèche rebelle et tira dessus, m'approchant de lui pour m'embrasser.

— John n'a pas personnellement participé à la rébellion. Et puis, j'imagine que notre clan n'est pas assez… important à leurs yeux.

Il y eut cependant un temps où on l'avait considéré comme assez important pour vouloir l'exterminer pour l'exemple. La ligne de sa bouche se tordit, et je devinai qu'il pensait à la même chose que moi.

— Les *Sassannachs* vont patrouiller dans les Highlands pendant quelque temps, histoire de nous rappeler qui est le maître ici. Progressivement, les choses vont se tasser. Bientôt, tout ceci ne sera plus qu'un affreux souvenir. Nous n'avons qu'à nous tenir tranquilles.

— Et les exilés ?

Je repensai à John Cameron. Le chef de Lochiel s'était embarqué le mois précédent à bord d'un navire français qui mouillait quelque part dans les Hébrides. Il s'exilait avec les quelques nobles jacobites n'ayant pas encore quitté le pays. Il avait laissé Achnacarry et confié son clan à son jeune fils de seize ans, Donald.

— Ils obtiendront peut-être la grâce du roi dans quelques années, lorsqu'il ne verra plus son trône menacé. Je ne crois pas que le Prétendant, banni du sol français et réfugié à Rome sous l'aile bienveillante du pape, reviendra revendiquer ses droits de sitôt. Peut-être devrait-il se concentrer sur la fabrication d'un héritier.

Cela me ramena brusquement à la condition de Marion. Je caressai le front tiède et sec de Liam et retroussai les coins de ma bouche.

— Te rends-tu compte que tu vas être grand-père, *mo rùin ?* lui fis-je observer sur un ton moqueur.

— Ce qui fera inévitablement de toi une grand-mère, *a ghràidh*. Aïe ! se plaignit-il en frottant sa joue, que je venais de pincer. Et une vilaine grand-mère par-dessus le marché !

L'enfant était attendu pour l'hiver 1717. Je ne pus m'empêcher d'éprouver de la commisération pour le laird de Glenlyon qui ne serait pas là pour la naissance de son premier petit-fils ou de sa première petite-fille.

Quelques cailloux rebondirent dans l'herbe, près de nous. Liam plissa les yeux et mit sa main en visière pour voir qui nous épiait du haut du mur de roc.

— Nous partons, annonça Duncan. Malcolm ne veut pas se faire surprendre par l'orage. Il menace de vous laisser passer la nuit ici avec les âmes errantes si vous ne vous dépêchez pas.

Liam se leva en grognant.

— Va dire à ce vieux grincheux de Malcolm que, s'il m'oublie ici, je peux fort bien oublier de lui chasser son cerf.

Un sourire entendu étincela au-dessus de nous, puis disparut. Je regardai Liam qui enfilait sa chemise et feignis l'indignation.

— Tu n'oserais tout de même pas laisser ce pauvre Malcolm mendier tout l'hiver ?

— J'oserai si lui ose nous laisser ici, *a ghràidh*, insista-t-il en riant.

Malcolm Macdonald, notre bon vieux menuisier, avait atteint l'âge vénérable de soixante-dix-sept ans. Depuis quelque temps, ses articulations ne lui permettaient plus de travailler ni de courir la lande et les montagnes pour chasser. Chaque année, Liam lui offrait donc un beau cerf avant les grands froids. Même si Malcolm le laissait moisir ici une semaine durant, il irait malgré tout lui chasser une belle bête, j'en étais certaine.

Liam m'aida à me lever et à lacer mon corsage, un sourire mutin sur son beau visage hâlé par le soleil d'été. Il rentra sa chemise dans son kilt et fixa son plaid avec sa broche, au centre de laquelle étincelait une agate bleue de forme rectangulaire. Il m'attira à lui et m'enlaça tendrement.

— Hum... Toutefois, l'idée de rester ici, seul avec toi, n'est pas pour me déplaire.

Je frissonnai à la perspective de passer une nuit sur une île peuplée d'esprits, fussent-ils nos bien-aimés disparus. J'avais toujours craint les fantômes.

Mon regard se porta sur le loch dans lequel se reflétaient les gros nuages noirs qui masquaient l'azur du ciel. On m'avait raconté que la nuit, parfois, des hommes qui traversaient le loch en barque apercevaient la lumière des esprits qui dansaient sur l'île. Des feux follets. Je me souvenais encore très bien des histoires de petits lutins et d'esprits malins que ma tante Nellie me racontait au cours de mon enfance en Irlande, et je ne souhaitais pas particulièrement faire la connaissance de ces êtres étranges.

Je fermai les yeux et secouai la tête pour dissiper les images de gnomes malveillants. « Tu es bien superstitieuse, Caitlin ! Garde donc tes histoires de fées et d'elfes pour tes petits-enfants. »

— Tu viens ou tu tiens à rester ici ?

Liam s'était engagé dans le sentier et m'attendait, le bras tendu.

— Je viens...

Je pris encore quelques secondes et admirai la vue de notre majestueuse vallée qui s'ouvrait sur le loch. J'apercevais, émergeant fièrement d'un écran d'arbres, la toiture d'ardoises du manoir de John MacIain. Quelques cottages étaient visibles également. Le clan était sauf... pour cette fois-ci.

Si la défaite avait laissé aux insurgés un goût amer, elle ne leur avait pas enlevé l'espoir d'arriver un jour à leurs fins. Certes, les Anglais nous avaient à l'œil. Mais les années passeraient, et un jour un homme se lèverait et brandirait de nouveau la croix ardente. Alors les clans sortiraient de leur léthargie et fourbiraient l'acier tranchant de leurs armes, astiqueraient leurs mousquets. Puis les cris de guerre retentiraient dans les vallées pourpres et ocre des Highlands, et feraient vibrer les guerriers endormis de Fionn MacCumhail. Le sang des Gaëls se remettrait à bouillir dans leurs veines. Les Anglais devraient se méfier de l'eau qui dort. Les Écossais avaient la tête aussi dure que le granit de leurs montagnes : jamais ils n'abandonneraient.

Le vent s'enroulait autour de moi et murmurait à mes oreilles. Un moment, je crus l'entendre chuchoter mon nom. Je sentis un grand froid m'envelopper et m'étreindre. « Mère… » Mes cheveux se dressèrent sur ma nuque et un frisson me parcourut de la tête aux pieds. Je me figeai de stupeur. « Ranald… c'est bien toi, mon fils ? »

— Caitlin, tu es toute pâle. Est-ce que ça va ?

Je clignai des yeux et sortis de ma torpeur. L'étrange sensation que je venais d'éprouver s'était envolée avec le vent. La chaleur étouffante de la canicule se jetait de nouveau sur moi.

— Euh, oui…

— On dirait que tu as vu un spectre.

Je lui souris faiblement et le rejoignis dans le sentier.

— Tu l'as senti ? ne pus-je m'empêcher de lui demander.

— Quoi ?

— Le grand froid. Il m'enveloppait et… j'ai senti comme une présence près de moi.

Il me regarda fixement un court moment. Un sourire vint éclairer son visage.

— Tu t'y habitueras, *a ghràidh*. Tu verras, parfois ils viennent nous dire à leur façon qu'ils sont encore là, près de nous. Un jour, tu commenceras à leur parler. Ils font toujours partie de nous, tu sais.

— Cela t'arrive de ressentir ce froid ? m'étonnai-je.

— À l'occasion, m'avoua-t-il. Ils viennent comme ça, sans prévenir, et repartent aussi rapidement.

Il prit doucement ma main, souriant de plus belle et découvrant une rangée de dents éclatantes. Le ciel se mit à gronder au-dessus des montagnes.

— Viens, ne tentons pas le diable. Malcolm serait peut-être capable de nous laisser ici, après tout… avec l'orage qui arrive.

— Liam ! fis-je, un peu éberluée. Tu veux dire que c'était vraiment un…

— Un quoi ? Un fantôme ? Mais bien sûr… Holà !

Je glissai sur une des pierres. Il me retint avant que je ne tombe dans l'eau.

— Nous sommes des âmes, m'expliqua-t-il, des âmes emprisonnées dans une enveloppe charnelle. Nous sommes là pour accomplir… enfin, ce que Dieu veut de nous sur cette terre. Quand Il juge que notre travail est terminé, Il nous en libère par la mort. Et l'âme, elle, peut aller où elle veut.

— Comment arrives-tu à parler ainsi de la vie et de la mort ?

Son visage devint grave. Il me fit monter le sentier situé de l'autre côté du mur rocheux, à travers les orties, jusqu'en haut du promontoire. L'île était maintenant déserte.

— J'ai vu plusieurs facettes de la mort. Je l'ai vue à l'œuvre tant de fois que j'en suis venu à la considérer différemment. La vie est éphémère, Caitlin. Le destin frappe cruellement, sans prévenir, tu le sais autant que moi. C'est inévitable…

— Je n'aime pas en parler.

— La mort fait partie de la vie. C'est un cycle. Nous n'avons rien à craindre d'elle. J'ai eu un aperçu de l'autre côté, tu te souviens ?

— Oui, répondis-je faiblement en baissant les yeux.

Comment aurais-je pu ne pas me le rappeler ? Me voyant troublée, il m'embrassa sur le front et releva mon menton de son doigt.

— Mais je ne suis pas pressé de partir, *a ghràidh*. Dieu m'a donné une bonne raison de vouloir prolonger mon séjour ici, aussi pénible puisse-t-il être parfois. Et cette raison, c'est toi. Je t'aime, Caitlin. Un jour, je le sais, nos corps se sépareront. Mais nous nous retrouverons de l'autre côté et, à ce moment-là, ce sera pour l'éternité. Ad vitam aeternam...

Il se tut. Le vent soulevait et gonflait mes jupes qui s'enroulaient autour de ses jambes. J'eus soudain une telle impression de légèreté dans ses bras que je crus avoir des ailes. Malheureusement, un cri d'appel eut vite fait de me ramener sur terre ; le ciel y mit également du sien en nous envoyant quelques gouttelettes. Liam s'écarta et tourna son visage vers la source du rugissement d'impatience.

— Nous avons assez abusé de leur temps. Et puis, mon estomac se plaint. Il doit bien rester quelque chose à grignoter à la maison ?

— Glouton ! me moquai-je en pinçant un petit bourrelet à travers sa chemise. Tu ne penses qu'à manger et à faire l'amour.

Affichant un air penaud, il pouffa de rire en se remettant en route, le pas allègre.

— Mais c'est de ta faute, se défendit-il avec force. N'est-ce pas toi qui disais que j'avais quelques kilos à reprendre ? Pour le reste... j'essaie de rattraper le temps perdu.

Je me mis à courir derrière lui.

— Liam Macdonald !

Je le heurtai de plein fouet, perdis l'équilibre et l'entraînai dans ma chute. Nous roulâmes au travers des hautes herbes dans une confusion d'étoffes et de rires.

La pluie s'intensifiait ; le tonnerre grondait bruyamment dans les montagnes. Le ciel d'Écosse exprimait sa colère. Il pleurait ses morts, son roi en exil. Mais demain, il baptiserait le fruit des ventres arrondis des femmes, fruit qui donnerait un souffle et une vigueur renouvelés à ce peuple sauvage, insoumis, toujours en quête de liberté.

« Voici la fin d'une vieille chanson », s'était écrié avec tristesse un lord en 1707, à la fermeture définitive du parlement écossais. La fin ? Pourtant, j'entendais toujours un air de liberté dans le vent qui balayait nos landes, dans le clapotis des rivières sauvages qui coulaient dans le creux de nos vallées. Il donnait le rythme à notre vie. Mes enfants le chantonnaient ; leurs enfants le feraient aussi. Depuis l'invasion des légions romaines d'Agricola, on cherchait sans succès à étouffer cet air dans le cœur des Highlanders. Je ne pouvais écrire la suite de l'histoire, mais une chose était sûre : si cette liberté nous était refusée ici, dans nos montagnes, notre peuple la chercherait ailleurs. Notre histoire était une histoire sans fin que notre sang écrirait sur la face du monde.

Étouffant un dernier rire, nous restâmes silencieux un long moment, à nous regarder. L'amusement fit place à la tendresse. Lentement, Liam se pencha sur moi.

— Dis-moi, *a ghràidh*, pourquoi est-ce que je ne peux m'empêcher de t'embrasser ? Pourquoi ai-je toujours tellement envie de toi ?

Il caressa mes cheveux, me parcourant du regard.

— Parce que tu m'aimes… et que je t'aime, déclarai-je dans un doux murmure.

— Parce que je t'aime… susurra-t-il avant de fredonner dans mon oreille : *B'òg chuir mi eòlas air leannan mo ghràidh,'s a rinn mise suas ri'sa ghleannan gu h-àrd ; a gnuis tha cho aoidheil, làn gean agus bàigh, is mise bhios cianail, mur faigh mi a làmh… Gur tric sinn le chéile gabhail cuairt feadh an àit', 's a falbh troimh na cluaintean gach bruachag is màgh ; na h-eoin bheag le smudan a'seinn dhuinn an dàn,'s toirt fàilte do'n mhaighdinn d'an d'thug mi mo ghràdh*[1]…

Après avoir lancé un regard vers le débarcadère, Liam se pencha et m'embrassa de nouveau avec passion. Je fermai les yeux et me laissai submerger par la vague d'émotions qui montait en moi. Je m'enivrai de son haleine, me sustentai de ses caresses et de ses baisers. « Liam, mon amour, vingt ans que tu partages ma vie, vingt ans que je t'aime. » Ces mots, je les gravais dans sa peau avec mes doigts et mes lèvres. Nos corps disaient ce que les paroles ne pouvaient exprimer. Nos âmes se délectaient des sensations que nos enveloppes charnelles bien vivantes leur procuraient. J'embrassais mon bonheur à pleines mains et à pleine bouche. Mon cœur chantait un Te Deum, remerciant le ciel pour la grâce qu'il m'accordait une nouvelle fois.

L'amour d'un homme.

---

1. *Si charmante tu étais, mon amour, dans la vallée, lorsque, sur toi, mes yeux se sont posés, depuis ce jour, sans toi je ne peux demeurer ; car sous le charme de tes yeux je suis tombé… Je me souviendrai toujours de ce soir de mai ; les bois et les champs nous courions le cœur gai, le chœur des oiseaux était si doux à écouter, et les fleurs sauvages sous la pluie, si parfumées…* Ce sont les deux premiers couplets de *Cailin mo rùin-sa*, de Donald Ross. La traduction donne l'idée générale des versets.

Table des matières

8519

Composition Nord Compo
Achevé d'imprimer en France (Manchecourt)
par Maury-Eurolivres
le 24 septembre 2007.
Dépôt légal septembre 2007. EAN 9782290006009

Éditions J'ai lu
87, quai Panhard-et-Levassor, 75013 Paris
Diffusion France et étranger : Flammarion